本丛书为青岛地方文化研究中心和青岛大学中国文化海外影响力协同创新中心重点规划项目。

本丛书获青岛市社科规划办立项，丛书的出版得到青岛市社科规划办及青岛大学中国文化海外影响力协同创新中心的资助。

介绍给所有海内外游客，就显得更为重要。

这样的一种认识，对我们来说并非一时的心血来潮。早在笔者初到青岛工作的1992年，就发现崂山道教史及文化史的相关介绍中，存在着不少似是而非的问题。1993年9月15日至18日，中国旅游协会旅游文学专业委员会（中国旅游文学研究会）第六届年会暨93青岛国际旅游文化研讨会在青岛市召开，会议由青岛大学文学院具体承办。笔者当时提交的论文是《崂山道教及其在中国道教史上的地位》（后刊于《东方论坛》1995年第3期），这是我探讨崂山道教文化最早的一篇文章。自此之后的二十多年来，我本人断断续续写了一些有关崂山道教、崂山志或崂山文化的文章，也尽可能收集了与崂山文化有关的典籍。其间，还在青岛市崂山文化研究会中负责过宗教文化专业委员会的工作。研究会出版的《崂山研究》第一辑（中国海洋大学出版社2006年版）、第二辑（中国海洋大学出版社2008年版）所收的一批论文，也可以看作是在上述认识的指导下，组织部分师友所做的一点工作。当时的参与者，有两位也是本丛书的作者。

经过多年的思考和准备，我们逐渐形成了选择典型的专题和典籍对崂山文化进行系统整理的思路。苑秀丽教授与笔者共同出版的《崂山道教与〈崂山志〉研究》（中国社会科学出版社2011年版）一书，是这项研究工作的第一部著作。与此同时，我们启动了本丛书的写作。丛书围绕典型专题与代表性典籍两大重点，首先选定了如下七本著作作为第一批研究课题：

《崂山道教与佛教研究》，通过历史文献和田野调查的方式，全面收集崂山道教、佛教的相关史料，对崂山宗教的发展历史、重要事件、高僧高道、宫观兴废等进行系统、深入的研究，考镜源流，订正讹误，在前人研究基础上，对崂山道教、佛教做进一步深入的探讨。

《崂山文化名人考略》，对先秦至近现代的崂山文化名人进行全面梳理，将一千多位崂山文化名人分为本籍文化名人、寓居文化名人、记游文化名人、宗教文化名人四大类，对他们的生平和与崂山相关的事迹及著述等进行研究和考证，增补前人著述之缺漏，订正以往研究之舛误。尽可能完成一部集学术性、工具性、资料性为一体的崂山文化名人研究著作。

《崂山志校注》，对明末即墨人黄宗昌父子所撰的第一部《崂山志》进行全面的校勘、整理和注释。以民国二十三年（1934）本为底本，仔细参校手抄本、民国五年（1916）本《崂山志》及嘉庆十三年（1808）刻本《崂山名胜志略》等其他7个版本，对各本择善而从。同时，纠正以往各本失误，并广泛参考各种相关书籍，对书中的难解字词、重要事件、历史人物、典章制度、宗教知识等，做出准确、简洁、通俗的注释。力争为读者提供一个最好的《崂山志》校注本。

《劳山集校注》，《劳山集》为近人黄公渚（1900—1965）歌咏崂山美的专集，收词137首，诗138首，游记13篇。在众多歌咏崂山的文集中，地位独特，成就突出，甚至可以说至今无人能出其右。《劳山集》初印于香港，无标点，且在内地从未正式刊印。本书首次对《劳山集》进行标点、校勘、注释，并对黄公渚生平、创作、学术等做了初步研究，是国内外第一部《劳山集》标点排印本和校注本。

《周至元诗集校注》，周至元（1910—1962）著有《崂山志》、《游崂指南》、《崂山名胜介绍》等多部介绍崂山的著作。其《崂山志》也是黄宗昌《崂山志》之后最具代表性的一部。他存世的一千余首诗歌，也多写崂山，但至今没有一个全本。本书以周至元子女自费印刷的《周至元诗文选》（1999年）、《懒云诗存》（2007年）为基础，全面搜集周至元存世诗歌，并做了详细的校勘、注释和订讹，是收集周至元诗歌最全的第一个注释本。

《崂山诗词精选评注》，从历代数千首崂山诗词中精选了从唐代至近代一百五十多位诗人歌咏崂山的诗、词二百余首，每首诗词在原文下，均介绍作者生平事迹，疏解难解字词，并从诗词内容和艺术特点切入，对诗词加以简要的评析。

《崂山游记精选评注》，从各种文献记载的众多崂山游记中，精选29篇游记，对每篇游记进行细致校勘，纠正前贤的校点失误，对难解字句、典章制度、宗教知识等做了通俗的注解，并从艺术上做了简洁的评析。

上述七部著作，或立足于崂山道教佛教和文化名人，或选择最具代表性的崂山文化典籍，或精选历代崂山游记和诗词中最有代表性的篇章，以点面结合、突出重点的方式，对崂山文化最有代表性的部分，进行研究和整理，将其中最精华的部分介绍给读者。我们相信《丛书》的出版，将为读者也为海内外游客了解青岛和崂山开启一扇全新的窗户，对于提升崂山和青岛知名度、推动地方旅游发展，改变青岛文化底蕴相对不足的现状，都将起到积极的促进作用。

七部著作均为青岛市委宣传部与青岛大学合作共建的青岛地方文化研究中心的规划项目，分别在2013年和2014年，获批为青岛市社科规划办重点资助项目。青岛市委宣传部理论处处长、规划办主任王春元博士及相关评审专家，对项目给予了高度肯定。他们的鼓励和支持，是我们完成丛书不可缺少的动力；我校分管文科的副校长夏东伟教授，科研处张贞齐处长，社科办主任、科研处副处长欧斌教授，也都始终关注着项目的进展。正是他们的支持，丛书才得以在较快的时间内完成并面世。在此要首先表示真诚的感谢！

丛书出版过程中，人民出版社以贺畅老师为代表的一批优秀编辑和校对，对书稿内容多有订正，其严谨的编校作风，扎实的专业功底，不仅使丛书消除了很多失误和不足，也给我们留下了很深的印象。在此我愿代表课题组全体成员，表达崇高的敬意和谢意！

丛书的作者都是高校研究中国古代文学和传统文化的教师，没有大家数年来的共同努力，这套丛书也许还在进行中。重点研究以山海胜境和神仙传统为依托而形成的宗教文化、名人（家族）文化及各类重要典籍，是包括课题组成员、青岛市古典文学研究会成员在内的一批在青工作的同道，对青岛地方文化研究坚持多年的一个基本思路，也是我们多年来"中心藏之，何日忘之"的愿望。如果这套丛书的出版能成为一个良好的开端，为地方文化研究的深入起到抛砖引玉的作用，则正是我们所衷心期望的。

刘怀荣

2015年4月8日于青岛大学

目　　录

论周至元诗歌的文化意义（代前言） ………………………… 1

一、天籁集 …………………………………………………………… 1
二、头陀吟 ………………………………………………………… 158
三、游崂诗 ………………………………………………………… 220
　（一）《崂山志》录诗 …………………………………………… 220
　（二）《题崂山名胜照片》所录诗 ……………………………… 265
　（三）《崂山名胜介绍》所录诗 ………………………………… 270
　（四）《崂山名胜画册》所录诗 ………………………………… 280
　（五）其他崂山诗 ……………………………………………… 294
四、杂集 …………………………………………………………… 317
　（一）琴冈寄居吟草 …………………………………………… 317
　（二）偶忆录 …………………………………………………… 344
　（三）杂诗 ……………………………………………………… 352
　（四）友声集 …………………………………………………… 372
五、附录 …………………………………………………………… 381
　周至元传略 ……………………………………………………… 381

参考文献 ………………………………………………………… 384
整理说明 ………………………………………………………… 389

论周至元诗歌的文化意义

(代前言)

周至元（1910—1962），原名式址，又名式坤，字至元，以字行，早号伴鹤头陀，晚号懒云，常自称周坤，青岛即墨人，酷爱家乡山水，自青年时便遍历二劳及附近名胜古迹，探奇索隐之余常伴以赋诗题咏，后在时任青岛市地方自治委员会会长的桐城人袁荣叟影响下，渐生续修《崂山志》意向，因此成就了后来的以歌咏崂山风景人物为主的千余首诗歌以及《崂山小乘》《游劳指南》[①]《崂山名胜介绍》[②]《崂山志》[③]等介绍崂山之作。周至元是当时为数不多的即墨诗人之一，单以文学价值而言，其诗或许难以与同时代的黄公渚、芮麟、钟惺吾、王悟禅等客寓诗人之作相提并论；然就文化意义而言，周至元诗歌之价值远胜于同时代诗人之作。周至元诗歌的文化意义主要体现在以下方面：

一、物质文化方面

根据《保护世界文化和自然遗产公约》的规定，历史建筑是与文物、人类文化遗址并列的物质文化遗产（Cultural Heritage）的三大组成部分之一。对家乡尤其是二劳山水充满挚爱之情的周至元，以诗歌方式真实记录了家乡的物质文化遗产，为后人留下了许多珍贵的资料。周至元现存千余首诗歌中，处处可见其对以崂山为中心的青岛历史、人文建筑及其遗迹的吟咏，从老青岛的栈桥、湛山寺、海滨公园，至即墨旧城

[①] 周至元：《游劳指南》，即墨新民印书局1934年版。
[②] 周至元：《崂山名胜介绍》，山东人民出版社1959年版。
[③] 周至元：《崂山志》，齐鲁书社1993年版。

的塔元寺、文昌阁、蚕姑祠、火神阁、淮涉桥，再到崂山的释刹、道观、洞宇、书院、别墅等等，不一而足。周至元诗歌中咏及的这些历史、人文建筑及其遗迹，对了解以崂山为中心的青岛物质文化遗产、丰富青岛本土文化形象等，都具有较高的研究价值。此处仅以其中咏及的历史建筑作一分类举例：

（一）释刹道观

崂山历来以滨海名山而享誉天下，也是备受方外之士尤其是佛道人士青睐的隐居、修行之所，自两汉时便开始有天下名士隐居于此。因此，此地一直有为数可观的释刹、道观等建筑。自少年始便倾心于游历、记录家乡山水风物的周至元，以他史家的直书精神、诗人的敏感特质，细腻地记录了这些释刹、道观。其中，以"寺"命名的有湛山寺、华严寺、海印寺、灵圣寺、塔院寺等，以"庵"命名的有蔚竹庵、睡醒庵、百福庵、先天庵、石门庵、石障庵、寿阳庵、西渡庵、遇真庵、修真庵等；以"宫"命名的有太清宫（下清宫）、上清宫、玉清宫、神清宫、华楼宫、斗母宫、寿阳宫、迎真宫、聚仙宫等，以"观"命名的有明道观、塘子观、太和观、大劳观、白云观、龙泉观、凝真观、迎真观等。此外，还有峡口庙、慧炬院、潮海院等。就诗歌数量而言，周至元最为钟爱的当属华严寺，据不完全统计，现存周至元诗歌中，直接吟咏华严寺的达31首之多；其次是太清宫（11首）、明道观（9首）、蔚竹庵（9首）、上清宫（7首）等。这些诗作凝聚的多是周至元对家乡山水的酷爱之情，如其作于1947年的《丁亥冬游华严寺题僧房斋壁》诗表明了他即使身处战乱之际也钟情于家乡山水的豁达："茂林修竹隔尘埃，劫后名山我又来。阅遍群峰浑似梦，禅房醉倒菊花杯。"

不过，这些释刹、道观的境况在周至元时代即已不容乐观。一些释刹、道观已因故倾圮，如原位于崂山太清宫三清殿前、曾引发一场浩大官司的海印寺，由明代佛教名僧憨山①于万历十三年（1585）兴建，至万历二十三年（1595）即因太清宫道士耿义兰的进京控诉而被毁弃，憨山也因此而被发戍雷州。海印寺遗址留给世人许多的感慨，而周至元关于海印寺的7首诗除了记录下当时遗址的残败之象，也抒发了对那些斤斤计较于蝇头微利小人的憎恶之情，如其《吊海印寺故址》曰："蜗角何劳抵死争？道人怪尔太无情。"另有一些释刹、道观则毁于抗日战争中侵略者的罪恶炮火，如位于崂山东麓白云洞西南的明道观，相传原为唐代名道孙昙采药山房的遗址，清康熙五十三年（1714）道人宋天成就其遗址修建而成，抗日战争前期即遭入侵日军的搜山炮火而焚毁。而今，我们只能从周至元诗歌中领略到它曾经的安谧和美好："流泉环锁乱峰霞，石径深深寂不哗。一院松阴清鹤梦，半庭竹影冷苔花。"②

（二）洞窟石室

洞窟指由水蚀、风蚀等作用而形成的自然空洞，本为自然景观。但在向为方外名士及佛道人士隐居、修行之所的崂山中，许多洞窟被人工开掘成用以隐居、修行之石室，因而也成为崂山物质文化遗产中不可或缺的部分。周至元诗歌记录下的，有相传为秦代博士卢敖③隐居过的那罗延窟、相传为元末名道张三丰④修行时居住过的三丰洞、玄真洞等，

---

① 憨山（1546—1623）：俗姓蔡，名德清，字澄印，号憨山，全椒古蔡（今安徽和县）人，明代高僧，于万历十一年（1583）由五台山至崂山，先后在那罗延窟、太清宫附近树下修禅，万历十三年（1585）集资于太清宫旧道院处兴建海印寺，后为进士出身的太清宫道士耿义兰诬告，至万历二十三年（1595）以私造禅寺罪被充军雷州，海印寺遂废，获释后先后定居于庐山五乳峰、曹溪宝林寺，年78病逝。详见周至元《崂山志》，第169—170页。

② 周至元：《明道观》，《崂山志》第97页。

③ 卢敖：即秦代博士卢生，本齐国（一说燕国）方士，因曾为秦始皇寻求古仙人羡门等及长生仙药而被封为博士，后因见秦始皇专横失道而隐遁于故山（今诸城市区东南13公里处）以终。详见《淮南子·道应训》。

④ 张三丰：初名全一，字君宝，自号邋遢，自称张天师，辽阳懿州人，元末明初道教武当派开山祖师，明帝王曾多次诏封其"通微显化真人""韬光尚志真仙""清虚玄妙真君"等称号，著有《太极炼丹秘诀》；明永乐（1403—1424）间曾至崂山，并自海岛携植耐冬一本而繁衍至今，崂山邋遢石、张仙塔等亦皆其遗迹。详见周至元《崂山志》第165页。

3

有近代山东诸城名儒王明佛①隐居的玄都洞，还有形成一定规模、已被当作道观使用的白云洞②、明霞洞，以及曾被佛道人士使用但尚未达到一定规模的慈光洞、聚仙洞、仙古洞等。对这些经自然和人工合力而成的洞窟石室，周至元题咏较多的是白云洞和明霞洞，今可查到咏及白云洞的诗作有24首，咏及朝霞洞的有13首。这些诗歌记录了当时崂山的自然景观和人文历史，如《白云洞观日出》写出了"脚下涛响霹雳声，天外渐见一线明"的海上日出景象，《白云洞海市》记录了"几层台阁云中见，几簇烟村海上浮"这一难得一见的海市蜃楼奇观，《题白云洞精舍全景》则反映了白云洞未被损毁时道人们的清幽、闲适生活："精舍尘难到，修篁间古松。道人清睡稳，懒打午时钟。"

不过极为可惜的是，迄今已有部分洞窟石室因种种原因而损毁或消失。如位于崂山东麓大仙山巅的白云洞，在抗日战争前期曾是抗日义士们的军工厂，1939年5月4日被搜山的日军烧毁③，日军同时杀害了以白云洞道长邹全阳④为首的6人，曾经清幽闲适的白云洞至今未得修复。再如位于崂山巨峰南麓砖塔岭附近的银壁洞，周至元曾称赞曰："耀然石洞发银光，火海潮声日夕扬。何用更寻蓬岛去？眼前咫尺即扶桑。"而今，它已因前些年的非法采石活动而完全毁圮。

（三）亭台楼阁

这是中国的名胜古迹中最经常见到的建筑物，多供游览、休憩之用，青岛地区的此类建筑也较为常见。出现在周至元诗歌中的，既有斐

---

① 王明佛：清末民初诸城人，号悟禅，工诗能文，尤工书法，清亡后隐居于崂山晓望村西南二龙山巅的玄都洞，晚归塘子观，78岁时无疾而卒；其诗文皆具清真淡远之致，著有《雪泥鸿爪集》《悟禅遗墨》等。详见周至元《崂山志》第151页。

② 白云洞：位于崂山东麓的大仙山山巅，因洞口常有白云缭绕而得名，洞深广可丈许，内供玉皇；抗日战争时期曾是当地抗日义士们的军工厂，1939年被搜山的日军烧毁，至今未能修复。

③ 详见周至元《崂山志》第168页。

④ 邹全阳（？—1939）：字纯一，山东荣成人，初入崂山东麓大仙山的白云洞为道，后遍访名山10余年，又至即墨县武庙，募化重修武庙后复入白云洞修道，并募化建成白云洞青龙阁，在入侵日军轰炸王哥庄后多方募化救赈，于1939年5月4日（农历三月十五日）被搜山日军残杀于白云洞内。详见周至元《崂山志》第168页。

然亭、松风亭、九水亭、观川台、望仙台、延月楼、贮云轩、紫霞阁等位于风景秀美的崂山风景区中的建筑，也有回澜阁①、文昌阁②等位于繁华喧闹的城市里的建筑。

其中比较带有历史人文色彩的有三处。一是斐然亭。它位于崂山华严寺东南海滨的岩石上，是1932年为纪念时任青岛市长的沈鸿烈而集资修建的，亭名有隐喻沈氏"政绩斐然"之意。而今，亭已完全倾圮，其当年的高耸雄奇之境况只能从周至元诗歌中约略推知："孤亭高筑向悬崖，崖下怒涛似惊雷。岚影波光看不足，连山绵亘画图开。"二是位于崂山九水村南的观川台。它是现代剧作家洪深之父洪述祖③1913年逃至青岛时所建，台作洋式，覆以厦，西临川，背依楼，洪兴祖曾于台旁石壁刻其诗曰："青山转处起高台，台下水流更不回。涧势落成瓴建屋，溪喧声似蛰惊雷。"这一西式建筑在当年可是轰动青岛之大事。④ 不幸的是，它于1915年即被强占青岛的日本人霸道侵吞，并被改建成日式料理店。⑤ 至周至元时代，这座曾经盛极一时的辉煌建筑已完全倾圮，以致周至元不能不慨然叹道："太息题诗人已去，空留草木说平泉。"三是位于崂山东麓小蓬莱的紫霞阁。此建筑始由周至元先祖、明代即墨人周如锦兴建，后来成为即墨蓝氏家族之物，至周至元时已仅余遗址，周至元《紫霞阁》诗中仍对其充满了深深的悼念之情："先人曾此驻仙槎，高阁飞空号紫霞。今日遗踪寻不得，惟余绝壁满苔花。"

---

① 回澜阁：位于青岛市南区海滨，北经栈桥与中山路连成一线，南与小青岛隔水相望，为具传统民族风格的双层飞檐八角亭阁，周以24根圆形亭柱，内有34级螺旋式阶梯可登二楼；始建于1931年，落成于1933年，旧被视为青岛市重要标志，自1992年始被列为青岛市级重点文物保护单位。

② 文昌阁：位于青岛即墨古城东南隅，明万历三十年（1602）由时任即墨知县的刘应旂督建，清代曾三次重修，1952年拆除。

③ 洪述祖（1855—1919）：字荫之，号观川居士，江苏常州人，1913年奉袁世凯之命派人刺杀了中国现代民主革命先行者宋教仁，事件败露后逃至崂山，于南九水筑别墅隐居，1917年被宋教仁长子捕送至上海地方法院，于1919年4月15日被处以绞刑。详见周至元《崂山志》第152页。

④ 白秀芳：《崂山上消失的观川台 传说是欧式洋楼环山抱涧》，《半岛都市报》2009年8月17日。

⑤ 洪深：《我的失地》，《太白》1934年第4期。

（四）书院别墅

这是周至元诗歌记录的极具家族或个人色彩的一类历史建筑。此类建筑虽然为数不多，但对青岛地区的人文历史具有重要意义。

建于崂山的书院，主要有位于不其山东麓、相传为东汉经学家郑玄设教之处的康成书院，毗邻康成书院、由明代即墨人黄宗昌始建的即墨黄氏家族读书之处的玉蕊楼，位于华阳山下、明清即墨蓝氏家族读书之处的华阳书院①等。这些书院曾经盛极一时，推动了一方文化的发展，也成就了一方人才的兴盛。至周至元时代，它们却大都已仅余遗址，荡漾于周至元胸中的唯有其作为史学家的吊古伤今情怀。如其《过书院村吊康成遗址》曰："为避黄巾上二劳，康成遗迹在岩陬。而今何处堪供隐？废垒残阳满眼愁。"其《题蓝氏华阳书院崮》亦曰："沧桑又历几星霜，苍狗白云事渺茫。惟有华楼一片月，夜来依旧照书堂。"

建于崂山的名家别墅，最著名的当属位于华楼山之阴、明末胶州高宏图②的太古堂，其次是清末日照人尹琳基③的别墅和前述洪述祖紧临观川台所建的别墅。这些别墅的主人虽大都为时势所迫而隐居崂山，且居于崂山时并未做出什么丰功伟绩，但他们本身的名人效应已为崂山山水增添了人文色彩。对这些曾经隐居于崂山的他乡名士，周至元诗歌大多充满了崇敬之情，如其《太古堂·过华阴怀高文忠》诗曰："破碎河山何处归？溯公身世泪堪挥。名岩托足岂终隐？国事关心伤日非。大厦难支空一木，豺狼当道计频违。南都博得义仁尽，泉石无缘歌式微。"

---

① 华阳书院：始由即墨人蓝章修建于明正德十二年（1517），后于清雍正年间（1722—1735）倾圮，民初尚存墙垣，新中国成立后其地被辟为军用。

② 高宏图（1583—1645）：也作弘图，字研文，又字子犹，号砭斋，明末胶州人，历陕西道监察御史、左都御史、工部右侍郎等职，崇祯五年（1632）因反对宦官专权而被罢官归乡，获同乡赵任所赠、位于崂山华阴村的别墅"皆山楼"，乃更名为太古堂而居之，崇祯十六年（1643）复官，至礼部尚书兼东阁大学士，加封太傅，明亡后绝食而死，太古堂亦转归胶西王氏；著有《太古堂集》《高宏图杂著》等。详见（道光）《重修胶州志·人物志》。

③ 尹琳基（1838—1899）：字琅若，号竹轩，山东日照人，因于同治二年（1862）进士后历翰林院庶吉士、翰林院编修等职而被称为"尹翰林"，光绪九年（1883）至十三年（1887）期间隐居于崂山太清宫东侧一所两进的堂院，民间称为"翰林院"或"尹琅若别墅"。

而对他们留给崂山的人文财富，周至元也有精到的认识，如其《尹琅若别墅》诗曰："富贵浮云一笑忘，雅人襟怀耐思量。名山自从先生驻，空谷常留翰墨香。"

（五）塔墓遗迹

这是周至元诗歌记录的另一类历史建筑，大致可分两类，一是埋葬于青岛的本国人墓址，二是埋葬于青岛的外国人墓址。

前者以僧侣之墓址为主，其中包括位于崂山华严寺前的慈沾[①]上人塔和位于崂山华严寺内的昌仁[②]上人塔、于七[③]墓等。对慈沾上人塔，周至元热情讴歌了其环境之秀美和建筑之古老沧桑感："盘青挽翠一重重，疑是岱宗五老松。久阅烟霞佛骨瘦，饱经风雨藓花浓。云归深锁常栖鹤，潮至长吟欲化龙。天教名山留胜迹，回看四面耸奇峰。"对昌仁上人，周至元着力赞美的是他对诗歌的情有独钟："嵯峨古塔竹松间，佛骨何埋却教闲？想当清风明月夜，诗魂应绕旧云山。"对于七起义军惨遭杀戮的场面，清人蒲松龄曾以"阙头断臂之尸，起立如林"（《聊斋志异·野狗》）、"碧血满地，白骨撑天"（《聊斋志异·公孙九娘》）等血腥之语来形容，周至元则着眼于对于七这一失路英雄凄惨结局的同情和赞美："失意逃归释，英雄末路多。千秋留侠骨，寂寂寄山阿。"（《于七墓》）此外，周至元诗歌还热情讴歌了另两位埋骨于青岛的为民请命者：一是名满天下的参与了戊戌变法运动的近代思想家——广东南海人康有为，一是默默无闻的青岛本土名士——清末崂西南石屋村人宫

[①] 慈沾（1588？—1672）：清代高僧，俗姓李，观阳里（今山东海阳）人，少孤，事母极孝，母卒后削发为僧，师事江南临济派僧人一生和尚，后为即墨黄宗昌迎至即墨准提庵，清康熙间至崂，与黄宗昌之子黄坦共同创建华严庵，年84而坐化。详见周至元《崂山志》第171页。

[②] 昌仁：字义安，俗姓矫，清末诗僧，年少时即出家于崂山华严庵，年长后因至京受戒而通书翰，乃云游四方，光绪间重归华严庵，禅定外以诗自娱，著有《山居诗稿》。详见周至元《崂山志》第172页、《于七抗清史略》（载《周至元诗文选》第236—260页）等。

[③] 于七（1609—1702）：名乐吾，字孟熹，以行七而称，山东栖霞人，初以武举起家，因与邑绅不合而起兵抗击清军，传说其兵败后逃至崂山，出家于华严寺，法名善和，终老死于华严寺。详见周至元《崂山志》第171—172页。

中梱①。对初葬于青岛李村枣儿山的清末大儒康有为，周至元的仰慕之情溢于言表，诗中甚至流露出甘为私淑弟子的愿望："我来异代空私淑，亲炙缘悭怅落晖。"（《李村拜康南海墓》）即使是对以死表明其拳拳爱国之心的崂山本土人士宫中梱，周至元诗中也充满景仰和同情，如其《过宫先生墓》诗曰："拜罢凄然泪满襟，先生遗恨海同深。只今惟有二劳月，能鉴英雄万古心。"

后者主要指德占青岛时期修建的外国人墓地——万国公墓。它大致位于今青岛市南区百花苑内，其中多有以花岗岩、大理石构建的石刻墓碑，墓碑上往往书有外文墓志，有的还镶有瓷制照片。由那些雕刻精致的墓碑可以推知，这些埋葬于他乡异土的亡魂曾经有多少亲人牵挂，但时过境迁，亲人离去之后，它们只能成为无人祭扫的游魂孤鬼，恰如周至元《过汇泉第二万国公墓》诗所感慨的："垒垒荒坟触目惊，新魂故鬼两无声。年年寒食无人扫，空植短碑记姓名。"而今，虽然万国公墓已于"文革"时期毁弃，幸运的是，许多墓碑已经被发现②，而且也将得到妥善处理，那些一度无人祭扫的"新魂故鬼"留与后人瞻仰的时机应该不会太远。

周至元现存诗歌中咏及的历史建筑大致包括以上五类。而除了历史、人文建筑及其遗迹，周至元诗歌还歌咏了其他一些崂山物质文化遗产，如耐冬、牡丹、墨晶、仙胎鱼、崂山杖等特有物产以及巨峰、九水、鱼鳞瀑、蓝靛湾、棋盘石、八仙墩、自然碑等自然景观，可说是既为后人真实记录了当时的物质文化遗产样貌，也为青岛文化的繁荣和传承作出了应有的贡献。

二、传统文化方面

周至元诗歌所吟咏的内容，除上述物质文化方面外，还主要涉及文

---

① 宫中梱（kǔn）：字伊真，清末诸生，以孝义闻于乡，德占胶澳期间，其祖屋被划归租界，愤而率众拒输租税于德署，并赴京诉求于有力之士，事败归乡，命其子为营墓，自缢于神祠松桧间。详见周至元《崂山志》第160—161页。

② 李晓丽：《青岛发现"百岁"万国公墓老墓碑》，《人民日报（海外版）》2009年5月4日。

化名人、风土人情等传统文化方面。具体而言，在传统文化方面，周至元诗歌主要保留了以下内容：

（一）崂山文化名人

周至元现存千余首诗歌中，有大量的题画赠友、咏史怀古之作，这些作品在记录周至元情感的同时，也为我们保留许多崂山文化名人的信息。一生爱好广泛的周至元，自年轻起即热衷于登览家乡山水并赋诗纪游，因此得以熟知与家乡有关的徐福、田横、李白、张三丰、憨山等历史名人事迹，并结识了邹全阳、仁济、王悟禅等隐居即墨、崂山一带的道友、诗僧和方外之士，以及袁荣叟、芮麟、黄公渚等有着同样登临赋诗喜好的社会名流。同时，他自幼便痴迷于棋，喜好以棋会友，因而得以尽识傅鼎九、江志堂、金振声等即墨棋友，以及邵次明等客居青岛的象棋名家。而且，晚年的周至元还喜好以手中画笔描绘眼中的家乡山水，因喜以画会友而遍交李宣三、石瑛、张伏山等青岛本土画家及赫保真、杜宗甫、刘凤翔等客居青岛的画界翘楚。对于这些人物的感想和记忆，都鲜活地保存在自少年时即于即墨名儒王锡极帐下学习古体诗的周至元的笔下。因此，研究周至元诗歌，不仅可以了解曾经发生在青岛崂山地区的诸多典型事件，而且可以认识因钟灵毓秀的崂山而聚结在一起的诸多文化名人，了解人文崂山、人文青岛。

1. 当时文化名人

在其题画赠友诗中，周至元提及的当时有名有姓者近70人，除田润甫、田有栋、王显桦、王显棠等少数亲友外，大致可分诗友、道友、画友、棋友四类，其中不乏曾在岛城颇有影响的文化名人。尽管今天已很难查找到其中大多数人的相关资料及其与周至元交游的详细情况，但通过周至元现存诗歌，我们仍可发现诸多线索。此姑以周至元诗友为例作一简要说明。

周至元诗友主要有两类，一是以蓝水为代表的本土诗人，一是以芮麟夫妇为代表的客寓诗人。本土诗人中，蓝水是周至元发小兼知交，二人少年时即同学于乡儒王锡极，并多次结伴同游、同咏崂山，因而，唱和、题赠之作最多，本书所存周至元诗有《和蓝水悼亡》《送蓝水远游》《喜蓝水归里》《与蓝水游石门山歌》等13首；蓝水诗则有《和至元〈懊恼诗〉》《同至元游崂口占》以及《怀至元》《追怀至元》《过至元故宅》等悼念之作，共21首，今并录于《友声集》中。此外，长寿的蓝水最终也走上崂山文化研究之路，编辑有《崂山古今谈》《崂山志》等作，不能说没有受到周至元的影响。张墨林（字小园，也作肖园）则是周至元本土诗友中的年长者，他是清末民初崂东人，清亡后即隐居崂山，日与因逃婚而避居崂山的山东诸城人王明佛诗酒相酬，其《赠王悟禅》诗中"学道愿学邱长春，交友愿交素心人"之句，至今为人称颂，周至元对其品格、诗歌均高度赞扬："清怀如水常教淡，傲骨撑身一任贫。人似逋仙无俗格，诗同坡老超凡尘。"（《赠张墨林》）而均是即墨当地人的刘芸畦、蓝崿、黄蔚亭等人，尽管由于其本人名声不显、相关资料缺失等原因，他们的诗作没有流传下来，但通过周至元诗歌，我们仍然可以多少了解其诗酒人生、磊落襟怀，体悟其寄情山水、笑傲凡俗的人生态度，感受其对家乡山水、文化的热爱情感。

  客寓诗人中，山东高密人钟惺吾对少年周至元的诗歌创作应该产生过一种影响，他于1917年出版的游历崂山之作《惺庐诗草》，对周至元早期诗作《天籁集》的结集成册应有启发作用。浙江桐庐人袁荣叟（字道冲），则从多方面对青年周至元形成了至大影响。他任青岛市地方自治委员会会长期间，总纂并促成了《胶澳志》的出版，该书的出版对青岛文化的传播与传承起到了不可否认的作用；他对崂山的酷爱及续修《崂山志》的想法，不仅促进了其与青年周至元的友谊，也直接促成了周至元版《崂山志》的成书；而他对江浙名士的引见与介绍，则可能直接促成了周至元对因《扬州闲话》一书而官司缠身的江浙文士易君左以及长于"新诗"创作的陈雪鸿等人的相识与仰慕。1945年即客寓青岛的芮麟、黄哲渊夫妇及稍后的黄公渚先生，则对中晚年的周至元影响颇大。周至元与芮麟夫妇的相识，当始于芮麟任国民党青岛市政府人事处处长的1945—1949年期间，相识之因当是芮麟对其诗歌创作和游览崂山爱好的欣赏，一如周至元《琴岛初会芮麟》诗所说："半生误我是诗名，落魄琴冈岁月更。青眼几人肯余顾？素怀一夕尽君倾。士逢知己应无恨，琴遇赏音别有声。预约他年偕共隐，二劳先订海鸥盟。"其后，芮麟夫妇的博学多才、传奇经历等都令周至元仰慕有加，他在诗中对二人不吝赞美之词，并曾多次登临芮麟夫妇位于青岛市观象山二路七号的居所拜访，一度为黄哲渊写成于1948年的散文集《乱离十年》题诗十首。1946年重返青岛的山东大学教授黄公渚是周至元晚年的另一知音，他对周至元《崂山志》的大力推荐，直接促成了周至元《崂山名胜介绍》的写作与出版，间接促成了周至元被中科院山东分院聘为兼职研究员并至济南与修省志等事。此外，在周至元笔下，还活跃着以华严寺诗僧仁济、玄都洞道人王悟禅、白云洞道人邹全阳和王真吾、天后宫道人潘友竹以及吴伴侯、丁宇宾等为代表的道友，以张伏山、石瑛、解竹苍、王海禅、李崇德以及赫保真、杜宗甫、刘凤翔等为代表的画友，以邵次明、傅鼎九、刘芸畦为代表的棋友，以曲希佛、庄垓兰等为代表的隐居者。周至元诗歌不仅使我们了解到他们与周至元的交游情况，也可以了解他们为繁荣青岛文化作出的贡献。

2. 历史文化名人

现存周至元诗歌中的咏史怀古诗和写景咏物诗，还歌咏了那些曾经游览或客居于崂山的历史名人，如徐福、田横、郑玄、李白、丘处机、张三丰、憨山、康有为等；以及一些生于斯长于斯的青岛本土历史名士，如黄宗昌、高弘图、宫中楣等。

迄今仍在青岛留有诸多传说故事的诸多历史文化名人中，较有名气的当属秦始皇时术士徐福和秦末起义军首领田横，以其名字命名的二岛至今仍是青岛旅游胜地。周至元诗歌也反映了这一点。对以神仙、长生之术欺瞒秦始皇、最早使崂山以海上仙山而闻名的徐福，周至元极为蔑视，以为他只是一沽名钓誉的方士，可惜秦始皇"盖世英雄主，反教竖子欺"（《徐福岛吊古》）。而对虽在实战中败于刘邦、在精神上却保持了独立的田横，周至元则极为欣赏，他直接吟咏田横、以"田横岛"为题的诗歌即有五古、五律各一首，七律二首，另有《读史》《读黄培〈含章馆诗集〉有感》《上海八百烈士抗战歌》等作多次间接赞美田横。在这些诗歌中，他既痛惜田横的"壮志不酬"，又敬佩于田横的"此腰岂肯折？"而且，他不仅热情赞美田横本人"不愧铮铮铁"的"英雄肝胆"，也高度评价与田横"一朝并流血"的"同心五百人"，以为他们以"浮生韭（薤）上露，仰俯本如瞥"的态度践行了"死足重泰山"的人生价值观，以致周至元在近两千年后"吊古来荒岛"时油然而生一种"仿佛英灵在，呜咽眦欲裂"的激迈情感（《田横岛吊古》）。

其次，周至元诗歌还歌咏了那些以学问、文章、气节而闻名的崂山历史名人。客寓者中，除前述康有为先生外，周至元最为敬仰的，应是因避黄巾之乱而隐居青岛城阳不其山的东汉经学大师郑玄。对这位历经坎坷却仍执着于学问的经学大师，周至元在崇敬、怀念之中满怀热爱，以为郑玄先生"旷怀今世少"（《怀古》），"遗迹今虽毁，高风尚若新"（《康成书院》），其崇高的人品正如"山不在高，有龙则灵"般使不其山至今而闻名。尽管旧有的康成书院遗址今已无存，但以其而闻名的书院村、书带草等却至今仍在青岛繁荣发展。因《寄王屋山人孟大融》一诗而使崂山名闻天下的李白，也是周至元比较欣慕的客寓名人，以致在诗中多次化用李白"我昔东海上，劳山餐紫霞"之句。本土历史文化名人中，黄宗昌对周至元抗日战争期间隐居崂山、专心撰著《崂山志》一事起到了榜样作用，这由其《题黄宗昌〈山志〉》诗中"著作永垂一卷传，常留正气在名山"等句中即可看出；而关心国事、拒绝"独善其身"的高弘图，则对抗日战争时期的周至元起到了精神楷模的作用，其《华阴吊高文忠公》诗既有"名山驻足岂终隐？国事关心泣日非"这样的慨叹之句，也有"一从高节尽忠后，常与二劳增精辉"这样的真心赞美之语。另外，晚年的周至元对在清初著名文字狱事件中含冤而死的即墨人黄培极为同情和赞美，认为他也为崂山留下了宝贵的精神财富，如其《读黄培〈含章馆诗集〉有感》之五以为："漫说文字成冤狱，分明事业照青天。人生自古谁无死？正气至今尚凛然。"

最后，周至元诗歌也咏及了因崂山自然美景而隐遁、给崂山增添了人文风光的僧道界历史名人。较早定居于崂山的僧道名人是唐玄宗时道士孙昙，相传他因奉唐玄宗之命至崂山采药而定居崂山，至今留有明道观、采药谷等遗迹。周至元诗歌屡屡歌咏其采药隐居之处的至今仍存和景幽堪隐，如其《明道观》说"却喜孙昙采药处，只今仍属羽人家"，其《采药谷》曰："即此堪供隐，烟云朝夕稠。"至元代，已以自然风景而名闻天下的崂山更吸引了诸多僧道名士，其中最为著名的是号长春子的元初名道丘处机和被尊为武当派开山祖师的元末名道张三丰,二人在崂山留有多处遗迹,前者如长春洞、长春井及上清宫石刻等,后者如三丰洞、玄真洞、张仙塔、邋遢石等。周至元诗歌既歌咏了这些名人留给崂山的人文风景之美,也歌咏了他们留给崂山的人文精神之富,如《太清宫》诗曰:"林密疑天小,花奇带雨香。长春曾隐此,古迹费思量。"《玄真洞》诗曰:"容膝不觉隘,竟同宇宙大。"明清时期寓居崂山的僧道名人中,较为著名的是前文提及的曾经引发崂山僧道之争的明代高僧憨山和清代华严寺僧慈沾、于七等。其中,最令周至元唏嘘不已的是因创建海印寺于崂山而获罪的明僧憨山,周至元诗歌不仅赞美了憨山"只手为之成""顿教海角起楼台"(《海印寺》)的创建之功,也强烈表达了对其因建寺而获罪的不平之气,以为"只今海涛响,犹似不平鸣"(《海印寺》)。

虽然今天已很难找到有些历史名人曾经在崂山留下的遗迹,但他们以自己的事迹、学识、气节、事业等给崂山留下了丰富多彩的人文财富,周至元的诗歌则更好地宣传、弘扬了这笔宝贵的人文财富。

(二) 风土人情

周至元现存千余首诗歌中,还真实记录了一些崂山的风土人情。尽管这部分诗歌为数极少,但也对崂山非物质文化遗产的传承起到了推广作用。如读《竹醉日栽竹》,我们不仅可了解作者本人"不惜病身冒雨栽"的爱竹情怀,也可了解民间以农历五月十三日为竹醉日、并于此日栽竹为祭的传统习俗;读《登火神郭》《蚕姑祠》等诗,可知即墨民间旧有祭火神、蚕姑习俗;读《和蓝水〈定情诗〉》《和蓝水〈催妆诗〉》等作,知即墨民间婚嫁有定情、催妆习俗。

最能体现周至元对家乡风土人情的热爱之情的,是其以"竹枝"为题的3题20首诗歌,其中包括《茶棚竹枝词》《天井山竹枝词》各6首,《元宵竹枝词》8首。前12首主要描写即墨民间庙会盛况。《茶棚竹枝词》反映的是今已失传的佛诞日(青岛地区为农历四月初八日)庙会,其时正值春夏之交、崂山樱桃成熟之际,商贩们"竹篮叫卖紫樱桃"(其五)的喧闹声中,平时很少有出门机会的大姑娘、小媳妇们公然走上熙熙攘攘的庙会,并大胆地竞试夏装、争奇斗艳,更有求子者悄悄求得泥娃娃而归:"倾城仕女试罗衣,结伴焚香拜佛帏。暗祝麟儿入怀早,背人拴个泥娃归。"(其三)《天井山竹枝词》描写的则是今已演变成为即墨特色民俗节会的小龙山庙会,其时已是赤日炎炎的农历六月十三日,对时为青年男子的作者而言,庙会的主角自然仍是那些千娇百媚的女子们,但见:"香风千里到山巅,一路歌声杂管弦。多少倾城看不足,千家门巷倚婵娟。"(其一)这于盛夏时节举办的庙会,即使在"蒸人炎曦午偏张"之际,也"总有薰风不觉凉",只因赶庙会女子们"万柄素纨齐著力,满山乱见蝶飞扬"(其四)。青年男子们与那些"汗湿玉肌看更好,恰同晓露滴芙蓉"(其五)的年轻女子们在庙会上自由自在的看与被看,恐怕才是此庙会至今不衰的根源所在。《元宵竹枝词》描写的则是即墨民间庆祝元宵节的盛况。从诗中,我们看到:傍晚时分,即已"锣鼓喧天""倾城妇女斗妍姿"(其一),到处是一派喜庆热闹的节日景象;当"千街月色凉如水"之时,人间则是"晔晔银灯耀碧霄,嘈嘈仙乐响云璈"(其三),"彩灯悬处满街磬,爆竹声声更不停"(其四)。在这样喧闹的夜晚,除了那些灵活逼真的花灯("画鹢惊看陆上航,莲花不向水中芳"),即墨当地的人们还可欣赏到品种繁多、洋溢着区域特色的民间艺术,如"此身宛置江南地,处处歌声唱插秧"(其五)中描写的大秧歌,"队队高跷踏踏歌,霞珮仙子舞婆娑"(其六)中描写的高跷和踏歌,"唱道传呼一品官,抬来竹杠校轿杆"(其七)中的抬阁或扛阁,等等。

  周至元诗歌所反映的这众多内容,对青岛传统文化的丰富和建设都具有一定的促进作用。如通过对其咏及的田横、郑玄、高弘图、黄宗昌、宫中楣、康有为等历史名人的发掘,不仅可借以打造青岛的"文化名片",增强青岛的文化软实力;而且可借以整合青岛的历史名人资源,丰富青岛的文化旅游内涵,进而借以宣传崂山名人所代表的优秀人文精神,提升青岛市民整体的人文素质。而今,周至元诗歌中咏及的那些历史建筑,除湛山寺、华严寺、上清宫、下清宫等有限的几座至今仍保存完好且享有盛誉外,大多数已默默无闻甚至毁佚殆尽,如明道观、海印寺、太古堂、康成书院等在周至元时即已仅余遗址,太和观、先天庵、银壁洞、宫中梱先生墓等今已荡然无存；崂山特有物产中的墨晶、仙胎鱼等，已因过度开采而日濒危绝；邹全阳、仁济、王悟禅、芮麟、黄公渚、张墨林等曾经在青岛、崂山一带颇有声闻的周至元友人，其事迹已在青岛、崂山一带湮没无闻，其遗迹也正日渐消失。因此，周至元诗歌的文化传承意义就显得弥足珍贵。

一、天籁集

自题《天籁集》

诗酒徜徉四十年，风流回首化云烟。
闲来掇拾旧时稿，谢绝人间笔墨缘。

竹

潇洒高人致，风流名士身。
青青怜直节，雪里见精神。

松

直干堪为栋，狂枝欲拂云。
岁寒号三友，梅竹漫同群。

梅 花

凛凛雪霜姿，不为寒威改。
芳心亦自有，那许蝶蜂采？

溪 上

客路三千里，江湖二十秋。
生平眠未稳，溪上愧闲鸥。

懒 云[1]

作霖既未能，行雨亦嫌苦。
只合依碧山，伴些烟霞侣。

注释：

[1]懒云：周至元自号，此诗为其自咏心志之作。

书　怀

不攀凌霄枝，且结同心草。
灼灼雕兰花，能有几日好？

对　酒

人情翻覆多，世事如意少。
惟有瓮头春[1]，作伴堪终老。

注释：

[1]瓮头春：古代一种酒名，后泛指酒，如唐岑参《喜韩樽相过》诗："瓮头春酒黄花脂，禄米只充沽酒资。"

古　意

同根生两松，少小枝互翳。
长被女萝牵，日见分南北。

瞿　塘[1]

回旋滟滪堆[2]，六月不可下。
渠知人心险，较此更可怕。

注释：

[1]瞿塘：即长江三峡中的瞿塘峡，西起重庆奉节的白帝城，东至巫山县的大溪镇，是三峡中最为险峻者。　[2]滟滪堆：俗称燕窝石、犹豫石等，位于瞿塘

峡口,旧时是长江航道上的险阻之处,已于1958年冬被炸除。

深　山

黛色丛丛竹,雨声处处泉。
山深人过少,野鹿藉花眠。

春暮闺情

妆阁莺声老,王孙信息稀。
愁多身自瘦,不敢试罗衣。

小院即事

石上楸坪[1]设,朝朝有客来。
棋声惊鸟去,花落满苍苔。

注释:
[1]楸坪:当为"楸枰",本指楸木制成的棋盘,后成为棋盘、棋具的美称,如宋陆游《自嘲》诗:"遍游竹院寻僧语,时拂楸枰约客棋。"

村夕即事

一

夕阳半村红,芳草千里碧。
知有牧童归,柳外数声笛。

二

鸡鸣村巷幽,雀喧禾黍熟。
野老荷锄还,炊烟起茅屋。

山村即景

夹岘[1]绿阴合,幽禽不住啼。
人家遥相望,一水隔东西。

注释：

[1] 嵎（yú）：山弯曲的地方。

春日游山村

绕宅数株柳，当门几树花。
桑麻生计足，羡煞野人家。

雨后至小园

积雨苦连朝，乍晴聊寓目[1]。
小园看落花，新发几竿竹。

注释：

[1] 寓目：即观看，如宋洪迈《夷坚志·丁志·仙舟上天》："仰空寓目，见一舟凌虚直上。"

山窗枕上即景

境静身自懒，竹榻恋高卧。
山窗暗复明，知是闲云过。

宿白云洞[1]

山色列几上，潮声落枕头。
竹床清绝俗，梦入白云游。

注释：

[1] 白云洞：崂山有二白云洞，一在大仙山，一在巨峰；此当指位于崂山东麓大仙山巅、周至元道友邹全阳栖真之处的白云洞，其洞东望二仙山，西望海门，东南俯视大海，洞深广可丈许，内供玉皇，洞后有古松名华盖，洞前后左右有青龙、朱雀、白虎、玄武诸石，抗日战争期间曾是抗日义士们的军工厂，1939年被搜山的日军烧毁，至今未能修复。详见周至元《崂山志》第45、50、340页。

题白云洞精舍[1]

野竹凌霄上,落花满地封。
道人清梦稳,懒打午时钟。

注释:

[1]精舍:本指儒学家讲学之所,后也泛指僧、道、隐等人士出家修炼、居住之所,如宋吴曾《能改斋漫录·辨误二》:"古之儒者,教授生徒,其所居皆谓之精舍。"此处指白云洞道舍。

客 来[1]

一

庐结傍秋水,闲鸥日可亲。
客来自沽酒,应识主人贫。

二

别有会心处,傍人应未知。
客来笑我懒,药里网蛛丝。

三

肆设城郊外,身居田野中。
客来多空返,十度九难逢。

四

篱落便栽菊,花开景色幽。
客来知我睡,自赏一庭秋。

注释:

[1]据"药里网蛛丝""肆设城郊外"等句,此诗当作于作者于即墨城西关设药肆期间。

乱中吟

一

禾稼才登场,吏胥已候门。

一年辛苦得，未许片时存。

二

当路村村垒，环城处处沟。
归来华表鹤[1]，应有十分愁。

注释：

[1]"归来"句：化用古代辽东人丁令威学道成仙后化鹤归乡、集于城门华表柱头的故事，详见晋陶潜《搜神后记》卷一等。华表鹤：本指学道成仙者丁令威，后借指久别之人。

三

郁郁城边柳，青青带远村。
自经兵燹后，无复一株存。

四

何用更妨盗？祛箧[1]白日间。
柴关爨[2]已尽，夜夜不容关。

注释：

[1]祛箧（qū qiè）：当为"胠箧"，本指打开箱子，后引申为盗窃，如《庄子·外篇·胠箧》篇曰："将为胠箧、探囊、发匮之盗而为守备，则必摄缄縢、固扃鐍。" [2]爨（cuàn）：本指烧火做饭或烧火做饭用的灶，此处指烧。

五

雀鼠城中尽，庐舍郊外空。
凭高两眼泪，处处起悲风。

六

数度经兵劫，愁城惨不开。
留将碧血[1]在，风雨长莓苔[2]。

注释：

[1]碧血：喻指为大义而死难者之血，出自《庄子·外物》："苌弘死于蜀，藏其血，三年而化为碧。" [2]莓苔：即青苔，如宋苏舜钦《寄守坚觉初二僧》诗："松下莓苔石，何年重访寻？"

七

村在烽烟里，家傍战场隈。
残骸掩不尽，时见犬衔来。

战后除夕

才得床头卧，又从枕上惊。
儿童燃爆竹，犹误是枪声。

避乱遇友

客路相逢处，菊花正满枝。
欲知近日况，请看鬓边丝。

秋日重游华严寺[1]

一

十年烽烟里，名庵恨未游。
山容青未改，只白老僧头。

注释：

[1] 华严寺：位于崂山东麓返岭后村西那罗延山半山腰，始由明代崇祯年间（1628—1644）即墨人黄宗昌出资兴建，未及成而毁于兵火，其子黄坦续修，落成于清顺治九年（1652）始，为崂山现存唯一佛教寺院；寺三面环山，左襟大海，殿宇楼阁之为二劳之最，周围另有那罗延窟、挂月峰、望海楼、鱼鼓石等名胜，是崂山旅游的著名景点。

二

海碧白云里，岚青红叶间。
恨无倪黄[1]笔，千幅画秋山。

注释：

[1] 倪黄：元代画家倪瓒、黄公望的合称。倪瓒（1302—1375），初名斑，字泰宇，后改名瓒，字元镇，号云林子、荆蛮民等，长于山水、墨竹，尤以"折带皴"笔法而闻名，是元代南宗山水画派的代表人物，代表作有《江岸望山图》《竹

树野石图》《秋林山色图》等;黄公望(1269—1354),字子久,号大痴道人、一峰道人等,工书画,通音律,能诗文,是"元四家"(黄公望、吴镇、倪瓒、王蒙)之首,存世画作有《富春山居图》《九峰雪霁图》《丹崖玉树图》《天池石壁图》等。参阅潘公凯等编著:《插图本中国绘画史》,上海古籍出版社2001年版,第261—276页。

三

石径绕溪曲,禅关隐竹斜。
入门不遑憩,先看耐冬[1]花。

注释:

[1]耐冬:又称绛雪,山茶科山茶属,常绿灌木或小乔木,花赤红,开放于隆冬时节,因得名。

四

梦想招提[1]境,重来亦夙缘。
山僧知爱客,煮茗试新泉。

注释:

[1]招提:应是梵语"四方"的汉语音译"拓斗提奢",后渐演变为佛教寺院的别称。

五

禅榻铺云白[1],幽窗映竹青。
五更梵呗[2]响,尘梦一时醒。

注释:

[1]白:抄本又作"卧"。 [2]梵呗(bài):本指佛教徒诵经的声音,后也指佛教音乐。

六

岧岧藏经阁[1],高高出竹梢。
凭栏试极目,山海入望遥。

注释：

[1]藏经阁：位于崂山华严寺寺门之上，始建于清康熙二十七年（1688），阁内原藏有清雍正间所颁经720部，阁外环走廊，凭栏眺海，胜景无余，今阁存而藏经已佚，详见周至元《崂山志》第128页；周至元另有《藏经阁望雨记》一文。

七

寂寂寂光洞[1]，山花晚更香。
海风吹不断，松子落琴床。

注释：

[1]寂光洞：位于崂山华严寺之上，本为天然洞穴，其大如屋，上有人称"望海楼"的天然巨石，前瞰大海，今已建有房屋，内置"胡三爷"（即墨城阳文化名人胡峄阳）牌位。另：抄本又作"寂无光"。

七　绝

梅

玉骨冰姿世少俦，竹篱茅舍爱清幽。
林逋[1]未遇无知己，月冷山空寂寞愁。

注释：

[1]林逋：字君复，谥和靖，北宋隐逸诗人，终生不仕不娶，晚年居于西湖孤山，以种梅养鹤自娱。事详《宋史》卷四五七。

古　琴

古琴如今不解弹，《广陵散》[1]已化云烟。
子期[2]去后知音少，冷落尘封壁上悬。

注释：

[1]《广陵散》：又名《广陵止息》，我国古代著名琴曲，相传魏晋时即已失

传,唯名士嵇康能弹此曲,他临刑前仍从容不迫地索琴弹奏此曲,然后长叹说:"《广陵散》于今绝矣!"详见《晋书》卷四九。　　[2]子期:即与著名琴师俞伯牙知音相赏的钟子期,春秋时楚国人,精通音律,俞伯牙视他为知己,在他死后终身不再弹琴,详见《列子·汤问》《吕氏春秋·孝行》等。此处化用钟子期死后俞伯牙终身不再弹琴的故事比喻世少知音。

蠹 鱼[1]

古籍丛中过一生,残编断简若为情。
文章满腹终何用?三食"神仙"仙不成[2]。

注释:

[1]蠹鱼:即蟫,也叫衣鱼,一种蛀蚀书籍和衣服的小虫,古代诗文中常用以喻指嗜好读书或死啃书本的人。　　[2]"三食"句:化用何讽遇到蠹鱼已羽化成脉望却未能趁机成仙的故事,详见《太平广记》卷四二:"唐建中末,书生何讽尝买得黄纸古书一卷,读之。卷中得发卷,规四寸,如环无端。讽因绝之,断处两头滴水升余,烧之作发气。讽尝言于道者,道者曰:'吁!君固俗骨,遇此不能羽化,命也。据《仙经》曰:蠹鱼三食神仙字,则化为此物,名曰脉望,夜以规映当天中星,星使立降,可求还丹,取此水和而服之,即时换骨上升。'因取古书阅之,数处蠹漏,寻义读之,皆'神仙'字,讽方叹伏。"

谷 雨

桃花开老杏花残,布谷声中零露漙[1]。
几十春光抢指尽,节后骤暖节前寒。

注释:

[1]零露漙(tuán):形容降下的露水非常多,出自《诗经·郑风·野有蔓草》"野有蔓草,零露漙兮"。

听 蛙

雨后池塘草乱生,绝无人处自高鸣。
年来双耳尘嚣聒,闻尔蝈蝈[1]觉暂清。

注释：

[1]蝈蝈：本指一种螽斯科的善鸣昆虫，此处误用作象声词"呱呱"，指青蛙的鸣叫声。

落 花

东风吹过碧栏杆，十二飞琼[1]解珮环。
暂谪瑶台成小劫，好春专待一年看。

注释：

[1]飞琼：本指神话传说中西王母的侍女许飞琼，后泛指仙女，此处喻指落花。

落 花

触目春归暗自惊，朱幡无力护琼英[1]。
落花处处涢泥土，却恨秋风太绝情。

注释：

[1]"朱幡"句：化用天宝年间处士崔玄微制作朱幡保护花神的传说：崔玄微在洛阳东苑偶然遇见几个漂亮女子，便设酒招待，酒宴因那个被尊称为封姨的女子打翻酒弄脏一红衣女子衣服不欢而散；次日，众女又来，央求崔玄微每年正月初一日东风起时作朱幡（即红色的旗帜）放在东苑；崔玄微依言而行，结果尽管苑外东风狂起而苑中花开如故，这才明白众女都是花神而封姨就是风神。详见唐谷神子《博异志》。

雨 夜

思量无计驱离忧，手把残编卧枕头。
一夜雨声直到晓，又添心事替花愁。

秋 蝉

独吟岂顾世人嫌，冷落西风态可怜。
最是不胜哀怨处，断桥衰柳夕阳天。

秋 雨

布被匡床[1]冷气侵，忧人心绪感难禁。
茅檐一夜潇潇雨，落叶盈阶尺许深。

注释：

[1]匡床：安适的床，一说指方正的床。

雪 夜

活火红炉酒自煎，陶然醉后独成眠。
宵来怪底暖如许，一夜茅檐尽压绵。

写 怀

卖药为生韩伯休[1]，栖身廛市日优游。
得钱懒作妻孥计，却曳破裘上酒楼。

注释：

[1]韩伯休：即东汉恒帝时名士韩康，字伯休，又名恬休，京兆霸陵（今属陕西）人，采药为生，口不二价。详见《后汉书》卷一一三。

书 怀

年年落得病愁身，货殖[1]虽为依旧贫。[2]
安得携书归隐去？二劳山下作遗民。

注释：

[1]货殖：本指以物易物以赢利的商业活动，此处泛指经商。 [2]此二联抄本又作"年年漂泊走天涯，秋去春来两鬓华。"

诗 癖

怪癖自嫌不可医，朝朝哦咏恰如痴。
明知诗是穷人物，已到奇穷尚作诗。

睡 起

空有琴书插架齐,无能敢说是高栖。
十年尘梦一时醒,睡足山斋闻午鸡。

相 思

相思无益莫相思,月夕花晨强自支。
蝴蝶不知人意苦,双双飞上海棠枝。

春 闺

独处空闺觉日长,恼人春色满纱窗。
伤心怕见梁间燕,每到归来总是双。

饯 春

一

花含朝露柳含烟,处处莺声咽管弦。
明岁归来知依旧,只愁小别须经年。

二

长亭极目意凄迷,但见连天芳草齐。
杜宇也知留不得,绿杨阴里尽情啼。

秋 闺[1]

一自征人去未还,秋来泪眼几曾干。
今宵知有团圞月,早下垂帘不忍看。

注释:

[1]周延顺自印本中两次收录,另题作"仲秋闺情",仅第三句中"团圆"作"团圞",因只保留此首。

山　家

石白泉清竹径斜，乱峰影里几人家。
料因地僻春迟到，四月碧桃未著花。

山　居

石径崎岖深复深，花香鸟语自晨昏。
数间茅舍松阴里，流水声中日闭门。

村　居

一

不逐人间利与名，南畴日日事躬耕。
归来饱饭和衣睡，一枕酣眠直到明。

二

总角稚儿初步行，相随田野学锄耕。
无须更著豳风[1]读，艰难早知稼穑[2]情。

注释：

[1]豳风：本为我国古代第一部诗歌总集《诗经》的十五国风之一，包括《七月》《东山》等7首诗，均以描写农家生活、农业生产活动为主；此处指代《诗经》。　[2]稼穑：本指种植和收获，后泛指农业生产活动。

蚕　妇

新栽桑树绿阴成，冒露朝朝陌上行。
只恐蚕饥忙采叶，闲花遍野不留情。

农　夫

鸡豚社日[1]祝年丰，衣食足来无别营。
一夜潺潺新雨足，明朝绿野遍[2]春耕。

注释：

［1］社日：旧时农民祭祀土地神、祈求或庆祝丰收的节日，自宋代始分别以立春和立秋后的第五个戊日为春社日、秋社日。　　［2］遍：抄本又作"不"。

无　题[1]

闭户著书若许年，闲来无事不从容。
时人不识余心乐，心有灵窍[1]一点通。

注释：

［1］据首句，此诗当作于设药肆于即墨城关、闭户著书期间。　　［2］灵窍：原抄作"翎翘"。

无题诗

流泉一道吐云根，松竹阴阴绿满门。
六月炎曦飞不到，青山影里数家村。

桃花源

足食足衣无别营[1]，妇人学织男躬耕。
桃源不是神仙地，胜过尘间无战争。

注释：

［1］营：抄本又作"管"。

仙胎鱼[1]

悠悠而逝已超凡，白石清泉恰近仙。
濠上[2]相看多径庭，名山留止结奇缘。

注释：

［1］仙胎鱼：青岛特产，民间传说它是由八仙中的何仙姑采的人参种子变成的，清同治《即墨县志》称："仙胎鱼出白沙河，从九水来，山回涧折，其流长而清湛，不染泥尘，鱼之游泳于清泉白石中者也，大可五六寸，鲜美异常。"　　［2］濠上：

15

濠水之上，出自《庄子·外篇·秋水》中"庄子与惠子游于濠梁之上"故事。

游鹤山[1]

我生有癖嗜烟霞，十载狂游浪无家。
安得结庐傍此住？闲汲清泉煮月华。

注释：

[1] 鹤山：崂山北部支脉，东临黄海，海拔仅200米，然景色独幽，有一线天、滚龙洞、鹤鸣春雨等自然景观，今属于青岛即墨市惜福镇。又：周至元《头陀吟草》另有《游鹤山》古体诗一首，此诗为其结尾四句。

春日即事

一庭花雨扑帘香，三径琴樽引兴长。
种罢幽篁更医菊，诗人偏觉到春忙。

立春喜咏

韶华偷换暗中忙，柳色变青梅吐香。
省识严寒无几日，莺花还我旧春光。

暮春出游

袂衣[1]乍换觉身轻，斗酒双相试出行。
绿柳年来兵燹尽[2]，踽踽何去听啼莺？

注释：

[1] 袂（mèi）衣：即衣袂，本指衣袖，后也指代衣衫。 [2] 据此句，此诗当作于1948年国民党军队驻扎即墨城之后，因周至元《乱中吟》之三曰："郁郁城边柳，青青带远村。自经兵燹后，无复一株存。"另可参阅其《筑城吟》三首及注。

雨中梨花

爱着缟裳[1]厌绮罗，月前独弄影婆娑。
最怜薄命天教定，每到花开风雨多。

一、天籁集

注释:

　　[1] 缟裳：白色的衣服。

久旱闻雷

　　万里浓云拨不开，作霖[1]天意早安排。
　　伫看枯稼回生气，遥听迅雷知雨来。

注释:

　　[1] 作霖：降下甘霖，即下雨。

雨后夕眺

　　拂面晚风暑气松，杖藜闲步小桥东。
　　酒楼一角垂杨外，雨后夕阳分外红。

端午独酌

　　美人芳草[1]恨迢迢，一缕诗魂不可招。
　　日暮空斋无客过，自斟艾酒[2]读《离骚》。

注释:

　　[1] 美人芳草：因屈原代表作、抒情长诗《离骚》中多以美人、芳草为喻而称。　[2] 艾酒：一种用艾叶浸泡过的酒，民间俗以端午日饮用以祛邪，如宋陈元靓《岁时广记·端午上》载："洛阳人家端午造术羹艾酒。"

东崖晚坐

　　年来事事与心违，每向崖头坐不归。
　　惟有东山一片月，清光常照野人衣。

旅邸[1] 秋夜

　　落叶萧萧作雨声，寒蛩[2]唧唧近窗鸣。
　　凉宵孤馆清难寐，一夜愁人白发生。

17

注释：

[1] 旅邸：即旅馆、旅店。　　[2] 寒蛩（qióng）：蛩是古书中对蝗虫、蟋蟀等的称呼，寒蛩特指深秋的蟋蟀，古诗文中常用作悲秋的意象。

剃须感赋

一

年来面目惹人憎，誓与于思[1]作斗争。
野草渠知锄更出？一宵春笋绕唇生。

注释：

[1] 于思：也作"于腮"，本指多须的样子，如《左传·宣公二年》"于思于思，弃甲复来"，杜预注曰"于思，多须之貌"；后借指髭须，如宋梅尧臣《观邵不疑学士所藏名书古画》诗曰："精神宛如生，于腮复穿鼻。"

二

鬈鬈戢戢[1]复萋萋[2]，每度拔芟[3]对镜啼。
愧我六根除不净，难将佛法证菩提[4]。

注释：

[1] 鬈鬈戢戢（quán quán jí jí）：此处形容胡须卷曲而密集的样子。　　[2] 萋萋：本指草木长势茂盛的样子，此处形容胡须浓密的样子。　　[3] 芟：刈除、剪除。　　[4] 菩提：佛教术语，指大彻大悟之后那种超凡脱俗、明心见性的精神状态，是佛教徒追求的最高境界。

游南九水[1]

行行如入武陵津，照眼桃花树树新。
夹屿幽禽啼不住，青溪千里未逢人。

注释：

［1］南九水：位于崂山主峰南麓，原名汉河、旱河、猪窝河等，为季节性河流，由许多涧水汇流而成，因相对于崂山主峰北麓的北九水而得名，其间山舒水缓，林幽壑美，与北九水风致迥别，今已成为崂山南麓旅游景点，沿途有将军崮、观川台、弹月桥等景观。详见周至元《崂山志》第67页。

青山[1]道中

岩根错落几人家，松竹阴中石径斜。
两眼一时忙不了，看山看海复看花。

注释：

［1］青山：即位于崂山垭口东侧山脚下的青山村，村西依崂山，东跨大海，西北可达明霞洞、太清宫等景观；东南1公里处可达著名的试金滩，经试金滩可达有八仙墩、五色岩等景观的崂山头；可见青山村旧时位于崂山旅游的重要通道上，多有吟咏者，如清代即墨人江如瑛《青山道中》诗曰："不减山阴道，迂回一径通。海连松涧碧，叶落草桥红。鸥队闲云外，人家乱石中。居民浑太古，十石半渔翁。"详见周至元《崂山志》第12页。

贫居感兴

三径就荒[1]草不删，隔篱墙缺露秋山。
自从贫后交游少，虽设柴扉镇日[2]闲。

注释：

［1］三径就荒：即小路已被荒草覆盖，出自晋陶潜《归去来兮辞》中"三径就荒，松菊犹存"一语。　［2］镇日：从早到晚，整天。

写杏花赠人

一枝娇杏怯春寒，折插胆瓶只影单。
却恐好花明日落，丹青写出赠君看。

塘子观[1]道中[2]

无数峦峰[3]云里沉，樵蹊曲折上遥岑[4]。
落花流出清泉冷，不测仙源几许深。

注释：

[1]塘子观：位于崂山文笔峰前麓萧旺村南约3里处，相传始建于宋，清光绪间道人吴介山重修，并更名为餐霞观，观中祀真武，旁列精舍；先后毁于日军炮火和"文革"，近年已新建。详见周至元《崂山志》第97页。　　[2]抄本又题作"龙洞"。　　[3]峦峰：抄本又作"岚光"。　　[4]遥岑：远处的小山，如唐韩愈、孟郊《城南联句》："遥岑出寸碧，远目增双明。"

留题迎真观[1]壁

鹤唳声中行路难，游崂不得又空还。
迟迟未忍出山去，借住仙观半日闲。

注释：

[1]迎真观：崂山众多道教宫观之一，又名东庵、月子口庙、迎仙观、迎真宫等，位于今城阳区夏庄镇崂山水库南岸，创建于元代至大三年（1310），1958年建崂山水库时已拆除。详见周至元《崂山志》第99页。

游崂归途过迎真观小憩

踏破芒鞋来倦游，二劳难舍屡回头。
迟迟未忍出山去，又向仙观作小留。

华楼[1]　南天门[2]　沈公亭[3]

空留亭址在岩间，遗爱沈公去不还。
太息十余年里事，青山一片变荒山。

注释：

[1]华楼：即位于崂山主峰巨峰西北部的华楼山，海拔350米，今已成为崂山旅游景区之一。　　[2]南天门：崂山有两处名此，一在华楼山，一在云门峰；此指位于崂山华楼山华楼宫外向南突出的一个小山包，山的东、南、西三面壁立千仞，山上则"砥石如台，乔松之荫大如屋，居高而平，崖特出，坐卧其中，东南望巨峰诸胜，迥然心目"。详见周至元《崂山志》第54、339页。　　[3]沈公亭：位于崂山华楼山附近的南天门山顶，当与斐然亭一样也是为纪念民国时任青岛市市长的沈鸿烈而修建的，原建筑已毁于抗战时期；今有新修之汉白玉基座托起的两层

六角红亭,但无名。

归途车中作

扑面东风细雨斜,车窗凭眺乐无涯。
二劳山色多情甚,一路青青送到家。

城阳道中作

东风吹送雨如丝,路上行人忙不支。
寄语车夫鞭漫着,看山我爱马行迟。

闲居杂咏

陋巷自甘颜子[1]贫,林泉诗酒日相亲。
分明应世才能拙,又被人称作隐沦[2]。

注释:

[1]颜子:即孔子弟子颜回(前521—前481),字子渊,春秋末期鲁国人,一生虚心好学、乐道安贫,孔子曾屡次称赞他,然不幸英年早逝,后人视他为孔子七十二弟子之首。详见《论语》《史记·仲尼弟子列传》等。 [2]隐沦:泛指神仙,如汉桓谭《新论》曰:"天下神人五:一曰神仙,二曰隐沦,三曰使鬼物,四曰先知,五曰铸凝。"

闲居杂咏

一

洞中泉水冷成冰,岭上寒云冻欲凝。
最是诗人得意处,漫天风雪访山僧。

二

家住劳峰墨水间,食贫却喜得闲闲[1]。
秋来诗友频相约,去看城南红叶山。

注释:

[1]闲闲:从容不迫、悠闲自得的样子,如《诗经·魏风·十亩之间》:"十

庙之间兮，桑者闲闲兮。"

三

闲同野老话桑麻，薄醉归来日已斜。
一笑眼前秋意足，疏篱菊绽两三花。

四

开到荼莓[1]日觉迟，困人天气午难支。
花间一榻朦胧睡，睡到黄昏月上时。

注释：

[1] 荼莓：疑为荼蘼，也作酴醿，一种花白且有香气的观赏性落叶小灌木，一般盛夏时节才开花；此处化用宋王淇《暮春游小园》诗中"开到荼蘼花事了"一语，"开到荼蘼"多指春天花事已过、炎炎夏日已经到来时节。

五

懒性樊须[1]学圃宜，几畦春韭绿苗滋。
谈诗有客雨中过，古井栏边坐久时。

注释：

[1] 樊须：亦名樊迟，字子迟，春秋末年鲁国人，一说为齐国人，孔子弟子，曾向孔子请教农事而被斥为"小人"，详见《论语·子路》篇。

六

连朝风雨郁沉沉，啼鸟声中禾黍深。
锄罢豆苗农事少，闲教稚子读花阴。

七

偕隐老莱[1]世亦稀，一窗灯火照鸣机[2]。
山栖却喜能安命，甘守荆钗[3]与布衣。

注释：

[1] 老莱：即春秋时楚国隐士老莱子，因不愿受人官禄、为人所制而偕妻子归隐山林，著有《老莱子》；事亲至孝，年七十余仍着彩衣娱亲。详见《史记·老子列传》《艺文类聚》卷二十所引刘向《列女传》等。　[2] 鸣机：正在响着的织布机，如宋陆游《与子虡子坦坐龟堂后东窗偶书》诗："鸣机织苎葛，暑服亦已

成。" [3]荆钗：用荆树枝制作的发钗，古代多指贫家女子所用的发钗，也常借以指代贫家女子，如宋范成大《腊月村田乐府》十首其八《分岁词》："荆钗劝酒仍祝愿，但愿尊前且强健！"

八

当门五柳[1]似陶家，柳外清溪一道斜。
新雨过时池水涨，堪充鼓吹几声蛙。

注释：

[1]五柳：因东晋隐逸诗人陶潜自号五柳先生，并作有《五柳先生传》一文，"五柳"成为陶潜的象征，也是古诗文中的隐逸意象之一。

九

不识人间狐与裘[1]，年年短褐[2]度春秋。
偶因为客长衫着，束缚反嫌不自由。

注释：

[1]狐与裘：即狐裘，用狐皮制成的大衣，古代多为富贵者的象征，如《诗经·秦风·终南》："君子至止，锦衣狐裘。" [2]短褐：一种用兽皮或粗麻布做成的短上衣，古代多为贫者或仆役服用；此处指粗布短棉袄。

十

窄窄小斋一榻余，红尘飞不到阶除[1]。
惹他客至尽惊怪，炮火声中尚著书。

注释：

[1]阶除：台阶。

十一

案头常设一楸枰[1]，有友来时便较争。
但取闲情消岁月，不论谁负复谁赢。

注释：

[1]楸枰：本指古代一种流行于上流社会的以楸木制成的名贵棋盘，后成为棋盘的别称，如清钱谦益《金陵后观棋》诗："寂寞楸枰响泬寥，案淮秋老咽寒潮。"

十二

屈指平生只数朋,骚人羽客并诗僧。
秋来共订重阳约,一笑南山携酒登。

十三

瓮里新醅[1]已有香,诗怀顿觉一时狂。
葛巾[2]漉出溶溶酒,呼取邻家野叟尝。

注释:

[1]新醅(pēi):新酿的酒,如唐白居易《问刘十九》诗:"绿蚁新醅酒,红泥小火炉。"　[2]葛巾:旧时贫穷人家成年男子的头巾,用粗劣的葛布制成,此处泛指粗布。

十四

竹簟[1]凉生六月秋,绿杨阴里小勾留[2]。
蝉声鸣罢幽林静,澹泊情怀对水鸥。

注释:

[1]竹簟(diàn):竹席,如唐元稹《竹簟》诗:"竹簟衬重茵,未忍都令卷。"　[2]勾留:逗留、停留,如唐白居易《春题湖上》诗:"未能抛得杭州去,一半勾留是此湖。"

十五

枕上仙游梦未回,幽斋寂静少人催。
茅檐野雀啁啾叫,似报日高应起来。

十六

廿年混跻利名场,一事无成两鬓苍。
今日偿清诗酒债,晴窗只抄活人方[1]。

注释:

[1]活人方:能救活人的药方,此处当泛指医书,如清林开燧编有《活人方汇编》一书。

十七

雪映蓬窗梅影斜，一壶浊酒隔邻赊。

诗情如许人知少，活火红炉处士[1]家。

注释：

[1] 处士：即有德才却不愿做官而隐居山林的人，如《史记·魏公子列传》曰："赵有处士毛公，藏于博徒。"

十八

新诗消日酒消愁，一醉诗成万虑休。

薄却人间金紫[1]贵，闲居端可傲王侯。

注释：

[1] 金紫：金印紫绶的省称，指代高官显爵，如唐元稹《赠太保严公行状》："阶崇金紫，爵极国公。"

十九

闲居未敢一无营，试向南畴[1]学耦耕[2]。

每到困时随处憩，绿杨阴里饱听莺。

注释：

[1] 南畴：应作田畴或南亩，指农田，因古代田地多南北向开垦而称，如《诗经·小雅·大田》："俶载南亩，播厥百谷。" [2] 耦耕：也作偶耕，本指二人并耕，后泛指农事或务农，如《论语·微子》："长沮、桀溺耦而耕。"

二十

性甘淡泊与悠闲，杖底二劳日往还。

天与诗人清福足，年年常许看青山。

二一

几秆[1]修竹傍檐斜，静看游蜂散晚衙[2]。

深掩柴关过客少，闲阶养老碧苔花。

注释：

[1] 秆：稻麦等植物的茎，此处应为"竿"。 [2] 晚衙：旧时官府长官要

在每天早上卯时（5时至7时）、晚上申时（15时至17时）两次坐衙治事，晚衙指的就是晚上申时的坐衙，如唐白居易《舒员外游香山寺》诗："白头老尹府中坐，早衙才退暮衙催。"

二二

豪饮当年意气粗，千金散尽为行迁。
而今囊底贫如洗，怕过黄公旧酒炉[1]。

注释：

［1］黄公旧酒炉：即黄公酒垆，典出南朝宋刘义庆《世说新语·伤逝》："（王戎）经黄公酒垆下过，顾谓后车客：'吾昔与嵇叔夜、阮嗣宗共酣饮于此垆，竹林之游，亦预其末。自嵇生夭、阮公亡以来，便为时所羁绁。今日视此虽近，邈若山河。'"后世诗文因常用以指代老朋友的聚饮之所或酒家。

二三

投老年华正好休，林泉日日得闲游。
分明应世才能拙，错被人称作隐流。

二四

一片春光望眼赊[1]，碧桃如锦杏如霞。
老怀无复看花兴，杖挂青蚨[2]入酒家。

注释：

［1］赊：此处意即多、繁多，如唐郎士元《闻吹杨叶者》："妙吹杨叶动悲笳，胡马迎风起恨赊。"　［2］青蚨：本为古代传说中一种可以使钱自动飞还的动物，后用为钱之别称，如《太平御览》卷九五〇所引西汉淮南王刘安《淮南万毕术》载："青蚨，一名鱼，或曰蒲，以其子母各置瓮中，埋东行阴垣下，三日后开之，即相从。以母血涂八十一钱，亦以子血涂八十一钱，以其钱更易市，置子用母，置母用子，皆自还也。"

二五

幽栖琐[1]事尽堪夸，书画琴棋诗酒茶。
更有余情消未得，遍寻古寺看梅花。

注释：

[1]琐：周延顺自印本作"锁"，此据诗意改。

二六

阮氏[1]才情愧不如，秋来懒晒腹中书。
北窗攲枕[2]成高卧[3]，看尽浮云过太虚[4]。

注释：

[1]阮氏：指阮咸，字仲容，晋代竹林七贤之一，性格豪放不羁，此处引用其坦腹晒书故事，详见南朝宋刘义庆《世说新语·任诞》："七月七日，北阮盛晒衣，皆纱罗锦绮。仲容以竿挂大布犊鼻裈于中庭。人或怪之，答曰：'未能免俗，聊复尔耳。'"　[2]攲枕：斜倚枕头，形容慵懒无聊的样子。　[3]"北窗"句：晋陶渊明《与子俨等书》中曾说："常言五六月中，北窗下卧，遇凉风暂至，自谓是羲皇上人。"后世因以"北窗高卧""卧北窗"等形容悠闲自得，如宋辛弃疾《水龙吟》："老来曾识渊明词：问北窗高卧，东篱自醉，应有别、归来意。"　[4]太虚：此处指天、天空。

二七

几枝花影映帘疏，袅袅炉烟睡起余。
绣罢茜窗[1]还习字，闺中弱女解知书。

注释：

[1]茜窗：用茜纱封着的窗子，多为女孩子所住房间，如《红楼梦》第七八回："茜纱窗下，我本无缘；黄土垄中，卿何薄命。"

二八

满院秋虫唧唧吟，一天凉露湿衣襟。
阖家妻孥团圞坐，闲话家常到夜深。

二九

桔槔[1]亲操劳不妨，菜畦半亩近池塘。
乡园风味许先领，早韭椿芽次第尝。

注释：

[1]桔槔（jié gāo）：俗称吊杆，一种利用杠杆原理制成的汲水工具。

三十

卧拥寒衾梦不成,幽窗孤对一灯明。
年来颇厌尘嚣响,爱听茅檐夜雨声。

三一

宅环溪水两三曲,门对遥山四五峰。
锄罢药苗更种竹,幽人[1]无事不从容。

注释:

[1]幽人:幽居的隐士,如宋苏轼《定惠院寓居月夜偶出》诗:"幽人无事不出门,偶逐东风转良夜。"此处指代自己。

三二

寒窗欹枕梦难成,读罢《楞严》[1]万虑空。
起向庭阶步明月,秋声一片在梧桐。

注释:

[1]《楞严》:大乘佛教经典的简称,全称为《大佛顶如来密因修证了义诸菩萨万行首楞严经》,也简称《楞严经》《首楞严经》《大佛顶经》《大佛顶首楞严经》等。

竹醉日[1] 栽竹

佳节冷酾酒一杯,东风飒飒送轻雷。
呼儿乞得邻家竹,不惜病身冒雨栽。

注释:

[1]竹醉日:农历五月十三日,是民间传统节日之一,也是栽竹之日,相传此日竹醉,因而极易栽活,如宋范致明《岳阳风土记》:"五月十三日谓之龙生日,可种竹,《齐民要术》所谓竹醉日也。"

暑中雨后纳凉

连朝喜得雨滂沱,野老声欢处处歌。
扫尽炎威人意爽,好风吹送晚凉多。

秋日斋居漫兴

达士由来不解愁,家徒四壁更风流。
眼前犹有匡床在,高卧何妨吟一秋。

秋日再过南溪

重过南溪十里塘,爱看秋色胜春光。
霜林历历浑如画,枫叶半红柳半黄。

黄蔚亭[1] 家赏菊

墙角篱根复砌边,欹斜秋色饱霜天。
呼童贳酒[2]花间酌,留伴陶令[3]一醉眠。

注释:

[1]黄蔚亭:当为即墨人,周至元友人,其他不详。 [2]贳酒:赊酒,如《史记·高祖本纪》:"(汉高祖)常从王媪、武负贳酒,醉卧,武负、王媪见其上常有龙,怪之。" [3]陶令:即东晋隐逸诗人陶渊明,因其曾官彭泽令而称。

题西园山庄斋壁

一

曝书东壁富琳琅,翰墨西园更有香。
读罢南华[1]无一事,北窗高卧傲羲皇[2]。

注释:

[1]南华:即南华经,指战国时期思想家庄子及其后学所著的《庄子》一书,分内、外、杂三部分,共计33篇,因唐玄宗曾诏称其为《南华真经》而又称《南华》或《南华经》。 [2]羲皇:即伏羲氏,我国古代神话传说中的三皇之一。

二

近水傍畦结草堂,幽人于此日徜徉。
墙头时送西山爽[1],座上常开北酒觞[2]。

29

注释：

[1] 西山爽：也作西爽，化用晋代书法家王徽之在桓温手下做官时的故事，详见南朝宋刘义庆《世说新语·简傲》："王子猷作桓车骑参军，桓谓王曰：'卿在府久，比当相料理。'初不答，直高视，以手版拄颊云：'西山朝来，致有爽气。'"后世因以"西山爽"指代性格疏傲、不善奉迎。　　[2] 北酒觞：当为北海觞，也作北海樽、北海酒等，化用东汉名士孔融（字北海）希望天天宾客满门的故事，详见《后汉书》卷一百："及退闲职，宾客日盈其门，常叹曰：'坐上客常满，尊中酒不空，吾无忧矣。'"后世因用以形容主人好客。

三

南亩早禾登场熟，东篱野菊满园香。
幽怀淡泊无人会，自把琴书兴味长。

题黄宗昌[1]《劳山志》[2]

曾将节义重东林，晚遁二劳寄慨深。
剩水残山那堪志？且凭老笔写忧心。

注释：

[1] 黄宗昌（1588—1646）：字长倩，号鹤岭，明末清初即墨人，天启二年（1622）进士，历广东（一说为直隶）雄县知县、（河北）清苑令、山西道御史等职，后因忤当政者而于崇祯十年（1637）罢归乡里，在清兵、流民围困即墨城的多次战役中均挺身而出，明亡后隐居崂山，筑玉蕊楼于不其山南，隐居著书以终，著有《劳山志》二卷，详见清同治《即墨县志·人物》、清乾隆《莱州府志·人物》《明史·毛羽健传》、周至元《崂山志》第154页等。　　[2] 周延顺自印本《天籁集》中两次收录此诗，另一题作"题黄侍御《崂山志》"，尾句作"聊将秀笔写忧心"，今只录此。另，疑此与下诗均作于周至元埋头整理《崂山志》期间。

题黄宗昌《山志》[1]

一

蝼屈[2]名山伤若何？侧身沧海日悲歌。
二劳岩石纷无数，未及先生垒块[3]多。

注释：

[1] 山志：即黄宗昌所著《劳山志》，今有孙克诚《黄宗昌崂山志注释》（中国海洋大学出版社2010年版）本。　[2] 蠖屈：比喻有才志士因不得志而屈身退隐，出自《周易·系辞下》"尺蠖之屈，以求信（通伸）也"，唐孔颖达正义曰："尺蠖之虫，初行必屈者，欲求在后之信也。"　[3] 垒块：也作块垒，本指郁积之物，多比喻郁积的愤激不平之气，如《世说新语·任诞》篇："阮籍胸中垒块，故须酒浇之。"

二

著作永垂一卷传，常留正气在名山。
碧峰沧海月明夜，应有精灵时往还。

辛未[1] 夏代教西渡庵[2]

寄迹荒庵绝爱憎，暇时相遇只诗朋。
有时客去村童散，独伴如来似野僧。

注释：

[1] 辛未：此处指公元1931年。　[2] 西渡庵：据清乾隆《即墨县志》，为道教宫观，位于即墨旧城西一里处，今已无存。

秋日病起

乱来卧病向荒村，过客无多日掩门。
篱有黄花樽有酒，朦腾腾[1]里度晨昏。

注释：

[1] 朦腾腾：即朦朦腾腾，形容昏头昏脑、迷迷糊糊的样子。

登火神郭[1]

雉堞楼台半已倾，尚余高郭蠹郊坰。
荒城全异当年貌，只有山光旧依青。

注释：

[1]火神郭：位于即墨旧城南门南的南关街上（今南关南街口南侧），本称南阁，因阁上供有火神而也称火神阁。

登无影山[1]

乱里暂偷半日闲，杖藜携酒上秋山。
消愁转令愁更集，废垒荒村满目斑。

注释：

[1]无影山：旧称武英山，位于即墨旧城东南石棚水库附近，其实只是一座小土丘，因其上无树木、山石等能够在太阳照射时形成影子之物而得名。

壕上即景

野草闲花着意红，十年烽火古城空。
半溪秋水明如镜，拟买渔竿作钓翁。

筑城吟

一

筑筑声中乱语哗，伫看野老泪如麻。
可怜一纸军书到，断送环城几百家。

二

堡碉绕城日日修，俄惊隍谷[1]变山邱。
荒祠古刹拆来净，雨打风吹佛也愁。

注释：

[1]隍谷：指护城沟，《说文解字》释"隍"曰："城池也，有水曰池，无水曰隍。"

三

大车碌碌小车颠，车马城闉[1]日夜填。
野寺废垣俱用尽，伤心又掘砌坟砖。

[原注] 民国三十七年（1948），即城被国民党驻军，为防解放军攻城，近城民房拆毁大半。　[原补注] 1948 年 5 月，国民党第三十二军进驻即墨县城及灵山、上疃、下疃等地，至 1949 年 6 月 2 日青岛解放后乃各自逃窜。

注释：

[1] 城闉（yīn）：指古代城市瓮城的门。

乱中杂咏

一

郊外行人[1]时出没，城头枪火乱横飞。

田园荒尽非缘懒，时有耕夫带血[2]归。

注释：

[1] 行人：周至元原作作"敌人"，此据周延顺自印本改。　[2] 带血：周至元原作作"带金"，此据周延顺自印本改。

二

邻家借米作汤羹，屋上抽茅燔饼成。

也似王师行到处，壶浆箪[1]食一时迎。

注释：

[1] 箪（diàn）：竹席，当为"箪（dān）"，古代一种盛饭的圆形竹器；"壶浆箪食"，今多作箪食壶浆，即用箪盛着饭、用壶盛着酒水，形容军队受百姓欢迎的状况。

三

债台难避是征徭，鞭挞无情日夜敲。

几亩薄田成死累，乞人反羡得逍遥。

[原注] 1945—1949 年蒋匪军驻即城时人民的悲惨生活。

吊塔院寺[1] 遗址

荆榛满目景凄凉，到此游人意堪伤。

佛宇僧庵经燹[2]尽，只留一塔挂斜阳。

注释：

[1]塔院寺：也称塔元寺，遗址位于今即墨市环秀街道塔元头村西，曾以寺中巨型石雕卧佛而闻名，今已倾圮无存。　[2]燹（xiǎn）：本指野火，后多指兵火、战火。

战后重游青岛

碧瓦红楼主屡更，海滨无复旧台亭。
十年多少浮云幻，惟有山光依旧青。

己丑[1]寒食，携宿儿登华楼山，是日风甚冽

一

满地烽烟不识愁，携儿飞步上华楼。
山灵试我疏狂胆，猎猎风吹更不休。

注释：

[1]己丑：此处指公元1949年。

二

清岗依旧羽人家，四面峰峦曲曲遮。
浊世红尘飞不到，殿前开遍紫藤花。

三

崎岖径路到南天，石上松阴正好眠。
东望巨峰[1]神更爽，芙蓉朵朵插云烟。

注释：

[1]巨峰：又名崂顶，位当崂山中部，海拔1133米，为崂山最高峰，峰顶有云海、彩球、旭照三大奇观，周围则有一线天、比高崮、自然碑等自然景观。详见周至元《崂山志》第27页。

四

名山回首已斜阳，泉石烟霞谢别忙。
欲把诗篇记游迹，算来已是第三场。

[原注] 宿儿即长子延福。

参观集团结婚[1]，赋祝词六章

一

同结丝萝[2]乐若何？满堂喜气杂笙歌。
纷纷淑女配君子，南国而今雅化[3]多。

注释：

[1] 集团结婚：即今之集体婚礼，具体时间不详，疑为新中国成立初之事件。
[2] 丝萝：即菟丝和女萝，因二者均为蔓生、不易分开，故古典诗词中常用以喻指结为婚姻，如《古诗十九首·冉冉孤生竹》："与君为新婚，兔丝附女萝。" [3] 雅化：据诗意，疑为"雅话"。

二

璧合珠联事亦奇，惊看玉树倚琼枝。
牡丹朵朵天姿色，尽是含苞欲吐时。

三

鸳盟从此定三生，佳耦[1]分明天作成。
巧把赤绳尽系足，始知月老最多情。

注释：

[1] 佳耦：今多作"佳偶"，即称心伴侣、好配偶。

四

对对鸳鸯配未差，双双伉俪惹人夸。
东皇更羡能为主，开遍人间并蒂花。

五

莺俦燕侣斗精神，女貌郎才配恰匀。
无复人间相思苦，尽成眷属有情人。

六

东君作美不曾偏，多少良俦了宿缘。
料得今宵天上月，家家好梦照团圆。

中秋海上步月

海云淡淡月初生,今夕谁云分外明?
待到宵深天宇净,却愁风露太凄清。

琴岛怀故园菊花[1]

冷落客窗日易斜,又因俗累到天涯。
年年常被西风笑,篱菊花开不在家。

注释:
[1]据题目和诗意,此诗当作于设肆青岛西镇期间。

游汇泉湛山寺[1]

寂寂禅宫竹里扃,遥看山色接沧溟。
石坛日午青松静,头白老僧晒古经。

注释:
[1]湛山寺:位于青岛市南区芝泉路2号,始建于1933年,落成于1945年,占地23亩,是青岛市区内唯一的佛寺。 [2]沧溟:此处指苍天。

游海滨公园[1]

一

雨后海山景更奇,夕阳落尽独归迟。
花香鸟语陶人醉,又向茅亭坐久时。

注释:
[1]海滨公园:今之鲁迅公园,位于青岛信号山南麓海滨,东西长凡三四里,因天然丘壑而筑之,为闹市中之清幽之处。

二

年来足迹厌喧哗,独曳杖藜来海涯。
囊底有钱且呼酒,一樽醉倒紫藤花。

暮春游汇泉公园

一

渐远红尘车马哗,行来一径海云涯。
名园春尽游人少,独步回廊赏落化。

二

绿阴深处小亭幽,幽鸟怜春啼不休。
落尽海棠凋残季,野花芳草占风流。

携眷游海滨公园

崎岖石径海滨行,涛响松声俱有情。
一片秋光看不尽,归途偏爱晚风轻。

月夜游青岛海滨公园[1]

曲折名园沧海隈,双双屐齿印香苔。
阿侬[2]心境从来冷,叨月[3]空潮独自来。

注释:

[1]海滨公园:即今之鲁迅公园。 [2]阿侬:古代吴语,多用于自称,即我、我们,如北魏杨衒之《洛阳伽蓝记》卷二:"吴人之鬼,住居建康,小作冠帽,短制衣裳,自呼阿侬,语则阿傍。" [3]叨月:《周至元诗文选》本作"明月"。

过汇泉第二万国公墓[1]

垒垒荒坟触目惊,新魂故鬼两无声。
年年寒食无人扫,空植短碑记姓名。

注释:

[1]万国公墓:也称欧人公墓,位于今青岛市南区百花苑内,是德占青岛时期修建的埋葬外国人的地方,多有以花岗岩、大理石构建的石刻墓碑,上书外文墓志,有的还镶以瓷制照片,"文革"时被毁。第二万国公墓:未详。

睡中落一齿志赋[1]

愁病年来屡屡欺，一根瘦骨强撑持。
此身浑似衰残柳，未到秋风叶脱枝。

注释：

[1] 周至元另有《四十六岁（1956）腊月二十六又坠一齿》一诗，则此诗当作于 1956 年之前。

丙申[1] 冬至[2]

青山林过是烟岚，夹路松阴步上山。
才涉岭头神忽爽，眼前波海正参天。

注释：

[1] 丙申：此处指公元 1956 年。　[2] 此诗与《崂山名胜画册》中所录《题崂山太清宫道中嵒》诗全同，疑此误。

北京十七孔长桥[1]

陡见湖上起长虹，白玉栏杆宛转通。
四面遥山清似画，置身疑在广寒宫。

注释：

[1] 十七孔长桥：当指横跨于北京颐和园昆明湖上、连接着东堤与南湖岛的十七孔桥，桥长 150 米，宽 8 米，因有 17 个桥洞而得名。又：此诗当作于 1957 年周至元携妻及长子至北京游玩期间或稍后。

白马山[1] 客舍秋夜感兴

寂寂孤村伴客眠，萧萧落叶逐风翻。
家乡今日隔千里，夜夜梦里返故园。

注释：

[1]白马山：坐落于济南市中区白马山办事处境内，当为周至元长子周延福在济南的住所；周延福曾在济南铁道学院（今山东职业学院）学习或工作，而周至元自1961年秋直至去世均在其长子处度过。

五　律

春　雨

细雨午微歇，东风吹又来。
倚门试远眺，春水绕村回。
乱石齐进笋，幽阶忽长苔。
一杯成独酌，顿觉好怀开。

落　花

韶光难久留，繁华顷刻变。
夕阳伤心红，点点飞万片。
婉转绿珠楼[1]，凄凉丽华[2]帣[3]。
香魂不可招，泪洒东风面。

注释：

[1]绿珠：晋代富豪石崇宠妾，以美貌、善笛著称，后于石崇获罪时坠楼自杀，详见《晋书·石崇传》。　[2]丽华：即南朝陈后主叔宝宠妃张丽华，以能歌善舞、才辩敏锐著称，相传向来被视为亡国之音的《玉树后庭花》即是陈后主为她而作，最终于南陈灭亡时被杀，详见《南史》卷十二。　[3]帣（juàn）：用绳束紧（袖子、袖套等）。

贫　居

富贵非吾分，贫居漫自嗟。
老怀宜对酒，病眼怯看花。

风定鸟栖稳，天寒日易斜。
年来殊得计，诗卷作生涯。

山 居[1]

家住劳峰下，青山日日登。
听泉每携策，看竹偶逢僧。
懒意闲鸥识，长歌野鸟应。
寻诗爱幽窗，更入白云层。

注释：

[1] 此诗又见录于《崂山志》第333页，但题作"山栖"，且尾联中的"幽窗"作"幽宵"。

出 郭

闲扶节竹杖，出郭试闲行。
霜叶胜花颜，秋塘较镜明。
山寒云意敛，禾落鸟音清。
路遇野樵话，悠然移我情。

闲 吟

困境忧无用，闲身懒却宜。
琴调日上后，竹种雨来时。
招客春尝酒，留僧夜弈棋。
幽情谁得会？只有自家知。

归 思

逗惹他乡泪，落花万点飞。
春光愁里尽，乐事客中稀。
沧海遥相忆，青山胡不归？
何时遂[1]初服[2]，一笑著荷衣[3]？

注释：

［1］遂：此处用作动词，意即成功、实现。　［2］初服：最初的衣服，多指未出仕时的服装，如南朝陈徐陵《为王仪同致仕表》："便释朝衣，谨遵初服。"
［3］荷衣：出自屈原《离骚》"制芰荷以为衣兮，集芙蓉以为裳"，本指用荷叶制成的衣服，后多指隐居者之服饰，如唐钱起《登秦岭半岩遇雨》诗："倚岩假松盖，临水羡荷衣。"

佚　题

梦里青山旧，镜中白发新。
长贫损傲骨，久病厌残身。
忙是诗相促，闲惟酒可亲。
饮河同鼴鼠[1]，庄叟[2]解笑人。

注释：

［1］"饮河"句：引用《庄子·逍遥游》中"偃鼠饮河，不过满腹"之句意，意即自己所需求于世者极少。　［2］庄叟：即战国中期宋国思想家庄子，名周，字子休（一说为子沐），道家学派代表人物之一，因曾做过宋国漆园吏而被称为漆园傲吏，著有《庄子》，事详《史记·老庄申韩列传》。

书　怀

一

浊世难投足，年来爱酒乡。
烽烟愁里老，书剑梦中忙。
怀古钦忠胆，论交[1]凭热肠。
侧身天地外，百感正茫茫。

注释：

［1］论交：即倾盖论交，也作倾盖定交、倾盖之交等，指一见面便如老朋友般倾心相交的朋友。

二

人生行乐耳，须富贵何为？
闷后即沽酒，暇来辄咏诗。
秋山红叶后，春雨落花期。
便曳杖藜去，独游任所之。

三

已甘农夫老，常随野叟耕。
酒资经乱阙，诗境到秋清。
应世已心怯，看山忽眼明。
客来无别事，花下一枰争。

四

造物知何意？乾坤著腐儒。
十年百劫历，四海一峰孤。
坐卧惟诗卷，交游半酒徒。
常将两行泪，痛哭向穷途。

月份牌[1]

节序迎候变，流年逐日催。
光阴随手去，朔望自轮回。
数也应前定，时乎不再来。
行看将尽处，大地又回春。

注释：

[1] 月份牌：周延顺自印本作"月伤牌"，此据诗意改；月份牌是青岛民间对一种卡片式单页日历的称呼。

题幽居

绕屋遍修竹，当门一老藤。
坐卧惟石榻，来往只山僧。
酒书寒宵月，诗成雨里灯。
看君清绝俗，傲骨耸峻嶒。

游汇泉

四面群峰合，清泉处处流。
野樱随地发，驯鹿遍山游。
芳草轻侵屐，藤花低相缪[1]。
夕阳归不得，坐恋小亭幽。

注释：

[1] 缪：此处同"缭"，意即缭绕、缠绕。

登白云洞[1]

路自白云上，洞居碧巘巅。
阶前峰蠹笋，窗外海连天。
松老株株古，石奇个个圆。
蓬莱何处是？遥指彩霞边。

注释：

[1] 白云洞：位于崂山东麓大仙山山巅的道教洞窟之一。

登白云洞

洞裹白云里，登临意近仙。
阶前峰拔地，窗外海连天。
松老株株曲，石奇个个圆。
蓬莱何处是？遥指彩霞边。

登玄都洞[1]

跻云上危峰，古洞天半挂。
海势陡觉高，烟岚忽向下。
见谈三丰[2]仙，当年曾此坐。
放眼天地空，试识玄量大。

注释：

[1] 玄都洞：位于崂山晓望村西南二龙山的山巅，门东向，北可见海，松竹幽深，清末民初山东诸城隐士王悟禅的隐居之地；今已与二龙山一起被砌进水库大坝，仅余洞口，详见周至元《崂山志》第52页。又，此诗《周至元诗文选》本题作"玄真洞"。　　[2] 三丰：即元末明初道教武当派开山祖师张三丰，初名通，字君宝，自号邋遢，自称张天师，辽阳懿州人，明帝王曾多次诏封其"通微显化真人""韬光尚志真仙""清虚玄妙真君"等称号，著有《太极炼丹秘诀》；明永乐(1403—1424)间曾至崂山，并自海岛携植耐冬一本而繁衍至今，崂山邋遢石、张仙塔等亦皆其遗迹。详见周至元《崂山志》第165页。

登石门山[1]

石门高不极，晴日自云烟。
欲上疑无路，登临别有天。
群峰归眼底，大海坠襟前。
一笑乾坤窄[2]，长歌落山边。

注释：

[1] 石门山：崂山西部山系，南北走向，由卧狼齿、北平岚、石门山、华楼山、大腿崮等海拔500米上下的山峰组成，因其最高峰中心崮与那罗崮相对而立、远望如门而得名，向被称为崂山的西大门。　　[2] 窄：抄本又作"小"。

游上清宫[1]

青山四围合，尘景此全稀。
竹里乱流出，松间一鹤归。
石桥斜倚杖，海色远侵衣。
看取闲云淡，翛然[2]欲息机[3]。

注释：

[1] 上清宫：位于崂山东南的昆仑山南麓、明霞洞之下，俗以其在太清宫之上而称上宫，是崂山主要道观之一。详见周至元《崂山志》第85页。　　[2] 翛(xiāo)然：形容无拘无束、超脱自在或自由自在的样子，如宋司马光《馆宿遇雨

怀诸同舍》诗："佳雨濯烦暑，翛然生晓凉。"　　[3]息机：息灭机心、回归自然本性，如唐杜甫《将赴成都草堂途中有作先寄严郑公》诗之五曰："侧身天地更怀古，回首风尘甘息机。"

游太和观[1]

　　幽篁通一径，古刹水云间。
　　羽客终朝卧，落花满地间[2]。
　　当门潭锁石，隔岸树连山。
　　见说飞泉胜，芒鞋更跻攀。

注释：

　　[1]太和观：又名九水庵或北九水庙，位于崂山北九水中外九水的北岸、柳树台东北约二里处，是外九水和内九水的分水岭，始建于明天顺二年（1458），一说为元天顺二年（1329），清乾隆时重修，新中国成立初尚有庙殿3间、神像2尊、住房20间、地240亩、山冈10亩，"文革"中被毁弃，1998年被定为区级文物保护单位，今已修复。详见周至元《崂山志》第98页。　　[2]间：据诗意和诗韵，疑当为"闻"，然无据。

游聚仙宫[1]

　　宫倚危岩筑，门前即沧海。
　　长风卷浪花，日向空庭洒。
　　峰峦无定状，俄顷云烟改。
　　拂藓犹可读，阶下元碑[2]在。

注释：

　　[1]聚仙宫：位于崂山沙子口幸福村东的道教宫观，又名韩寨观、寒寨观，创建于元泰定三年（1326），宫殿后倚危岩、南临大海，风景差逊太清宫，宫内旧有玉皇、真武、三清等殿，详见元张起岩《聚仙宫碑铭》；新中国成立后仅余真武殿，1956年亦拆除。详见周至元《崂山志》第93页。　　[2]元碑：当指元张起岩撰写的《聚仙宫碑铭》，详见周至元《崂山志》第213—214页。

游朝阳寺[1]

遥指浮山寺，高高碧落[2]隈。
路攀松竹上，门对海天开。
岩裂云争吐，楼空鹤不来。
何年重到此？欲去且徘徊。

注释：

[1] 朝阳寺：旧称天齐庙，位于青岛市黄岛区小珠山东麓，与灵山岛隔海相望，山下五里处即为旧时海防重镇灵山卫，相传始建于唐宣宗大中元年（847），明宪宗成化五年（1469）曾重修，今仅存遗址；另疑此指位于崂山西麓浮山之上的一所寺庙，然无据。　　[2] 碧落：本为道家术语，指东方第一层天，因其碧霞满空而得名，后泛指天上，如唐白居易《长恨歌》："上穷碧落下黄泉，两处茫茫皆不见。"

游森林公司[1]

幽人居处好，绕宅插奇峰。
一两片秋水，万千株古松。
室留云宿迹，庭有鹿游踪。
更觉尘心淡，悠然闻远钟。

注释：

[1] 森林公司：清末民国间即墨人刘锡吾、王作梅等所建的以种植林木为业的股份制公司，位于崂山巨峰南麓，辖区东至明道观、西至民山、南至天门峰、北至巨峰，约四万五千余亩。详见周至元《崂山志》第124页。

游湛山寺

佛刹红尘外，幽深静不哗。
风清数声磬，香溢一庭花。
云净海光远，山高塔影斜。
野禽似避客，飞去上渔槎[1]。

注释：

[1]渔槎（chá）：渔筏或简陋的渔船，如金董解元《西厢记诸宫调》卷六："驼腰的柳树上有渔槎，一竿风筛茅檐上挂。"

夜游湛山寺

黄昏入古寺，片月上林东。
满径松风起，浮生尘虑空。
海光秋弥[1]碧，霜叶晚偏红。
夜就禅房宿，幽篁深几丛。[2]

注释：

[1]弥：抄本又作"愈"。 [2]"夜就"二句：抄本又作"更觉此心寂，经声出竹丛"。

还崂山作

遂得归山愿，诗怀一笑开。
囊琴入幽竹，随意卧苍苔。
海月乘潮上，岭云伴鹤回。
闲鸥似犹识，相见不相猜。

过垭里村[1]

渐与红尘隔，傍垭四五家。
炊烟穿竹出，樵径入山斜。
稚子摘松实，野人锄地瓜。
还看秋柿熟，树树缀枇杷。

注释：

[1]垭（yá）里村：疑指今即墨市丰城镇的雄崖所村，位于即墨市东北约45公里处，村名源自于明代鳌山卫管辖下的"雄崖守御千户所"，村内仍保留有明代建筑的城门，村外则有玉皇庙、城隍庙等古建筑，2008年被评为中国历史文化名村。

乡居夕眺

寂寂幽居夕，不闻尘响喧。
片云挂短树，曲水绕孤村。
平野望无际，远山认有痕。
归来踏叨月，犬吠近黄昏。

闲居杂咏

一

邻家有野叟，淡泊异俗众。
坦怀两相亲，晨昏杯酒共。
来时不须邀，去时不烦送。
契交在心知，礼节略不用。

二

好雨夜来降，四野新苗绿。
晓起理轻策，步向南山曲。
荷笠看远山，倚杖听布谷。
悠然天地空，怡悦心自足。

山栖即事

远与尘氛隔，幽栖事事闲。
深林听鸟罢，古寺访僧还。
涧水忙奔海，岭云懒出山。
悠然天地暮，归去掩柴关。

雨后野望

一望绿无际，山城宿雨余。
阔塘鸥意远，高柳蝉声徐。
草色撩轻杖，峦光袭短裾。
年来囊底涩，渐与酒家疏。

一、天籁集

雨后桥上

雾敛遥峰出，山城宿雨收。
小桥人倚杖，野渡水漫流。
习习风吹袂，明明月当头。
分明闲客意，不让水边鸥。

秋日有感

昨夜微霜下，枫林叶变红。
老怀恋浊酒，病骨怯秋风。
蔬食家家缺，烽烟处处同。
忧时无限意，明镜成衰翁。

溪边闲坐

幽怀随处适，何必入山深？
闲坐溪边石，静听林外禽。
野花含佛性，芳草见天心。
一曲长歌罢，暮云隐远岑。

过东厓书屋[1]

结庐傍东郭，开户对南山。
芳草满庭积，幽人终日闲。
琴书娱老屋，风雨掩柴关。
懒问门前事，新诗手自删。

注释：

[1] 东厓书屋：本为自明初以来即墨蓝氏于即墨旧城东门外修建的子弟读书之所，此处当指周至元知交蓝水居所。

舍[1] 山村酒家

绿阴行不尽，处处野花香。
树老识村古，山深觉日长。
泉声喧细雨，竹色冷斜阳。
笑入酒家饮，陶然入醉乡。

注释：

[1] 舍：周延顺自印本作"余"，此据诗意改。

秋日登狮子峰[1]

谷口逢樵客，林端闻远钟。
贪看红叶树，步上白云峰。
大海荡胸阔，层峦照眼浓。
胜游快夙愿，长啸倚乔松。

注释：

[1] 狮子峰：位于崂山仰口风景区内太平宫东北。

与友[1] 游城南锁龙墩[2]

曳杖悠然去，近郊乐有余。
水声常在耳，山色不离裾[3]。
对石思沽酒，临溪欲羡鱼。
年来尘虑重，到此一消除。

注释：

[1] 友：疑即刘绅之，周至元有《秋日与刘绅之游锁龙墩》诗。 [2] 锁龙墩：位于即墨城东南角的墨水河转弯处，距今即墨南关桥以东一里左右。
[3] 裾：本指衣服的前襟，此处以衣服指代自身。

荒　城

大军[1]经过后，十室九成空。
废垒残阳外，荒城乱马中。
骨撑秋草白，血染晚霞红。
独有元戎[2]喜，朝朝奏凯功。

注释：

[1]大军：周延顺自印本改为"日军"，因原意通，不从。　　[2]元戎：军队，此处当指当时驻守即墨的国民党军队，则此诗应作于抗日战争结束后国民党统治即墨时期。

乡村即景

冷落乡村景，伤心未忍过。
斧斤新树少，风雨颓垣多。
人去蛙生灶，田荒草满坡。
谁知兵与吏，日日尚催科[1]。

注释：

[1]催科：催交租税，如明江盈科《雪涛阁集》卷十四有《催科》一文。另，疑本诗作于抗日战争后国民党统治即墨时期。

感时杂咏

一

倭寇猛如虎，贼伪残似狼。
虎至难能避，狼来那可防？
磨爪复厉[1]牙，任意恣杀伤。
哀哉斯世民，日夜空彷徨。

注释：

[1]厉：周延顺自印本原作"历"，此据诗意改。厉：通"砺"，即磨砺、使

锋利。

二

乱世英雄多，纷然起草莽。
朝为牧犊儿，暮作旅连长。
匪枪腰中悬，任意自来往。
怒马[1]复轻裘，炫耀夸乡党。

注释：

[1] 怒马：体格健壮的马。

三

有子望长成，长成反凄楚。
强梁[1]征兵急，日午不待晡[2]。
母牵儿辛酸，子抱爷啼哭。
哀哀咸阳桥[3]，生离胜死苦。

注释：

[1] 强梁：本指勇武有力或强横残暴的人，后也用作强盗、匪徒的代称，此处指代强行抓夫的日伪军队。　[2] 晡（bū）：即晡时，指吃晚饭时，古人一般一日二餐，早饭称朝食，一般在辰时（7—9时），晚饭称晡时，一般在申时（15—17时）。　[3] 咸阳桥：位于今陕西咸阳市南，唐时送人戍边相别之所，如唐杜甫《兵车行》诗："车辚辚，马萧萧，行人弓箭各在腰。爷娘妻子走相送，尘埃不见咸阳桥。"后渐成为送别之所的代名词。

四

赫赫势难当，今之乡保长[1]。
征敛遂意为，杀戮任所向。
衣必縠与罗，食则鱼共掌。
衣食何自来？民脂供餐飨。

注释：

[1] 乡保长：国民党政府自1934年开始在全国范围内推行一种保甲制度，规定10户为甲、10甲为保、10保以上为乡，以联保连坐法对广大民众进行牢牢控

制，其中的保长、乡长往往由当地地主、豪绅担任，同时兼任当地民兵队队长和学校校长；该制度后在日本侵占区被沿用。

五

伪兵闻讨战，整装各欢喜。
击鼓复鸣号，长驱入乡里。
势凶民亦逃，倒箧莫禁止。
临行唱凯旋，良民三五絷[1]。

注释：

[1] 絷：本指系住马足，后泛指捆、拴。

六

倭寇侵中华，识者知难久。
嗤彼短视辈，奴膝供奔走。
狐威原假虎，人势竟仗狗。
虽博一时荣，到底终露丑。

[原注] 以上6首系日伪时作。

乱中除夕

鹤唳风声里，惊心又一年。
弱妻怜病骨，稚子笑华颠[1]。
生计贫多拙，诗篇老渐圆。
欲探春消息，已到早梅边。

注释：

[1] 华颠：本指头发黑白相间，指代年老，如唐卢肇《被谪连州》诗："黄绢外孙翻得罪，华颠故老莫相嗤。"

乱后遇故人

数载稀相见，皤然[1]成野翁。
人从乱里老，诗向穷后工。

身世如飘梗[2]，生涯类转蓬[3]。
伤时同有泪，相对洒西风。

注释：

[1]皤（pó）然：形容须发皆白的样子，如唐权德舆《渭水》诗："吕叟年八十，皤然持钓钩。"　　[2]飘梗：多作"泛梗"或"梗泛"，本指被冲浮在水面上的桃木偶人，喻指漂泊不定，详见《战国策·齐策三》："有土偶人与桃梗相与语。桃梗谓土偶人曰：'子，西岸之土也，挺子以为人，至岁八月，降雨下，淄水至，则汝残矣。'土偶曰：'不然。吾西岸之土也，土则复西岸耳。今子东国之桃梗也，刻削子以为人，降雨下，淄水至，流子而去，则子漂漂者将何如耳？'"　　[3]转蓬：随风飘转不定的蓬草，喻指漂泊不定，如唐李商隐《无题》诗："嗟余听鼓应官去，走马兰台类转蓬。"

乱后登高埠[1]

漫说登高处，登临意悯然。
荒山余废垒，古刹化苍烟。
断砌粘云重，残碑带血鲜。
沧桑历浩劫，泪洒西阳[2]边。

注释：

[1]周延顺自印本两次收录此诗，今仅录此。　　[2]西阳：抄本又作"西夕"。

乱时游大妙山[1]

一[2]

废刹荒山外，登览昔不同。
断碑埋宿草，破殿号悲风。
石印血花碧，岩存战垒红。
羽流[3]散何去？落日问樵翁。

注释：

[1] 大妙山：俗称大庙山，位于今青岛即墨环秀东部，主峰海拔97.7米。
[2] 此诗抄本又作"乱后重游大妙山"。　　[3] 羽流：也称羽客，指道士。

二

羽客已云散，草莱旧迳[1]荒。
残岩千石黑，落日一轮黄。
胜地成愁地，道场[2]化战场。
欲归又回首，泪坠两三行。

注释：

[1] 迳：同"径"。　　[2] 道场：佛、道二教诵经、修道、做法事的场所，泛指佛、道二教庙观所在，如唐王昌龄《诸官游招隐寺》诗："回指岩树花，如闻道场鼓。"

乱中楼上夕望

不尽苍茫感，危楼日落时。
行人带急色，归鸟失栖枝。
枪响近宵乱，笳声向晚悲。
荒城无酒店，何处寄愁思？

乱中仲秋对月

一片清秋月，十年乱里看。
人从愁畔老，露入夜深寒。
吊砌蛩音苦，吟风木叶干。
病身无别需，只合酒杯宽。

海滨公园

园就海滨筑，崎岖一径斜。
崖悬松露骨，潮长水翻花。
石磴步步椅，茅亭处处茶。
香痕留屐齿，输与薛苔赊[1]。

注释：

[1]賒：此处意即多、繁多。

登回澜阁[1]

高阁凭栏望，风光俨画图。
烟岚青黛染，海色宝奁[2]铺。
孤岛若低昂，远帆时有无。
浑疑尘世隔，身置在蓬壶[3]。

注释：

[1]回澜阁：位于青岛市南区栈桥海中，北经栈桥与中山路连成一线，南与小青岛隔水相望，为具传统民族风格的双层飞檐八角亭阁，周以24根圆形亭柱，内有34级螺旋式阶梯可登二楼；始建于1931年，落成于1933年，旧被视为青岛市重要标志，自1992年始被列为青岛市级重点文物保护单位。 [2]宝奁：古诗文对梳妆镜匣的美称。 [3]蓬壶：即仙境，详见前注。

青岛栈桥晚眺

碧瓦红楼外，岚光接海光。
惊看螺一髻，涌出水中央。[1]
潮气浸衣冷，天风拂面凉。
栏杆徙倚遍，恋赏为斜阳。

注释：

[1]"惊看"二句：指远山如古代汉族妇女的螺髻一样矗立在海水中央，螺髻指状如螺壳的发髻。

秋夜旅邸望月有怀故山

知止[1]何曾止？当归未得归。
心随征雁远，梦绕故山飞。
猿鹤怨长别，林泉怪久违。
遥知沧海月，正满钓鱼矶。

注释：

[1] 知止：本指志在达到至善的境地，后也喻指懂得适可而止、知足，出自《礼记·大学》"大学之道……在止于至善，知止而后有定，定而后能静"一语。

七　律

塔元寺六首

以下六首系幼时之作，当蒙王夫子卓泉[1]所激赏，余之攻力于诗，实自此始。

塔元寺[2]

古塔青青遍绿苔，地虽近郭远尘埃。
一弯墨水绕垣去，万叠崂峰排闼来。
废院无僧秋草满，寒畦有蝶菜花开。
生成性格眈[3]孤僻，怅望斜阳未忍回。

注释：

[1] 王夫子卓泉：即清末民初即墨名儒王锡极（1867—1937），字卓泉，号蛰庵，即墨县里仁乡城阳社紫芗村（今属青岛市城阳区流亭街道办南城阳村）人，清末廪生、明经进士，清亡后于即墨城设馆授徒，周至元、蓝水、张伏山、孙深皆等均曾受教于他；王锡极通五经，精诗赋，兼擅书法，著有《卓泉诗集》《蛰庵赋集》《游崂山文集》等。事详《流亭街道志》（《流亭街道志》编纂委员会编，黄河出版社2011年出版）第454—455页。　　[2] 塔元寺：也称塔院寺，位于今即墨市环秀街道塔元头村西，曾以寺中有巨型石雕卧佛而著称，今已倾圮无存。　　[3] 眈：同"眈"。

鸭绿池[1]

清池浸阁阁涵空，叠画难描倒影中。
杨柳多情拖水绿，杏花无主出墙红。
悠闲凫泛溶溶日，缭乱萍飘淡淡风。
过此顿教看不足，一城佳景有谁同？

注释：

[1] 鸭绿池：位于即墨古城老县衙东面春秋阁前，今佚。

龙潭

沈沈碧水冯夷宫[1]，城下凭临濠上同。
重叠楼台杨柳外，浅深峰巘夕阳中。
市人散后千街月，牧犊归来一笛风。
更爱烟波钓徒好，一竿愿此伴渔翁。

注释：

[1] 冯夷宫：民间传说中的水神宫殿；冯夷是民间传说中的黄河之神，后泛指水神，如《庄子·大宗师》曰"冯夷得之，以游大川"，成玄英疏曰："姓冯名夷，弘农华阴潼乡堤首里人也，服八石，得水仙。大川，黄河也，天帝锡冯夷为河伯，故游处盟津大川之中也。"

文昌阁[1]

胜揽东南百尺楼，登临顿觉小齐州[2]。
千家烟火胸前列，百叠岚光眼底收。
渺渺暮霞高士舍，泱泱沧海古城秋。
诗成更有凌云意，神入钧天[3]汗漫游[4]。

注释：

[1] 文昌阁：当指即墨古城东南隅的文昌阁，由时任即墨知县的刘应旗督建于明万历三十年（1602），清代曾三次重修，1952年拆城墙时拆除。　[2] "登临"句：形容站在文昌阁上看到的地上景物非常渺小，借以突出文昌阁之高，化用唐李贺《梦天》诗中"遥望齐州九点烟"之句意。齐州即中州，泛指整个中原大地。[3] 钧天：古代神话传说中天帝居住的天中央，如宋苏轼《潮州韩文公庙记》："钧天无人帝悲伤，讴吟下招遣巫阳。"　[4] 汗漫游：本指世外之游，后泛指远游、漫游，出自《淮南子·道应训》："吾与汗漫期于九垓之外，吾不可以久驻。"

一、天籁集

蚕姑祠[1]

十亩桑阴绿覆茅，蚕姑祠堂邑南郊。
新栽花树齐疑剪，旧种蔓藤纠已交。
苔径人稀蚁筑垒，檐牙日暖鸟营巢。
赏心更是桥头望，一抹烟痕横柳梢。

注释：

[1]蚕姑祠：位于即墨古城南关街上，相传由时任即墨知县的陈毓崧倡议修建于清宣统二年（1910）。

黄氏[1] 废园[2]

虽设柴扉更不关，行人来往说平泉[3]。
断桥水涸少人渡，古塔年深有鼠穿。
经雨山花态旖旎，临风野鸟语缠绵。
我来不胜感今昔，斜倚杖藜落日边。

注释：

[1]黄氏：明清时期即墨五大显赫家族（周、黄、蓝、郭、杨）之一。[2]废园：当指黄氏家族书院华阳书院遗址，位于崂山华楼山与五龙山之间的华阳山下、于清雍正年间（1722—1735）倾圮，民初尚存墙垣，新中国成立后被辟为军用。又，此诗当作于1935年与蓝水同游华阳书院时。　[3]平泉：当指位于即墨黄氏家族书院——华阳书院遗址所在地，如蓝水1935年游华阳书院时有诗曰："当年选胜筑平泉，树石清幽别有天。"

无　题[1]

相怜终未令相通，频教骚人唱恼侬[2]。
春冷故为勒芍药，秋高倍觉惜芙蓉。
彩云有约肠空断，碧玉[3]多情梦不逢。
安得红鸾[4]供驱使？尽传心事一重重。

59

注释：

[1] 据诗意，此当为作者早年的爱情诗，应与其《懊恼诗》所作时代大致相同。　[2] 恼侬：当即懊侬，古代一种爱情歌曲的题目，后也常为文人用作爱情诗词的题目，如《南齐书》卷二六："仲雄于御前鼓琴，作《懊侬曲》，歌曰：'常叹负情侬，郎今果行许。'"　[3] 碧玉：旧时小户人家女子名，如《乐府诗集·清商曲辞·碧玉歌三》："碧玉小家女，不敢贵德攀。感郎意气重，遂得结金兰。"　[4] 红鸾：古代神话传说中一种红色的仙鸟，主管人间婚姻喜事，如元关汉卿《窦娥冤》第二折："孩儿，你可曾算我两个的八字，红鸾天喜几时到命哩？"

懊恼诗[1]

一

枇杷门巷乍逢时，一笑临风首暗垂。
人比桃花争一面，春同柳叶斗双眉。
巫山得睹云看懒，沧海曾经水不奇。
自见牡丹倾国色，始知众卉尽凡姿。

注释：

[1] 据蓝水《和至元〈懊恼诗〉序》，此诗当作于周至元20岁即1930年左右。

二

豆蔻年华已识愁，相逢渐觉各添羞。
青青柳绾丝丝结，脉脉情含剪剪眸。
一点琴心辨曲外[1]，十分春色出墙头。
当时却少韩郎胆，到手异香不敢偷。[2]

注释：

[1] "一点"句：引用《史记·司马相如列传》所载司马相如挑逗卓文君故事："是时，卓王孙有女文君新寡，好音，故相如缪与令相重，而以琴心挑之。"琴心：即琴声所表达的情意。　[2] "当时"二句：引用《晋书》卷四十所载晋韩寿故事：贾充女儿贾午喜欢韩寿，而与之私通，并将皇帝赏赐给贾充的西域奇香偷偷送给韩寿，贾充知晓后无奈而将女儿许配给韩寿；后世因常以韩郎代指女子的情人，以偷香喻指男女暗中偷情。

三

负笈[1]归来又几春，美人消息问东邻。
惊他飞燕[2]更倾国，犹是云英[3]未嫁身。
金屋思营藏娇地[4]，朱幡愿作护花人[5]。
谁知艳福前生少，幻想空教梦里频。

注释：

[1] 负笈：背着书箱，指代游学在外，如唐白居易《相和歌辞·短歌行二》："负笈尘中游，抱书雪前宿。" [2] 飞燕：本指西汉成帝的皇后赵飞燕，以美貌著称，且轻盈善舞，后成为美女的代名词。 [3] 云英：本指唐传奇《裴航》中秀才裴航在蓝桥驿遇到的仙女，后成为男子意中人的代名词。 [4] "金屋"句：引用志怪小说《汉武故事》所载汉武帝幼时所说"若得阿娇作妇，当作金屋贮之"故事。 [5] "朱幡"句：指唐天宝年间（742—756）处士崔玄微作朱幡护花故事，详见前注。

四

蕙心兰质太聪明，掷果潘安[1]心已倾。
映日自怜顾影态，临风偷听读书声。
人前娇惯装憨呆，月下盟言订死生。
明识使君已有妇，慧刀难割是痴情。

注释：

[1] 掷果潘安：本指晋潘岳外出时"妇人遇之者，皆连手萦绕，投之以果，遂满载以归"，后世因以"掷果""掷果潘安"等比喻为女子爱慕的美男子，也比喻向意中人表白示好。详见《晋书》卷五五。

五

春愁惯恼杜司勋[1]，满腹辛酸那可云？
红拂有心奔李靖[2]，相如多病负文君。
琼浆空饮蓝桥月[3]，襄梦难寻巫峡云[4]。
最是不胜肠断处，灯残酒醒日斜曛。

注释:

[1] 杜司勋:指唐代诗人杜牧,因其曾官司勋员外郎而称,另因其命途多舛、常处郁闷困顿之中而被视为古代文人生不逢时的典型,如唐李商隐《杜司勋》诗曰:"刻意伤春复伤别,人间唯有杜司勋。" [2] "红拂"句:化用红拂女夜奔李靖故事:红拂名出尘,张姓,本为隋司空杨素府中婢女,因手执红色拂尘而称红拂女,后月夜私奔至后来成为唐代开国元勋、卫国公李靖处,二人又同至长安,在虬髯客帮助下结为夫妻,共同辅佐唐王立国。详见蜀杜光庭传奇小说《虬髯客传》。 [3] "琼浆"句:化用裴航与仙女云英结为夫妻故事:唐长庆年间(821—824),秀才裴航偶然路过蓝桥驿,向一织麻老妪求饮,妪呼女子云英捧水浆饮之;裴航爱云英姿容绝世而求婚,老妪命以玉杵臼为聘并为捣药百日乃可;后裴航终于找到玉杵臼,并成功娶得云英,夫妻双双成仙而去。详见唐传奇《裴航》。

[4] "襄梦"句:引用楚襄王游云梦泽时遇巫山神女故事:"昔者先王尝游高唐,怠而昼寝,梦见一妇人曰:'妾,巫山之女也,为高唐之客。闻君游高唐,愿荐枕席。'王因幸之。去而辞曰:'妾在巫山之阳,高丘之阻,旦为朝云,暮为行雨。朝朝暮暮,阳台之下。'旦朝视之,如言。故为立庙,号曰朝云。"详见宋玉《高唐赋》。

六

怕思量起又思量,每度思量每断肠。
落拓我真惭杜牧[1],丰神卿未减徐娘[2]。
娇莺别已栖乔木,彩燕难更返画梁。
一入侯门深似海,路人从此是萧郎[3]。

注释:

[1] "落拓"句:化用晚唐诗人杜牧虽有济世之才却生逢乱世、只能沉沦下僚、落拓而终的事实。 [2] 徐娘:南朝梁元帝萧绎的后妃徐昭佩,美貌多情,却一直未得到梁元帝的宠爱,后与元帝臣子暨季江有染,暨季江称其"徐娘虽老,犹尚多情"。详见《南史》卷十二。 [3] "一入"二句:化用唐崔郊《赠婢》诗"侯门一入深似海,从此萧郎是路人"之句,萧郎是唐及唐以后古典诗词中女子对心上人的称呼。

七

地老天荒恨不磨，相逢依旧唤哥哥。
误卿半世嘲难解，待我十年情已多。
事往真同蝴蝶梦[1]，愁来怕听鹧鸪歌。
良缘自古趁心少，天壤王郎奈尔何[2]。

注释：

[1] 蝴蝶梦：化用《庄子·齐物论》庄周为漆园吏时梦蝶故事："昔者庄周梦为蝴蝶，栩栩然蝴蝶也。自喻适志与！不知周也。俄然觉，则蘧蘧然周也。不知周之梦为蝴蝶与？蝴蝶之梦为周与？" [2] "天壤"句：化用晋代才女谢道韫评价其丈夫王凝之的故事："谢夫人既往王氏，大薄凝之。既还谢家，意大不说。太傅慰释之曰：'王郎，逸少之子，人身亦不恶，汝何以恨乃尔？'答曰：'一门叔父，则有阿大、中郎；群从兄弟，则有封、胡、遏、末。不意天壤之中，乃有王郎！'"详见《世说新语·贤媛》。

八

潇潇风雨掩重门，斑发潘郎泪欲吞。
人面已经归崔护[1]，香囊空自赠王孙。
情天难补长留恨，义士莫逢枉断魂。
燕子远飞春又去，一庭绿叶正黄昏。

[原注] 此诗原题《懊恼诗》，后改为《无题诗》，蓝水在《友声集》中为作序并和诗。此诗为早年婚恋之作。[2]

注释：

[1] "人面"句：化用崔护《题都城南庄》诗本事："护举进士不第，清明独游都城南，得村居，花木丛萃。扣门久，有女子自门隙问之。对曰：'寻春独行，酒渴求饮。'女入，启关，以盂水至。独倚小桃柯伫立，而意属殊厚。崔辞起，送至门，如不胜情而入。后绝不复至。及来岁清明，径往寻之，门庭如故，而户扃锁矣。因题'去年今日此门中'诗于其左扉。"详见《唐诗纪事》卷四十。 [2] 据语气，此非周至元原注，应为周延顺请人整理时所作。

老女吟

工夫费尽閗[1]新妆，画出蛾眉最擅场。
已误年华成老太，每思婚事暗悲伤。
难将丫髻情为说，更厌媒妪话短长。
寒士嫌贫纨绔俗，蹉跎岁月度时光。

注释：

[1] 閗：古同"斗"。

愁

陌头柳色足魂消，垒块[1]当胸酒怎浇？
孤馆客中明月夜，征人塞外可怜宵。
秋风梧叶声萧飒，夜雨芭蕉响寂寥。
最是离闺禁不得，鸳鸯枕上湿红绡。

注释：

[1] 垒块：郁积的愤激不平之气，详见前注。

山 游

衣上白云舃[1]底泉，杖藜到处意悠然。
山深三月犹余雪，古木千年欲蔽天。
远见竹林知有寺，静逢樵客亦疑仙。
困来籍[2]得苍苔卧，一阵松风尘虑捐。

注释：

[1] 舃（xì）：鞋子。[2] 籍：通藉，凭借、依靠。

适 兴

家在劳峰墨水间，长贫未碍一身闲。

酒逢适兴量难限，诗到率真句不删。
花落花开渐白发，云生云灭自青山。
平生心折陶靖节，澹泊高怀哪可攀？

无 题

禅榻占来烟霭间，综难证果也成仙。
闲收竹露抄呗页[1]，自煮葵斋[2]汲井泉。
一岭白云供怡悦，满山红树足流连。
有时飞舄[3]岩头去，随处松阴随处眠。

注释：

[1]呗（bài）页：指代佛经。 [2]葵斋：本指用葵这种蔬菜做的一种佛教徒或道教徒吃的素食，此代指素食。 [3]飞舄：也作凫舄、飞凫等，本指地方官足迹所至，后泛指足迹或鞋子，出自《后汉书》卷一一二："王乔者，河东人也，显宗，世为叶令。乔有神术，每月朔望，常自县诣台朝。帝怪其来数，而不见车骑，密令太史伺望之。言其临至，辄有双凫从东南飞来。于是候凫至，举罗张之，但得一只舄焉。乃诏上方诊视，则四年中所赐尚书官属履也。"

墨 精[1]

磊落岂甘顽石同？二崂钟秀产灵晶。
不能营钻空椎笞，别具锋铓嶙骨成。
倘施琢磨便供璧，若论价值胜连城。
深山只合返君璞，莫向人间博得名。

注释：

[1]墨晶：即黑水晶，崂山矿产之一，主要分布在天门峰周围，色黑质坚，大者可制眼镜，小者可刻印章、玩物等，今已很难采到。

题幽居

高人居处在岩陬，曲涧深深折更幽。
碧巘千重当户立，清泉几曲绕阶流。

竹林径窄笋迸屧，茅屋檐低花拂头。
最是雅人多雅事，琴书诗酒日淹留。

游蔚竹庵[1]

路转峰回异境开，仙观深处白云隈。
洞流几曲门前合，山色千重竹里来。
终日有禽啼碧嶂，经年无客踏苍苔。
松窗扫榻清难寐，幽绝浮生第一回。

注释：

[1] 蔚竹庵：又名蔚儿铺，位于崂山区北宅镇双石屋村东北凤凰岭下，明万历十七年（1589）由道人宋冲儒创建，因松竹茂盛、环绕成林而命名为蔚竹庵，清道人李礼秀于嘉庆年间重修，庵内祀真武及三清，东有清风塔，有路可达棋盘石；"文革"期间，庵内神像、文物等遭损毁，今为青岛市文物保护单位。详见《蔚竹庵碑记》《重修蔚竹庵庙记》、周至元《崂山志》第103页等。

游明霞洞[1]

游遍华严兴未阑，寻胜更入几重山。
路穿竹松盘回[2]上，洞在烟霞缥缈间。
精舍只容沧海入，柴门自有白云关。
观中道士头如雪，落落清姿比鹤闲。

注释：

[1] 明霞洞：位于崂山南麓昆仑山玄武峰绝岩下，系人工开凿而成，户牖皆备，门南开，可下俯山外海光、悬崖深壑；洞外自下而上有约二里的石阶小路，修竹夹道，曦光不漏；周至元另有散文《明霞洞听雨记》记其事。详见周至元《崂山志》第47—49页。[2] 回：周延顺自印本均作"迴"，今统一改作"回"，下不出注。

春日寄远

萍难久聚月难圆，小别匆匆又隔年。

竹榻联吟空有梦,酒家共醉竟无缘。

离情最苦莺花日[1],愁绪未堪风雨天。

一纸飞鸿成遥寄,分明可抵木瓜篇[2]。

注释:

[1]莺花日:莺啼花开的日子,泛指春日。 [2]木瓜篇:指《诗经·国风·卫风》中的《木瓜》一诗,其首章曰:"投我以木瓜,报之以琼琚。匪报也,永以为好也。"该诗今已成为通过赠答以表达深情厚谊的典型诗作。

秋日村居即景

篱绕扁豆绿成阴,照眼荞花自似银。

妇女儿童齐在野,乡村七月少闲人。

两三株柳啼幽禽,四五村家傍水滨。

一片云过忽落雨,纷纷忙煞打场[1]人。

注释:

[1]打场:旧指将收割下来的小麦、谷子、水稻等农作物放在向阳场院里晾晒、脱粒的过程。

南九水古柳

瑰琦老树何年栽?寂寞荒村傍水隈。

沦落山阿终有赏,未遭斤斧以无才。

风前青眼为谁属?霜后红颜聊自开。

多少古松为栋梁,可怜衰柳久成灰。

咏独枝菊花

一枝瘦影自支撑,独抱寒香篱角生。

晚节由来偕隐少,孤芳倍觉惹人惊。

凄凉身世傲霜夜,冷淡胸怀对月明。

谁识西风憔悴客?还留只眼[1]最关情。

注释：

[1] 只眼：比喻独特的见解，如宋陆游《书志》诗："读书虽复具只眼，贮酒其如无别肠。"

自挽诗[1]

癸酉[2]暮春，病魔缠身数月，自恐命将不永，因作自挽诗四首以寄意。

一

虚度人间廿七年[3]，几回思罢几伤神。
生无媚骨岂容世？死遗新诗不济贫。
往日每怜遭绊羁，今朝却幸出凡尘。
惟余一事难瞑目，堂上频看白发亲。

注释：

[1] 此诗原以序为题，此乃整理者据诗意而加。　[2] 癸酉：此处指公元1933年。　[3] 廿七年：据周至元子女及亲友传略，周至元生于1910年1月21日；另据其《丙申冬至题旧照》诗及注，其丙申年（1956）时47岁；则此处纪年必有误，然无他据，姑存疑。

二

耿耿残魂欲绝时，凄凉惟应短檠[1]知。
经霜秋虫吟偏苦，作茧春蚕意太痴。
已尽穷途阮籍泪[2]，怕吟联挽渊明诗[3]。
由来别属黯然事，一别长辞更足悲。

注释：

[1] 短檠：古代对一种油灯的别称；檠，本指托灯盘的立柱，有长、短之分，富贵人家多用长檠，普通人家多用短檠。　[2] 阮籍泪：指魏晋名士阮籍"时率意独驾，不由径路，车迹所穷，辄恸哭而反"，后世因以阮籍泪、步兵泣、穷途哭等喻指走投无路或处境困窘或对世事极其悲观等。详见《晋书》卷四九。　[3] 渊明诗：当指晋代诗人陶渊明于死前两个月，即晋元嘉四年（427）秋九月，为自己所写的自挽诗《挽歌》三首，其中最著名的是第三首结尾二联："亲戚或余悲，

他人亦已歌。死去何所道？托体同山阿。"

三

缘薄难期佛与仙，落花时节竟长眠。
魂如流絮飞难定，身似死灰点不燃。
噩兆已成伤鹏鸟，春心莫许托啼鹃。
他年倘化令威鹤，华表归来更可怜。[1]

注释：

[1]"他年"二句：化用丁令威化鹤故事，后世因以令威化鹤喻指沧海桑田、世事变迁，详见晋陶潜《搜神后记》卷一："丁令威，本辽东人，学道于灵虚山，后化鹤归辽，集城门华表柱。时有少年，举弓欲射之。鹤乃飞，徘徊空中而言曰：'有鸟有鸟丁令威，去家千年今始归。城郭如故人民非，何不学仙冢累累。'遂高上冲天。"

四

道是好休便即休，尘寰何事苦淹留？
遍访五岳知无分，小记二劳志已酬。
诗社友应叹冷落，年康迹剩说风流。
此身倘不随便化，碧海青天浪漫游[1]。

注释：

[1]浪漫游：疑为"汗漫游"，指远游、漫游。

日病甚，忽得句，以为妙，不忍舍去，又录之

无端环境暗相催，引得心花顷刻开。
人道长吟佳句少，我便巧自熟中来。
昔日崂峰墨水边，远来一子似参禅。
谁知收入佛门后，酷好吟诗久欲颠。

闲居书怀

富贵已知不可求，林泉乐得日悠悠。
千杯野店随缘醉，一杖名山到处游。

且借弈棋消岁月，聊凭著述遣穷愁。
年来渐悟无生旨，世事看同水上沤[1]。

注释：

[1]水上沤：指《列子·黄帝》篇所载鸥鸟故事："海上之人有好沤鸟者，每旦之海上，从沤鸟游，沤鸟之至者百住而不止。其父曰：'吾闻沤鸟皆从汝游，汝取来，吾玩之。'明日之海上，沤鸟舞而不下也。"

寄 兴

苍狗白云[1]变幻频，饱看世事感难禁。
病来野鹤懒能舞，霜后寒蝉欲禁吟。
放浪形骸阮籍酒[2]，寓情山水伯牙琴[3]。
若论身历沧桑劫，我比杜陵[4]寄慨深。

注释：

[1]苍狗白云：也作苍狗白衣，比喻世事变幻无常，出自唐杜甫《可叹》诗："天上浮云似白衣，斯须改变如苍狗。" [2]阮籍酒：三国时魏国名士阮籍以嗜酒豪放著称，如《世说新语·任诞》载："步兵校尉缺，厨中有贮酒数百斛，阮籍乃求为步兵校尉。……阮公邻家妇，有美色，当垆酤酒。阮与王安丰常从妇饮酒，阮醉，便眠其妇侧。夫始殊疑之，伺察，终无他意。"《晋书》卷四九则载："文帝初欲为武帝求婚于籍，籍醉六十日，不得言而止。"可见，放浪形骸、嗜酒而醉，其实是阮籍等知识分子在严酷政治环境下逃避现实、坚守人格的一种手段。 [3]"寓情"句：引用伯牙、子期知音相交故事，借以慨叹知音难觅之意。 [4]杜陵：指唐代现实主义诗人杜甫，以其曾创作了《杜陵叟》等感叹民生艰难的诗歌而称。

感 兴

回头莫用感蹉跎，壮不如人奈老何。
五亩田园消酒债，十年烽火足悲歌。
烟霞有约青山负，岁月无情白发多。
便欲移家浮海去，一竿从此伴渔蓑。

老 去

老去年华逝水同,不胜感慨对秋风。
酒逢失意易为醉,诗到奇穷转不工。
旧友几人沧海外,故园十载战尘中。
情深只有篱边菊,未改霜枝伴野翁。

战 况[1]

夜来炮响赛雷鸣,晓视行人色尚惊。
城郭再看如隔世,亲朋相见庆重生。
干戈抛乱尸横路,雉堞[2]倾斜血染城。
多少冤魂招不得,潺湲墨水[3]带愁声。

注释:

[1]原题作"七月十九日",此据周延顺自印本改。 [2]雉堞:也叫堞墙,是古代城墙外侧的名称,后也泛指城墙。 [3]墨水:即墨水河,指源自即墨古城东南马兰岭的一条南北走向的小河,因紧临即墨古城而得名。

乱 况

不是身经乱离日,何因更识乱中情?
无钱供税儿都卖,有客敲门胆异[1]惊。
荒尽田园犹役使,罹穷雀鼠尚粮征。
谁家骸骨缺人掩,犬集荒原作死争。

[原注] 日伪时战况。

注释:

[1]异:据诗意,疑为"亦"。

乱后野望

魂消最是一望中,到眼风光昔不同。
百户农村半已徙,十家门板九成空。

荒山无树峙残垒，归鸟失林翔晚风。
惟有野花不解事，夕阳犹作可怜红。

即城秋眺

步上危城感不禁，荒凉满目足消魂。
三经战伐添新冢，十载征徭失旧村。
隔水寺余孤塔矗，沿堤柳鲜一株存。
红楼碧瓦今全改，回首当年一梦痕。

暮春感兴

枝上红稀绿渐肥，晴和风日送春归。
雨余草色欣荣长，风定杨花自在飞。
八载烽烟醒世梦，一塘野水失渔矶。
韶光堪喜年年赏，未负青山是布衣。

秋日书怀

烽火十年两鬓新，秋风惯袭病愁身。
壁悬长剑气犹壮，囊有新诗志不贫。
经雨寒蝉声寂寞，失群征雁意逡巡。
悲秋宋玉[1]漫多事，且学刘伶[2]作酒人。

注释：

[1]宋玉：战国末期楚国人，是继屈原之后的楚辞大家，善文能赋，著有《九辩》《招魂》《高唐赋》《神女赋》《登徒子好色赋》等作，世因其《九辩》中"悲哉秋之为气也，萧瑟兮草木摇落而变衰"之句而称其为"悲秋"之祖。　[2]刘伶：字伯伦，魏晋时期沛国（今属安徽宿州）人，竹林七贤之一，平生嗜酒狂放，曾作《酒德颂》。详见《晋书》卷四九、《世说新语·任诞》篇等。

秋雨感怀

瑟瑟西风刮竹斜，山城愁卧感年华。
诗成病后句词瘦，人自乱来酒量加。

破屋心忧连夜雨，荒庭葵老一篱花。
秋怀满复凭何诉？尽付长吁与短嗟。

立秋夜中作

乍闻淅沥俄然惊，欹枕空斋梦不成。
沼里荷犹含暑气，林中叶已闹秋声。
江湖虽阔难投足，天地恩深未厌兵。
老境题诗衰飒甚，感时忧世易伤情。

游汇泉公园[1]

汇泉一角海东滨，胜地重游是暮春。
槛里有花皆倾国，林间无鸟不呼人。
万顷绿树幕帏似，四面青山畾画真。
堪喜流泉沧海外，茅亭容我着闲身。

注释：

[1] 汇泉公园：即今之中山公园，为青岛市内最大的综合性公园。

由汇泉东山至湛山路中

汇泉东去境更深，绝壑茂林渐出尘。
路辟悬崖堪走马，山抛怪石欲惊人。
海光松影侵襟湿，野卉琪花[1]刺眼新。
独拨岭云寻古寺[2]，懒从樵客问前津。

注释：

[1] 琪花：古人想象的仙境中的花，多用以形容晶莹美丽的花，如唐曹唐《小游仙诗》之二："万树琪花千圃药，心知不敢辄形相。"　[2] 古寺：指湛山寺，详见前注。

李村拜康南海[1]墓

力挽狂澜愿竟违，溯公身世泪堪挥。

文如苏韩[2]词求放，才具伊周[3]时却非。
南海无情全逸老，东莱[4]有幸驻芳徽[5]。
我来异代空私淑[6]，亲炙[7]缘悭怅落晖。

注释：

[1]康南海：即康有为（1858—1927），字广厦，号长素、明夷、西樵山人等，广东南海（今广东省佛山市南海区）人，世因称其为康南海，晚年定居于青岛福山路6号，初葬于青岛李村枣儿山，"文革"后迁葬于浮山南麓。 [2]苏韩：指唐宋八大家中的苏轼和韩愈，因二人均长于文才而并称。 [3]伊周：指夏末商初的伊尹和西周初的周公旦，二人均有雄才大略，均曾辅佐君主平定天下并摄理朝政，后世因以二人并称，借以指代有雄才大略、能平定天下执掌朝政的人才。 [4]东莱：古地名，本指西汉时于商周时莱国故地所设的东莱郡，此处因青岛旧属东莱郡而称。 [5]芳徽：同"清徽"，即高尚的节操，如《唐代墓志汇编·大唐故上柱国成府君墓志铭并序》："敢撰芳徽，瘗兹神道。" [6]私淑：未能亲自受业但因私下敬仰并愿承传其学术而尊之为师之意。 [7]亲炙：即当面受到教导或传授，如《论衡·知实》："非圣而若是乎？而况亲炙之乎？"

庭中隙地辟菜畦十余既成喜赋

小圃新开地几弓，半栽灵药半蔬菘。
已舒鹤爪篱边菊，渐展龙鳞屋角松。
雨足一犁[1]畦韭活，客稀三径藓苔封。
迩来喜有菜根嚼，反觉莼鲈滋味浓。

注释：

[1]犁：同"犁"。

四十六岁腊月二十六又坠一齿

簌簌坠来暗自惊，不关痛痒泪长横。
伤心永遗朵颐恨，没齿难忘骨肉情。
韩愈临文叹老大[1]，乐天赋别动凄情[2]。
卅年赖汝供咀嚼，一旦分离百感生。

注释：

[1]"韩愈"句：指韩愈《祭十二郎文》，其中有曰："吾自今年来，苍苍者或化而为白矣，动摇者或脱而落矣，毛血日益衰，志气日益微，几何不从汝而死也？"
[2]"乐天"句：指白居易《赋得古原草送别》诗，其中有曰："又送王孙去，萋萋满别情。"

古体

自 叙

家源溯祭酒[1]，明季起寒族。
祀绵三百载，中间兴废数。
先祖化南公[2]，少小嗜攻读。
学书终未成，弃而就商贾。
生涯同韩康[3]，药物笼中贮。
常存济人心，方剂手自录。

注释：

[1]祭酒：指明代即墨周氏家族的光大者周如砥（1550—1615），字季平，号砺斋，明万历十七年（1589）己丑科进士，官至国子监祭酒，卒赠礼部右侍郎，谥文穆，晚年归居故里，以文章名天下，著有《周太史文集》《青藜馆集》等。详见清同治《即墨县志》。　[2]化南公：即周至元祖父周正棠，长于中医，开设有符箱堂药铺，其他不详。据田有栋《周至元》一文，载青岛市政协文史资料委员会编《青岛文史资料：第十四辑》（中国文史出版社2005年出版）第59—65页。
[3]韩康：字伯休，又作恬休，东汉京兆（今陕西西安附近）隐士，常采药名山而卖于长安，详见《后汉书》卷一一三、晋皇甫谧《高士传》等；后世因借以指代隐逸之士，也泛指采药或卖药者。

秋　夕

郁郁窗前兰，澹澹篱边菊。
秋夕佳日多，万物各自足。
夕阳下远山，栖鸟争归宿。
花前正思饮，仆言新酿熟。
酒须倾千杯，琴复弹一曲。
一曲犹未终，初月上茅屋。

茅斋杂咏

一

幽斋少客来[1]，寂静似僧寺。
柴关[2]午未开，竹榻晓恣睡。
睡起日每高，取琴膝上置。
一曲弹未终[3]，悠然[4]动遐思。
直道合俗难，尘世甘遗弃。[5]
且觅眼前欢，肯念身外事？
闲持一杯酒，独酌还成醉。
世无靖节翁[6]，谁更知此意？

注释：

[1] 少客来：抄本又作"客来稀"。　[2] 柴关：抄本又作"柴扉"。　[3] 弹未终：抄本又作"奏未绝"。　[4] 悠然：抄本又作"悠悠"。　[5] "直道"二句：抄本无。　[6] 靖节翁：指东晋诗人陶潜，因其卒后友人私谥为靖节而世称靖节先生、靖节翁等。

二

到处惹人嫌，始知傲骨长。
虽为世不容，却幸脱尘网。
茅屋三四间，门对青山向。
苔色遍阶除，竹影满书幌[1]。

兴到辄吟诗，静极多妙想。
好友期不来，谁与共欣赏？

注释：

[1] 书幌：本指书斋的帷幔或窗帘，也代指书房，如宋苏轼《雪后书北台壁》诗之一："五更晓色来书幌，半夜寒声落画檐。"

登慈光洞[1]

二劳洞窟多，首推慈光好。
高缀危岩巅，五更日先晓。
却因境太险，遂令至者少。
更缘到者稀，仙迹弥可宝。
秋来理轻策，尽日试探讨。
初陟束住岭[2]，洞壑已幽窈。
复寻白云庵[3]，殿址余蔓草。
仰首见巨峰[4]，巀嶪[5]插天表。
雄伟势独尊，群巘争倾倒。
扪葛试前登，云中一鸟道。
路出危岩隙，时时被石扰。
或缘古木上，或步松树梢。
攀援同猿猴，手足并作爪。
崎岖十数里，山势益削峭。
洞当绝壁下，光洁如目瞭。
其前平台出，天工布置巧。
前临大壑深，俯视幽山窅[6]。
群山奔眼底，纵横势缭绕。
山外见沧海，波光一望渺。
历历指群峰，漫漫见烟岛。
孤帆天外行，往来如飞鸟。
陡觉天地空，岂只宇宙小？

此境真仙境，揽胜悔不早。
会当谢尘寰，布袜[7]此中老。
闲与安期生[8]，石坛落花扫。
渴餐洞里霞，饥食如瓜枣。
优游[9]度年华，何处着烦恼？

注释：

[1] 慈光洞：位于崂山巨峰南麓自然碑西的天然花岗岩洞窟，相传明僧憨山曾于此坐禅；洞高、深各约20米，洞口朝向西南，洞内形如卵状，可容数人坐，石壁光滑，有憨山手书"慈光洞"三字及七绝诗一首，今诗已佚。详见周至元《崂山志》第50页。　　[2] 束住岭：崂山巨峰正脉，因似将岭下二道涧水束住而得名。　　[3] 白云庵：位于崂山巨峰南麓、东住岭之上，背靠自然碑，约始建于唐代，本为佛教庙宇，包括上庵玉清宫、下庵铁瓦殿两部分；明嘉靖间由全真教道士重修而成为道教宫观，清康熙间因火灾而毁弃，今仅存遗址。详见周至元《崂山志》第105页。　　[4] 巨峰：崂山最高峰，又名崂顶，详见前注。　　[5] 巀嶭（jié yè）：高耸的样子，如宋范成大《吴船录》卷上："入寺侧，出石磴半里余，有三石峰，平正如高楼巍阙，巀嶭奇伟，不可名状。"　　[6] 窅：本指眼睛眍进去的样子，后多形容深远，如李白《山中问答》诗："桃花流水窅然去，别有天地非人间。"　　[7] 布袜：本指古代平民的服饰，后借以喻指隐士的隐居生活，如唐杜甫《奉先刘少府新画山水障歌》："吾独何为在泥滓？青鞋布袜从此始。"　　[8] 安期生：又称安期、千岁翁、安丘先生等，琅琊人，本是秦汉时期活动于燕齐等地的方士，信奉黄老哲学与道家修炼术，后在道教传说中被说成是得太丹之道、三元之法的神仙，并成为道教上清源八真之一。详见汉司马迁《史记·封禅书》、晋葛洪《嵇中散孤馆遇神》、皇甫谧《高士传》等。　　[9] 优游：也作悠游，意即悠闲自得，如《诗经·大雅·卷阿》："伴奂尔游矣，优游尔休矣。"

登明霞洞[1]，宿斗母宫[2] 精舍[3]

隔山闻钟声，到岭始见寺。
寺宇亦何高，缥缈在空翠。
解骑抬级登，数步辄一憩。
夹径尽修篁，掩映天光蔽。
级尽平台出，豁然尘世异。

回看四围峰，万朵争献媚。
山外海光露，清澈似可挹。
忽生出尘想，早有凌云意。
西邻斗母宫，精室悬崖置。
入室无纤埃，疑是清虚[4]至。
岚光杂云影，海色与蜃气。
悠悠万象呈，历历一窗备。
道人更爱客，留我竹床睡。
到耳风泉声，终夜不成寐。

注释：

[1]明霞洞：位于崂山南麓昆仑山玄武峰绝岩下的人工洞穴。 [2]斗母宫：位于崂山昆仑山南麓，道教全真派宫观，始建于元代，旧在明霞洞之上，明时移建于明霞洞西，清末又在其西建观音殿，均傍崖而筑，势若凌空。详见周至元《崂山志》第95页。 [3]该诗已录入周至元《崂山志》第95页，但题作"斗母宫"，今仅录于此。 [4]清虚：即清虚府或清虚殿，指神话传说中的月宫，如唐末谭用之《江边秋夕》诗："七色花虬一声鹤，几时乘兴上清虚。"

节 怀

戚戚何为应自宽，几人乱里得身安？
贫犹爱竹当阶植，老不废书秉烛看。
夜卧忙仍诗一首，春眠起每日三竿。

耐 冬

空山一夜三尺雪，猎猎北风松竹折。
照眼忽惊耐冬花，红艳乍吐真奇绝。
貌如桃李心如霜，叶似翡翠干似铁。
偷来石蜡缕缕衣，染成杜鹃枝枝血。
吹嘘未肯借东风，孤冷偏宜伴明月。
嫣然一笑天地春，反嫌梅花穷寒骨。

游华严寺[1]

那罗延山[2]势东注,岩峦回亘幻幽谷。
中有禅宫曰华严,辉煌高踞山之腹。
海滨石[3]级入松林,一径盘回深复深。
涧底清风生飒飒,顶上绿盖荫沉沉。
林间怪[4]石多奇状,虎踞狮蹲怒相向。
琪花迎客衣袂香,空翠扑人肌骨爽。
松径尽处竹更幽,高高古塔矗山陬。
门前饱贮方塘水,竹根流泉似箭抽。
幽篁深处禅关辟,四围积[5]翠浓如滴。
磬音低来鸟底萦,危楼高自松梢出。
深深花木护禅房,垒垒怪石压回廊。
红叶满庭僧意静,苍松绕院[6]鹤梦长。
波光岚影满高阁,凭栏顿教双瞳阔。
东南大海似镜明,西北群峰如玉削。
俯视来处路已无,但见翠波万顷铺。
空明乍疑莅三岛[7],高敞直可凌清虚[8]。
视久忽讶乱峰失,始悟身在白云里。
最爱清听听不足,梵音方歇潮音起。

注释:

[1]华严寺:崂山现存唯一佛教寺院,位于崂山东部那罗延山麓,该诗已收录于周至元《崂山志》第112页。 [2]那罗延山:位于崂山王哥庄镇返岭后村西,山上有现存崂山唯一佛寺——华严寺,另有崂山最大的天然洞窟——那罗延窟。 [3]石:《周至元诗文选》本、抄本作"拾"。 [4]怪:《周至元诗文选》本作"巨"。 [5]积:《周至元诗文选》本作"岚"。 [6]青松绕院:抄本作"松阴绕径"。 [7]三岛:本指传说中的蓬莱、方丈、瀛洲三座海上仙山,也泛指仙境,如唐郑畋《题缑山王子晋庙》诗:"六宫攀不住,三岛互相招。"

[8]清虚:即月宫。

游明霞洞[1]

闻道海上有仙山，山在虚无缥缈间。
楼台巃嵸[2]凭空起，其中绰约多仙子。
我闻斯语每生疑，方壶圆峤[3]徒人欺。
于今得览明霞胜，始知蓬岛[4]未为奇。
樵径初入沿山麓，盘回取次入松竹。
峰回岩转路已穷，惊看石磴云中矗。
扪萝攀葛拾级登，幽篁掩映曲径通。
俯视忽讶衣衫绿，仰首顿失旭日红。
石径尽处平台出，下视深壑疑无地。
四围峦光翠屏环，山外海光明镜色。
道院西入更清幽，精舍高接悬崖头。
波光蜃气几上置，霞色云影窗中收。
座下流泉多清响，室内闲云自来往。
置身只疑在碧霄，仙风灵气胸中荡。
岩头石龛住仙家，洞中羽客餐紫霞[5]。
何当抛却尘世累，来与仙人扫落花？[6]

注释：

[1] 明霞洞：位于崂山南麓昆仑山玄武峰绝岩下的人工洞穴，该诗已录入周至元《崂山志》第48—49页。　[2] 巃嵸（lóng zǒng）：山势高峻的样子，如汉司马相如《上林赋》："于是乎崇山矗矗，巃嵸崔巍。"　[3] 方壶圆峤：古代民间传说中以为东海有蓬莱、方壶、圆峤三座仙山，后也用"方壶圆峤"泛指琅嬛福地，即仙人居住之所。　[4] 蓬岛：即民间传说中的海上仙山蓬莱，此泛指仙人居住之所。　[5] 餐紫霞：以紫霞为餐，是仙人生活的象征，出自唐李白《寄王屋山人孟大融》诗："我昔东海上，劳山餐紫霞。"　[6] "何当"二句：化用唐李白《寄王屋山人孟大融》诗中"愿随夫子天坛上，闲与仙人扫落花"之句。

游太平宫[1]

萧旺[2]过后山似戟，芙蓉千朵插天起。
樵夫指点白云间，仙宫更在青山里。
海滨一径如羊肠，数里不觉入云乡。
沾衣难着松翠色，吹面不寒海风凉。
白龙洞[3]口成小坐，仙人桥[4]上倚杖过。
到耳松风杂水声，尘念至此一时绝。
仙桥过后景更清，眠龙石上落花封。
绀宇[5]一笑知不远，数声竹外起暮钟。
仰首狮峰何深秀，嶙岣怪石玲珑透。
石隙苍松万千株，盘曲皆作蛟龙斗。
手援萝葛试登临，石门宛转接遥岑。
下视难辨来时路，前涧后涧[6]白云深。
闻道宇宙奇绝景，宾月更上狮峰顶。
惊涛万顷舃底来，银盘一轮天边涌。
银盘高挂景倍幽，海面波平一镜秋[7]。
置身深疑在贝阙[8]，乱峰回望幻琼楼。
山海奇观看难足，夜深始就道房宿。
道人院宇冷且清，满径苍苔一庭竹。
竹里精舍无点埃，丹经[9]一卷案头开。
幽窗彻夜不成寐，潮响松声杂遝来。

注释：

[1]太平宫：位于崂山东麓晓望村南3里，相传是北宋初年宋太祖为华盖真人刘若拙所建道场，是崂山现存寺观中有史料可考的最古道观，明嘉靖、清顺治时曾两次修葺，附近有白龙洞、仙人桥、犹龙洞、槐树洞、狮子峰等名胜；宫正殿祠三清，左为清舍三间，夜半松响涛声相闻，令人尘梦一扫。详见周至元《崂山志》第82页。另，该诗收录于周至元《崂山志》第84—85页。　[2]萧旺：即萧旺村，今称晓望村，位于今青岛市崂山区王哥庄街道办事处东南1.5公里处。　[3]白龙

洞：在崂山太平宫后、仙人桥北，是由一块长约18米、宽约12米的椭圆形巨石扣压在五块鼓形圆石上形成的天然洞穴，东朝大海，西倚危岩，洞上有摩崖刻丘处机《长春诗》二十首。详见周至元《崂山志》第46页。　[4]仙人桥：位于崂山仰口风景区内太平宫北，当入宫之路，为纯天然之桥，两岸长松奇草，翛然而有仙气。详见周至元《崂山志》第135页。　[5]绀宇：佛寺别称，如宋欧阳修《广爱寺》诗："都人布金地，绀宇岿然存。"　[6]后洞：周至元《崂山志》本为"云洞"，此据周延顺自印本改。　[7]秋：抄本又作"收"。　[8]贝阙：用贝壳装饰的宫阙，本指河伯居住的水府，如屈原《九歌·河伯》："鱼鳞屋兮龙堂，紫贝阙兮朱宫。"　[9]丹经：本指道家专讲炼丹术的经书，后也泛指道家经书。

游北九水[1]

大劳[2]过后开生面，水险岩峭势一变。
涧底石铺雪千堆，峰头松排翠万片。
踏石穿云转折行，二水潆洄较更清。
入眼叠嶂丹青色，到耳奔湍霹雳声。
峰回路转至三水，四围峦峰空际起。
千寻绝壁高入天，百尺深潭清见底。
遥望四水东复东，岩凑壁合径将穷。
绿潭一片阻去路，却从山半觅仙踪。
到来五水尽峭壁，一径出没松阴里。
泉声松韵听不穷，尘襟俗虑一时涤。
六水之景看更奇，山形移步无定姿。
峻峰拔地云上出，怪石飞空天半垂。
数声鸡犬透云外，七水风光非凡界。
竹篱茅舍两三家，儿童见客皆惊怪。
八水之境又不同，漫山填谷尽乔松。
稷稷[3]不断松涛响，石上小坐尘虑空。
山水奇观赏难足，黄昏始达九水宿。
九水仙宫清复幽，四面奇峰千竿竹。
竹里寺门常不关，阶前流水日潺湲。
观中碧桃花已老，道人采药犹未还。

83

注释：

[1]北九水：位于崂山山脉北部、白沙河上游，因河水沿山脚自下至上共九折而称，每一折则为一水，今已开发成为崂山风景区旅游主线之一。　[2]大崂：即崂山最高峰大崂，因崂山古称劳山、有一大一小两座主要山峰而俗称二崂或大崂小崂，如清同治《即墨县志》曰："大崂山在县南四十五里，小崂山在县南八十里。"　[3]穆穆：形容盛多、繁茂的样子。

天井山[1] 竹枝词[2]

一

香风千里到山巅，一路歌声杂管弦。
多少倾城[3]看不足，千家门巷倚婵娟[4]。

注释：

[1]天井山：位于即墨城东5公里处的一座海拔仅81米的小山包，因山顶有一天然形成的直径约10米、深约14.8米、名曰天井的深潭而得名，又因天井旁有始建于南宋的龙王庙而称小龙山，当地俗以每年农历六月十三日为庙会日，届时万头攒动、景象壮观；该地今已成为青岛地区独具特色的民俗文化游览区。　[2]竹枝词：唐时兴盛起来的一种由古代巴蜀民歌演变而成的诗体，每首七言四句，类似于七绝，内容上则以吟咏风土人情为主，因而富有浓郁的乡土气息。　[3]倾城：本为形容词，形容女子极其美丽，后也用以指代美女，如宋苏轼《咏温泉》诗曰："虽无倾城浴，幸免亡国污。"　[4]婵娟：本为形容词，形容女子姿态美好的样子，后常用作女子之代称。

二

山不在高龙则灵，能为霖雨惹人惊。
岩头古井深千尺，万古常涵水一泓。

三

山阴一片翠荫浓，山前全无半树松。
南望二崂青不断，白云尽处见巨峰[1]。

注释：

[1]巨峰：崂山最高峰，又名崂顶。

一、天籁集

四

蒸人炎曦午偏张,总有薰风不觉凉。
万柄素纨[1]齐著力,满山乱见蝶飞扬。

注释:

[1]素纨:本指白色细绢,此处指用白色细绢制成的团扇,旧时多为女子所用。

五

谁家娇女好姿容,步上山头力已慵。
汗湿玉肌看更好,恰同晓露滴芙蓉。

六

黑云一片起前山,似促游人及早还。
疏雨过时人意爽,半轮皎月挂林间。

茶棚[1] 竹枝词

一

春去夏来又一年,年年此地斗婵娟。
谁能更识佛年纪?生日却像是此天[2]。

注释:

[1]茶棚:应为即墨旧时寺庙之名,如陈振涛、杞园《崂山佛教拾零》载:"尼姑隆界,俗姓华,崂山双石屋人,因女儿被骗卖入青岛妓院,悲愤愁苦,到即墨茶棚削发为尼,时年四十六岁。" [2]此天:即佛诞日,也称浴佛节,相传是佛教始祖释迦牟尼诞生的日子,历来有多种说法,青岛民间以农历四月初八日为佛诞日。

二

堤上垂杨带雨拖,枝头好鸟发清歌。
撩人天气骤成暖,正好轻衫试薄罗。

三

倾城仕女试罗衣,结伴焚香拜佛帏。
暗祝麟儿入怀早,背人拴个泥娃归。

四

四月晴和日乍长，卖花人闹满山香。
夭桃襛李[1]都谢后，独占风光是海棠。

注释：

[1]襛李：当作"秾李"，形容开得繁盛艳丽的李子花，出自《诗经·召南·何彼秾矣》"何彼秾矣，华如桃李"。

五

远山眉黛翠含娇，舞雪杨花惹客袍。
佳果一年先上市，竹篮叫卖紫樱桃。

六

少小尼姑装似僧，娇姿虽减却娉婷。
我来展拜不缘佛，为借焚香好听经。

元宵竹枝词

一

锣鼓喧天向晚时，倾城妇女斗妍姿。
嫦娥自愧梳妆淡，姗姗柳梢来却迟。

二

晔晔[1]银灯耀碧霄，嘈嘈仙乐响云璈[2]。
千街月色凉如水，正是游龙得意宵。

注释：

[1]晔晔：形容光芒四射、辉煌灿烂的样子，如唐韩愈《独孤申叔哀辞》曰："濯濯其英，晔晔其光，如闻其声，如见其容。" [2]云璈（áo）：又名云锣、九音锣，打击乐器。

三

谁家少女发蓬松，避人紧将阿母从。
吕祖阁[1]头方瞥面，准提庵[2]里又相逢。

一、天籁集

注释：

[1]吕祖阁：位于即墨旧城武庙殿前，民国前由崂山名道邹全阳募化而建，中祀道教全真派始祖吕岩。　[2]准提庵：俗称后庵庙，位于即墨旧城西北隅，始由清初即墨黄氏家族出资与华严寺同时修建的佛教寺庙，后因故而废弃，"文革"期间遭到严重损毁，今仅存遗址，青岛市考古研究所等单位正在进行发掘工作。详见《即墨考古"铲"出准提庵》（载《青岛晚报》2013年9月18日）。

四

彩灯悬处满街罄，爆竹声声更不停。
试向高楼极目望，濛濛烟雾罩繁星。

五

画鹢[1]惊看陆上航，莲花不向水中芳。
此身宛置江南地，处处歌声唱插秧[2]。

注释：

[1]画鹢（yì）：画船，因古代常于船头画鹢鸟为饰而得名，与下文的"莲花"均指制作成其形状的彩灯。　[2]"处处"句：描写的应是当时流行于即墨民间的一种传统歌舞样式——秧歌。

六

队队高跷[1]踏踏歌[2]，霞珮仙子舞婆娑。
龙箫凤管钧天乐[3]，不信人间听许多。

注释：

[1]高跷：一种民间舞蹈样式，表演者装扮成戏剧或传说中人物，脚踩高跷，边走边表演。　[2]踏踏歌：一种边唱边踏地为节的民间歌舞样式，相传源自神话中八仙之一的蓝采和行乞于市所唱之歌，如南唐沈汾《续仙传·踏踏歌》："（蓝采和）丐于市，歌曰《踏踏歌》。"　[3]钧天乐：即钧天广乐，指仙乐；钧天是古代神话传说中天的中央，广乐指优美而雄壮的音乐，如《史记·赵世家》："（赵简子）语大夫曰：'我之帝所甚乐，与百神游于钧天广乐，九奏万舞，不类三代之乐，其声动人心。'"

七

唱道传呼一品官，抬来竹杠校轿杆[1]。
只因能与民同乐，惹得儿童拍掌看。

注释：

[1]"唱道"二句：描写的应是一种流行于青岛民间的传统舞蹈，以竹轿为道具，参演人员有扮成坐轿官员的，还有扮成抬轿轿夫及开道衙役的，疑类似于今仍流传于青岛平度一带的张村扛阁。

八

明星渐朗月渐沉，踏月归来露满襟。
归去定知眠不得，满街箫鼓有余音。

长相思[1]

长相思，相思长几许？黄河之水天上来，浩浩滔滔日东注。

长相思，相思几许长？千誓万缕似垂杨。垂杨老去杨花飞，游子一去几时归？

注释：

[1]长相思：本为唐代教坊曲名，后用作词牌名，多为双调、句句押平声韵。

咏史怀古

读史杂咏

连横成何用？空兴干戈频。
伫看六国力，难敌一强秦。
巨眼空千古，雄才卑一时。
风流祢处士[1]，不愧是男儿。

注释：

[1]祢处士：指东汉末名士祢衡（173—198），字正平，平原般县（今山东临邑德平镇）人，少有才辩，性格刚毅傲慢，因被罚作鼓吏时裸身击鼓羞辱曹操而被曹操遣送与荆州刘表，终被江夏太守黄祖所杀。详见《后汉书》卷一一〇下。

怀古四首

一

我爱郑康成[1],旷怀今世少。

为避黄巾乱[2],归隐青山早。

三召征不起,一经注堪老。

千秋仰芳徽[3],青青留带草[4]。

注释:

[1]郑康成:即东汉末年的经学大师郑玄(127—200),字康成,山东高密人,早年不乐为吏、折节向学,中年因遭遇"党锢之祸"而潜心注经,晚年屡次拒绝朝廷征召,仍隐居乡里,专心于注经、讲学之事,事详《后汉书》卷六五。另据史料,郑玄晚年为避黄巾之乱而"客居东莱",在崂山西北部不其山下授徒为生,后人乃于其讲学之地建成康成书院,今青岛之书院村、演礼村等村名及书带草、橡叶楸等植物名均源自其讲学于不其山故事。 [2]黄巾乱:指发生于东汉末年的黄巾起义,是我国历史规模最大的一次以宗教形式组织的农民起义,因起义者头绑黄巾而得名。 [3]芳徽:即高尚的节操,如《唐代墓志汇编·大唐故上柱国成府君墓志铭并序》:"敢撰芳徽,瘞兹神道。" [4]带草:即书带草,一种生长于崂山康成书院一带的草,丛生,叶如薤,长尺许,坚劲异常,隆冬亦青,因相传郑玄曾以其作为绑书带而得名,历来多有吟咏者。

二

我爱陶渊明,落落淡泊士。

五斗羞折腰,拂衣归乡里。

放怀乐琴书,极目寓经史。

一杯忻[1]在手,万事付流水。

注释:

[1]忻(xīn):同"欣"。

三

我爱鲁仲连[1],英风凌千载。

帝秦[2]实不能,甘心蹈东海[3]。

千金一笑轻,此举尤潇洒。

岂不流俗同?傲骨知难改。

注释:

[1]鲁仲连:战国末期齐国辩士,又称鲁仲连子、鲁连子、鲁连等,善于出谋划策,常周游各国,为各国排难解纷。详见《史记·鲁仲连邹阳列传》《战国策·赵策三》等。 [2]帝秦:尊奉秦王为帝,此句用《战国策·赵策三》所载鲁仲连义不帝秦之事:战国时秦军围困赵国邯郸,魏王派辛垣衍游说赵王尊奉秦王为帝以解邯郸之围,齐人鲁仲连却坚决反对帝秦,并最终使赵、魏均反对帝秦。 [3]蹈东海:赴东海而死,《战国策·赵策三》载鲁仲连反对帝秦时说:"彼(秦)则肆然而为帝,则连有赴东海而死耳,吾不忍为之民也。"

四

我爱严子陵[1],清高迈今古。
富贵等浮云,轩冕同泥土。
羊裘[2]归去来,垂钓富春渚。
冥冥鸿飞远,弋人慕何苦?

注释:

[1]严子陵:即东汉隐士严光,字子陵,会稽余姚(今浙江宁波)人,少与东汉光武帝刘秀同学,后助刘秀起兵继帝位,但刘秀即位后即谢绝封赐,隐姓埋名,退居于浙江桐庐富春山(也称严陵山)。详见《后汉书》卷一一三。 [2]羊裘:本指羊皮做成的衣服,后因严光隐居富春江畔时"披羊裘钓泽中"而成为隐者或隐居生活的象征。

田横[1]岛[2]吊古

英雄贵割踞,人下岂所屑?
倔哉田公横,不愧铮铮铁。
嬴秦失其鹿,海内争逐撷。
沛公伊何人?先得夸足捷。
岛外聚残军,义士广纳结。
英嚣[3]未及伸,汉廷忽召说。
壮志既不酬,此腰岂肯折?
慷慨洛阳道,乌江剑同掣。
噩耗传岛中,多士齿尽切。

一、天籁集

　　同心五百人，一朝并流血。
　　浮生韭上露[4]，仰俯本如瞥。
　　死足重泰山，千秋钦义侠。
　　吊古来荒岛，怒涛如翻雪。
　　仿佛英灵在，呜咽眦欲裂。

注释：
　　[1]田横（？—前202）：秦末起义军首领之一，本为齐国贵族，在陈胜吴广起义后，与兄田儋、田荣先后自立为齐王；因刘邦统一天下后不肯俯首称臣而率五百门客逃往崂山附近的海岛，后被迫赴洛阳称臣，在距洛阳30里处自杀，其五百门客听闻消息后，也全部自杀，事详《史记·田儋列传》。　[2]田横岛：位于崂山东北方向约25里处的大海中，相传秦末汉初起义军领袖田横曾率五百义士遁居于此；今属即墨市田横镇，岛上已建有五百烈士冢及齐王祠，岛上传统的祭海习俗已以"田横祭海节"之名列入2008年第二批国家级非物质文化遗产名录；该诗又见于周至元《崂山志》第7—9页。　[3]啚：古同"图"，周至元原稿中"图"均作"啚"，下不出注。　[4]韭上露：当为"薤上露"，源自汉代齐人悼田横的著名挽歌《薤露》，古人也常以薤上露形容人生短暂、时光易逝。

徐福[1]岛[2]吊古[3]

　　孤屿海中峙，惊涛四围捣。
　　舟子为予言，此即徐福岛。
　　忆昔秦始皇，雄心超八表[4]。
　　六国既已平，更思身难保。
　　乘间进佞说，方士何太巧！
　　夸说蓬莱中[5]，有药可医老。
　　勅[6]使航海求，扬帆由兹道。
　　同行五百人，个个尽姣好。
　　仙舟去未还，沙丘[7]死已早。
　　未知舟中人，究向何处了？
　　我来吊遗踪，惟剩烟漫草。
　　三山何处是？[8]东望空浩渺。

91

慨世英雄主，反教竖子欺。
神仙古安有？蓬岛说尤奇。
泛泛舟去远，悠悠药返迟。
沙丘回辇日，应即恨含时。

[原注] 徐福岛在南海中，相传徐福求仙药即由此。

注释：

[1] 徐福：又称徐市，字君房，秦始皇时齐地方士，通晓医学、天文、航海等知识，受秦始皇之托而多次出海求仙，后不知所终。事详《史记·秦始皇本纪/淮南衡山列传》等。　[2] 徐福岛：俗称大福岛，位于青岛市崂山区沙子口街道登瀛村南方4公里处的大海中，相传是受秦始皇派遣到海上寻访不老药的齐地方士徐福所率大队人马祭海登船起航处。　[3] 此诗又录入《周至元诗文选》第24—25页，但题作"徐福岛"。　[4] 八表：也称"八荒"，指八方之外极其遥远、偏僻的地方，如晋陶潜《归鸟》诗曰："远之八表，近憩云岑。"　[5] "夸说"句：此据《周至元诗文选》本，周延顺自印本作"侈言三中山"；三中山：当为"三山中"，"三山"即古代传说中的蓬莱、瀛洲、方丈三座仙山。　[6] 勒：同"敕"。　[7] 沙丘：地名，位于今河北邢台市广宗附近，是秦始皇第五次巡游时猝死之所，如《史记·秦始皇本纪》载：秦始皇三十七年（前210），"七月丙寅，始皇崩于沙丘平台"。　[8] "何处是"句：《周至元诗文选》本作"不可见"。

梦游西湖[1]

西湖天下胜，日日劳梦想。
结想遂成因，梦魂忽飞往。
初出涌金门，心目一时爽。
群山翠相奔，湖波光潋荡。
长堤千株柳，画舫一枝桨。
红楼烟雨外，丹青难相仿。
却顾湖心亭，台榭波痕荡。
皓月空中悬，明镜照朗朗。
南北双高峰，遥遥相对向。
内湖复外湖，长堤隔成两。

碧荷雨中开，烟寺云外赏。
不尽山水奇，但觉寸心痒。
缓步上孤山[2]，云山归一杖。
不见放鹤人[3]，茅亭坐怅惘。
还寻苏小墓[4]，草色青青长。
又吊岳王坟[5]，高山成景仰。
名胜览未终，忽登吴山[6]上。
眼底千万峰，一一指诸掌。
大江天边来，浩浩复泱泱。
一片广陵涛[7]，雪堆俨相仿。
旷观兴正浓，鸡唱一声响。
梦醒披衣起，云烟犹胸荡。
人事何非梦？蕉鹿莫漫讲[8]。
快意同须臾，梦醒原一样。
我愿将此梦，更向他山广。
五岳九华外，匡庐[9]更雁荡。
一一付梦游，夙愿快始偿。

注释：

[1]周至元一生未曾到过江浙，据诗意，此诗与《苏小墓》《下相项羽庙》《孤山过吊和靖先生草庐》等诗，应都是作者梦游之作。　[2]孤山：浙江杭州西湖风景区内著名旅游景点，山上有放鹤亭、秋瑾墓、西泠印社等景点。　[3]放鹤人：指宋代隐逸诗人林逋（967—1028），详见前注；此处指性喜恬淡的林逋晚年隐居于杭州西湖孤山时，唯以种梅养鹤自娱，常驾舟游访周边寺庙，每有客至，看家小童便开笼纵鹤，林逋则见鹤而归，详见沈括《梦溪笔谈》卷十。　[4]苏小墓：即位于杭州西湖西泠桥畔的旅游景点苏小小墓，也称慕才亭，是为纪念六朝时南齐歌妓苏小小而修建的。　[5]岳王坟：位于杭州西湖栖霞岭下。　[6]吴山：杭州著名旅游景点之一，位于杭州西湖东南，左带钱塘江，右瞰西湖，因春秋时为吴国西界而得名，又因山上曾有伍子胥祠而称胥山。　[7]广陵涛：指曾是古代著名三大涌潮之一的广陵（今扬州）曲江江潮，盛于两汉魏晋南北朝时期，唐大历年间（766—799）消失，如王充《论衡》说："广陵曲江有涛，文人赋之。"

[8]"蕉鹿"句：引用《列子》卷三所载郑人得鹿而失之的故事："郑人有薪于野者，遇骇鹿，御而击之，毙之。恐人见之也，遽而藏诸隍中，覆之以蕉，不胜其喜。俄而遗其所藏之处，遂以为梦焉。顺途而咏其事，傍人有闻者，用其言而取之。" [9]匡庐：江西庐山的别称，因相传殷周之时有匡姓兄弟七人结庐于此而称。

过湘江吊屈大夫原

朝发衡山麓，暮宿湘江沚。
江水清且涟，临流怀屈子。
楚国青蝇[1]多，白璧遭毁訾。
孤忠不见亲，仅以谗言死。
众人皆已醉，便应啜其醴。[2]
胡乃浪[3]自苦，抱冤沉江底？
江亦流不尽，冤亦无终止。
凄怆万古情，泪坠斜阳里。

注释：

[1]青蝇：即苍蝇，比喻谗佞小人，《诗经·小雅》即有《青蝇》一诗。
[2]"众人"句：化用渔夫劝屈原"众人皆醉，何不哺其糟而啜其醨"（《楚辞·渔父》）句意；醴：甜酒。　　[3]浪：此处用作副词，意即徒然、白白地。

孤山过吊和靖先生[1]草庐

一

梅花一律太凄清，想见孤高绝世情。
我比东坡更吝啬，寒泉半盏奠先生。[2]

注释：

[1]和靖先生：指宋代诗人林逋（967—1028），因宋仁宗赐谥"和靖"而世称和靖先生，详见前注。　　[2]"我比"句：引用苏轼以泉水祭奠或送别故事，或由今存苏轼《武昌酌菩萨泉送王子立》诗中"送行无酒亦无钱，劝尔一杯菩萨泉"一语而发，姑存疑。

二

占定湖山一角青，不贪富贵与浮名。
先生谁说尘缘了？未断梅花野鹤情。

三

箨冠[1]竹杖笋鞋轻，日日湖山自在行。
尽说先生尘累断，犹如梅鹤未忘情。

注释：

[1] 箨冠：用竹笋皮制成的帽子，多为隐居者的象征；箨（tuò），竹笋的外皮。

湖上有怀白、苏二公

一

山头古寺宿云烟，湖上清歌弄管弦。
后有苏髯[1]前白傅[2]，一双贤宰两神仙。

注释：

[1] 苏髯：即北宋文学家苏轼（1037—1101），清乾隆《跋马过常州至舣舟亭进舟遂成是首》诗曾称其为"风流苏髯仙"，后世因称其为苏髯、苏髯公、苏髯仙等；另，苏轼曾两度出任杭州，在任期间曾带领百姓疏浚西湖，修筑了著名的苏堤。　[2] 白傅：即唐代诗人白居易（772—846），因其曾官太傅而世称白太傅、白傅等，担任杭州刺史期间主持修筑了位于钱塘门外石涵桥附近的白堤。

二

极目苏堤与白堤，堤堤柳色缀金丝。
风流虽远情犹在，留得湖山处处诗。

苏小墓

苏小坟头草自春，岳王墓上石为麟。
始知百世留芳者，除却英雄独美人。

康南海[1]

上书北阙效愚忠，侃侃僡论[2]惊鼓钟。
变法雄才胜安石[3]，惜无英主似神宗。

注释：

[1]康南海：即康有为，详见前注。　[2]侃侃僡论：形容对上敢于直言，且谈论起来理直气壮、从容不迫。"僡"通"谠"，谠论指正言、正直的言论。[3]安石：即北宋神宗年间主持变法的王安石（1021—1086），字介甫，号半山，谥文。事详《宋史》卷三二七。

吊海印寺[1] 故址[2]

一

一自高僧[3]卓锡[4]来，顿教海角起楼台。
无端幻灭成顷刻[5]，竟似昙花一现开。

注释：

[1]海印寺：位于崂山太清宫三清殿前，为明代名僧憨山兴建于万历十三年（1585），至万历二十三年（1595）因憨山被控私造禅寺戍雷州而废弃，今仅存遗址。参见憨山《建海印寺上顺翁胡太宰书》、耿义兰《控憨山疏》（详见周至元《崂山志》第290—293页）以及周至元《吊海印寺故址赋》（详见周至元《崂山志》第309页）等。　[2]此组诗《周至元诗文选》本亦作七绝三首，但题为"海印寺"；周延顺自印本题同，但作古体诗一首；周至元《崂山志》（第117页）则将前二首合为七律一首，后一首不变；姑存疑。　[3]高僧：即海印寺创建者、明代高僧憨山（1546—1623），俗姓蔡，名德清，字澄印，号憨山，全椒古蔡（今安徽和县）人，他于万历十一年（1583）由五台山至崂山，先后在那罗窟、太清宫附近树下修禅，万历十三年（1585）集资于太清宫旧道院处兴建海印寺，后为进士出身的太清宫道士耿义兰诬告，至万历二十三年（1595）以私造禅寺罪被充军雷州，海印寺遂废；后获释，先后定居于庐山五乳峰、曹溪宝林寺，78岁病逝。其为耿义兰诬告事，详见周至元《崂山志》第169—170页、黄宗昌《崂山志·憨山传》及钟昭群《佛缘崂山的明代高僧——憨山大师》一文。　[4]卓锡：本指立锡杖于某处，因锡杖是旧时僧人云游时随身必执之物，故将名僧驻留某僧寺的行为

称为卓锡或住锡。　[5]"无端"句：《周至元诗文选》本作"如何幻灭忽顷刻"。

二

远戍雷州不更归，二劳山色死成灰。
只今惟剩荒基在，野竹秋风绿一围。

三

蜗角何劳抵死争？道人[1]怪尔太无情。
名山未许名僧住，涛打空堤似不平。

注释：

[1] 道人：指太清宫道士耿义兰（1509—1606），字芝山，号飞霞、灵应子等，山东高密人，嘉靖年间进士，后弃世入道，曾挂单于华山北斗坪、京都白云观等，晚归崂山慈光洞、黄石宫等地静修，万历十七年（1589）与众道联名上书告憨山和尚在道院旧址修建海印佛寺一事，万历十九年（1591）又赴京控诉，终致海印寺被废、太清宫重建，他本人则被敕封为"扶教真人"，死后葬于太清宫三皇殿前，其神位至今供奉于太清宫三皇殿西厢"耿真人祠"中。

读　史

田横岛上暮云深，燕子楼[1]中月影沉。
纵有黄金买不得，英雄肝胆美人心。

注释：

[1] 燕子楼：指唐贞元年间（785—805）武宁军节度使张愔为其爱妾关盼盼在徐州修建的一座小楼，因其檐形如燕且多有燕子栖居而名；张愔死后，关盼盼矢志不嫁，在此楼中终老一生，此楼和关盼盼因成为后世文人吟咏的对象。

扬子云[1]

西蜀结亭堪自豪，高谈奇字尚论交。
一从失计笞[2]新莽[3]，贾尽文心难解嘲[4]。

注释：

[1]扬子云：即西汉文学家扬雄（前53—18），字子云，蜀郡成都人，富有文才，汉成帝时官给事黄门郎，然历成、哀、平三帝而职不迁，详见《汉书》卷八七；后人曾于其读书处修筑子云亭以纪念他，如唐刘禹锡《陋室铭》曰："南阳诸葛庐，西蜀子云亭。" [2]笁：一种竹制的圆形器物，此处用作动词。 [3]新莽：也称新朝（8—23），指西汉时外戚王莽所建立的国号为"新"的朝代；此句当指《汉书》卷八七所称扬雄"恬于势利"、于王莽称帝后官至大夫一事。 [4]解嘲：本指因被人嘲笑而自作解释，此句语带双关，借以嘲笑扬雄，因扬雄著有《解嘲》赋，其中抒发的是不愿趋炎附势而做官的情怀。

沛　公[1]

中原逐鹿许先争，泗上曾传谩骂名[2]。
未负雄心三尺剑，忍分翁肉一杯羹[3]。
早诛彭越[4]非无见，竟杀丁公[5]似不情。
独到还乡露本色，酒酣父老话平生[6]。

注释：

[1]沛公：即西汉建立者高祖刘邦（前256—前195），世以其生于沛丰邑中阳里而尊称为沛公，事详《史记·高祖本纪》。 [2]"泗上"句：泗上泛指泗水北岸，此句指刘邦早年官泗水亭长时之事，详见《史记·高祖本纪》。 [3]"忍分"句：指楚汉战争中，项羽以烹煮刘邦父亲威胁刘邦时，刘邦却说："吾翁即若翁，必欲烹而翁，则幸分我一杯羹。"事详《史记·项羽本纪》。 [4]彭越（？—前196）：又名彭仲，秦末汉初昌邑（今属山东）人，西汉开国大将，封梁王，后被刘邦以"反形已具"罪名诛杀，事详《史记·魏豹彭越列传》。 [5]丁公：即秦末西楚大将西固（？—前202），曾在彭城之战中擒获刘邦，因念及旧情而将其放走，但当西汉建立后他前往晋见刘邦时却被刘邦斩首示众，事详《史记·季布栾布列传》。 [6]"独到"二句：指刘邦称帝后置酒沛宫、与沛中父老子弟宴饮欢乐并作《大风歌》之事，详见《史记·高祖本纪》。

苏　武[1]

节毛愈短节弥长，北海秋高足雪霜。
难把乡书托征雁，敢将生乳望羝羊[2]。
汉廷归去诚天幸，典属[3]封来应自伤。
漫道人生朝露促，至今姓氏转尤香。

注释：

[1] 苏武（前140—前60）：字子卿，西汉杜陵（今属陕西西安）人，汉武帝时以中郎将身份出使西域而被扣留，居匈奴19年而不屈，终获释归汉。事附《汉书》卷五四《李广苏建传》。　[2]"敢将"句：指苏武被匈奴俘获后、单于命他到北海放牧公羊、公羊产乳后才放他回归汉朝一事，详见《汉书》卷五四。敢：怎敢；羝羊：公羊。　[3] 典属：即典属国，秦汉时负责管理属国和少数民族事务的官职，苏武从匈奴获释而归后被封此职，详见《汉书》卷五四。

岳武穆[1]

空劳父老望中原，未捣黄龙[2]恨总吞。
烈士致身[3]期杀贼，佞臣误国是和番。
赤心耿耿两师表[4]，黑狱沉沉三字[5]冤。
乌柏至今尚北面，湖山千古结忠魂。

注释：

[1] 岳武穆：即南宋高宗时抗金名将岳飞（1103—1142），字鹏举，相州汤阴（今属河南安阳）人，在宋金战争中力主抗战，曾两度北伐，并多次率军大败金人，终因秦桧、张俊等主和派诬陷而被杀害，宋孝宗时获平反，改葬于杭州栖霞岭南麓，并追谥为武穆，事详《宋史》卷三六五。　[2] 黄龙：即南宋时金国政治、军事、经济中心黄龙府，位于今吉林长春农安县城内；此处指岳飞率军伐金时曾对军众说："直抵黄龙府，与诸军痛饮耳。"　[3] 致身：献身，如《论语·学而》说："事父母能竭其力，事君能致其身，与朋友言而有信。"　[4] 两师表：指南宋绍兴戊午（1138）秋八月岳飞拜谒河南南阳武侯祠时为抒发"胸中抑郁"而亲笔抄写的诸葛亮前、后《出师表》，岳飞还写有跋语，今有石刻藏于河南南阳武侯祠大殿左侧碑廊中。　[5] 三字：即秦桧、张俊等人诬陷岳飞的"莫须有"三字，详见《宋史》卷三六五。

苎箩[1] 吟

苎箩江上浣纱女，朝朝浣沙苎江渚。
江中碧水日夜流，溪上桃花春无主。
无主桃花年年开，浣纱溪女日日来。
美人颜比桃花好，巧笑浑似红玫瑰。

越国大夫[2]太寡趣,苦羡颜色将人误。
千金难买蛾眉还,七香车[3]送吴宫去。
吴宫宫阙连彩霞,雕栏深护锁名花。
承恩虽蒙君王宠,风光好还忆若耶[4]。
人生踪迹安可料?天上明月还来照。
年年辜负苧萝春,浣纱女伴应相笑。

注释:

[1] 苧萝:山名,位于今浙江省诸暨市南,相传春秋时越国美女西施为此地鬻薪者之女,常于山下溪中浣纱,详见汉赵晔《吴越春秋》卷五。 [2] 越国大夫:即范蠡,相传是他发现美女西施并将其送给吴王勾践的,详见汉赵晔《吴越春秋》卷五。 [3] 七香车:本指用多种香木制成的车辆,后泛指华美的车辆,如唐无名氏《白雪歌》诗曰:"五花马踏白云衢,七香车碾瑶墀月。" [4] 若耶:即若耶溪,位于浙江绍兴境内,今名平水江,相传为西施浣纱之所。

吟楚霸王[1]

"时不利兮骓不逝"[2],非战之罪乃天意[3]。
帐前悲歌对美人,到底未衰英雄气。
至今遗庙下相[4]浒,过客酒奠中堂土。
如闻喑呜叱咤[5]声,阶前老桧啸风雨。

注释:

[1] 楚霸王:即项羽(前232—前202),秦末起义军首领,亡秦后自称西楚霸王,分封灭秦功臣及六国贵族为王,后在与刘邦的楚汉战争中失败,于垓下(今安徽灵璧南)突围后在乌江(今安徽和县乌江镇一带)边自刎而死,事详《史记·项羽本纪》。 [2]"时不"句:出自西楚霸王项羽在垓下之战前夕的绝命诗,其全诗曰:"力拔山兮气盖世,时不利兮骓不逝。骓不逝兮可奈何,虞兮虞兮奈若何!"详见《史记·项羽本纪》。 [3]"非战"句:指项羽临死前归纳的失败原因:"天亡我,非用兵之罪也。"详见《史记·项羽本纪》。 [4] 下相:古县名,秦时设置,北齐时废弃,位于今江苏宿迁西南的古城村一带,因位于古相水下游而得名,是楚霸王项羽的故里。 [5] 喑呜叱咤:即喑呜叱咤或喑恶叱咤,形容心

怀怒气时的厉声呵斥，如《史记·淮阴侯列传》："项王喑恶叱咤，千人皆废，然不能任属贤将，此特匹夫之勇耳。"

下相项羽庙[1]

力能拔山气如斗，项王雄才实稀有。
八千子弟西入关，顷刻秦亡如百年[2]。
笑看天下已席卷，泗上小儿[3]岂在眼？
不然当日宴鸿门，杀之何难同鸡犬。
可惜失计东去早，孤单身自任战讨。
垓下一蹶势难收，堪恨韩信谋太巧。
"时不利兮骓不逝"[4]，非战之罪乃天意[5]。
帐前慷慨对美人，到底未改英雄气。
至今遗寺下相浒，过客酒浆浇如雨。
男儿何必天子尊，得作英雄亦千古。

注释：

[1]项羽庙：又称霸王祠、项王祠等，位于安徽和县乌江镇东南1公里的凤凰山上，相传为项羽拔剑自刎之处，后人立祠祀之。　[2]"八千"二句：指项羽与其叔叔项籍在陈胜、吴广起义后也率领吴中八千子弟兵举起反秦义旗并西攻入关而灭秦朝一事，详见《史记·项羽本纪》。　[3]泗上小儿：指汉高祖刘邦，以其曾任泗水亭长而称。　[4]"时不利"句：出自项羽《垓下歌》："力拔山兮气盖世，时不利兮骓不逝。骓不逝兮可奈何！虞兮虞兮奈若何！"　[5]"非战"句：《史记·项羽本纪》记载，在垓下之战失败后，项羽对随行诸骑说："今卒困于此，此天之亡我，非战之罪也。今日固决死，愿为诸君决战，必三胜之，为诸君溃围，斩将，刈旗，令诸君知天亡我，非战之罪也。"

青郡吊洪王[1]故府[2]遗址

蹇驴得得冲风雨，有客青郡来吊古。
蔓草荒烟一抹平，居民指点洪王府。
传闻洪王全盛时，宫阙壮丽拟帝畿[3]。
一旦国移山河改，宫殿随之沈光彩。

楼阁重重望不尽，琉璃鸳瓦生光辉。
画栋飞甍[4]无复存，惟余断砌废基在。
荒凉基砌映落日，当年都属歌舞地。
郁郁葱葱难复见，更向何处瞻佳气？
繁华自古同如此，多少兴亡归眼底。
只有云门山[5]依然，一痕城南暮烟紫。

注释：

[1]洪王：当为"衡王"；明宪宗朱见深第七子朱祐楎（1479—1538）于明成化二十三年（1487）被封为第一代衡王，藩地青州；衡王在青州共传六世七王，末代衡王朱由㭎（？—1646）于崇祯十七年（1644）降清。　[2]洪王故府：即衡王府，位于今山东青州城南门里西侧，由第一代衡王朱祐楎修建，其规格、形制全仿北京故宫，今仅存正门外通道上的两座石坊。　[3]帝甍：即京甍，本指京城或京城及附近地区，此处特指皇宫。　[4]飞甍（méng）：两端翘起的屋檐，多指代高楼。　[5]云门山：位于山东青州城南2.5公里处，海拔421米，今为国家4A级风景名胜区。

题画赠友

闲居杂咏

一

我友刘芸畦[1]，磊落与人异。
青眼喜对客，白发爱玩世。
往来市廛中，卖歌取一醉。
醉后兴更狂，手敲唾壶碎。

注释：

[1]刘芸畦：周至元诗友，即墨人，号芸畦叟，其他不详。

一、天籁集

二

我友兰维周[1]，满身是傲骨。
时乱合污难，隐迹向农圃。
风雨过我庐，谈诗气如虎。
憾慨指青山，盟鸥[2]何日补？

注释：

[1] 兰维周：即周至元同学兼知友蓝水（1911—2004），初名桢之，字维周，后名水，字山泉，又号东厓、东厂（音àn）等，即墨西障村人，即墨文史学家，著有《崂山古今谈》《崂山志》《五杂俎》等。参见蓝信宁《先祖父蓝水公年谱》（详见即墨蓝氏族谱编委会2014年编印《友声集》第51—63页）。　[2] 盟鸥：与鸥鸟订立结友盟约，意即归隐山林。

三

我友芮玉庐[1]，虚怀令人醉。
虽处仕宦中，却似山林客。
才子与英雄，一身能兼备。
新书[2]著作成，写尽乱离泪。

注释：

[1] 芮玉庐：即芮麟（1909—1965），字子玉，号玉庐，江苏无锡人，1929年毕业于省立教育学院，20世纪30年代步入文坛，是与林语堂、赵景深等齐名的诗人、作家、文艺理论家，抗日战争期间历山东省政府秘书、农林部秘书等职，1945—1949年间任青岛市政府人事处处长，新中国成立后任教于青岛四中，1965年病逝，著有《青岛游记》《山左十日记》等多部著作，今有其子芮少麟辑《神州游记（1925—1927）》（上海古籍出版社2005年版）。　[2] 新书：疑指芮麟所著《青岛游记》，由芮麟创办于青岛的乾坤出版社出版于民国三十六年（1947），详见赵晓林《芮麟与〈青岛游记〉》（载《齐鲁晚报》2009年10月30日）。

四

我友吕苹迹[1]，四十头已白。
乱里住无家，年年常为客。
客路何所营？青囊[2]一卷置。
垂帘等君乎？悠然意自适。

注释：

[1]吕苹迹：当为周至元医友，具体不详。　[2]青囊：本指古代医家存放医书的布袋，如唐刘禹锡《闲坐忆乐天以诗问酒熟未》："案头开缥帙，肘后检青囊。唯有达生理，应无治老方。"此代指医书。

五

我友金玉震[1]，三十即丧偶。
不娶同摩诘[2]，绳床[3]甘自守。
少小即奇好，棋局并诗酒。
世事全不问，逍遥橘中[4]叟。

注释：

[1]金玉震：即墨人，周至元棋友，其他不详。　[2]摩诘：即唐代诗人王维，字摩诘，"性好佛，丧妻不娶，孤居三十年"，详见《新唐书》卷二〇二。[3]绳床：以编织在一起的绳子当床，形容极其贫穷，如瓮牖绳床。　[4]橘中：本指明代朱晋桢所辑象棋书谱《橘中秘》，后因成为"棋中"之美称。

六

我友张伏山[1]，丹青超时辈。
傲骨合俗难，年来伤落魄。
暇辄过我斋，无言悄相对。
无言恨更深，盈盈双眦泪。

注释：

[1]张伏山（1910—1987）：名存恒，号横河老人、墨水河桥边老人等，即墨城阁里村人，画家，尤长于指画，曾在青岛举办过个人画展，后在青岛圣功女子中学、即墨信义中学等地讲授绘画和国文，"文革"期间被遣返回乡，"文革"后在即墨文化馆工作，著有《樗散庐诗词题跋草稿》《指头怎样画山水画》等。详见《即墨市志》（方志出版社2007年版）第683—684页。

七

我友刘绅之[1]，豪气试可取。
年来伤贫居，家惟四壁蠹。
闲即约伴游，时到穷途哭。
归去典破裘，醉倒篱边菊。

注释：

[1] 刘绅之：周至元幼时同学，即墨人，其他不详。

为夫人胡氏写照

逼真玉貌可怜生，好是檀郎[1]自写成。
惹我披图旋惊走，嫣然似欲唤卿卿[2]。

注释：

[1] 檀郎：本是晋代美男子潘岳别称，因其小字檀奴；后渐成为女子对夫婿或情人的美称。　[2] 卿卿：旧时夫妻间的爱称，出自《世说新语·惑溺》："王安丰妇常卿安丰，安丰曰：'妇人卿婿，于礼为不敬，后勿复尔。'妇曰：'亲卿爱卿，是以卿卿；我不卿卿，谁当卿卿！'遂恒听之。"

丙申[1] 冬至题旧照

如水年华二十秋，披图怅触旧风流。
竹阴一局万缘绝，无复尘心半点留。

[原注]二十七岁时与蓝水同学在传桂堂[2]庭中摄影，二十年间朱颜变为白发，可慨也夫！

注释：

[1] 丙申：此处指公元1956年。　[2] 传桂堂：即墨蓝氏家族私塾，蓝水曾于此执教。

题东厓书屋与蓝水合照小影

墙根野草绿参差，屋角幽篁发几枝。
棋罢不知白日永，槐阴庭院共谈诗。

题画山水

一

家近二劳日往还，饱听松籁杂潺湲。
披图重温游山梦，恍入千岩万壑间。

二

红树青山别有天，小亭高筑俯流泉。
痴心我欲画嵓入，水响松声听几年。

三[1]

涧中泉水冷成冰，岭上寒云冻欲凝。
最是诗人得意处，漫天风雪访山僧。

注释：

[1]此诗与《闲居杂咏》三十二首之一完全相同，因所属组诗题名不同而并留。

题昭君出塞嵓[1]

博得艳名宇宙垂，都由袅马入胡时。
倘教终老汉宫里，诉尽琵琶谁得知？

注释：

[1]此诗即墨蓝氏族谱编委会2014年编印《友声集》本题作"明妃"。

题友人绘桃花源小幅

绘就桃源意若何？乱来应愿隐岩阿。
洞中倘遇避秦客，苛政漫言今更多。

自题崂山归隐嵓[1]

一

囊底二劳未许攀，高怀遥寄白云端。
乱来无计成归隐，写向丹青闲自看。

二

二劳山下即城东，茅屋数间栖野翁。
瓜圃几畦秋水外，藓苔一径幽篁中。

三

山妻椎髻[2]梁鸿[3]似，稚子蓬头王霸[4]同。
客至忙将新韭剪，古人鸡黍有高风。

注释：

[1]周延顺自印本《天籁》中两次收录《自题〈崂山归隐喦〉》诗，但一为七绝2首，一为七绝3首，今仅录其多者。　[2]椎髻：也称椎结，我国古代常见发式之一，即将头发结成椎形的髻；又因汉代隐士梁鸿之妻孟光"椎髻着布衣，操作而前"，后世常以椎髻形容妻子衣饰简朴、与夫共志，详见《后汉书》卷一一三。　[3]梁鸿：字伯鸾，扶风平陵（今陕西西安一带）人，东汉章帝时隐士，有《五噫歌》等诗3首，事详《后汉书》卷一一三。　[4]王霸：西汉末、东汉初太原人，少立高节，不求仕进，后其官楚国宰相的友人令狐子伯派子送信，"车马服从，雍容如也"，己子则"蓬头历齿，未知礼则，见客而有惭色"，因自愧，详见《后汉书》卷一一四。

题少时小照

玉貌潘安[1]世尽传，镜中倩影自翩翩。
儿童不识当时我，笑问谁家美少年。

注释：

[1]潘安（247—300）：字安仁，小字檀郎或檀奴，"有姿容，好神情"，且富有文才，是西晋知名文学家。详见《世说新语·容止》。

自题小像

莫怪旁人冷眼看，怜君品格太清寒。
债多诗酒偿尤易，癖有烟霞医却难。
久历名山思著书，旷观时事惹辛酸。
只今祇[1]拟乘桴去，去向沧溟[2]把钓竿。

注释：

[1]祇："只"的繁体字，因本句中前已有"只"字，故此处用繁体。　[2]

沧溟：此处指大海，如《汉武帝内传》："诸仙玉女，聚居沧溟。"

自题僧装小像

镜中暂作小参禅[1]，一笑拈花[2]绣佛前。
衣钵初传诗当偈[3]，袈裟乍着骨疑仙。
已历死死生生劫，全了空空色色缘。
从此此身归静域，西方依皈有情天。

注释：

[1] 参禅：佛教术语，指静坐冥想、参悟佛理的修行方式。　[2] 一笑拈花：多作"拈花一笑"，佛教术语，有两层含义：一指了悟禅理，一指心领神会或心心相印，此处指前者。　[3] 偈（jì）：佛教术语，即偈语，指佛经唱词，也指寓有佛教哲理的韵语。

题赠画友

与伏山[1]游华严寺，归途望狮子峰[2]，红树碧岩，如列画畵，因日暮不得游为怅然

身自华严归，路经太平[3]侧。
遥望狮子峰，岩石何峭刻[4]！
秋树杂古松，红碧相间隔。
总[5]有巧丹青，妙处画不得。
欲行意踟蹰，欲登恐昏黑。
停车问古道，看尽暮山色。

注释：

[1] 张伏山（1910—1987）：周至元画友，详见前注。　[2] 狮子峰：位于崂山仰口风景区内太平宫东北，详见前注。　[3] 太平：即太平宫，详见前注。
[4] 峭刻：陡峭，如明宋濂《看松庵记》："庵之东北又若干步，山益高，峰峦益

峭刻,气势欲连霄汉。" [5] 总:同"纵"。

与画家张伏山游崂

竹杖芒鞋任所之,胜游却喜值秋期。
此行共取云山料,君入丹青我入诗。

题张伏山绘荒山废垒雪景

雪里乱峰俱白头,破祠废垒吊残秋。
张郎别有萧疏笔,画出荒山一段愁。

题张伏山指画山水画册

丹青妙品继荆关[1],写出林泉尺幅间。
不是藏胸多邱壑,那能着手即云山?
茂林修竹意潇洒,流水高山神往还。
我亦烟霞有痼癖,披编顿觉一开颜。

注释:

[1] 荆关:指五代时后梁画家荆浩及其徒关仝,二人均长于山水画,因并称为"荆关"。

题张君伏山指画山水册页四十二幅

张子生有山水癖,病入膏肓耽泉石。
乱来不获恣游遨,写向丹青聊自适。
丹青妙笔入神奇,诗中有画画中诗。
匠心更欲巧服人,毛锥[1]不用手代之。
明窗净几展素纸,浓墨淋漓染食指。
岚嶂重叠腕底生,烟云变幻凭空起。
胸中垒块[2]指端吐,或作苍松或修竹。
岂独林泉尽远致,一草一木皆超俗。
碎锦合成四十幅,幅幅各有擅胜处。

109

应是胸中邱壑多，遂觉点染皆成趣。
千态万状随手抹，指挥如意天花落。
云林[2]绝妙虎头[4]痴，君竟兼去成奇作。
年来贫居伤潦倒，身抱绝艺闲中老。
流水高山赏人稀，请君且藏案头稿。

注释：

[1] 毛锥：即毛锥子，毛笔的别称，如《新五代史》卷三十载："弘肇曰：'安朝廷，定祸乱，直须长枪大剑，若毛锥子，安足用哉？'三司使王章曰：'无毛锥子，军赋何从集乎？'毛锥子盖言笔也。"　　[2] 垒块：郁积的愤激不平之气。[3] 云林：即元代画家倪瓒（1302—1375）。　　[4] 虎头：即东晋画家顾恺之（348—409），字长康，小字虎头，晋陵无锡（今江苏焦溪）人，博学而有才气，工诗赋、书法、绘画等，时称其有三绝，即才绝、画绝、痴绝。

题李宣三[1] 先生小像

花前聊以寄幽情，移取瑶琴膝上横。
潇洒丰神何所似？寒潭秋水共澄清。
悠然道貌已超俗，落落旷怀更绝伦。
若论平生诗酒兴，青莲[2]虚合是前身。

注释：

[1] 李宣三：即画家张伏山的启蒙老师、民间画师李崇德（1889—1938），字宣三，即墨人，家富于财，好客喜酒，有书斋名醉月山房，为其与友人常聚处；亦善画，尤长于以淡墨绘制山水，并好收藏书画，终因嗜酒而早逝。　　[2] 青莲：指被后世尊奉为"诗仙"的盛唐诗人李白（701—762），字太白，号青莲居士。

题醉月山房[1] 斋壁

瓶如先生[2]品高洁，隐居栗里[3]标清节。
醉乡一笑寄此生，筑成山房号醉月。
山房之小如扁舟，土堵茅茨雅且幽。
琴书而外长物[4]少，壁间垒垒悬酒篓。

主人于此意自适，疏狂胸襟类阮籍。
种竹常教一帘青，栽药反令三径窄。
平明柴关扫花开，高阳酒徒[5]携壶来。
座上半是白头客，案头乱递紫霞杯。
融融一室恣谈笑，夕阳落尽犹喧闹。
嫦娥遥怜秉烛迟，更遣清光来相照。
夜深客去转悄然，独抱金樽月下眠。
旷怀落落看谁似？前身应是李青莲。

注释：

[1] 醉月山房：即墨画家、收藏家李崇德（1889—1938）的画室名，是20世纪二三十年代王悟禅、石瑛、解竹苍、张伏山等即墨画家的聚会、切磋之地。　[2] 瓶如先生：据诗意，当为画家李崇德之号。　[3] 栗里：地名，位于今江西省九江市西南的庐山南麓，因相传为晋代诗人陶潜的故乡而闻名，如南朝梁萧统《陶靖节传》："渊明尝往庐山，（王）弘命渊明故人庞通之赍酒具于半道栗里之间。"　[4] 长（旧读 zhàng）物：多余的东西，如唐白居易《销暑》诗曰："眼前无长物，窗下有清风。"　[5] 高阳酒徒：本为汉初名士郦食其求见刘邦时的自称，后成为嗜酒而放荡不羁者的自称。详见《史记·郦生陆贾列传》。

赠石玉之[1]

吾爱石夫子，旷怀别有真。
琴书终日课，诗酒百年身。
落落衣冠古，翛翛[2]须发新。
丹青乃余事，却惹世人珍。

注释：

[1] 石玉之：画家张伏山之师、清末民初画家石瑛（1859—1942），字玉之，号守拙居士，即墨人，长于画墨龙，与画家刘慎之、解会之并称为"三之"，其画作今有流传于世者。　[2] 翛翛（xiāo xiāo）：形容高或长的样子，如宋王安石《寄杨德逢》诗："翛翛两龙骨，岂得长挂壁？"

重九日与石玉之、王悟禅[1]、孙深皆[2] 诸人游大妙山[3]

咫尺名山近,重阳载酒游。
草枯樵径滑,云净远峰稠。
绿竹仍青眼,黄花笑白头。
又添鸿爪印,醉墨壁间留。

注释：

[1] 王悟禅：即清末民初山东诸城王哥庄人王明俊（1865—1947?），清末进士，因拥护戊戌变法而于变法失败后逃至即墨马山平安殿出家为道，道号悟禅、明佛等，后移居崂山玄都洞、塘子观等地，晚年仍归马山平安殿，终因忧世服鸦片而卒；王悟禅工诗能文，尤工书法，其诗文具清真淡远之致，著有《雪泥鸿爪集》《道岸侍者》等；并与当时即墨诗人多有诗酒往来，如崂东隐士张墨林（肖圆）吊悟禅七言诗中有"学道愿学邱长春，交友愿交素心人"之句，蓝水则有《玄都洞怀悟惮道人》、《玄都洞怀悟禅》等作记之。详见周至元《崂山志》第151页、即墨史志办编《鹤山志》（黄河出版社2012年版）第147—148页等。 [2] 孙深皆：即墨印刷家、收藏家孙培（又作"丕"）浚（1883—1961），字深皆，号西园山庄主人，曾于民国十八年（1929）设立石印局，印刷过王悟禅《悟禅遗墨》《雪泥鸿爪》等作品以及当地各家族谱、家乘等。 [3] 大妙山：俗称大庙山，位于今青岛即墨环秀东部，主峰海拔97.7米。

琴冈[1] 会王海禅[2] 席间赋赠

仗剑游千里,归来已暮年。
梦看犹起舞,海上傲高眠。
乡思青山外,雄心白发前。
一樽共酌处,相惜复相怜。

注释：

[1] 琴冈：青岛别称，因青岛在海中孤出如琴而得名。 [2] 王海禅：即山东诸城画家王大溟（1881—1959），字海禅，以字行，早年游历名山大川，后长期定居青岛，新中国成立后始归故里；尤长于山水，其画作《崂山烟雨》获1952年山东省首届画展一等奖。详见《潍坊文化志》（齐鲁书社1997年版）第373页。

与王海禅游汇泉

雾中沧海一千里，云外青山几百重。
野草闲花看久厌，独舒老眼对苍松。

秋日访解竹苍[1] 并蒙留饮

抱琴何所适？城后老农家。
僻径穿陇[2]曲，柴关出竹斜。
幽庭秋色足，野菊满篱花。
深感主人意，醇醪[3]为我赊。

注释：

[1]解竹苍：即墨解家营画家解思篋（1899—1960），字竹苍，长于书法、绘画、篆刻等，曾师事即墨画家石瑛，历即墨教育局视导员、即墨职业学校教师等职，抗日战争期间为不当汉奸、不为日寇服务而回乡务农，别号"城后老农"，并与一切附日之友断交，直至1943年始出任即墨辛戈庄中心小学校长。详见《即墨市村庄志》（中国和平出版社2005年版）第122页。　[2]陇：通"垄"，田埂，如《史记·项羽本纪》："然羽非有尺寸，乘势起陇亩之中。"　[3]醇醪：味厚的美酒，如唐高适《宋中遇林虑杨十七山人因而有别》诗："檐前举醇醪，灶下烹只鸡。"

访城后老农

一

绿萝深处老农家，瓜圃菜畦绕径斜。
携酒相寻来野客，不谈世事话桑麻。

二

茅舍数椽近水滨，桑麻鸡犬一时新。
幽篁深锁无人到，不必桃源足避秦。

三

栖身南亩事躬耕，笑着笠蓑欲避名。
布袜芒鞋随意适，翛然五柳是先生[1]。

注释：

[1]"翛然"句：将解思筻比作东晋隐逸诗人陶渊明，五柳先生是陶渊明之号。

四

尘网脱来日掩门，旷怀别有古风存。
想应农暇无傍事，一卷豳风[1]教子孙。

注释：

[1]豳风：指代《诗经》。

五

城市仅距数里程，幽居顿觉可人情。
此间一廛倘容假，愿伴长沮[1]学耦耕。

注释：

[1]长沮：春秋时楚国隐士，与同为隐士的桀溺耦耕自食，详见《论语·微子》。

题赠道友

赠华严寺[1] 诗僧仁济[2]

掉首深山入，人间懒复游。
新交订野鹤，清侣结闲鸥。
诗思同云淡，禅心逐水流。
迩来送客出，不过虎溪头。[3]

注释：

[1]华严寺：崂山现存唯一佛教寺院，位于崂山东部那罗延山麓。 [2]仁济：民国时山东东年（今山东烟台）人，自号"九巅和尚"，幼习科举之业，年40时偶读《华严经》而有悟，遂弃家至即墨准提庵削发为僧，抗战期间避居崂山华严寺，1950年被遣返还乡，蓝水有《庚寅送仁济上人归家》诗记之；仁济能诗文，著有《天波池》

诗、《日人寇山记》等。详见周至元《崂山志》第172页。　[3]"迩来"二句：化用东晋东林寺主持慧远大师送客从不逾越虎溪典故，详见《莲社高贤传》："时远法师居东林，其处流泉匝寺，下入于溪，每送客过此，辄有虎号鸣，因名虎溪，后送客未尝过。独陶渊明与陆修静至，语道契合，不觉过溪，因相与大笑。"

秋日寄怀华严寺仁济上人

秋满江城冷夕曛，几番东望怅《停云》[1]。
平生独汝关心切，每遇山僧辄问君。

注释：

[1]《停云》：指东晋陶潜《停云》一诗，其诗前小序曰："停云，思亲友也。"后世因借以喻指思友之情。

寄华严寺庵僧仁济

一

渊明[1]心迹淡无求，古寺爱从惠远[2]游。
结伴步沉三径月，联吟咏尽古城秋。
千篇偈语同参悟，满地烽烟岂识愁？
三载禅房来往惯，冰霜意气两相投。

注释：

[1] 渊明：即东晋隐逸诗人陶潜。　[2] 惠远：晋代高僧，住庐山东林寺，曾邀集当时名士于庐山白莲池畔结社参禅谈诗；此处借喻仁济。

二

一自高僧去碧岚，高踪落落渺难攀。
禅堂重到犹留影，精舍再过但掩关。
春树隔离十叠翠，暮云望断几层山。[1]
良宵时有相思梦，梦入华严烟霭间。

注释：

[1]"春树"二句：化用唐杜甫《春日忆李白》诗中"渭北春天树，江东日暮云"句意，表达对仁济的思念之情。

三

胜地华严我旧游，辉煌佛宇起山陬。
烟云填谷千峰静，松竹当门一径幽。
泉响涛声争阁上，波光岚影满楼头。
此中占定卧游地，清福羡师几世修。

玄都洞[1] 就王悟禅[2] 谈诗

飘然避谷去，凿洞向空山。
海近潮盈榻，云深户不关。
当阶一水冷，隔岭数峰闲。
我亦爱逃世，谈诗日往还。

注释：

[1]玄都洞：位于崂山晓望村西南二龙山山巅。　[2]王悟禅：民国间隐居崂山的诸城人王明俊（1865—1947?），详见前注。

玄都洞留赠悟禅道人

海上有仙山，遥望峰簇簇。
洞天当其巅，岖岈[1]如厦屋。
中栖避世客，翛然发眉绿[2]。
无求更无营，无思亦无虑。
渴饮涧底泉，饥餐岩边菊。
白发未知生，青山看不足。
我来访高踪，足音到空谷。
睹面一笑开，谈诗入幽竹。
扫叶煮山茶，气味浓郁馥。
夜就石床眠，冷抱白云宿。

注释：

［1］嶆岈：意同"嵖岈"，形容山势高峻的样子。　　［2］发眉绿：指头发、眉毛等都乌黑而有光泽，这是青年人的象征，如唐李白《游泰山》诗之三曰："偶然值青童，绿发双云鬟。"

赠王悟禅[1]

野鹤闲云拟不差，翩翩[2]高举羽衣斜。
花朝月夕随缘酒，书塾僧房到处家。
爱写《黄庭》[3]换鹅鸟[4]，懒将白石炼丹砂。
人间烟火还愁食，更向劳峰餐紫霞[5]。

注释：

［1］本诗已录入周至元《崂山志》第152页。　　［2］翩翩：周至元：《崂山志》本作"蹁跹"。　　［3］《黄庭》：即《黄庭经》，是道教上清派的重要经典，今传有《黄庭内景玉经》《黄庭外景玉经》《黄庭中景玉经》三种。　　［4］换鹅鸟：即墨蓝氏族谱编委会编《友声集》本作"酬字债"。本句化用晋代书法家王羲之抄写《黄庭经》换鹅故事，详见《晋书》卷八十："山阴有一道士，养好鹅。羲之往观焉，意甚悦，固求市之。道士云：'为写《道德经》，当举群鹅相赠耳。'羲之欣然写毕，笼鹅而归，甚以为乐。"　　［5］"更向"句：化用李白《寄王屋山人孟大融》诗中"我昔东海上，劳山餐紫霞"之句意。

题悟禅道人小照

啸傲林泉不计年，羽衣虽著爱谈禅。
能诗能酒逍遥客，无挂无牵自在仙。
老去频逃沧海外，兴来高枕白云眠。
丰神潇洒更谁似？孤鹤翱翔云外天。

送悟禅还玄都洞

君隐处在峰头，乱山深护古洞幽。
君隐处多白石，桂子松花常满地。
城市今日送君归，飘然一杖返翠微[1]。
翠微深处卧石床，梦里时闻紫霞香。

注释：

[1] 翠微：本指青翠的山色，后也代指青山，如唐李白《赠秋浦柳少府》诗："摇笔望白云，开帘当翠微。"

喜悟禅道翁过访，花间小酌，赋此以贻

蓬莱岛上一闲客，因过偶向尘寰谪。
貌作道装禅作号，佛耶仙耶人难测。
自言足迹遍五岳，芒鞋踏久还愁破。
归来餐霞二劳峰，古洞笑向峰头凿。
深深古洞幽篁里，阶前一片沧海水。
白云深处枕石眠，万壑松风呼不起。
有时又作出岫[1]云，书塾佛寺随所止。
伴身相看无长物，诗卷酒瓢是行李。
生平工书复耽酒，作酿每逢开笑口。
醉后解衣兴磅礴[2]，云烟满纸笔下走。
一幅《黄庭》[3]换一醉，一醉之外无余事。
去将余墨成诗篇，篇篇字含烟霞气。
我识师已二十载，道容今看终未改。
呼童顷倒瓷头春[4]，与尔狂饮吸东海。

注释：

[1] 出岫：出山，也比喻出仕，如晋陶渊明《归去来辞》曰："云无心以出岫，鸟倦飞而知还。" [2] 解衣磅礴：也作解衣般礴，本指袒胸露臂、盘坐于地的豪放不羁行为，后多形容画家、书法家等进行艺术创作时的酣畅不羁状态，出自《庄子·田子方》："宋元君将画图，众史皆至，受揖而立，舐笔和墨，在外者半。有一史后至，儃儃然不趋，受揖不立，因之舍。公使人视之，则解衣盘礴赢（同裸）。君曰：'可矣，是真画者也。'" [3] 黄庭：本指道教上清派经典《黄庭经》，详见前注；此处引用晋代书法家王羲之"黄庭换鹅"故事，泛指书法作品。 [4] 瓷（zhòu）头春：当作"瓮头春"，古代名酒。

赠华严寺[1] 居士吴伴侯[2]

抛却尘襟累，空山住晚年。
奇峰邀客赏，禅榻伴僧眠。
海色澄清梦，松风了宿缘。
兴来还贳酒[3]，醉倒菊花边。

注释：

[1] 华严寺：崂山现存唯一佛教寺院，位于崂山东部那罗延山麓。　[2] 吴伴侯：清末民初日照人，豪迈而有大志，曾参机东北幕府，多所建树，中年入崂山华严寺，栖止不出，曾与华严寺住持莲桥共同倡导创建华严寺小学。详见周至元《崂山志》第152—153页。　[3] 贳（shì）酒：赊酒。

赠明霞洞[1] 隐者庄垓兰[2]

抛却世情累，超然卧翠微[3]。
卷帘延海入，开户放云飞。
饮爱山泉冷，餐忻[4]野蕨肥。
怪君清到骨，此地少尘机。

注释：

[1] 明霞洞：位于崂山南麓昆仑山玄武峰绝岩下的人工洞穴。　[2] 庄垓兰：字心如，清末日照（今山东日照）人，官至翰林，后隐居于崂山明霞洞。详见周至元《崂山志》第151页。　[3] 翠微：指代青山。　[4] 忻：同"欣"。

塘子观[1] 访王圆月[2] 道人不遇[3]

秋来思羽客，拄杖上高岑。
红叶千山闹，白云一径深。
推门花满院，窥室壁悬琴。
为问松间鹤，主人何处寻？

注释：

[1]塘子观：位于崂山文笔峰前的道教宫观之一。　[2]王圆月：清末民初道人，初修道于崂山修真庵，清光绪元年（1875）与道友王友式、李丹甫共游塘子观，并合写"太平顶"三字，后遂定居于塘子观，民国十七年（1928）曾任崂山释道联合会副会长。详见周至元《崂山志》第131页。　[3]该诗已录入周至元《崂山志》第98页。

哭白云洞[1] 邹全阳[2] 道人

庐结三千仞，苦修四十年。
何期红羊劫[3]，竟到白云巅。
竹泣沧溟[4]月，松号暮雨天。
余生尘世友，遥望泪长涟。

注释：

[1]白云洞：位于崂山东麓大仙山巅的道教洞窟之一。　[2]邹全阳（1900？—1939）：字纯一，清末民初荣成人，初于崂山东麓大仙山白云洞入道，后遍访名山，历十余年而归居即墨县武庙，募化重修武庙后，复入白云洞修道，并募化建成白云洞青龙阁；在日军轰炸王哥庄暴行后曾多方募化救赈，1939年5月4日（农历三月十五日）被进山搜索抗日人士的日军残杀于白云洞内。详见周至元《崂山志》第168页及第303页所录华严寺僧仁济《日人寇山记》一文。　[3]红羊劫：汉代谶纬学家之说，以为每隔六十年的农历丙午、丁未年往往会发生国难，因五行说以丙、丁、午属红色的火、生肖说以未为羊而称，后世往往用以泛指国难。[4]沧溟：此处指苍天。

题深山居者

桃源或恐是，世客少来看。
绕屋峰千叠，当门水一湾。
落花封洞口，卧犬守云端。
挂壁无长物，樵斤与钓竿。

题丁道士宇宾[1] 禅斋

一

萧萧飒飒复嗡嗡，断续[2]悠扬别有情。
岭上松风涧底水，耳边天籁一齐鸣。

注释：

[1]丁道士宇宾：能诗，今存《山居杂咏》二首，其他不详。 [2]断续：即墨蓝氏族谱编委会编《友声集》本作"断肠"。

二

竹冠鹤氅笋鞋轻，饱住烟霞骨格清。
岭上松风涧底水，写来总是自然声。

赠慧仁[1] 师

参破玄门[2]最上乘，柴关静掩似无能。
英雄晚节多归佛，雅士旷怀最近僧。
好客来时谈夜月，禅机悟处对孤灯。
兴来曳杖看山去，又踏云峰几百层。

注释：

[1]慧仁：崂山华严寺僧，周至元另有《雪夜怀华严庵慧仁禅师》诗，其他不详。 [2]玄门：即玄妙之门，源自老子《道德经》"玄之又玄，众妙之门"。

赠迎真观[1] 韩道人

道人家住水云间，杖底烟岚日可攀。
地僻偶然过野客，心幽何必处深山。
悠悠古貌云同静，落落清姿鹤逊闲。
愧我红尘溷迹久，暗将白发换朱颜。

注释：

[1]迎真观：又名东庵、月子口庙、迎仙观、迎真宫等，位于城阳区夏庄镇崂

山水库南岸，创建于元代至大三年（1310），观前旧有银杏、古柏各1株，围可合抱，1958年建崂山水库时已拆除。

题赠诗友

送蓝水[1] 远游[2]

同洒临歧泪，离樽惨祖筵[3]。
前途犹未定，相见更何年。
别绪秋偏苦，分飞燕可怜。
含情如不胜，愁锁二劳烟。

注释：

[1] 蓝水（1911—2004）：周至元同乡兼诗友，详见前注。　[2] 远游：据蓝信宁《先祖父蓝水公年谱》，蓝水曾于1932年春游青州、曲阜，疑此诗作于此时。　[3] 祖筵：送别的筵席，如唐孟郊《送黄构擢第后归江南》诗："却忆江南道，祖筵花里开。"

送蓝水客历下[1]

客去君无憾，济南我旧游。
半城明湖水，数点鹊华[2]秋。
短垣家家月，垂杨处处楼。
何当共载酒，月夜泛扁舟？

注释：

[1] 历下：济南地名，旧常用为济南之代称，今为济南市历下区，千佛山、大明湖、趵突泉等名胜均位于此地。另据蓝信宁《先祖父蓝水公年谱》，蓝水曾于1933年初春至历下教书，有《将抵历下教读别至元》《怀至元》等诗，疑此诗即作于其时。　[2] 鹊华：桥名，位于济南大明湖南岸，如清阮元《小沧浪笔谈》卷一："鹊华在北，惜为城堞所掩；历山在南，苍翠万状。"

喜蓝水归里

封侯[1]知少分,长剑独归来。
白日消诗卷,沈忧[2]寓酒杯。
依然狂不改,岂识老将催?
倘动山游兴,犹堪为尔陪。

注释:

[1] 封侯:本指拜封侯爵,后泛指考取显赫功名,如唐王昌龄《闺怨》诗:"忽见陌头杨柳色,悔教夫婿觅封侯。" [2] 沈忧:深忧,沈同"沉"。

蓝水以秋菘[1]见贻,赋此志感

寂寞寒畦晚,秋菘冒雪生。
感君怀念意,遗我十余茎。
味以溅心淡,气真彻骨清。
常当饭不忘,眷此故人情。

注释:

[1] 秋菘:本指一种阔叶蔬菜,后泛指新鲜蔬菜。

过蓝水菜圃,谈诗甚久,忻然慕之

难与俗流合,灌园聊自娱。
琴樽花底醉,蓑笠雨中锄。
我亦避世客,爱言共结庐。
不知烽火里,遂得偶耕[1]无?

注释:

[1] 偶耕:本指二人并耕,后也泛指农事或务农。

题蓝友《崂山诗草》

一

家住崂峰下，兴来辄一游，
名胜资探讨，古迹更穷搜。
眺海白云夜，看山红叶秋。
羡君栽作句，俱向锦囊收。

二

我亦烟霞癖，胜游每伴君。
二劳山海胜，常谓许平分。
共听岩头水，同看山顶云。
新诗频相寄，令我赏还欣。

三

我亦烟霞癖，名山曾许分。
二劳游赏日，风雨每同君。
皎皎明霞月，悠悠崂顶云。
回思皆似梦，只剩爪鸿[1]纹。

注释：

[1]爪鸿：多作"鸿爪"，指鸿雁在雪泥上踏过后留下的爪印，比喻往事遗留的痕迹。

访蓝水不遇

先生去去竟何之？五柳门[1]开近水湄。
满壁苍苔蜗篆[2]字，一庭绿树鸟啼诗。
身闲常置花间榻，客散未收竹里棋。
坐待不知时已久，忽看新月挂高枝。

注释：

[1]五柳门：本指门前栽有五棵柳树的门，此指代隐居者之门；五柳：详见前

注。 [2]蜗篆：即蜗牛爬行时留下的涎液痕迹，因其屈曲如篆文而称，如宋毛滂《玉楼春·仆前年当重九》词："泥银四壁盘蜗篆，明月一庭秋满院。"

访故人蓝水并蒙留饮

愁中试访故人庄，故友情深投辖[1]忙。
早韭剪来犹带露，旧醅开处远闻香。
同论身世歌当哭，共话沧桑慨以慷。
不惜酩酊尽一醉，人生更得几回狂？

注释：

[1]投辖：拔去车辖以留客，形容主人殷勤好客、多加挽留，出自《汉书》卷九二："（陈遵）耆酒，每大饮，宾客满堂，辄关门，取客车辖投井中，虽有急，终不得去。"

《东崖古槐图》写赠蓝水知友

岸然犹见古遗民，啸雨吟风不计春。
枝与奇松争拿曲[1]，干同老桧斗精神。
科头[2]阮籍形容怪，散发山涛[3]骨格品。
多少栋梁经劫尽，东厓幸汝得全身。

注释：

[1]拿曲：不详，应为盘曲、曲折之意。 [2]科头：意即不戴冠帽、裸露着发髻，常常是古代文人名士豪放不羁、不守礼法的体现，如《老残游记》第九回："着了一件深蓝布百衲大棉袄，科头，不束带，亦不着马褂。" [3]山涛（205—283）：字巨源，西晋河内怀县（今河南武陟）人，竹林七贤之一。详见《晋书》卷四三、《世说新语》等。

送蓝维周[1]之历下

蓝君狂胆大如斗，兴来击剑作乱吼。
世人笑骂总不顾，形如放浪爱使酒。
酒酣慷慨仰天哭，孤愤敲碎渐离[2]筑。

引吭高唱踏踏歌[3],一任长空白日速。
生平复有烟霞癖,芒鞋踏遍二劳迹。
掷身更上泰岳巅,回览忽嫌宇宙窄。
北极星小不堪摘,昂首思吞银河水。
牛女[4]含笑碧翁[5]愁,天风吹送还乡里。
乡里河山终难住,拂袖决向明湖去。
明湖远隔千里程,极目西望迷烟树。
平昔知交尔我好,十年共此忧患饱。
今尔又作他乡客,使我心中怒如捣。
寒窗置酒饮不得,霜严风涩月光黑。
残夜更作南浦别[6],二劳回看凄无色。

注释:

[1] 蓝维周:即蓝水。　[2] 渐离:即高渐离,战国时燕国人,擅长击筑(古代一种弦乐器),与当时著名的刺客荆轲为友,在荆轲刺秦失败后,被秦始皇弄瞎双眼留在身边做乐师,后将铅灌入筑中作为工具刺杀秦始皇,失败后而被杀,事详《史记·刺客列传》。　[3] 踏踏歌:一种流传于即墨当地的民间歌舞样式。 [4] 牛女:牛郎织女星的省称,如唐杜甫《一百五日夜对月》诗曰:"牛女漫愁思,秋期犹渡河。"　[5] 碧翁:"碧翁翁"的简称,意同苍天、上天,出自北宋陶榖《清异录》卷上:"晋出帝不善诗,时为俳谐语,咏天诗曰'高平上监碧翁翁'。"　[6] 南浦别:本为中唐诗人白居易创作的一首五言绝句,其中精彩描述了南浦送别的情景,后世因以其为送别之代名词。

与蓝友游石门山[1]歌

噫吁嘻!危乎险哉!石门之山幽深窈寂不可探!
遥而望之,但见锋芒剑戟森插天,峰头白日吐云烟。
近而即之,瑶草异卉就中含,怪禽珍兽育万千。
山巅何所有?巉崖绝壁相钩连。
洞底何所有?巨石古松复奔湍。
千岩万壑,重复郁盘[2];幽荒阒寂,渺无人烟。
当日探险说三丰,足迹未闻到此间。

蓝子素好奇，拉我跻其巅。
纡回度鸟道，石齿屡衣牵。
渐行渐荒塞，十步九蹅颠[3]。
峻岭几重逾，双目一时眩。
不识绝顶在何处，但见冈岭纵横势郁蟠[4]。
俄然巨石阻去路，俄然峭壁障面前。
欲上不能，欲退不得，茫茫四顾，人声寂然。
闻狼嗥与鸱喧，令人胆寒。
噫吁嘻，危乎险哉！石门山幽深窈寂那可攀？
安得此身生羽翰[5]，飘然飞举上岩端？
手把羡门[6]臂，笑拍洪崖[7]肩，食枣同安期[8]，餐霞呼青莲[9]。
相与翱翔乎辽阔，出没乎云岚。
方壶圆峤[10]时往还，污浊尘世永弃捐，与子同作海上仙。

注释：

[1] 石门山：崂山西部支脉。　　[2] 郁盘：古诗文用词，形容山势曲折阻滞的样子，如唐李白《历阳壮士勤将军名思齐歌》："江山犹郁盘，龙虎秘光彩。"　　[3] 蹅颠：也作颠蹅，即跌倒。　　[4] 郁蟠：同"郁盘"。　　[5] 羽翰：即翅膀，如南朝宋鲍照《咏双燕》诗曰："双燕戏云崖，羽翰始差池。"　　[6] 羡门：也称羡门子、羡门子高等，或说姓羡名高，道教传说中的神仙，如唐萧颖士《蒙山作》："岁暮期再寻，幽哉羡门子。"　　[7] 洪崖：也作洪厓、洪涯，传说中的仙人，一说指后来得道成仙的黄帝臣子伶伦，一说指隐居姑射山而成仙的唐代隐士张氲，如晋郭璞《游仙诗》之三："左挹浮丘袖，右拍洪崖肩。"　　[8] 安期：即被道教奉为神仙的安期生，《史记·封禅书》载"安期生食巨枣，大如瓜"，后世因以安期枣喻指仙人食物。　　[9]"餐霞"句：化用李白《寄王屋山人孟大融》诗句："我昔东海上，劳山餐紫霞。亲见安期公，食枣大如瓜。"　　[10] 方壶圆峤：即方壶、圆峤，古代神话传说中的两座仙山，旧传方壶山上有忘忧草，圆峤山上有桃花石。

与绅之[1]有约重九登高，因病未果，赋此志恨

一

有约登高去，重阳载酒时。
多愁兼多病，误却菊花期。

注释：

[1]绅之：即刘绅之，即墨人，周至元幼时同学，其他不详。

二

红树待人赏，山山斗晚妆。
秋光不负我，我自负秋光。

寒食后与刘君绅之登无影山[1]

一

觅取写忧处，同登无影山。
野花红满树[2]，苔藓绿成斑。
片石堪共语，孤云相与闲。
闷来且沽酒，聊以破愁颜。

注释：

[1]无影山：位于即墨旧城东南石棚水库附近，详见前注。 [2]树：抄本又作"路"。

二

曲曲弯弯径，高高下下村。
溪边杨叶密，枝上杏花繁。
春色看无价，远山望有痕。
谁怜憔悴客，穷路哭[1]荒原？

注释：

[1]穷路哭：也作穷途哭、阮籍泪等，详见前注。

三

绝境世真有，桃源寻已无。
看花每揩泪，信步懒问途。
乱里青山瘦，愁中白发粗。
却听枝上鸟，阵阵唤提壶[1]。

注释：

[1] 提壶：鸟鸣声，因也以为鸟名，相传是东晋诗人陶渊明的妹妹陶阿秀所变，如元张宪《庐山》诗："只因渊明曾好酒，至今有鸟号提壶。"

四

杯酒峰头酌，尘襟暂刻鬆[1]。
兴来题岩石，醉后倚乔松。
世事云同幻，生涯过少踪。
年年愁里度，到此失愁容。

注释：

[1] 鬆："松"的繁体字，因下一联中韵脚为"松"，故未改为简体。

与胡绳华[1]、刘绅之二君重游大庙[2]

一

废寺重游倍惘然，荒庭几日垦[3]耕田。
幽篁绝迹青松尽，处处山花开杜鹃。

注释：

[1] 胡绳华：周至元友人，当亦为即墨人，具体不详。 [2] 大庙：大妙山的俗称，位于今青岛即墨环秀东部，主峰海拔97.7米。 [3] 垦：周延顺自印本为"恳"，此据诗意改。

二

眼底云山翠作堆，酒樽开处对崔嵬[1]。
逸兴未尽夕阳落，醉折山花插帽归。

注释：

[1] 崔嵬：古指有石头的土山，此指大妙山。

秋日偕绅之登城

一

年来斗室日埋头，有客叩门约出游。
一样云山风景异，齐吟同吊古城秋。

二

霜满秋空雁影飞，纷纷落叶下斜晖。
欲写愁怀无处遣，荒城日暮酒家稀。

秋日与刘绅之游锁龙墩[1]

良朋相约出郊游，豆叶黄添景色秋。
窄径几弯绕郭转，长溪数里傍城流。
森森怪石蠹河腹，滚滚惊湍激石头。
坐久顿令心意爽，置身疑已在仙邱。

注释：

[1] 锁龙墩：位于即墨城东南角，详见前注。

与刘绅之游无影山[1]

乱中无计破愁颜，携酒同登无影山。
高下麦田秋雨后，浅深岚翠夕阳间。
岩边盘石随意卧，岭上孤云较客闲。
归路莫忧日已暮，一钩新月照人还。

注释：

[1] 无影山：位于即墨旧城东南石棚水库附近，详见前注。

吊刘芸畦

一

携取一壶酒，来浇三尺坟。
泉台声寂寞，呼煞不相闻。

二

燕市悲歌[1]歇，高阳酒徒[2]稀。
伤心穷路友，独自怅何归？

注释：

[1] 燕市悲歌：化用荆轲与友人悲歌故事，详见《史记·刺客列传》："荆轲既至燕，爱燕之狗屠及善击筑者高渐离。荆轲嗜酒，日与狗屠及高渐离饮于燕市，酒酣以往，高渐离击筑，荆轲和而歌于市中，相乐也，已而相泣，旁若无人者。"后多借以表达朋友间依依惜别的情谊。　[2] 高阳酒徒：指代嗜酒而又豪放不羁者。

三

身得半生醉，名留一世狂。
尘缘消已尽，蝶梦[1]醒黄粱[2]。

注释：

[1] 蝶梦：即庄周梦蝶故事，详见《庄子·齐物论》。　[2] 黄粱：本指黄米饭，此处指"黄粱梦"，喻指虚幻的梦想；详见唐沈既济传奇小说《枕中记》中所记卢生在邯郸旅店睡后入梦享尽人生荣辱、梦醒后店家所做黄粱米饭尚未熟故事。

四

与子因诗识，哭君仍以诗。
翰墨缘已了，从此断情痴。

赠刘芸畦

酒里诗中过一生，廿年赢得是狂名。
如何自号芸畦叟，不伴长沮去耦耕[1]？

注释：

［1］"不伴"句：化用《论语·微子》中"长沮、桀溺耦而耕"章之意，长沮、桀溺是两个隐居于田园的人，耦耕即二人并排耕田。

再赠刘芸畦

磊落襟怀类楚狂[1]，诙谐更近老东方[2]。
残衫斜曳淮阴市[3]，一曲悲歌入醉乡。

注释：

［1］楚狂：即春秋时楚国隐士陆通，字接舆，因楚昭王政令无常乃披发佯狂而不仕，时人因谓之楚狂，详见《论语·微子》。　［2］老东方：指汉武帝弄臣东方朔，字曼倩，平原厌次（今属山东）人，历常侍郎、太中大夫等职，性格诙谐，多辩多智，且富文才，详见《史记·滑稽列传》《汉书》卷六五等。　［3］"残衫"句：引用《史记·淮阴侯列传》所载西汉开国功臣、淮阴侯韩信早年忍受淮阴市井中无赖少年胯下之辱故事。

再赠刘芸畦

一

倜傥刘郎已白头，鹑衣百结[1]自风流。
往来燕市[2]无人识，一曲高歌上酒楼。

注释：

［1］鹑衣百结：形容衣衫破旧不堪、打满补丁，如宋李昉《太平广记》卷八六所引《野人闲话》中语曰："时有一人，鹑衣百结，颜貌憔悴，亦往庙所。"　［2］燕市：本指战国时燕国国都，刺客荆轲曾隐居于此，此处泛指城市。

二

把酒岩头且自宽，思量何苦感无端？
算来兴废寻常事，应作烟云一例看。

三

漫山惟有草萧萧，废院无人境寂寥。
坐听悲风号古殿，十年尘梦一时消。

一、天籁集

题翰墨堂[1] 壁

古籍琳琅插架排，幽怀常向酒中开。
小庭半亩花千种，尽是刘郎手自栽。[2]

注释：

[1]翰墨堂：当为周至元刘姓诗友（疑即刘芸畦）的书斋名，具体不详。
[2]"小庭"二句：化用唐刘禹锡《玄都观桃花》"玄都观里桃千树，尽是刘郎去后栽"之句意。

乱后重过翰墨堂

满架琴书化劫灰，不堪回首我重来。
当年花木摧残尽，惟见野葵满地开。

游翰墨堂赠主人[1]

我是因缘翰墨来，斋名翰墨莫疑猜。
小庭半亩花千种，尽属刘郎亲手栽。
无求名利与繁华，寂静门庭处士家。
结得一般岁寒侣，耐冬松竹并梅花。

注释：

[1]此诗周延顺自印本作七律一首，然据诗意和诗韵，当为七绝二首。

怀芮麟[1]

不见雅人久，离思黯黯生。
宦况同雪冷，诗境抵秋清。
以我怀君意，知君念我情。
山游当日约，无计证前盟。

注释：

[1]芮麟（1909—1965），江苏无锡人，客居青岛多年，详见前注。

秋日柬芮麟

一

迢迢[1]一纸寄双鱼[2],半载离群感索居。
料得诗人多雅兴,菊花香里著新书。

二

有约二劳作伴游,画畾共赏枫林秋。
无端鹤唳[3]声声急,望眼云山日日愁。

注释:

[1]迢迢:周延顺自印本作"超超",此据诗意改。 [2]"迢迢"句:化用汉乐府《饮马长城窟行》诗中"客从远方来,遗我双鲤鱼,呼儿烹鲤鱼,中有尺素书"等句之意;双鱼,也称鲤鱼、双鲤等,代指书信。 [3]鹤唳:本指鹤鸟鸣叫之声,后也指代战争将起之声,如唐刘禹锡《赠澧州高大夫司马霞寓》诗:"残兵疑鹤唳,空垒辨乌声。"

琴岛初会芮麟

半生误我是诗名,落魄琴冈岁月更。
青眼几人肯余顾?素怀一夕尽君倾。
士逢知己应无恨,琴遇赏音别有声。
预约他年偕共隐,二劳先订海鸥盟。

赠芮麟

不独立言更立功,身兼才子与英雄。
著书已足千秋在,论世真堪四海空。
岁月半抛鞍马外,诗篇多就水云中。
宦游千里看山遍,到处相随佳偶同。

奉寄黄哲渊女士[1]

咏絮才华[2]谁得同?南朝崇嘏[3]是家风。
若非只眼具红拂,争肯芳心属李公?[4]

已把文章惊宿老,懒夸夫婿是英雄。

十年离乱尽尝遍,写向鸾笺[5]字字红[6]。

注释:

[1] 黄哲渊(1911—1972):芮麟(1909—1965)妻,湖北广济人,1937年毕业于上海光华大学文理学院教育系,1946年随夫定居青岛,先后任职于青岛观象台、青岛圣功女子中学(七中)、一中、九中、十三中等,著有《产妇日记》《离乱十年(1937—1946)》《中国女子教育新论》等作品。 [2] 咏絮才华:也作咏絮才、咏絮之才等,典出《世说新语·言语》所载东晋才女谢道韫故事:"谢太傅寒雪日内集,与儿女讲论文义。俄而雪骤,公欣然曰:'白雪纷纷何所似?'兄子胡儿曰:'撒盐空中差可拟。'兄女曰:'未若柳絮因风起。'公大笑乐。"后世因将有诗思文采的女子称誉为"咏絮才"等。 [3] 崇嘏:即五代时四川才女黄崇嘏,其父曾任蜀中使君,自幼工诗善文,长于琴棋书画,父母双亡后即女扮男装,四处游历,至今蜀中留有其考中状元传说。详见《十国春秋》卷四五。 [4] "若非"二句:化用红拂女夜奔李靖故事,详见杜光庭传奇小说《虬髯客传》。 [5] 鸾笺:即彩笺,纸的美称,也常代指书信,如元钟嗣成《骂玉郎带感皇恩采茶歌·叙别》曲曰:"晚风闲,暮云残,鸾笺欲寄雁惊寒。" [6] "十年"二句:当指黄哲渊所撰《离乱十年(1937—1946)》一书,则此诗作于1948年或稍后。

过芮麟幽居[1] 慰黄哲渊女士

一

昔年曾此访幽居,今日重来意踌躇。

惆怅雅人去已久,架头留有著残书。

注释:

[1] 芮麟幽居:指芮麟夫妇在青岛的居所,他们自1945年10月至1955年在青期间居住于青岛市观象山二路七号。

二

萝薜青葱楼角缠,幽居高筑向山巅。

柴关敲尽无人应,伫立风前意惘然。

三

太息[1]良人[2]成不还,好花依旧满栏杆。
伤心一样楼头月,应向深闺怯独看。

注释:

[1] 太息:叹息,如屈原《离骚》:"长太息以掩涕兮,哀民生之多艰。"
[2] 良人:古时妻子对丈夫的称呼。

四

深庭寂静掩柴关,人去楼空燕子闲[1]。
回首当时游赏地,无端化作望夫山。

注释:

[1]"人去"句:化用关盼盼燕子楼故事,详见前注。

题《乱离十年》[1]
(芮麟夫人黄哲渊女士著)

一

英雄才女两性痴,一见倾心睹面时。
惘然漫天烽火起,萍踪到处惹相思。

注释:

[1]《乱离十年》:黄哲渊写成于1948年并由芮麟创办的乾坤出版社出版的一部散文集,其中记述了作者1937至1946年间与爱人芮麟相识、相知并流亡于武昌、香港、上海、北平、重庆等地的人生经历,反映了抗日战争期间文人的流亡生活;今作《离乱十年(1937—1946)》,有上海远东出版社2008年本。

二

天南地北自年年,一片相思两地牵。
却喜燕京[1]重相遇,三生石[2]上缔良缘。

注释:

[1] 燕京:北京之旧称。 [2] 三生石:位于杭州灵隐寺的一块缘定三生的

石头,源自唐代文人李源与高僧圆泽相约来生相见的故事,详见唐袁郊《甘泽谣·圆观》。

三

良缘缔就欢如何?蜜月度来乐事多。
北海西城伴游众,双双偕影妒姮娥[1]。

注释:

[1]姮娥:即古代神话传说中的月宫仙子嫦娥,初名姮娥,因避汉文帝刘恒讳而改称嫦娥。

四

无端夫婿爱长征,飞马鲁南转战行。
徊毂[1]轻车相随去,几番欢笑几番惊。

注释:

[1]徊毂:疑为"回毂",即掉转车头;毂,古指位于车轮中心、与车辐一端相连的圆木,多指代车轮或车。

五

避难犹忆向荒林,寥落山家夜叩门。
凄绝佛堂一宵宿,孤灯双影伴黄昏。

六

风声鹤唳走苍皇[1],歧路分襟泪几行。
南去姑苏[2]音信渺,闺中牵挂女儿肠。

注释:

[1]苍皇:即"仓皇",也作仓惶、仓遑、仓徨等,形容仓促、慌张的样子,如宋辛弃疾《永遇乐·京口北固亭怀古》词曰:"元嘉草草,封狼居胥,赢得仓皇北顾。" [2]姑苏:苏州的旧称。

七

宦游到处即为家,楚水吴山道路赊[1]。
得作人间才子妇,不辞辛苦走天涯。

注释：

[1] 赊：此处意即远、遥远，如王勃《滕王阁序》："北海虽赊，扶摇可接。"

八

年来卜筑[1]向琴冈，海上联吟伴玉郎[2]。
离合悲欢浑一梦，十年往事耐思量。

注释：

[1] 卜筑：择地建筑房屋，泛指定居，如宋辛弃疾词有《沁园春·再到期思卜筑》。　[2] 玉郎：旧时女子对丈夫或情人的称呼，如前蜀牛峤《菩萨蛮》词曰："门外柳花飞，玉郎犹未归。"

九

纷纷往事化云烟，试借簪花[1]岌嶪[2]传。
万缕柔情千种恨，写来一字一缠绵。

注释：

[1] 簪花：本指古代一种书法体势，多指女子书体，如清钱谦益《观美人手迹戏题绝句》之四曰："芳树风情在，簪花体格新。"此处指代写作。　[2] 岌嶪(jí yè)：又作"嶪岌"，多形容山峰或楼阁高大险峻的样子，此处当指流传久远。

十

新书印就薛涛[1]笺[2]，海内人争作美谈。
千古文章千古事，一时传遍大江南。

注释：

[1] 薛涛（768？—832？）：字洪度，唐代长安（今陕西西安）人，幼遭丧父之乱而流落娼家，侨居成都百花潭，晓韵律，能诗文，与当时元稹、白居易、张籍等文人才子多有诗歌往来，并以歌伎兼清客身份出入蜀地幕府多年，声名轰动一时，著有《锦江集》，已佚，后人辑其作为《薛涛诗笺》；事详《唐诗纪事》《唐才子传》《名媛诗归》等。　[2] 薛涛笺：相传为蜀地工匠按唐代才女薛涛要求而制作的一种纸，小幅、红色，便于携带，且带有个人色彩，后世多用以书写表达爱慕、相思之意的情诗或情书；此处泛指纸。

一、天籁集

晤黄枕石[1]

数日不相见，惊君头已皤[2]。
奇才天亦妒，傲骨世偏磨。
乱值琴书贱，贫愁儿女多。
同情独有我，相对一滂沱。

注释：

[1]黄枕石：即墨人，与周至元、蓝水均为诗友，其他不详。 [2]皤：白，多形容须、发。

接孙鸣玉[1]书

喜极翻成泣，远人忽寄书。
烽烟千里隔，音讯十年疏。
壮志君酬得，慵心我懒除。
几时重聚首，樽酒话茅庐？

注释：

[1]孙鸣玉（1914—1967?）：即墨人，国民党陆军大学正则班第15期、国防研究院第8期、黄埔军校第7期毕业生，抗战期间历国民党第10军上校团长、第10军第3师少将参谋长等职，并曾随第10军远征缅甸，颇立战功，1948年9月晋升为陆军少将，1949年至台，官至陆军中将，后死于车祸。参阅陈予欢《陆军大学将帅录》（广州出版社2009年版）。

潍县旅邸逢孔信[1]

少小日同群，音容十载分。
相逢难辨貌，闻语始知君。
往事思如昨，离情话苦纷。
明朝悲又别，对酒不能醺。

139

注释：

[1]孔信：当为即墨人，周至元儿时玩伴，后迁居他处，其他不详。

题诗人张肖圆[1] 山居

诗人住何处？家在海云边。
日近夜常晓，山深昼自眠。
种松招野鹤，接竹引流泉。
知有乘桴[2]意，门前系钓船。

注释：

[1]张肖圆：即清末民初崂东（今属青岛市崂山区王哥庄街道办）人张墨林，字小园，也作肖园，清亡后移居崂山，与王悟禅诗酒相酬。详见周至元《崂山志》第152页。 [2]乘桴：本指乘坐竹木小筏，后成为隐居山林的象征物，如《论语·公冶长》："道不行，乘桴浮于海。"

留赠森林公司[1] 曲希佛[2]

生成孤僻性，结宇倚千峰。
一院惟栽药，满山遍种松。
是非无俗客，来往有樵踪。
犹恐世人识，柴关掩几重。

注释：

[1]森林公司：民国时期位于崂山巨峰南麓的一家股份制公司。 [2]曲希佛：森林公司股权人或职员，客居青岛崂山，曾于1933年周至元陪袁荣叟游崂山甘苦泉时兼作导游，其他不详。

袁公道冲[1] 约游二劳，凡五日而返

一

穿云笑上巨峰[2]巅，遥指齐州九点烟[3]。
惹得山僧樵子道，此翁只合是飞仙。

注释：

［1］袁公道冲：即浙江桐庐人袁荣叟，详见前注。 ［2］巨峰：崂山最高峰，又名崂顶。 ［3］齐州九点烟：化用唐李贺《梦天》诗"遥望齐州九点烟，一泓海水杯中泻"之句意。九点烟：因《尚书·禹贡》载中原大地分为九州，故而从月宫俯视，中原渺小得如同九点模糊的烟团一般。

二

踏遍千峰兴未休，归途飞步上华楼[1]。
岩边长啸松风起，洞里群仙尽点头。

注释：

［1］华楼：即华楼山，详见前注。

过李程之[1]宅

闲中偶过故人家，斗室清幽寂不哗。
庭仅数弓遍栽药，墙余半角亦栽花。
兴来葛巾酒亲漉[2]，睡起芸窗[3]日色斜。
城市何妨容大隐？青囊[4]一卷作生涯。

注释：

［1］李程之（1909—1991）：名课先，字程之，以字行，即墨著名中医，长于小儿科、内科，详见《即墨市卫生志》（兰州大学出版社2003年版）第246—247页。 ［2］漉：此处指用粗布巾过滤酒浆。 ［3］芸窗：也作"芸牎"，指书斋，如唐萧项《赠翁承赞漆林书堂诗》曰："却对芸窗勤苦处，举头全是锦衣人。" ［4］青囊：指医书。

寄时君左[1]

一编闲话记扬州[2]，惹动深闺处处愁。
自有文章惊海内，端无名士不风流。
人间岁月隙中驹，身外浮生水上鸥。
头白王粲[3]时未遇，年年为客赋登楼[4]。

注释：

[1] 时君左：当为易君左（1899—1972），学名易家钺，字敬斋，湖南汉寿人，历国民革命军总政治部编撰、湖南省政府顾问、参事、四川省政府编译室主任、军委政治部第三厅少将设计委员、国民党中央宣传部专员、兰州日报社社长等职，1949年后先后至香港、台湾定居，著有《中国文学史》《杜甫传》《中华民族英雄故事集》《江山素描》等60余部书籍。　　[2]"一编"：指易君左官江苏省教育厅编审室主任时撰写的散文集《闲话扬州》，1932年由上海中华书局出版，出版后因其中言论招致了当时扬州各方势力的愤怒指责，一度成立了声势浩大的"扬州究易团"，甚至对簿公堂，最终因时任江苏省政府主席的陈果夫出面才得收场，详见徐光灿《易君左〈闲话扬州〉风波》（载《档案春秋》2010年第2期）。另，此诗当作于《闲话扬州》风波平定、易君左调离江苏之后。　　[3] 王粲（177—217）：字仲宣，汉末山阳高平（今山东邹城）人，少有才名，长为"建安七子"之一，其诗赋居七子之冠，然因战乱而往依荆州刘表，客居十余年而有志不得伸，建安十三年（208）始归曹操而官至侍中，年41病卒，后人辑其作为《王侍中文集》，事详《三国志》卷二一。　　[4] 赋登楼：指建安九年（205）秋王粲客居荆州时作《登楼赋》一事，赋中倾吐了其幽深的思乡怀国、怀才不遇和渴望建功立业之情。

晤陈雪鸿[1]

曾于邸报[2]读新诗，渺渺予怀日夜思。
湖海怜卿为客久，琴樽悔我识君迟。
清闲事业神仙羡，淡泊襟怀风月知。
犹有元龙[3]豪气在，高楼百尺卧吟诗。

注释：

[1] 陈雪鸿：据诗意，应为即墨人，客居他乡，擅写新诗，其他不详。　　[2] 邸报：也称邸抄或邸钞，本指古代抄有帝王谕旨、臣僚奏议以及其他时政要闻的官府文件，此处当泛指报纸。　　[3] 元龙：即汉末名士陈登，字元龙，徐州人，少有大志，官至广陵太守；刘备曾与刘表、许汜共论其人，刘表以其"名重天下"，许汜以其为"湖海之士，豪气不除"，刘备以其当"卧百尺楼上"。详见《三国志》卷七。

一、天籁集

赠钟惺吾[1]（高密人，设教青即）

当年设教有书院[2]，追踪康成[3]此往返。
老至无情伤白发，春来有梦入青山。
居心息在羲皇[4]上，拈句不离魏晋间。
我亦烟霞成痼癖，二劳从此好同攀。

注释：

[1] 钟惺吾：清末民初高密人，移居即墨，教授为业，曾于民国七年（1918）集其游历崂山之作而成《惺庐诗草》，并作序，后于民国二十一年（1932）由即墨新民书局印行于世，其他不详。　　[2] 书院：当即康成书院，汉代学者郑玄在崂山支脉不其山讲学时设立，位于今青岛市城阳区惜福镇书院村，今仅存遗址。　　[3] 康成：即汉代学者郑玄，详见前注。　　[4] 羲皇：即传说中的人类始祖伏羲。

宿华阳书院[1]

清绝幽人宅，野花处处馨。
阶前一水碧，户外数峰青。
竹色晴堪赏，鸟音静可听。
夜来景更寂，山月满柴扃。

注释：

[1] 华阳书院：位于崂山华楼山之南的华阳山下，是即墨人蓝章辞官归隐后于明正德十二年（1517）修建的家族书院，明清时期在即墨一带比较有名，清雍正年间（1722—1735）倾圮，民初尚存残墙断垣，新中国成立后被辟为军用。详见清同治《即墨县志》所录清蓝重蕃《华阳书院纪略》及蓝水《崂山志》等。

由书院[1] 登华楼山题玉皇洞[2]

劫里名山如梦游，岩边花草依然幽。
尘缘未了仙缘少，且向洞天作小留。

注释：

[1] 书院：此处当指位于崂山华楼山之南的华阳山下的华阳书院。 [2] 玉皇洞：位于崂山华楼山东北部的翠屏岩之下，是自然形成之山洞，洞宽1.2米，高1.8米，因旧有道士供奉之玉皇像而得名。详见周至元《崂山志》第52页。

宿书院[1] 次晨留别[2]

桃花流水问前津，鸡犬桑麻景色新。
一宿青山又辞去，仿佛身是武陵人。

注释：

[1] 书院：指华阳书院，详见前注。 [2] 此诗全化自晋陶潜《桃花源记》。

赠华阳老人蓝崿[1]

一

隔断尘寰世俗缘，深深庐结傍林泉。
自言来此山中住，不踏市城六十年。

注释：

[1] 蓝崿：即墨蓝氏族人，具体不详。

二

劫来无复古城存，炮火烽烟白日昏。
羡煞桃源避秦客，山中高卧长儿孙。

宿华阳书院[1] 赠蓝崿老人

一

应与林泉有宿缘，白云深处日高眠。
年将近百身仍健，疑是人间不老仙。

注释：

[1] 华阳书院：位于崂山华楼山之南的华阳山下。

二

云烟过眼几沧桑，话到当年感慨长。
惟有华楼[1]一片月，夜来犹照读书堂。

注释：

[1] 华楼：即华楼山，详见前注。

宿华阳书院赠蓝屿[1]老人

目光炯炯须眉黑，问年惊怪已过百。
芒鞋布袜万山冠[2]，神仙合是山中客。
山客居处景物幽，四面奇峰绕小楼。
楼头明月自来往，阶前清泉日夜流。
朝督晨耕夜教读，逍遥闲身朝复暮。
相看疑是避秦人，白云隔断红尘路。
嗟我久处城市里，年未四十发白矣。
安得结宇傍幽栖，挂瓢同饮山中水？

注释：

[1] 蓝屿：抄本又作"蓝嵝"。 [2] 万山冠：当为"方山冠"，古代帽子的一种，汉时为祭祀宗庙的乐师专用，唐宋时则成为隐居者的常用之物。

追忆棋友[1]

余八岁能棋，长而益好，因得交县中善棋者。四十年来战乱迭次仍[2]，当日棋友或小或老，渐如晨星。秋窗有暇，追思往昔，不仅惘然。因成诗若干首，聊当山阳闻笛[3]之痛尔。

注释：

[1] 据此组诗前小序可知，周至元作此组诗时应已40余岁，则此组诗当作于1950年前后。 [2] 仍：重复，频繁。 [3] 山阳闻笛：出自晋向秀《思旧赋》，意即怀念故友，如方干《题故人废宅》："薄暮停车更凄怆，山阳邻笛若为听。"

对酒思棋友

花下残棋懒复温,空斋醉酒倍伤神。
闲中旧友从头数,寥落晨星无几人。

江志堂[1]

岂独文章富五车,游艺兼精尽棋书。
玉楼无奈相催速[2],不许人间住少须。

注释:

[1]江志堂:周至元棋友,即墨人,傅鼎九外孙,名不详,字志堂,早夭,其他不详。 [2]"玉楼"句:化用唐代诗人李贺故事,详见唐李商隐《李贺小传》:"长吉(李贺)将死时,忽昼见一绯衣人,驾赤虬,持一板书,若太古篆或霹雳石文者……绯衣人笑曰:'帝成白玉楼,立召君为记。'"后人因以玉楼催、玉楼召、玉楼赴召等指代有才者的死亡。

张子玉[1]

桃源无计问前津,岁月橘中难隐身。
甘谢尘寰东海踏,留将侠骨蠹嶙峋。

注释:

[1]张子玉:周至元棋友,即墨人,其他不详。

金振声[1]

一

角逐棋坛五十春,看君越老越精神。
张郎[2]先去江郎[3]死,剩有先生硕果身。

注释:

[1]金振声:周至元棋友,即墨人,其他不详。 [2]张郎:即张子玉。 [3]江郎:即江志堂。

二

癖弈如君世罕传,道逢棋局辄流连。
满头白发神犹王,疑是逍遥橘里仙[1]。

注释:

[1]橘里仙:也作"橘中仙",即棋中仙,因明代朱晋桢辑象棋书谱《橘中秘》而称。

黄祖儒[1]

后来硕彦自名家,叔度[2]汪洋[3]更足夸。
快马轻车破敌速,棋坛威烈说长沙[4]。

注释:

[1]黄祖儒:周至元棋友,即墨人,其他不详。 [2]叔度:即东汉时名士黄宪,字叔度,汝南慎阳(今河南正阳)人,少贫贱,以勤力自学而成为时人敬重的饱学之士,详见《后汉书》卷八三及《世说新语》等;此处将黄祖儒比作黄宪,大加赞美。 [3]汪洋:当作"汪汪",形容深广而不可测的样子,出自南朝宋刘义庆《世说新语·德行》:"郭林宗至汝南,造袁奉高,车不停轨,鸾不辍轭。诣黄叔度,乃弥日信宿。人问其故,林宗曰:'叔度汪汪如万顷之陂,澄之不清,扰之不浊,其器深广,难测量也。'" [4]"快马"二句:形容黄祖儒下棋以快而猛著称;"长沙"当为棋坛故事,姑存疑。

王祝三[1]

难从浮世问前因,磊落王郎依旧贫。
四十年来瞬息过,相看俱是白头人。

注释:

[1]王祝三:周至元棋友,即墨人,其他不详。

傅鼎九[1]

花下棋枰日留宾,案头常设酒盈樽。
孟尝[2]爱客谁能继?每想高风泪满襟。

注释：

［1］傅鼎九：周至元棋友，即墨人，斋号九如，江志堂外祖父，其他不详。
［2］孟尝：即战国四公子之一、齐国孟尝君田文（？—前279），因封地在薛（今山东滕州东南）而亦称薛公，以广延宾客、食客三千而闻名。事详《战国策·齐策》《史记·孟尝君列传》等。

吊江君志堂并唁傅公鼎九

余自华严寺归，黄君祖儒告余曰："志堂死矣。"余意颇不信，以为君方富于年而素又无疾，岂能遽然至斯乎？既而，金君星三、王君祝三所言皆如此，始拍案大叫曰：文人命厄，才子不寿，其信然耶？君江姓，字志堂，少失怙，依外祖傅家居。外祖鼎九公年老无嗣，视之如同珍宝，怜爱异常。乃君生而谨讷，虽处骄纵之中，恂恂有容，行未尝有逾规。性最慧，所读书过辄成诵，为文简净多奇气。年七龄即能棋，少长，思更猛进，邑之老于弈者皆自以为弗及，盖此中有宿慧焉。君今肄业于信义中学[1]，每考辄列前茅。闻其死，校中开追悼会，同学中有悲泣不胜者，足征平昔之感者深也。君亡，后丧其最不堪者独鼎九公。维是死生有命，寿夭在天，圣如孔子尚有鲤也之叹[2]，贤如子夏[3]亦有西河之痛[4]。天道[5]愦愦[6]，由来久矣，爰[7]为词以言之曰：

名士寿短，才子天妒。
玉楼召催[8]，溘然长去。
孔鲤幼丧，颜渊[9]早亡。
贤者如此，君乎奚伤？
人生大块，憹然一梦。
邯郸黄粱[10]，迟早是醒。
太上忘情，旷士达观。
逆来顺受，莫复悲酸。

周坤[11]至元撰

注释：

［1］信义中学：今即墨一中的前身，1931年秋由鲁东女子初级中学与私立萃英初级中学合并而成，今存有始建于1935年的德式建筑楼房，2008年被列为青岛市

级文物保护单位。　　[2]鲤也之叹：鲤指孔子儿子孔鲤（前532—前481），他在孔子69岁时先孔子而死，孔子因此很伤心。　　[3]子夏：即孔子弟子卜商，字子夏，少孔子44岁，在孔子弟子中以文学著称，晚年为魏文侯师。详见《史记·仲尼弟子列传》。　　[4]西河之痛：也作痛抱西河、抱痛西河等，孔子弟子卜商晚年为魏文侯老师时居住在魏国西河一带，期间逢子丧而痛哭以致失明，后人因以此指代丧子之痛。　　[5]天道：夭折、死亡之道。　　[6]愦愦：昏庸、糊涂，如清纪昀《阅微草堂笔记·滦阳消夏录二》："人命至重，神奈何遣愦愦之鬼，致有误拘。"　　[7]爰：副词，乃。　　[8]玉楼召催：化用唐李贺死亡故事，详见前注。　　[9]颜渊：即孔子弟子颜回（前521—前481），一生虚心好学、乐道安贫，然不幸英年早逝，孔子对他的早逝极为痛心，曾仰天大呼曰："噫！天丧予！天丧予！"详见《论语》《史记·仲尼弟子列传》等。　　[10]邯郸黄粱：意即人生如梦，化用唐沈既济传奇小说《枕中记》中黄粱梦故事，详见前注。　　[11]周坤：周至元名式坤，字至元，常以"周坤"自称。

题九如斋壁呈主人傅鼎九

无复尘缘世虑情，翛然五柳是先生。
懒呼童仆花亲灌，不需妻孥茶自烹。
座上朝朝棋客满，案头日日酒杯倾。
有时更约隔邻叟，闲向南畴看耦耕。

哭于莲池[1]

流水高山失子期[2]，苍茫尘海我何之？
死难对酌空持酒，泣到无声惟有诗。
草满棋坛人散尽，花飞书馆鸟含悲。
从今怕向山阳过，愁听声声野笛吹。[3]

注释：

[1]于莲池：周至元棋友，即墨人，其他不详。　　[2]"流水"句：化用春秋时期俞伯牙与钟子期知音相赏、在钟子期死后终身不再鼓琴的故事，表达对于莲池去世、自己失去知音的痛惜之情。　　[3]"从今"二句：化用嵇康被司马昭杀害后向秀过其山阳旧居、闻邻人笛声而感伤故事，表达对亡友的思念之情；山阳笛、山阳闻笛等，今已成为诗文中表达思念故友之情的特有意象。详见《昭明文

选》卷十六所录三国向秀《思旧赋》及序。

赠棋友张子玉

半百年华鬓欲丝，略将身世许弈棋[1]。
露浸野径出常早，月满中天归每迟。
花底一枰容踞傲[2]，人间万事总愚痴。
橘中岁月堪娱老，说与旁观更不知。

注释：

[1] 弈棋：即下棋，古代多指下围棋，如唐杜甫《秋兴》之四曰："问道长安似弈棋，百年世事不胜悲。"周延顺自印本作"奕棋"，此据诗意改。　　[2] 踞傲：傲慢不恭，"踞"通"倨"。

喜棋友赵君见访[1]

一

花底楸枰日日排，有朋喜自远方来。
无言同会橘中趣，相对素怀一笑开。

二

花满闲庭春昼长，一枰相对足徜徉。
使君但肯屡见遇，愿与周旋战几场。

注释：

[1] 赵君：周至元棋友，具体不详。另，此诗周延顺自印本作七律一诗，据诗意及用韵情况，当为七绝二首。

读《象棋战略》[1] 寄邵君次明[2]

一

花甲年华气浩然，棋坛之佰[3]橘中仙。
翻空战略运心法，《孙武兵书》[4]一例传。

注释：

[1]《象棋战略》：象棋名家邵次明所编象棋专著，重点介绍了古谱《自出洞来无敌手》35局，并举要发微，充分体现了邵次明的棋艺风格与特点，由《民言报》于1948年出版，今有中国书店1988年影印本。　[2]邵次明（1880—1969）：象棋名家，山东潍县人，17时即获"潍县棋王"之誉，1929年始定居青岛，成立象棋社，着力于授徒传艺；抗战期间闭门著书，写成《象棋战略》一书；新中国成立后被聘为山东省文史馆馆员，致力于象棋事业，并多次参加全国性赛事，1962年时已年逾80的他还与号称"象棋总司令"的谢侠逊手谈，1969年因病而逝。　[3]佰：本指古代军队中的百夫之长，此处当指在棋坛居于首位的杰出人物。　[4]《孙武兵书》：即《孙子兵法》，又称《孙武兵法》《孙子兵书》等，世界上现存最早的军事著作。

二

一编展对竹窗青，闲与幽人仔细评。
半局倲[1]堪消永日，何须《酒谱》[2]复《茶经》[3]？

注释：

[1]倲：同"尽"。　[2]《酒谱》：一部关于酒的旧闻佚事的书籍，北宋窦苹撰成于北宋天圣二年（1024），是北宋以前酒文化的汇集。　[3]《茶经》：我国现存最早一部关于茶的著作，唐代陆羽撰，今通行本有湖北人民出版社1983年出版的《陆羽茶经译注》。

题赠亲友

寄田润甫[1]

一

昨日接君书，谓动还里想。
只因老病身，以便好休养。
我虽得家居，日被征徭逼。
应付苦无方，思惟远游避。
他乡去已难，故里归岂得？
空令两地心，日夜常恻恻。

注释：

[1] 田润甫（？—1947）：即墨人，周至元大姐夫，婚后年许即投军在外，终老未归，1947年病殁他乡。另据田有栋《在舅父身边的日子》（载《即墨古今》2011年第1—2期，第42—44页）一文，此诗作于1946年。

二

忆昔别君时，我颜如玉洁。
睽离[1]倏廿秋，我头已载雪。
故里战尘中，庐舍半摧毁。
徭役无已时，辛酸向谁说？
君有还乡心，归计宜早决。
归速犹及见，归迟恐永诀。

注释：

[1] 睽（kuí）离：即分离、离散，如唐韩愈、孟郊《纳凉联句》："与子昔睽离，嗟余苦屯剥。"

送有栋[1] 甥还家[2]

有书不得读，此味最酸楚。
怜尔才髫龄[3]，遽遭失学苦。
生身值乱离，十室九无铺。
我谋不自暇，势难兼顾汝。
含凄送汝归，秋草满南浦。
相见更何时？伫望泪如雨。

注释：

[1] 有栋：周至元外甥田有栋（1933— ），因父亲从军未归，从小便与母亲寄居舅父家中，成年后曾先后工作于即墨二中、胜利油田二中等，著有《在舅父身边的日子》（载《即墨古今》2011年第1—2期）、《周至元》（载青岛市政协文史资料委员会编、中国文史出版社2005年出版《青岛文史资料：第十四辑》第59—65页）等文。 [2] 据田有栋《在舅父身边的日子》，此诗作于1949年冬周至元

大姐去世后，时田有栋年已16岁，刚初中毕业，周至元因无力抚养而将其送回老家。　[3] 髫（tiáo）龄：即幼年，如唐王勃《〈四分律宗记〉序》："筠抱显于髫龄，兰芳凝于丱（guàn）齿。"

送有栋甥赴青[1]

一

失恃才遭又失怙[2]，茕茕剩得一身孤。
前途嘱汝应珍重，水远山长正恨予[3]。

注释：

[1] 据田有栋《在舅父身边的日子》，此组诗也作于1949年冬周至元大姐去世后。　[2] 恃、怙：分别指父母，出自《诗经·小雅·蓼莪》："无父何怙，无母何恃？"　[3] 恨予：意同"愁予"，使我忧愁。

二

渭阳一别黯愁生[1]，舅氏俨如慈母情。
顾汝孩提看汝大，依依难舍是离情。

注释：

[1] "渭阳"句：化用《诗经·秦风·渭阳》诗中甥舅于渭阳离别情景表达惜别之情："我送舅氏，曰至渭阳。何以赠之？路车乘黄。我送舅氏，悠悠我思。何以赠之？琼瑰玉佩。"

哭田氏姊[1]

一

不减瞿昙[2]是女婴[3]，年年常与愁病俱。
半生辛苦成何事？留得茕茕一子孤。

注释：

[1] 田氏姊（？—1949）：周至元大姐，因其嫁给田润甫而称，1949年病殁。[2] 瞿昙：佛教术语，佛祖释迦牟尼的别称；此句意即崇信佛教的作者本已不为世间一切烦恼所扰，却时常牵挂田氏姊的种种不幸。　[3] 女婴：战国时楚国人

名，一般认为是屈原之姐，如《水经注·江水》引用袁山松语释《离骚》中"女嬃之婵媛兮，申申其詈予"句曰："屈原有贤姊，闻原放逐亦来归，喻令自宽全，乡人冀其见从，因名曰秭归。"

二

楚些[1]难招命竟倾，惹余怀抱泪纵横。
廿年伴处昏晨共[2]，不比寻常手足情。

注释：

[1]楚些：指代招魂歌或招魂词，因战国时屈原沿用楚地民间招魂词形式写成的《招魂》一诗频繁使用楚地方言"些"字而称；楚些难招，意即魂难招。
[2]"廿年"句：周至元大姐生子田有栋刚一月，丈夫田润甫即外出从军，始终未归，她便携田有栋一直生活在周至元家，因有此说。

三

从此不愁饥与寒，泉台[1]转较生时安。
乱中岁月真难度，家累世情步步难。

注释：

[1]泉台：指坟墓或民间传说中人死后灵魂所去的阴间，如陈毅《梅岭三章》诗之一："此去泉台招旧部，旌旗十万斩阎罗。"

四

灵柩送尔古茔边，棺椁衣食件件全。
乱世得斯应自幸，几多白骨草根缠。

五

有子膝前长已成，夜台[1]归去目应瞑。
伤余儿女俱幼小，愿得长眠势未能。

注释：

[1]夜台：同泉台，也是对坟墓和阴间的别称，如唐李白《哭宣城善酿纪叟诗》："夜台无晓日，沽酒与何人？"

六

寒风萧飒动灵裶[1]，一去黄泉更不归。
痛苦一声棺永盖，音容不见想依稀。

注释：

［1］祎（huī）：本指古代王后的祭服，此处泛指普通的孝服。

显桦[1] 与次女延顺结缡之日[2] 赋此志勖[3]

一

乌衣[4]子弟旧家声，倜傥才华早识名。
不减风流王逸少[5]，眼前快婿慰平生。

注释：

［1］显桦：即王显桦（1930—2012），即墨人，周至元次女周延顺丈夫。 ［2］结缡（lí）：本指古代女子出嫁前母亲亲手给她结上佩巾表示已婚的一种仪式，后泛指结婚。 ［3］据周延顺口述，她与王显桦结婚是在1949年11月9日（农历九月十九日），则此组诗当作于此日。 ［4］乌衣：即乌衣巷，东晋时王导、谢安等世家大族所居之地，后世因常用以指代贵家子弟居住之处。 ［5］王逸少：即东晋书法名家王羲之（303—361?），字逸少，号澹斋，琅琊（今属山东临沂）人，官至右将军，世称王右军，详见《晋书》卷八十本传；另据《世说新语·雅量》，太傅郗鉴派人到丞相王导家族为其女儿选婿时，王家诸子中唯王羲之坦卧东床而被选中，后世因有"东床快婿"之典故。

二

洞房花烛绿兼红，壮志易消蜜月中。
好向芸窗[1]更努力，莫因儿女误英雄。

注释：

［1］芸窗：此处代指书斋。

三

由来妇道最轻容，见重还须言德工[1]。
勿负椿堂[2]培植意，荆钗裙布是家风。

注释：

［1］德工：即女德、女工的省称，女德即旧时女子应具备的品德；女工也称女红或女功，即旧时女子应从事的纺织、刺绣、缝纫等技能。 ［2］椿堂：也作椿

庭，父亲的代称，如明朱有燉《香囊怨》第二折曰："念吾之风流云散，畏严训于椿堂；思尔之月约星期，被防闲于萱室。"

四

愿[1]他此后好宜家[2]，案举眉齐[3]敬爱加。
一字叮咛牢记取，百般能顺自无差。

注释：

[1]愿：周延顺自印本为"原"，此据诗意改。　[2]宜家："宜其家室"之意，出自《诗经·周南·桃夭》："之子于归，宜其室家。"　[3]案举眉齐：即"举案齐眉"，指妻子送饭时将盛饭的托盘举到眉毛的位置，形容妻子对丈夫敬爱有加，出自《后汉书》卷一一三："（梁鸿）为人赁舂，每归，妻为具食，不敢于鸿前仰视，举案齐眉。"

与显棠[1]期游汇泉，既而果至，因遍赏公园菊花，尽欢始返[2]

一

红树青山处处霞，汇泉秋色渺无涯。
王郎不失尾生[3]信，联袂名园看菊花。

注释：

[1]显棠：即王显棠，周至元次女周延顺丈夫王显桦的堂兄，其他不详。[2]据周延顺口述，王显棠是在参加她的婚礼时与周至元相约游汇泉的，则此组诗与《车站别显棠》均作于1949年。　[3]尾生：春秋时期鲁国著名的守信者，如《庄子·盗跖》篇载："尾生与女子期于梁（桥）下，女子不来，水至，不去，抱梁柱而死。"另据周延顺口述，周至元长女与王显棠两情相悦，但王显棠继母横加阻拦，婚姻未成，不久，王显棠抑郁而终；则此次游玩时当有周至元长女同行，此组诗及《车站送显棠》一诗亦均就二人恋情而发。

二

菊花天气已秋深，儿女情怀更不禁。
何用红丝频系足[1]？青山碧海证同心。

注释：

[1]红丝系足：也作红丝暗系，传说掌管人间婚姻的月下老人以红绳系男女之

足，则二人必结成夫妇，详见唐李复言《续玄怪录·定婚店》。

三

郎才英俊女温柔，预卜他年是好逑[1]。
红叶黄花秋色腻，且教道韫[2]学风流。

注释：

[1]好逑：好的配偶或伴侣，出自《诗经·周南·关雎》："窈窕淑女，君子好逑。" [2]道韫：即东晋才女谢道韫（349—409），字令姜，东晋名将谢安侄女、书法家王羲之儿媳妇，其咏雪名句"未若柳絮因风起"历来为人称道。详见《世说新语·言语》《晋书》卷九六等。

车站别显棠[1]

旗亭[2]欲别黯魂消，似立风前意已遥。
各有深情诉不得，双双泪眼抹轻绡。

注释：

[1]此诗描写的当是周至元长女与王显棠依依惜别时的情景。 [2]旗亭：酒楼的别称，因古代酒楼常悬旗以为酒招，如宋周邦彦《琐窗寒·寒食》词曰："旗亭唤酒，付与高阳俦侣。"

二、头陀[1]吟

注释：

[1] 头陀：佛教术语，指行脚乞食的僧人，周至元因年轻时失恋于邻家女孩而自号伴鹤头陀，则此集为其早年之作。

五律

无 题

一

殿倚巨峰[1]下，凭高势亦雄。
峰奇环锁翠，山缺海涵空。
绝壁泉皴白[2]，秋岩树簇红。
只伤宫久废，惟听鸟呼风。

注释：

[1] 巨峰：崂山最高峰，又名崂顶。　　[2] 皴白：指很白，今无此用法。

二

峭壁欲相抱，回看似石城。
竹深疑径绝，石坠每松撑。
海阔浤浤[1]激，泉多汩汩声。
相看成小坐，冷意送人行。

二、头陀吟

注释：

［1］浤浤（hóng hóng）：洪波奔腾翻涌的样子，如《文选·木华〈海赋〉》："崩云屑雨，浤浤汩汩。"

三

巨石层层架，中空宛似门。
俯看山尽小，遥眺海将吞。
寻去有樵径，看来无斧痕。
蓬莱似可见，高已入云根。

上 清[1]

山川齐赴海，元气独蟠幽。
造华钟神奥，真云肃冕旒[2]。
高风想华盖[3]，遗迹访丹邱[4]。
鸾鹤谁曾见？庭前双树留。

注释：

［1］上清：此指位于崂山东南昆仑山南麓、明霞洞之下的上清宫，详见前注。［2］冕旒：本指古代士大夫的礼帽，后专指皇帝的礼帽，因也借指皇帝或帝位，如唐韩愈《江陵途中寄三学士》诗曰："昨者京师至，嗣皇传冕旒。"　［3］华盖：本指古代帝王出行时张在头上或车上的华丽伞盖，此处当指相传曾在崂山修行的道士刘若拙（？—992），后唐同光二年（924）自蜀至崂山，于太清宫南建庵供老子像，北宋乾德五年（967）被宋太祖召入京城任"右街道录"，并被封为"华盖真人"，数年后回崂山，宋太祖为其重修崂山太清宫，并建上清宫，事详《（崂山）太清宫志》、黄宗昌《崂山志》等。　［4］丹邱：也作"丹丘"，古代神话传说中神仙所居之地，如宋林景熙《宿台州城外》诗曰："荒驿丹邱路，秋高酒易醒。"

上清宫

不识宫何处，泉声引到门。
庭幽芳草合，竹密小桥吞。
树老乱峰影，花奇绝客魂。
长春[1]留句在，石上证苔痕。

159

注释：

[1]长春：指元代全真道名道丘处机（1148—1227），字通密，道号长春子，山东栖霞人，年轻时拜王重阳为师，并随王重阳于山东、河南一带传教，晚年应元太祖成吉思汗之请而掌管天下道教，80岁端坐而终，事详《元史》卷二〇二。另，丘处机曾多次至崂山，爱山之奇秀而更其名为鳌山，并题诗词于崂山上清宫、白龙洞等多地，详见《（崂山）太清宫志》、周至元《崂山志》第163页等。

上清宫

一

宫在深山里，林深景更幽。
洞多泉响乱，竹密鸟音稠。
树影庭更静，山花洞口幽。
长春题句在，石上更探求。

二

上清幽境地，面面绕奇峰。
涧底水声乱，阶前花影重。
石桥幽竹隐，仙洞野云封。
邱哲[1]题诗在，更寻石上踪。

注释：

[1]邱哲：即元代名道丘处机，详见前注。

神清宫[1]

宫址危岩抱，傍临大壑深。
苍松覆殿乱，白日满庭阴。
古洞[2]披云觅，流泉穿竹寻。
道人称水洌，供客属茶斟。

注释：

[1]神清宫：位于崂山芙蓉峰西、大崂村南，始建于宋，元、明、清三代均曾修葺，中祀三清，后为玉皇阁，东厢为精舍，西厢为救苦殿，周围有长春洞、自然

碑、摘星台、会仙台等名胜；今宫已于抗日战争期间毁于日军炮火，唯余千年古槭树。详见周至元《崂山志》第93—94页。　[2]古洞：当指位于神清宫东岩石下的长春洞、长春洞北的滚龙洞以及位于神清宫玉皇殿西摘星台下的脱尘洞等洞，今均已随神清宫的毁坏而消失。详见周至元《崂山名胜介绍》。

神清宫

危岩环复殿，白日自阴森。
泉从松梢落，鸟音涧底沉。
径因穿竹窄，洞缘宿云深。
倚杖游玩久，宫花满客襟。

太清宫[1]

一

宫在林中匿，山门到始知。
异花[2]多冒雪，巨石遍镌诗。
涛响穿林入，山寒隔竹窥。
二劳虽地好，况作海云涯。

注释：

[1]太清宫：位于崂山南麓，距青山村约3里，俗以其在上清宫之下而称下清宫或下宫，其景观为二劳第一，始建于北宋初年，道教名人丘处机、张三丰、徐复阳等均曾栖止于此，宫中紫薇、黄杨、牡丹之属极盛，其中的耐冬相传为张三丰手植，尤苍老道劲，详见《（崂山）太清宫志》、周至元《崂山志》第87页等。
[2]异花：即太清宫中闻名遐迩的耐冬花，又名绛雪，茶花的一种，相传是元末名道张三丰从海岛移植而来，清蒲松龄《聊斋志异·香玉》篇中的绛雪即以其为原型。

二

绝巘三方列，前开大海当。
人踏松顶入，宫在竹中藏。
林密疑天小，花奇带雨香。
长春[1]曾隐此，古迹费思量。

161

注释：
[1] 长春：即元代名道丘处机。

太平宫[1]

一

不信乱山里，幽深尚有宫。
行来泉水引，时有石桥通。
涧古云常绿，林深日不红。
狮峰[2]看更秀，千仞欲摩空。

注释：
[1] 太平宫：位于今崂山东麓仰口风景区内晓望村南3里。　[2] 狮峰：即狮子峰，位于崂山仰口风景区内太平宫东北。

二

千山更万壑，一径入云深。
泉响潮如断，林深昼亦阴。
危岩宫紧通，窄径竹斜侵。
更爱禅房静，忽清尘外心。

三

频怪身难容，回看惟乱岑。
危岩宫紧逼，窄径竹斜侵。
大涧烟云幻，断碑苔藓深。
松风时作籁，更杂海涛音。

斗母宫[1]

望去疑楼阁，登临别有天。
窗中涵海月，座下起云烟。
叶落千山静，花开一树悬。
此生幸到此，不复羡游仙。

二、头陀吟

注释：

[1] 斗母宫：位于崂山南麓玄武峰明霞洞西的道教宫观。

明霞洞[1] 斗母宫

古洞倚山坳，登临世虑消。
岚光环紫翠，海色逼青霄。
境险花能傲，山奇石欲妖。
却看来时路，惟见竹松梢。

注释：

[1] 明霞洞：位于崂山南麓昆仑山玄武峰绝岩下的人工洞穴。

华楼宫[1]

宫后依危岩[2]，前临大壑深。
竹多樵径细，树老半庭阴。
清绝松间石，悠闲竹里云。
道人称水冽，供客属茶斟。

注释：

[1] 华楼宫：位于崂山华楼山王乔崮下，因华楼山而得名，后倚碧落岩，前临南天门，独擅胜致，由元代道士刘志坚创建于泰定二年（1325），明、清、民国时均曾重修；宫内有老君、玉皇、关帝三殿，宫南为南天门，宫北有碧落岩，岩下为崂山名泉金液泉，岩西别有翠屏岩，今存。详见周至元《崂山志》第91页。
[2] "宫后"句：抄本又作"危岩后宫倚"。

寿阳宫[1]

踏来泉水响，不觉到庵门。
云重衣如滴，烟深竹欲浑。
野花随处发，鸟语不胜繁。
更爱浓阴会，浑疑身被屯[2]。

163

注释：

[1]寿阳宫：又名朝阳庵、寿阳庵等，位于崂山沙子口镇烟云涧北，创建于明代正德年间（1506—1521），清乾隆四十年（1775）重修，一度为铁瓦殿之下院，正殿祀三官，殿东一室曾贮巨峰诸庵铜佛像，民国年间渐圮，今已毁佚。详见周至元《崂山志》第102—103页。　　[2]屯：未详。

迎真宫[1]

迎真宫在[2]处，遥在碧峰巅。
曲径试深入，清幽别有天。
危悬峰顶石，寒泻竹根泉。
古洞闲来坐，此身疑是仙。

注释：

[1]迎真宫：又名迎真观，详见前注。　　[2]在：据诗意，疑当为"何"。

慧炬院[1]

寺倚危岩下，凭高势似台。
路穿樵径入，人踏水声来。
芳草侵梵座，幽花对佛开。
老僧何处去？庭宇长蒿莱。

注释：

[1]慧炬院：位于崂册城阳区夏庄镇崂山水库北岸、凤凰崮南麓，创建年代不详，明、清时曾重修，前有石柱涧（又名石竹涧），与华阳书院隔水相望，抗战期间倾圮，1966年拆除，今仅存遗址，详见蓝水《崂山志》。

百福庵[1]

庵在青山下，柴扉镇[2]不关。
涧幽泉响细，地僻落花闲。
怪石侵庭小，深篁逼径弯。
知归洞中宿，一片白云还。

注释：

[1] 百福庵：又名百佛庵，位于今青岛市城阳区惜福镇院后村东的不其山南麓，创建于宋代宣和年间（1119—1129），相传旧为佛刹，清康熙中由道人蒋云石改建为道观，前院祀三官，后院祀玉皇，今为青岛市文物保护单位。详见周至元《崂山志》第104页。　　[2] 镇：时常、常常，如宋柳永《定风波》："镇相随，莫抛躲，针线闲拈伴伊坐。"

先天庵[1]

窈窕仙天庵[2]，幽深少客知。
峭崖环相抱，如似武陵溪[3]。
涧水绕千曲，幽花开四时。
清潭堪贮月，过我一相窥。

注释：

[1] 先天庵：又名天门后庙，位于崂山南麓俗称南天门的天门峰东北部，据传创建于元代至正年间，明天启年间（1621—1627）重修，1943年毁于日军炮火；详见明黄宗昌《崂山志》、蓝水《崂山志》、周至元《崂山志》第102页等。　　[2] 仙天庵：即先天庵，当为笔误。　　[3] 武陵溪：也作武陵源、桃花源等，即东晋陶潜《桃花源记》一文中塑造的世外桃源。

修真庵[1]

道人修道处，多在水石间。
结宅邻闹市，开门惟乱山。
潮声沧海近，云影客情闲。
堪洗尘入耳[2]，门前水一湾。

注释：

[1] 修真庵：位于今崂山区王哥庄镇王哥庄村中，原为佛教古刹，创建时间不详，天启二年（1622）被明代全真教道人李真立改建为道庵，清康熙、嘉庆、光绪时均有续修；正殿祀玉皇、三清，东殿祀文昌，西殿祀王母，每年农历正月十六有庙会；今已毁建为现代楼舍、厂房等，仅余庙会习俗。详见周至元《崂山志》第

101—102 页。　　[2] 尘入耳：语序倒装，即"入耳尘"，化用《太平御览》卷五七一所载许由洗耳故事：许由"以清节约闻于尧。尧大其志，乃遣使以符玺禅为天子。……许由以使者言为不善，乃临河洗耳。……樊坚方且饮牛，闻其言而去，耻饮于下流。"

醒睡庵[1]

三面峭崖抱，崎岖一径通。
流来溪水白，中杂落花红。
竹密禽能傲，涧幽石不雄。
鹤山[2]更在北，相看醉梦醒。

注释：

[1] 醒睡庵：位于崂山支脉豹山下井水汪附近，相传旧在山巅，明隆庆年间（1567—1572）被全真道道士许阳仙移建于山下；庵三面峭岩，一径前通，别有遐趣，今佚。详见周至元《崂山志》第101页。　　[2] 鹤山：崂山北部支脉，详见前注。

蔚竹庵[1]

庵在山凹筑，峭崖环作屏。
乱松争覆殿，积翠满空庭。
竹密禽心爽，林深客眼青[2]。
道人更爱静，日午户常扃。

注释：

[1] 蔚竹庵：又名蔚儿铺，位于崂山东北凤凰岭下。　　[2] 客眼青：化用魏晋名士阮籍以"青白眼"对待不同人的故事，青眼意同青睐，即对人或物喜爱或重视。

蔚竹庵

一庵傍涧曲，四面拥云岚。
落落长松下，翛翛野竹毵[1]。

二、头陀吟

归真[2]空有塔[3]，弥勒[4]尚同龛[5]。
饱饮山蔬美，毋为肉食淡。

注释：

[1] 毵（sān）：形容毛发、枝条等细长的样子。　[2] 归真：佛教对死的别称，如《释氏要览·送终·初亡》曰："释氏死谓涅槃、圆寂、归真、归寂、灭度、迁化、顺世，皆一义也。"　[3] 塔：此指佛塔，即供奉或收藏佛骨、佛像、佛经、高僧遗体等的佛教建筑物。　[4] 弥勒：即汉传佛教尊奉的弥勒佛，也称笑佛、欢喜佛等。　[5] 龛：我国古代供奉佛像、祖先神位等的石室或小阁，此处特指供奉佛教神灵的佛龛。

苇竹庵[1]

峭壁环相抱，寻来一径深。
苍松争覆殿，白日满庭阴。
竹密禽能傲，风来塔影沉。
更爱幽涧外，水响若鸣琴。

注释：

[1] 苇竹庵：即蔚竹庵，又名蔚儿铺，位于崂山东北凤凰岭下。

张仙塔[1]

古塔山崦[2]矗，看来石是顽。
三丰[3]留迹在，千古有谁攀？
涛势欲相扑，奇花更愿环。
看来尽奇想，从此重名山。

注释：

[1] 张仙塔：位于崂山覆盂峰北侧东坡上，相传为元末名道张三丰亲手用碎石垒筑而成，旁有耐冬，相传为张三丰从海岛移植而来；今耐冬于清光绪年间即已死去，塔亦已倒塌。详见周至元《崂山志》第131页。　[2] 山崦（yān）：即山坳、山曲，如唐许浑《岁暮自广江至新兴往复中题峡山寺》诗之一："树随山崦

167

合,泉到石稜分。" [3]三丰:即元末明初名道张三丰。

藏经阁[1]

一

寺[2]在山腰筑,禅房处处幽。
石奇争压殿,松古欲侵楼。
日冷泉能语,风严云不流。
更为堪爱处,红叶闹深秋。

注释:

[1]藏经阁:位于崂山华严寺内。 [2]寺:即华严寺,位于崂山东部那罗延山麓。

二

寻胜入古寺,耳目一时清。
松色连山色,涛声杂水声。
响从松顶落,泉自竹根鸣。
佳句苦寻觅,不知僧已迎。

华严寺[1]

一

华严真佛窟,楼阁总清幽。
遒海水连天[2],林风乱壑秋。
窠书[3]留寺壁,甕塔[4]压村陬。
莫向雷阳戍[5],生还已白头。

注释:

[1]华严寺:崂山现存唯一佛教寺院,位于崂山东部那罗延山麓。[2]"遒海"句:语序倒装,应为"海水遒连天"。 [3]窠书:多称"擘窠书",本是书法史上对大字的别称,如清朱履贞《书学捷要》曰:"擘,巨擘也;窠,穴也,即大指中之窠穴也,把握大笔在大指中之窠,即虎口中也。小字、中字用拨镫,大笔大书用擘窠。"此处当特指明代高僧憨山曾题写于华严寺壁的大字,具体

不详。　　[4]甕塔：抄本作"华塔"，指华严寺内埋葬历代住持的佛塔，今存埋葬第一代住持慈沾的七级砖塔和埋葬第二代住持善和的石塔等。　　[5]雷阳戍：指明代高僧憨山（1546—1623）因崂山海印寺案被充军广东雷州一事，事详周至元《崂山志》第169—170页及《憨山老人年谱自叙实录疏》等，憨山另有《从军诗》3首（详见《憨山老人梦游集》）记其事。

二

薄官辞江浦[1]，归来却存金。
山收成父志，海月争禅心。[2]
丹壁俨嵓画，烟霞无古今。
翻愁驰道筑，车□[3]日相寻。

注释：

[1]江浦：指位于浙江省中部的浦江县，因黄坦曾任浙江浦江县县令。　　[2]"薄官"等二联：述明末清初即墨人黄坦兴修华严寺之事；黄坦（1607—1689），字朗生，号惺庵，黄宗昌长子、黄培从弟，明崇祯十二年（1639）副贡，曾官浙江浦江令，后受清初黄培文字狱案牵连而被革职归乡，因继父志修成《崂山志》，并继父志与即墨准提庵僧人慈沾一起建成华严寺，事详清同治《即墨县志》。　　[3]原文此处空缺一字。

华严寺

一

寺在山腰筑，林深翠欲埋。
人穿松径上，楼对海天开。
竹色连云去，潮声上阁来。
惊看若石角，巍硊[1]恐将隤[2]。

注释：

[1]巍硊（wěi wěi）：形容山石突兀险峻的样子。　　[2]隤（tuí）：倒下、坠下，如《汉书·食货志上》："苗生叶以上，稍耨陇草，因隤其土以附苗根。"

二

行到林深处，游人意自清。
响飞松顶裛，泉向竹坡倾。
云懒塔留住，石奇藤搀行。
兴来偶得句，不觉老僧迎。

三

古寺山深处，禅房处处幽。
石奇争压殿，松老欲侵楼。
梵响[1]含潮音，山光入海流。
依栏闲看久，天海一时收。

注释：

[1] 梵响：指佛教徒念佛诵经之声，如宋欧阳修《宿广化寺》诗曰："樵歌杂梵响，共向松林归。"

四

四山环锁翠，大海一襟当。
高阁眺览久，令人百虑忘。
雾中山隐隐，烟外岛茫茫。
下顾来时径，深深竹里藏。

海印寺[1]

一

传此烟云地，憨山曾作宫。
只今迹已灭，惟有竹千丛。
山色依然好，潮声亘古同。
世情如石大，过去一无踪。

注释：

[1] 海印寺：明代名僧憨山建造于崂山太清宫三清殿前的佛寺，早已毁弃。

二、头陀吟

二

一片荒凉地,当时佛阁闶[1]。
已今无梵响,亘古有潮声。
四面山群列,海光聚一泓。
如何蜗角地,当年苦相争?[2]

注释:

[1] 闶(kàng):本指门高,引申为高大,如汉张衡《西京赋》:"高门有闶。"
[2] "如何"二句:指当年崂山道士耿义兰状告憨山修建海印寺一事,详见前注。

海印寺

野竹萧条里,当年佛阁闶。
憨山具法力,只手为之成。
何乃谗人毁?遂教殿宇倾。
只今海涛响,犹似不平鸣。

白云洞[1]

洞在碧峰巅,登临别有天。
白云生屦[2]下,沧海落阶前。
怪石奇松遍,琪花异草全。
浮生幸到此,不复羡游仙。

注释:

[1] 白云洞:位于崂山东麓大仙山巅的道教洞窟之一。 [2] 屦:本指用葛、麻等植物编织而成的一种鞋子,后泛指鞋子。

白云洞

一

白云洞何处?高在白云岑。
殿倚危岩后,前俯大壑深。
未明先见日,不雨亦常阴。

更有青松古，洞老龙爪森。

二

矗然华表立，遥望若岑楼。
只有神仙住，难教世客游。
桃开花自落，果熟猿难偷。
相看空徘徊，梯阶不可求。

白云洞

一

精舍倚山麓，崎岖置不齐。
海从松杪见，峰向竹梢低。
花满留人谈，云深游客迷。
白云洞在上，欲访更攀跻。

二

屋结悬崖上，前临大壑深。
窗中沧海人，眼底乱峰沉。
时有闲云到，来同游客吟。
竹床睡不寐，一夜听潮音。

三

能使洞生色，端因洞顶松。
老干蟠曲曲，翠鬣[1]出重重。
高覆华如盖[2]，环宫石若墉[3]。
客来难为观，日日白云封。

注释：

[1] 鬣：本指马、狮子等动物脊背上的长毛，此处指松树上长出的像动物脊上长毛一样美丽的枝条。　[2] "高覆"句：指白云洞上方的松树枝条参差、像华盖一样覆盖着白云洞。　[3] 墉：高墙，如《诗经·召南·行露》："谁谓鼠无牙？何以穿我墉。"

二、头陀吟

上白云洞

不知洞底处,上指白云端。
石险添山陡,松奇逼径弯。
峰由云际吐,岛向海中攒。
更爱涛声好,倚石时盘桓。

慈光洞[1]

洞处危岩上,凭高势似悬。
袖中贮沧海,座下起云烟。
俯视壑深百,惊看壁立千。
尘缘应一断,海上访飞仙。

注释:

[1]慈光洞:位于崂山巨峰南麓的天然洞窟。

登慈光洞

高高慈光处,悬崖一石巉。
路从云上出,人被石罅[1]嵌。
飞鸟应难度,顽藤幸可攀。
坐观沧海色,辛苦一时捐。

注释:

[1]石罅:石缝。据此句及下"顽藤幸可攀"句,此诗记载的当是1934年周至元与袁荣叟等人游慈光洞失足落入石缝中一事,详见其《崂游二险记》(《崂山志》第289页)及田有栋《周至元》等。

滚龙洞[1]

岩石幻玲珑,探须宛转通。
忽然异境现,坐观海天空。
高与岑楼似,奇如杰阁[2]同。

蓬莱更在下,指点乱云中。

注释:

[1]滚龙洞:今崂山有二滚龙洞,一为位于崂山芙蓉峰西麓神清宫东、长春洞之北的滚龙洞,一为位于崂山北麓支脉鹤山之上的滚龙洞,二者均因相传滚过洞者为龙、爬过洞者为虫而得名;此处当指前者。 [2]杰阁:即高阁,如唐韩愈《记梦》诗曰:"隆楼杰阁磊嵬高,天风飘飘吹我过。"

聚仙洞[1]

仙宫[2]临海岸,涛响满宫庭。
潮去岛疑远,云来门若扃。
野花幽筚户[3],苔藓老碑铭[4]。
一松出宫宿,诗魂入渺冥。

注释:

[1]聚仙洞:疑指位于崂山聚仙宫内或周边的洞窟,今佚。另,此诗《周至元诗文选》本题作"聚仙宫"。 [2]仙宫:即聚仙宫。 [3]筚户:用荆条、竹枝等简陋材料编制而成的大门,因多用以指代贫困人家所居之所,如明于谦《村舍桃花》诗曰:"野水萦纡石径斜,筚门蓬户两三家。" [4]碑铭:即《聚仙宫碑铭》,元泰定二年学士张起岩撰。详见周至元《崂山志》第213—214页。

明霞洞[1]

一

悬崖茅屋结,俯临大壑深。
窗中沧海满,眼底乱峰沉。
时有闲云人,能清尘客心。
道人更好静,壁上挂鸣琴。

注释:

[1]明霞洞:位于崂山南麓昆仑山玄武峰绝岩下的人工洞穴。

二

高绝明霞洞,清虚[1]无与伦。
眼中沧海阔,杖底乱峰陈。
竹石怪而古,奇花秋复春。
青莲遗迹[2]在,不见扫花人。

注释:

[1]清虚:即月宫。 [2]青莲遗迹:指唐代诗人李白在崂山的遗迹,相传他曾与道士吴筠同游崂山,并写有《寄王屋山人孟大融》诗,吴筠也作有崂山游仙诗一首;另传,唐玄宗读李白、吴筠诗后,派道士孙昙等至崂山采药,并将时称"劳山"的崂山改名为"辅唐山"。

明霞洞

一

弥山尽松竹,古洞接沧溟[1]。
径曲穿云入,钟清隔涧听。
茶烟微袅白,海气远涵青。
奇语谁能解?玄真有旧铭。[2]

注释:

[1]沧溟:苍天。 [2]"奇语"二句:描写的是明霞洞附近的玄真洞,洞旁有相传为元张三丰所写的"重建玄□□吸将乌兔口中吞"12字,其中第4、5字漫漶不清,一说为"妙真",一说为"真洞",对"乌兔口中吞"之意,世人也历有争议。

二

三面山围住,天高一玦[1]虚。
海鸥来几案,岩桂[2]发阶除。
地迥宜探月,庐精可校书。
何当借仙枕[3],扫榻梦蘧蘧[4]?

注释：

[1] 玦：半环形有缺口的佩玉，古代常用以赠人以示决绝之意，此处喻指三面被山围住、唯余一面青天的明霞洞外风景就像一块半环形的玉玦一般。 [2] 岩桂：樟科樟属植物，喜生长于石灰岩岩缝中，主要分布于我国南方山区。 [3] 仙枕：传说中可令人心想事成的枕头，详见唐沈既济传奇小说《枕中记》。 [4] 蘧蘧（qú qú）：形容悠然自得的样子，出自《庄子·齐物论》："昔者庄周梦为胡蝶，栩栩然胡蝶也，自喻适志与，不知周也。俄然觉，则蘧蘧然周也。"

玄真洞[1]

不识明霞外，高高更可通。
人攀松顶上，洞在半天中。
大海群山贮，烟峦眼底空。
三丰遗迹在，几度仰风踪。

注释：

[1] 玄真洞：位于崂山玄武峰明霞洞上方200米处峭壁下的道教洞窟，洞呈椭圆形，深约2米，高约1.7米，宽约1.5米，因相传为元代名道张三丰、孙玄清等的修真之处而得名。详见周至元《崂山志》第49页。

仙古洞[1]

洞处最高峰，前临万壑松。
经年无客到，终日有云封。
芳草当门古，苔花蚀壁浓。
曾传仙子在，几度觅高踪。

注释：

[1] 仙古洞：位于崂山北九水附近莲花峰山腰上的天然花岗岩洞窟，洞呈圆形，后壁有神龛，洞前旧有三清殿，今已倾圮，洞右岩壁刻有明代武举题定的"仙古洞"三字。详见周至元《崂山志》第51页。

二、头陀吟

那罗庵窟[1]

大如穹窿屋，圆石高通天。
谁凿沌浑[2]窍，相传大觉仙[3]。
中有石龛静，顶透佛光圆。
更为卢敖[4]爱，声纳涧底泉。

注释：

[1] 那罗庵窟：也称那罗延窟、那罗佛窟、那罗窟等，因相传那罗延佛曾带徒弟于此修炼而得名，位于崂山那罗延山北坡，是崂山最大的天然花岗岩石窟，内壁上方有天然凸出之薄石，状似佛龛。详见周至元《崂山志》第42—43页。 [2] 沌浑：应为浑沌，庄子寓言中塑造的中央大帝，详见《庄子·应帝王》："南海之帝为儵，北海之帝为忽，中央之帝为浑沌。儵与忽时相与遇于浑沌之地，浑沌待之甚善。儵与忽谋报浑沌之德，曰：'人皆有七窍以视听食息，此独无有，尝试凿之。'日凿一窍，七日而浑沌死。" [3] 大觉仙：本指佛祖释迦牟尼，因宋徽宗时崇信道教，改称天下佛刹为宫观、释迦牟尼为大觉仙，后成为道教仙人之一。 [4] 卢敖：即秦代博士卢生，本齐国（一说燕国）方士，因曾为秦始皇寻求古仙人羡门等及长生仙药而被封为博士，后因见秦始皇专横失道而隐遁于故山（今诸城市区东南13公里处）以终，详见《淮南子·道应训》。此处似指卢敖晚年隐遁于崂山那罗延窟，或崂山民间有此传说，姑存疑。

大劳观[1]

已入山千重，行行又值村。
岚光青绕地，涧响冷敲门。
云去花如洗，烟来竹欲浑。
草亭偶得句，幽绝与谁论？

注释：

[1] 大劳观：即大崂观，又名真武庙，位于今崂山区北宅镇卧龙村南，始建于元代，明清时曾数次重修；观内有正殿、配庑三间，中祀真武，左右分祀老君、王母，观内神像、文物、庙碑等已于"文革"初期被毁，今已辟为观光游览场所。详见周至元《崂山志》第98页。

177

塘子观[1]

山环复水抱,幽境少人知。
树密留云久,峰高到月迟。
竹多山有韵,谷幻路多奇。
更有堪观处,琪花开四时。

注释:

[1]塘子观:位于崂山文笔峰前的道教宫观之一。

塘子观

一

结筑依层岚,闲游试一探。
山稠云复补,谷小石更填。
地僻花能扑,松矮藤亦顽。
留连不肯去,道客莫嫌贪。

二

塘子幽胜地,到来浑如仙。
涧幽松复密,谷幻石更填。
山客能逃世,闲云欲问禅。[1]
平生尘世念,到此一时捐。

注释:

[1]"山客"二句:又作"色同云间竹,声寒涧底泉"。

明道观[1]

不信深山里,桃园别有天。
竹多张似幄,松老卧如颠。
地僻云堪友,山幽鹤亦仙。
道人何处去?冷落竹间泉。

二、头陀吟

注释：

[1]明道观：崂山海拔最高的庙宇，位于崂山东麓招风岭前，与大仙山白云洞相望，西南涧水旁有"敕孙昙采仙药山房""天宝二年敕采药孙昙"等石刻；相传原为唐代名道孙昙采药山房遗址，清康熙五十三年（1714）道人宋天成于其遗址修建成道观，抗日战争、"文革"期间多次遭毁，今已成为省级文物保护单位。详见周至元《崂山志》第96—97页。

明道观

四围乱山稠，浑如剑戟侔[1]。
石奇争坦腹，松古尽科头[2]。
仙境高能静，柴扉冷以幽。
山房无客到，终日有云留。

注释：

[1]侔（móu）：齐。　[2]坦腹、科头：露着肚子、光着头，均为古代豪放不羁之士的象征。

明道观

见说能明道，到来路转迷。
穿篁爱径曲，迎月喜山低。
境物高能静，风光冷以凄。
山房无客到，时有野云栖。

二　水[1]

是谁施鬼斧？凿破混沌天。
危石如将堕，藤缠犹复悬。
乍看心胆破，坐久骨毛寒。
颓壁与潭影，更能助奇观。

注释：

[1]二水：崂山北九水景观中有内二水和外二水，此处指位于外一水之上的外

二水,涧南有著名的锦屏岩,涧中则大石排空壁立,以危岩与潭水相映成趣而闻名。

二 水

二水更奇绝,危岩意欲倾。
下深插潭底,上直入苍冥[1]。
水势如涛响,怪石空中擎。
乍着欲胆破,睇视魂更惊。

注释:

[1]苍冥:同"沧溟",即苍天。

三 水[1]

路转峰回处,峭岩立向东。
下渟[2]潭水绿,倒映壁花红。
绕壁山争怪,当洞石亦雄。
前途径更狭,一望若将穷。

注释:

[1]三水:指北九水外二水之上的外三水,已于1967年被扩建为三水水库,水库大坝之东即定僧峰。　[2]渟:本指水积聚不流的样子,此处用作动词,意即止。

四 水[1]

前路疑将绝,峰回境又开。
瀑奇珠横泼,峰怪笋斜栽。
野竹绿成海,山花开作埋[2]。
山行正思想,巨石若平台。

注释:

[1]四水:当指北九水外三水之上的外四水,南北原有对峙如门的天梯峡,水

自峡涧涌出,三水水库建成后已沉入水中,仅可见两对峙石壁。　[2]埋:疑有误,然无据。

五　水[1]

扶藜[2]来五水,境物更清幽。
山翠飞衣湿,潭光上壁游。
岩悬松倒挂,石压竹斜抽。
更有人家住,悬崖最上头。

注释:

[1]五水:此当指北九水外四水之上的外五水,其涧因四周山峦叠翠而得名环翠谷,又因涧水叮咚、鸟鸣啁啾、两相合奏如演丝竹而名玉笙涧。　[2]藜:即藜杖,一种用藜藤作成的拐杖,质轻而结实,如宋释志南《绝句》:"古木阴中系短篷,杖藜扶我过桥东。"

六　水[1]

信此山川险,山云技亦穷。
天高峰不让,崖颓水还攻。
日来难还去,云阻不通行。
仙家知不远,鸡犬白云中。

注释:

[1]六水:指北九水外五水之上的外六水,为北九水峰峦最险处,北有因东看状似骆驼、西南看似鹰嘴、东北望似恶鬼而有骆驼头、鹰嘴峰、恶鬼峰等多名的险峰,西有飞虎岩,岩下即鸡爪潭。

七　水[1]

涧水回环处,萧条四五家。
随崖通径曲,傍竹藩篱斜。
犬吠山头月,云绕屋角花。
桃源胜境地,莫向世人夸。

注释：

[1]七水：指北九水外六水之上的外七水，其地山谷宽敞，水东面有河东村，西面有七水村（又名河西村），北面有一临水而立的山峰，上有小丹丘、仙人髻、小梳洗楼等景点。

八　水[1]

八水松更密，风来忽作吟。
如同涧水响，不断海涛音。
清泉涤颊耳，幽澈净客襟。
高山流水调，不必伯牙琴。

注释：

[1]八水：指北九水外七水之上的外八水，其地山势舒缓，涧水清悠，漫山皆松，风起则松声、水声相融，因名松涛涧。

八　水

漫山复盈谷，谁置万千松？
风至涛声壮，云来翠意浓。
斜阳迷远岫，涧古树乱横。
遥知僧庵近，林间闻暮钟。

九　水[1]

行过大劳后，水声忽似雷。
翠排山两崖，石铺雪千堆。
崩壁颓还立，奔湍去复回。
奇险才渐入，眼界一时开。

注释：

[1]九水：指北九水外八水之上的外九水，为外九水的尽头，地处一素有小关东之称的山坳，水北旧有俗称九水庙的太和观，水西山上有仙古洞。

九　水[1]

高踞岩头上，行来正好休。
水流双涧合，山色一潭收。
野鸟踏松去，闲云傍竹浮。
仙庵[1]知已近，磬响一声幽。

注释：

[1]九水：据诗中"仙庵知已近，磬响一声幽"可知，此指北九水的外九水，因内九水和南九水均未曾建寺庙。　　[2]仙庵：即俗称九水庙的太和观。

九水[1] 山庄

苍翠郁千重，烟云谷口封。
长林遮白日，曲间绕青峰。
不累斜溪屋，僧敲远寺钟。
今从此地过，顿觉涤尘胸。

注释：

[1]九水：据诗中"僧敲远寺钟"判断，亦应为北九水的外九水。

南九水[1]

不减山阴道[2]，盘回一径通。
路穿秋色入，人在水声中。
野竹家家绿，园花处处红。
闲云怜我寂，伴过小桥东。

注释：

[1]南九水：位于崂山南麓。　　[2]山阴道：位于古代山阴县会稽城（今浙江绍兴）郊外的一条官道，是古代通往诸暨的一条著名官道，因东晋书法家王献之之语而名闻天下："山阴道上行，山川自相映发，使人应接不暇。"详见《世说新语·言语》。

鱼鳞瀑[1]

一

疑把银河抉[2]，悬空水急流。
高悬千仞雪，冷注一潭秋。
异观成三叠[3]，奇峰绕四周。
夕阳相射处，误作白龙游。

注释：

[1]鱼鳞瀑：位于崂山北九水的内九水峡谷中，从峡谷东南方石壁裂处滚滚落下，跌入形如大缸、色如靛蓝的靛缸湾中，因水落之时状如鱼鳞而得名，又因水落入湾时轰鸣震荡而名潮音瀑。详见周至元《崂山志》第69页。　[2]抉：撬开、挑开，如《左传·襄公十年》："鄹人纥抉之以出门者。"　[3]三叠：鱼鳞瀑从峡谷石壁处下落时分三折泻下，第一折落差约6米，第二折落差约5米，第三折落差约10米，三折方向各异，共同织成一宽约5米的水练。

二

岂是五丁[1]凿，青山门忽开。
滔滔珠乱泼，滚滚雪成堆。
日射飞虹出，风吹细雨来。
倚筇[2]贪看久，有客湿衣回。

注释：

[1]五丁：古代神话传说中古蜀国的五位能开山凿路的大力士，详见《艺文类聚》卷七所引汉扬雄《蜀王本纪》："天为蜀王生五丁力士，能献山。秦王献美女与蜀王，蜀王遣五丁迎女。见一大蛇入山穴中，五丁并引蛇，山崩，秦五女皆上山，化为石。"　[2]筇（qióng）：本指一种实心、节高、适宜作拐杖的竹子，后指代用筇竹作成的拐杖，即筇杖。

二、头陀吟

玉龙瀑[1]

一

谁将一匹练，高挂白云巅？
低日射成霓，回风化作烟。
已堕仍复上，若断又还连。
万斛珠玑撒，浑疑落九天。

注释：

[1] 玉龙瀑：又名龙潭瀑，位于崂山南八水中部，东北距上清宫约1公里，潭旁巨石上刻有"龙潭瀑"三字，周围峭壁环绕，水自高约20米、宽约10余米的岩壁凌空喷射而下，因远望如玉龙横飞而得名，每大雨则山洪暴注而形成"龙潭喷雨"壮观。详见周至元《崂山志》第71页。

二[1]

凌空乱沫溅，疑是玉龙飞。
白挂虹千仞，青环山一围。
欲堕还复上，初急忽中微。
流来抛舞处，六月雪霏霏。

注释：

[1] 此诗已收入周至元《崂山志》，文字大同小异；疑此为初稿，收入《崂山志》者为修改稿，因并录。

观瀑亭

亭向岩头置，四围峰乱攒。
坐观沧海水，高泄白云端。
沫溅千秋冷，波飘六月寒。
潭光与壁色，造化足奇观。

斐然亭[1]

四顾疑嵒画，山光复水光。
日斜间峰影，风急海涛狂。
岛屿天边隐，人家竹里藏。
贪看红叶好，秋日客尤忙。

注释：

[1]斐然亭：位于崂山华严寺东南、返岭村南一深入海内的山岬上，亭西倚群峰，东临大海，旁有1933年所立、记筑亭由来之石碑，是1932年客寓青岛的上海人士为纪念时任青岛市市长的沈鸿烈而集资修建的，亭名寓有沈氏"政绩斐然"之意，详见周至元《崂山志》第129页及第234—235页《斐然亭碑》一文。另，该诗已录入周至元《崂山志》第129页。

松风亭[1]

上尽登山路，相逢正好留。
松风时作籁，涛响忽传秋。
海色山头露，云光栏外浮。
翛然世虑绝，不与世情谋。

注释：

[1]松风亭：位于崂山中部的柳树台村，以松木皮代瓦，今已佚。详见周至元《崂山志》第130页。

观川台[1]

路转峰回处，高台筑若盘。
涧声清绕树，山翠冷侵栏。
庭窄凿池小，崖幽置竹宽。
留题人[2]已去，空有客来看。

二、头陀吟

注释：

[1] 观川台：位于今崂山九水社区的九水村以南，是现代剧作家洪深的父亲洪述祖修建的一座西式别墅，台西临大川，背依山峰，上覆以厦；1914年至1945年间被日军强行没收，并被改为福岛饭店，今建筑及石刻均已毁佚，仅存遗址。详见周至元《崂山志》第63页。　　[2] 留题人：即洪述祖（1855—1919），字荫之，号观川居士，江苏常州人，因其1913年派人刺杀宋教仁事件败露而逃至崂山南九水隐居，1917年被宋教仁长子捕送至上海地方法院，1919年4月15日被处以绞刑，事详周至元《崂山志》第152页。洪述祖到崂山后，建观川台别墅，并在台东面石壁上刻七律一首，诗曰："青山转处起该台，台下川流更不回。洞势落成瓴建屋，溪喧声似蛰惊雷。凭栏我有濠梁趣，作障谁为砥柱才？多少黄金延郭隐，几个比德水边来？"

玉蕊楼[1]

当日东林子[2]，传曾隐此间。
竹多山意静，石少水声闲。
野鸟衔花去，懒云挟雨还。
三丰升仙处[3]，隔涧有岩斑。

注释：

[1] 玉蕊楼：位于崂山西北部不其山（今称铁骑山）南麓的书院村南，是明代即墨人黄宗昌辞官后修建的隐居之所，今已倾圮。详见《玉蕊楼自述》（载黄宗昌《崂山志》）。　　[2] 东林子：指明代即墨人黄宗昌（1588—1646），详见前注。黄宗昌并非东林党人，然而根据清同治《即墨县志》，他任清苑县令时，各地纷纷为魏忠贤建生祠，独清苑县不建，"阉党恶宗昌倔强，欲以东林党杀之，密使人言于知府方一藻"；周至元或因此而称他为"东林子"。　　[3] 三丰升仙处：据崂山民间传说，明嘉靖四十四年（1565）秋，张三丰登玉蕊楼，却一直未下来，人们寻找时，只在玉蕊楼旁一块巨石上找到他日常所穿的布衲和芒鞋，因而说他在玉蕊楼升仙；这块遗留有张三丰布衲、芒鞋的石头就是他升仙之处，今称邋遢石。

鹤　山[1]

缘何不飞去，却来此地留？
想缘蓬岛[2]胜，不敌此山幽。
雨过苔如洗，云来峰觉稠。
洞[3]中试一坐，尘虑一时休。

注释：

[1]鹤山：崂山北部支脉。 [2]蓬岛：即神话传说中的海上三仙山之一蓬莱岛。 [3]洞：此处当指位于鹤山遇真庵西北的玉鼓洞，洞由多层页岩倾斜重叠而成，外形似蛤壳，因在洞内以石敲击下层岩石会发声如擂鼓而得名。

鹤　山

径至山颠奇，峭门立若劈。
海天在襟袖，松篁转深邃。
宫殿[1]缀危岩，古洞[2]悬峭壁。
尚望二劳峰，千朵莲花色。

注释：

[1]宫殿：即遇真宫，也称遇真庵，位于鹤山东南麓山崖上，相传始建于宋代，元、明时均曾重修，今已重修，内有玉皇、老君、真武三殿。 [2]古洞：此处当指位于鹤山遇真庵玉鼓洞西北的滚龙洞，是仰、俯二巨石中间形成的狭小空间，因必匍匐辗转方得通过而得名。

石老人[1]

几疑是黄石[2]，逃遁海上过。
心空云作镜，鬓发草能皤。
风雪辛勤久，沧桑阅历多。
相看名室[3]近，可以供寤歌[4]。

注释：

[1]石老人：位于崂山石老人村南海面上的一巨石，卓然独立，四无所倚，状如孤立之老人，潮长时则没入水中，若将欲行。详见周至元《崂山志》第58—59页。 [2]黄石：指秦末汉初的隐士黄石公，相传已得道成仙，为避秦末之乱而携族人隐居东海于下邳，后于下邳桥上遇到张良而授其《素书》，被后世道教奉为神仙，详见《史记·留侯世家》、晋皇甫谧《高士传》等。 [3]名室：未详具体所指，或指明代画家朱耷晚年的居所寤歌草堂，详见陈立立《八大山人晚年住何处——寤歌草堂位置考》（载《江西科技师范学院学报》2009年第6期）；然无据，

姑存疑。　　[4] 寤歌：睡醒而歌。

棋盘石[1]

一

　　危石峰头搁，相看我亦猜。
　　二分垂在外，千古不堕来。
　　遥视浑如戟，登临忽似台。
　　沧溟俯视处，历历指蓬莱。

注释：

　　[1] 棋盘石：位于崂山东路招风岭下明道观南2里处，巨石矗起，高数丈，状如灵芝，壁峭极滑，极力始得登，其上平如台，约可容二三十人，石东刻"采仙药孙昙遗迹求仙石"等10余字，西有卦形刻划，俗传为仙人之棋盘，周至元以为是"羽客礼北斗之所"。详见周至元《崂山志》第55—56页。

二

　　梯石攀援上，昂头观云天。
　　相传曾此弈，海上有飞仙。
　　盘石依然在，仙人何处还？
　　自怜俗骨重，烂柯[1]亦无缘。

注释：

　　[1] 烂柯：即晋代王质入山砍柴因贪看仙人下棋而致斧柄烂掉的故事，详见南朝梁任昉《述异记》。

八仙墩[1]

一

　　四顾更无地，唯看海拍天。
　　不云常雨落，白日忽虹悬。
　　石色彩霞叠，涛声雷鼓阗[2]。
　　浪花更可怕，来逐客人旋。

注释：

[1] 八仙墩：位于崂山东南麓的崂山头上。　　[2] 阗（tián）：声音大，多形容鼓声、雷声等，此处形容涛声。

二

行到路穷处，奇峰海底攒。
涛撞山亦动，岩覆夏仍寒。
绝壁崚嶒出[1]，仙墩错落安。
二劳山海险，应属此奇观。

注释：

[1] 崚嶒：形容山势高耸险峻，如唐陈子昂《送魏兵曹使巂州》诗："勿以王阳叹，邛道畏崚嶒。"

圈子里[1]

崖石色流丹，回环如月圆。
峡门深欲合，奇状不胜殚[2]。
人若瓮中入，天疑井底现。
欲看飞瀑处，更上一层峦。

注释：

[1] 圈子里：位于崂山北九水中内八水的大龙门与二龙门中间区域，四周翠峰环抱如城堞，因又名月城；人西入东出，在其中叫喊，声如瓮中。　　[2] 殚：意即竭、尽，如唐柳宗元《捕蛇者说》："殚其地之出，竭其庐之入。"

柳树台[1]

已至山高处，松深境更幽。
泉声来曲涧，日色在高楼。
鸟去飞还至，闲云懒不流。
欲行仍复返，更为小亭留。

二、头陀吟

注释：

[1] 柳树台：位于崂山折崮岭西北、南九水的东北端，地势高旷，风景优美；德占青岛时期曾于此设疗养院，并修成了当时青岛最长的、由台东直达柳树台的台柳路，因成为当时著名的旅游度假之地。详见周至元《崂山志》第61页。

弹月桥[1]

疑是长虹挂，谛看却是桥。
高能过屋脊，横正跨山腰。
影落如新月，水流若晚潮。
登临回首看，尘虑一时消。

注释：

[1] 弹月桥：位于崂山南麓沙子口社区龙泉观之西的南九水河上，桥宽4米，高7米，长30米，中空长25米，因状如弯月、横跨于南九水河上而得名，曾两度遭毁而重修，今存。详见周至元《崂山志》第134页。

梯子石[1]

径树如梯绕，山腰一径弯。
人如穿蚁度，路竟愁猿攀。
沧海眼中阔，白云杖底顽。
试来高处坐，一笑小尘寰。

注释：

[1] 梯子石：又称天梯或梯云路，位于崂山太清宫游览区内，西起大平岚，东到青山口，全长约10公里；本为古代樵牧小路，民国二十一年（1932）由沈鸿烈倡导以花岗岩石条顺山势而砌级而成，共计2700余级，因沿八水河竖立如梯而得名；路两旁有"梯子石""梯子石记""遇真门""天梯"等多处摩崖石刻，曾是崂山南线的主要通道，今已列为崂山区第七批文物保护单位。详见周至元《崂山志》第59、140页。

191

梳洗楼[1]

矗如华表立，峭拔若岑楼。
拟借云梯上，来同仙子游。
扪来光滑滑，想去闲悠悠。
惟见桃花落，飞飞打客头。

注释：

[1]梳洗楼：又名华表峰、聚仙台，位于崂山华楼宫以东、松风口以南，由叠石崛起于岭上而成，高达30余米，远望如高楼直插云天，被誉为"崂山第一奇峰"，民间相传为何仙姑梳洗打扮之处而得名，又因其上有桃花自开自落而相传为仙人居处。详见清代胶州文人张谦宜《华楼仙迹记》。

美人峰[1]

山灵幻奇观，幻作美人峰。
洛下宓妃[2]态，巫山神女[3]容。
衣裳云想像[4]，鬈发草蓬松。
伫立停盼望，浑疑姑射[5]逢。

注释：

[1]美人峰：位于崂山巨峰西南麓黑风口上行处的一山峰，因形如向北拜祭的挽髻少妇而得名，1986年邓颖超视察崂山时题名为"虔女峰"。 [2]洛下宓妃：即古代神话传说中的洛水女神，原为伏羲氏之女，因贪恋洛水美景溺死于洛水而成为神，后成为历代文人墨客图咏之对象，如三国魏曹植有《洛神赋》，晋顾恺之有《洛神赋图》。 [3]巫山神女：古代神话传说中的巫山女神，相传原为天帝之女，因死后葬于巫山而为神，战国时楚怀王因游高唐而梦与其交，详见宋玉《高唐赋》《神女赋》等。 [4]"衣裳"句：化用唐李白《清平调》词中"云想衣裳花想容"的句意。 [5]姑射：本指古代神话传说中仙居住之山，如《庄子·逍遥游》："藐姑射之山，有神人居焉，肌肤若冰雪，绰约若处子。"后世成为神仙或美人的代称。

二、头陀吟

老僧峰[1]

已把尘缘悟，孤高无与俦。
能令身似石，知是几生修？
衣袖凭云补，光阴付水流。
点头似悟道，环立乱山稠。

注释：

[1] 老僧峰：位于崂山北九水风景区内，因状如老僧而得名，也称定僧峰。

云门峰[1]

峭绝双峰立，遥看对似台。
只应云出入，常与月徘徊。
沧海当阶闹，岚光排闼来。
仰头天疑近，阊阖[2]拟重开。

注释：

[1] 云门峰：位于崂山东南角的崂山头附近，周围有响云峰、跃龙峰、会仙山等。 [2] 阊阖：古代神话传说中的天庭之门，如《楚辞·离骚》："吾令帝阍开关兮，倚阊阖而望予。"

田横岛[1]

不肯等臣节，英雄所见高。
功臣尚多负，降虏岂能逃？
志尽霸王剑[2]，魂从伍子涛[3]。
同殉客五百，一时尽英豪。

注释：

[1] 田横岛：位于崂山东北方向大海中，以田横及其五百义士而闻名。 [2] 霸王剑：即西楚霸王项羽自刎时所用之剑。 [3] 伍子涛：伍子即春秋末期吴国军事家伍员（前559—前484），字子胥，因屡次劝谏吴王夫差而被逼自杀，尸首又

193

被盛以鸱夷革抛入江中，后世因以"伍子涛"喻指怒涛。详见《战国策·燕策二》《史记·伍子胥列传》等。

康成书院[1]

一

当日黄巾乱，郑公[2]此避秦[3]。
青山供著述，带草[4]助精神。
遗迹今虽毁，高风尚若新。
我来深仰止，石上题诗频。

注释：

[1]康成书院：位于崂山西北部山脉不其山东麓，相传是后人于东汉经学家郑玄隐居不其山时设帐授徒之处修建的，久已毁佚，今有明正德七年（1512）重建之遗址，正在恢复重建进程中。　[2]郑公：即汉代经学大家郑玄。　[3]避秦：出自晋陶潜《桃花源记》："（此中人）自云先世避秦时乱，率妻子邑人来此绝境，不复出焉。"后因借指为躲避战乱而隐居。　[4]带草：即书带草。

二

院址归何处？名留尚有村[1]。
高踪试探讨，带草已无存。
地僻胜可取，人高山自尊。
世外小桃园，惟余竹松繁。

注释：

[1]尚有村：《周至元诗文选》本作"向小村"；村，指位于崂山北部支脉不其山（即铁骑山）南麓、今属崂山北宅街道办事处的书院村。

森林公司[1]

屋向竹中筑，门前涧水流。
人疑堕釜[2]底，山乱出云头。
时见幽花发，偶闻野鸟啾。
山人采药去，庐映野花幽。

二、头陀吟

注释：

[1] 森林公司：民国时期位于崂山巨峰南麓的一家股份制公司。　[2] 釜：古代一种鼓腹圆底的锅，泛指锅。

游玉清宫[1] 下里[2]

爽气逼秋空，胜游此日同。
天光连石碧，枫叶着霜红。
梵韵和流水，樵歌送远风。
琉璃辉殿宇，签署玉清宫。

注释：

[1] 玉清宫：又名旱河庵、汉河庵，位于崂山沙子口旱（汉）河村东，初为巨峰玉清宫上庵之下院，巨峰玉清宫倾圮后始移匾额于此，中殿祀玉皇，东为三清殿，宏敞之势为二崂道观之最；始建于明正德年间，"文革"时被拆除，今仅存殿宇基址及散落的花岗岩建筑构件。详见周至元《崂山志》第94、105页。　[2] 下里：即乡里、乡下，如西汉刘向《说苑·至公》曰："臣窃选国俊下里之士曰孙叔敖。"

七绝

二　水

有客探奇尘虑忘，武夷九曲[1]入仙乡。
绝望奇峰看不尽，顿教两眼一时忙。

注释：

[1] 武夷九曲：指位于福建省武夷山中的九曲溪，溪全长约9.5公里，以其有三弯九曲之胜而得名，每一曲皆有不同景致，相传彭祖曾率族人居住于此；此处将崂山九水比作武夷山九曲溪。

195

玉龙瀑[1]

千仞悬崖接翠微[2]，白云高处玉龙飞。
静中有客倚筇[3]看，细雨蒙蒙湿沾衣。

注释：

[1]玉龙瀑：又称龙潭瀑，详见前注。 [2]翠微：指青山。 [3]筇：即筇杖。

观龙潭瀑

一

攒峰直天无一尺，两崖争路不密隙。
匹练皑皑百尺悬，四叠界破山光碧。

二

青黄山是钓人家，晒网门前夕阳斜。
路入仙源何世界？等闲一饭饱胡麻。[1]

注释：

[1]"路入"二句：化用东汉时人刘晨、阮肇入天台山遇仙女赐胡麻饭而留居半年故事，详见晋陶潜《搜神后记》卷一、南朝宋刘义庆《幽明录》等。胡麻：本指一种植物，俗称芝麻，古代诗文中特指天台山仙女做给刘、阮二人吃的胡麻饭，即用芝麻和大米或糯米煮成的饭。

九水亭[1]

高筑岩头九水亭，岩根潭水一湾停。
凭栏别饶奇观致，四面奇峰潭底清。

注释：

[1]九水亭：位于崂山北九水中外九水南岸的峭壁之上，与太和观隔水相望，亭下即一鉴潭，今已毁佚，详见周至元《崂山志》第129页。

二、头陀吟

斐然亭[1]

孤亭高筑向悬崖,崖下怒涛似惊雷。
岚影波光看不足,连山绵亘画幅开。

注释：

[1]斐然亭：位于崂山华严寺东南、返岭村南一深入海内的山岬上。

慧巨院[1]

竹雨松风新煮茶,青山门外夕阳斜。
老僧终日浑无事,闲步峰头看落花。

注释：

[1]慧巨院：即慧炬院。

明道观[1]

绿篁幽竹远尘埃,无数奇峰作比邻。
四面奇峰剑倒立,仙观只忙采药人[2]。

注释：

[1]明道观：位于崂山东麓招风岭前。 [2]采药人：指唐代名道孙昙,相传他于天宝二年（743）受唐玄宗之命到崂山采炼仙药,明道观即其建在采药山房遗址之上,今其南石壁上仍有"敕孙昙采药山房"石刻。

上清宫[1]

世外仙宫数上清,幽篁曲径少人行。
秋来红叶群山闹,着色丹青画不成。

注释：

[1]上清宫：位于崂山东南昆仑山南麓、明霞洞之下的道教宫观。

下清宫[1]

琳宫远处海云涯,绿竹深藏羽客家。
最是异观赏不足,雪中欣赏耐冬花。

注释:

[1]下清宫:即位于崂山南麓的太清宫。

太清宫[1] 耐冬

记从海岛远移来[2],的烁[3]朱英冒雪开。
历劫不迁惟本旨,笑他谁报只凡材。

注释:

[1]太清宫:位于崂山南麓,也称下清宫或下宫。 [2]"记从"句:指民间相传太清宫耐冬由张三丰从海岛移栽而来一事。 [3]的烁:光亮、鲜明,如唐杨炯《庭菊赋》曰:"花的烁兮如锦,草绵连兮似织。"

铁瓦殿[1]

巨刹曾传巨巘隈,只余础石蠹蒿莱。
我来不尽盛衰感,金谷阿房[2]总一灰。

注释:

[1]铁瓦殿:崂山海拔最高的道教宫观,位于崂山巨峰,周围有银壁洞、老君洞、葫芦洞、慈光洞、普照洞、铸钱洞等天然洞窟;殿始建于宋代,原名东华宫,后殿顶为防火而覆盖铁瓦,因俗称铁瓦殿,相传其铁瓦"径一尺二寸,长三尺,背铸捐献者姓氏",清乾隆间毁于火,今仅存遗址。 [2]金谷阿房:指西晋巨富石崇修建的位于都城洛阳的别墅金谷园和历经秦始皇与二世两代财力修建而成的豪华宫殿阿房宫。

铁瓦殿

当年殿宇倚云栽,眼底兴亡亦可哀。
片瓦而今无觅处,岂只感慨是铜台[1]?

注释：

[1] 铜台：三国时修建的大型台式建筑"铜雀台"的省称，位于今河北临漳一带，是曹操与文人说客宴饮赋诗、与姬妾宫女歌舞娱乐之处，后成为历代文人墨客歌咏对象，如唐张说《邺都引》："试上铜台歌舞处，惟有秋风愁杀人。"

白云洞[1]

奇松怪石斗层岚，千仞奇峰海上攒。
试向海际翘首望，白云洞在白云端。

注释：

[1] 白云洞：位于崂山东麓大仙山巅的道教洞窟之一。

白云洞寻邹道人[1]不遇

曳杖闲行来翠微，松阴坐久冷侵衣。
洞中看尽白云返，采药山人犹未归。

注释：

[1] 邹道人：即白云洞道长邹全阳，详见前注。

明霞洞[1]

磴道盘空竹径深，餐霞豪客[2]曾登临。
仙山楼阁空中起，不必三山[3]海外寻。

注释：

[1] 明霞洞：位于崂山南麓昆仑山玄武峰绝岩下的人工洞穴。 [2] 餐霞豪客：抄本又作"餐霞有客"，指李白，以其《寄王屋山人孟大融》诗中"我昔东海上，劳山餐紫霞"一语而称。 [3] 不必三山：抄本又作"何必蓬瀛"。

棋盘石[1]

一

危岩高矗接云平，千叠层峦万壑松。
安得知交二三子，一枰相对老云峰？

注释：

[1]棋盘石：位于崂山东路招风岭下明道观南二里处。

二

怪石凌空上恰平，登临俯瞰涧云生。
仙人弈罢渺然去，留得棋枰对月明。

翠屏岩[1]

拔地乱峰蓋似楼，削壁青苍似翠屏。
洞里玉皇[2]成小座，遥山不断四围青。

注释：

[1]翠屏岩：位于崂山华楼山东北部的华楼宫之旁，前对夕阳涧，后临崂山水库，岩高约25米，底宽约20米，顶宽约10米，因峭壁如屏而得名，岩下有一天然洞穴，因供奉有元代石雕玉皇像而名玉皇洞。 [2]玉皇：《周至元诗文选》作"玉窟"。

雕龙嘴[1]

身入名山得得来，岩坳一径绕山徊。
青山愈转奇愈出，画稿诗情任剪裁。

注释：

[1]雕龙嘴：位于崂山东部、王哥庄街道办事处东南约6公里处的一处深入海中的山岬，因其下插大海、遥望似龙头而得名。

狮子峰[1]

万壑千岩来海东，奇峰千仞幻狮形。
五更登眺叹观止，浪涌天边旭日升。

注释：

[1]狮子峰：位于崂山仰口风景区内太平宫东北。

二、头陀吟

石门山[1]

石门绝巘尽奇观,日日白云峰顶蟠。
寂寂仙室稀客到,幽篁深护不胜寒。

注释:

[1] 石门山:位于崂山西部。

南天门[1]

绝世奇观迥出群,奇观世外远尘氛。
岩头惊看双峰矗,下拍沧溟上入云。

注释:

[1] 南天门:此处指位于崂山南部流清河风景区内的天门峰,又称云山峰,俗称南天门,因峰顶有对峙如门柱的两座俗称东、西天门锥的山冈而得名,东天门锥崖壁镌刻有相传为元代名道丘处机所书"南天门"三字,旧时是崂山南路的交通要道。

森林公司[1]

四面峦峰似戟排,仙乡有幸我重来。
不知上界寒何许?五月桃花雨里开。

注释:

[1] 森林公司:民国时期位于崂山巨峰南麓的一家股份制公司。

华阳书院[1]

沧桑又历几星霜,苍狗白云[2]事渺茫。
惟有华楼一片月,至今犹照读书堂。

注释:

[1] 华阳书院:位于崂山华楼山之南的华阳山下。 [2] 苍狗白云:又作苍

狗白衣，比喻世事变幻无常。

赠悟禅道人[1]

昨日偶尔来城市，今日悠然返碧岑[2]。
恰似岭头一片月，在山出岫本无心。

注释：

[1]悟禅道人：即民国间隐居崂山的诸城人王明俊（1865—1947?），详见前注。 [2]碧岑：即青山，如唐杜甫《上后园山脚》："自我登陇首，十年经碧岑。"

送悟禅返玄都洞[1]

一

昨宵偶尔来城市，今日悠然返碧岑。
恰似岭头云一片，在山出岫总无心。

注释：

[1]玄都洞：位于崂山晓望村西南二龙山山巅。另：周延顺自印本将此组诗作七古一首，此据抄本及诗意改。

二

随处逍遥随处游，浑知白发已盈头。
酒乡应较仙乡近，不惜相逢一醉休。

三

满纸云烟笔底生，右军[1]书法久知名。
等闲频踏人间路，字债聊应偿未清。

注释：

[1]右军：即东晋书法家王羲之。

秋日山居人问近况

峰顶牵萝结草庐，幽栖顿觉与世疏。
秋深更教断尘事，落叶声中独著书[1]。

注释：

［1］著书：指写作《崂山志》之事。

黄石公[1]

古洞[2]曾经说子房[3]，相看时须近荒唐。
只今宫址久成废，惟有巉岩依旧黄。

注释：

［1］黄石公：秦末汉初隐士，后被道教奉为神仙。　［2］古洞：此处指位于今崂山水库北岸楼里村附近的黄石洞，相传当年曾是黄石公教张良学习和演练兵法之处，洞前旧时曾有黄石宫，今已毁佚，仅余两参天古柏及三只石雕巨龟；洞周围有各朝摩崖石刻30余。　［3］子房：即汉初谋士张良（前250？—前186），字子房，颍川父城（今河南宝丰一带）人，与韩信、萧何并称为汉初三杰，相传他因于下邳遇黄石公授予天书而深明韬略。事详《史记·留侯世家》。

不其山[1]

为避黄巾此地留，郑公当日自风流。
而今无复避兵处，废垒残阳满眼愁。

注释：

［1］不其山：位于崂山西北部山脉的主要山峰之一，又称铁骑山，相传唐王李世民东征时曾驻扎于此山并将三军帅旗插于山顶，山下旧有东汉经学家郑玄设帐授徒之处——康成书院以及百福庵、玉蕊楼等古建筑遗址。

康成书院[1]

不其山下留高踪，带草[2]至今尚有情。
十四年[3]来遭党锢[4]，盛名何曾损先生？

注释：

［1］康成书院：位于崂山西北部山脉不其山东麓。该诗已收录于《崂山名胜画册》，但题作"题郑康成先生书院旧址圕"，本书仅录于此。　［2］带草：即书带草。

[3]"十四"二句：指郑玄于东汉建宁四年（171）被视为杜密党人而遭禁锢，直至中平元年（184）汉灵帝大赦之时才获自由，凡14年。　　[4]党锢：指东汉桓帝、灵帝时（166—184）以士大夫、贵族等为代表的一派与以专权宦官为代表的一派发生争斗的事件，因宦官一派以"党人"罪名禁锢士人一派终生不得为官而得名。详见《后汉书》卷九七。

过书院村[1] 吊康成遗址

为避黄巾上二崂，康成遗迹在岩陬。
而今何处堪供隐？废垒残阳满眼愁。

注释：

[1]书院村：位于崂山北部支脉不其山（即铁骑山）南麓，相传旧为东汉经学家郑玄设教之处，今属崂山北宅街道办事处。

玉　兰

爱同山险冷地栽，先苞后叶俨芳梅。
只因不愿痴心向，耻共葵花一处开。

崂山杖[1]

一

天产灵根闻二崂，鸠龙[2]形象总嶕峣[3]。
年来借尔扶持力，忍[4]共杖藜[5]付夕烧。

注释：

[1]崂山杖：俗称崂山棍或拄棒，崂山特产，由一种学名为山桠乌药、木质坚韧、虽弱枝须根也难折断的植物制成，制杖时将此植物连根掘出，去皮留根须，然后雕饰成形，别具特色。　　[2]鸠龙：即头部雕饰成鸠形或龙形的拐杖；鸠杖在先秦、两汉时期多为长者持有，是身份和地位的象征，龙杖则源自《后汉书·方术列传下》所载术士费长房学仙归来所骑乘的由青竹变化而成的青龙。　　[3]嶕峣（jiāo yáo）：也作"蕉峣"，形容峻峭、高耸的样子，如宋司马光《送张太博肃知岳州》诗："波涛汹涌动寒野，楼阁蕉峣压暮云。"　　[4]忍：反语，即不忍。
[5]杖藜：即藜杖。

二
游兴得亦似狂颠，海上名胜探欲全。
一个诗瓢[1]杖头挂，山人遥指说神仙。

注释：

[1]诗瓢：贮存诗稿的器具，出自宋计有功《唐诗纪事》卷五十："（唐）球居蜀之味江山，方外之士也，为诗捻稿为圆，纳入大瓢中。后卧病，投瓢于江曰：'斯文苟不沉没，得者方知吾苦心尔。'至新渠，有识者曰：'唐山人瓢也。'"

七律

无 题[1]

初时微似粉霜烘，转瞬相看便不同。
赤色千条射海紫，金光万道烛天红。
始犹一点天边露，顷刻半规浪里冲。
游客至此双目暗，回观旭日已腾空。

注释：

[1]此诗原无题，《周至元诗文选》本作"登狮峰观日出"。

浮 山[1]

朝阳庵[2]处浮山上，后倚巉峰似戟裁。
焉底海光明似镜，眼中孤岛[3]小成堆。
朝朝暮暮云生树，雨雨风风碑长苔。
更喜庭前银杏古，道人犹能记谁栽。

注释：

[1]浮山：崂山西部支脉，位于青岛市南、市北、崂山四区交汇之处，共有九座小山峰，主峰海拔384米，山南麓仍有相传为明代即墨人黄宗孚的读书之处荒草

庵，院中两古银杏树相传即为黄氏手植。　　[2] 朝阳庵：位于崂山西部山脉浮山顶上，创建年代不详，背环危岩，前瞰大海，景色之雄冠于崂山，今已毁佚。
[3] 孤岛：当指位于浮山东南部大海中的小麦岛，今有引桥与陆地相连。

石　门[1]

石门高矗浮云隈，晴日登临眼忽开。
万朵巨峰森似戟，一湾海水小成杯。
我来愧少惊人句，客至谁成作赋才？
日暮更向庵中宿，梦魂尤自绕崔嵬。

注释：

[1] 石门：此指崂山西部山系中的石门山。

南天门[1]

石屏[2]高踞翠微岑，诗上笼苔岁已深。
日晚犹看云出岫，兴多不管鸟归林。
独收白眼空天地，谁共青山老古今？
胜地重游须有约，明年春色到华阴[3]。

注释：

[1] 南天门：指位于崂山华楼山上的南天门，详见前注。　　[2] 石屏：指位于华楼山东北部华楼宫旁的翠屏岩。　　[3] 华阴：此处指崂山华楼山北面。

下清宫[1]

幽深琳宇抱层岚，万顷松篁白日寒。
到此顿教山境尽，琪花好向雪天看。
峦峰争向云中舞，岛屿忽惊海底攒。
无挂无牵尘事远，翛然世外羡黄冠[2]。

注释：

[1] 下清宫：即太清宫。　　[2] 黄冠：古代道士常用之冠，因也成为道士之

代称，如宋陆游《书喜》诗曰："挂冠更作黄冠计，多事常嫌贺季真。"

太清宫[1]

访遍华严入下宫，盘回迳向海涯通。
几重峰在白云外，数里人行翠幕中。
野竹凌霄连海碧，耐冬冒雪吐花红。
斜阳更觅憨山寺[2]，潮打废堤绿一丛。

注释：

[1]太清宫：位于崂山南麓，也称下清宫或下宫。　[2]憨山寺：指明代高僧憨山曾经在崂山修建的海印寺。

上清宫[1]

游罢下宫到上宫，苍松荫里沿溪行。
满山异卉名难识，四面奇峰琢不成。
仙子洞中苔藓古，迎真桥上竹风清[2]。
萧然顿觉尘心淡，愿向此间了一生。

注释：

[1]上清宫：位于崂山东南昆仑山南麓、明霞洞之下的道教宫观。　[2]仙子洞、迎真桥：据诗意，均在上清宫周围，具体不详。

白牡丹[1]

识透人间冷暖情，名山托足了浮生。
如何蒲先[2]无知甚，一笔强人不杰名。
不施玑珠[3]向洛阳[4]，可笑魏紫更姚黄[5]。
羡君始放深山里，福贵却同淡云长。

注释：

[1]白牡丹：指生长于崂山太清宫中的白牡丹，清蒲松龄的短篇小说《香玉》即以其为原型创作；此外，崂山上清宫主殿两侧的两株白牡丹也极为有名，明代胶

州名儒高弘图的《崂山九游记》文曾记其奇异事。　　[2] 蒲先：指清代文学家蒲松龄，其短篇小说集《聊斋志异》中《香玉》一篇即讲述太清宫中白牡丹花精香玉与胶州黄生的爱情故事。　　[3] 玑珠：本指珍珠，后常用以比喻说话或写文章词句简洁而精美，此处应指珍珠粉。　　[4] 洛阳：我国古代十三朝古都，又因盛产牡丹而闻名，有"千年帝都，牡丹花城"之誉。　　[5] 魏紫、姚黄：宋代洛阳出产的两种名贵牡丹品种，因前者花为紫色出自魏仁溥家、后者花为黄色出自姚氏民家而得名。

华严寺[1]

一

海滨曳杖步从容，松竹阴阴曲径通。
岛底寒涛雷电似，路旁怪石虎狮同。
岩幽树带烟霞气，地僻久存太古风。
一片春光浑似画，琪花开遍映山红。

注释：

[1] 华严寺：崂山现存唯一佛教寺院，位于崂山东部那罗延山麓。

二

华严深没竹松幽，天遣名庵海上留。
鸡唱五更先见日，花开十月不知秋。
若无若有云间岫，乍隐乍现浪里舟。
藏经阁上凭栏望，岚光波影眼中收。

三

海上望去果迢遥，妙笔丹青不可描。
渔网千张晒落日，松柴一捆负归樵。
扁舟如叶浪中没，淡淡[1]闲云岭上飘。
好[2]是深秋扶杖去，满山红叶落溪桥。

注释：

[1] 淡淡：抄本又作"似帛"。　　[2] 好：抄本又作"最"。

二、头陀吟

四

回头往事觉全非,好向二劳歌式微[1]。
野竹凌霄护古寺,浪花簇雪扑渔矶。
林间野鹤看曾识,海上闲鸥见不飞。
妇女二三童四五,晚潮声里拾螺归。

注释:

[1] 式微:本为《诗经·国风·邶风》中诗篇名称,原诗表达的是游子归乡情绪,后渐成为归隐田园的代名词,如唐王维《渭川田家》诗曰:"即此羡闲逸,怅然吟式微。"

五

石径参差更不平,无限岚光画不成。
层峦叠巘凭空起,灵药琪花满地生。
云意浓渐夺霭气,松风雄足敌潮声。
涧中看似潺潺水,石上高眠梦也清。

六

随意闲游不问程,苍松怪石相支撑。
千层绝巘作龙舞,数点迢舟比叶轻。
云气渐疑夺雾气,松风雄足敌潮声。
困来偶憩岩边石,一片寒泉入耳清。

七

空山何处一声钟?有客探奇携短筇[1]。
不尽沧溟千里目,无穷苍翠万层松。
寻花人迎衣香满,赴市僧归酒气浓。
岩下题名前代迹,依稀难辨藓苔封。

注释:

[1] 筇:即筇杖。

八

嶙峋绝巘向东奔，大海怒涛势欲吞。
松竹万千全掩寺，人家三五也成村。
沧溟日出霞光烂，古洞云生涧壑深[1]。
有客兴至登千仞，一声长啸到天门。

注释：

[1]深：抄本又作"髡"；"髡"同"髠"，本指剃去毛发，后也指剪去树枝。

怀华严寺仁济上人[1]

一

犹忆元宵月上弦，与师文字结因缘。
参来妙谛心心印，读罢新诗句句仙。
兴至同游秋水外，偈成共证佛灯前。
家居喜近开元寺[2]，因就慧公一日禅。

注释：

[1]据诗意，疑此组诗作于1950年仁济被遣返回乡之后。 [2]开元寺：本指唐玄宗开元二十六年（738）下诏全国各州郡建设或改建的一批统一以"开元"命名的佛教寺院，其中不乏保留至今者，均已成为佛教界知名寺院，此处借以代称仁济上人居住的准提庵。

二

一自上人通碧岚，高踪空仰渺难攀。
吟坛荒废遍生草，精室重过但掩关。
春树徒劳千里目，暮云望断几重山。[1]
良宵时有相思梦，梦向华严烟霭间。

注释：

[1]"春树"二句：化用唐杜甫《春日忆李白》诗："渭北春天树，江东日暮云。何时一樽酒，相与细论文？"

三

胜地华严我旧游,风光最好属清秋。
松间读偈禅心静,竹里题诗字句幽。
泉响松声来佛座,波光岚影满楼头。
云山触目皆诗料,佳咏定作囊底收。

四

匝地烽烟怅别离,鸥盟欲证更难期。
名山有幸高僧住,杖藜无缘野客随。
流水高山空想缘[1],暮云春树徒忧思[2]。
倘师犹忆尘中友,早赐琼瑶[3]慰我私。

注释:

[1]"流水"句:化用钟子期、俞伯牙知音相赏故事。　[2]"暮云"句:化用唐杜甫《春日忆李白》诗"渭北春天树,江东日暮云。何时一樽酒,相与细论文?"之意。　[3]琼瑶:本指美玉,如《诗经·卫风·木瓜》篇曰:"投我以木桃,报之以琼瑶。"后世常用以比喻美好的诗文。

忆华严能慧上人[1]

一

禅关到后已斜阳,更经幽篁禅味长。
报客梦惊松际鹤,留人榻下竹间房。
勺烘玄蕨[2]淡偏美,茗煮山泉清更香。
好是蒲团对谈后,眼前一片白云乡。

注释:

[1]能慧上人:当为华严寺僧人,具体不详。　[2]玄蕨:抄本又作"弦蕨";蕨菜的一种,俗称猫爪、拳头菜等,生长于向阳的低海拔山区,嫩叶可食。

二

一自烽烟匝地浮,玄都[1]咫尺渺难求。
胜庵知我何年续?清福羡公几世修。
满阁潮声喧里静,一楼山色卧中游。
会当少待风尘息,轻裹重来十日游。

注释:

[1]玄都:古代神话传说中的神仙居处,如《海内十洲记·玄洲》曰:"上有大玄都,仙伯真公所治。"此处借指华严寺。

美人峰[1]

奇秀孤峰入窈冥,乍看疑是美人停。
化成巫女[2]双痕碧,眉点文君[3]一抹青。
云作衣裳劳想象,玉为肌体自娉婷[4]。
如何姑射仙人[5]在,海上名山又现行[6]?

注释:

[1]美人峰:今多称虐女峰。 [2]巫女:即巫山神女。 [3]文君:即汉代临邛巨富卓王孙之女卓文君,以与汉代才子司马相如的爱情故事而名垂青史。详见《史记·司马相如列传》。 [4]"云作"二句:化用唐李白《清平乐》词三首其一:"云想衣裳花想容,春风拂槛露华浓。若非群玉山头见,会向瑶台月下逢。"借以赞美人峰之美。 [5]姑射仙人:居住在藐姑射山上的仙人,出自《庄子·逍遥游》:"藐姑射之山,有神人居焉,肌肤若冰雪,绰约若处子。" [6]行:抄本又作"形"。

石老人[1]

黄石[2]应羞作侣俦,逃来东海隐岩陬。
饱经霜雪鬓眉古,久处烟霞利名休。
山水得栖犹有恨,沧桑阅尽不知愁。
算将垒块[3]知多少?疑把蓬瀛[4]作酒瓯。

注释:

[1]石老人:位于崂山石老人村南海面上的一状如老人的天然巨石。 [2]黄石:即神话传说中的黄石公。 [3]垒块:郁积的愤激不平之气。 [4]蓬瀛:古代神话传说中两座仙山蓬莱和瀛洲的省称,泛指仙境,如唐许敬宗《游清都观寻沉道士得清字》诗:"幽人蹈箕颍,方士访蓬瀛。"

二、头陀吟

田横岛

一

不向汉廷执节旄，田公此着见尤高。
从龙臣下尽相负，逐鹿雄才岂使逃？
壮志聊酬项羽剑[1]，英魂应化伍胥涛[2]。
能将得士传千古，岂愧当时一世豪？

注释：

[1] 项羽剑：同"霸王剑"，即西楚霸王项羽乌江自刎时所用之剑。 [2] 伍胥涛：也称伍子涛，指怒涛。

二

誓报主恩一剑横，英雄五百竟心同。
魂依荒岛燐[1]犹碧，血染巉岩石亦红。
三尺孤坟峙落照，千秋侠客吊秋风。
汉陵抔土今何在？[2]寂寞咸阳荆棘丛。

注释：

[1] 燐：同"磷"。 [2] "汉陵"句：意即汉代帝王陵寝今在何处？抔土指坟墓。

白云洞[1] 海市[2]

倦游归来正欲休，道人惊呼看蜃楼。
几层台阁云中见，几簇烟村海上浮。
车马行人成渺渺，昙花泡影亦悠悠。
相看却疑仙山现，欲借求仙徐福[3]舟。

注释：

[1] 白云洞：位于崂山东麓大仙山巅的道教洞窟之一。 [2] 海市：即海市蜃楼，也称蜃景、蜃楼等，是一种因光的反射、折射等而形成的自然现象。 [3] 徐福：秦始皇时方士。

华阴[1] 吊高文忠[2]公

大节高公古亦稀，又因被谗拂朝衣[3]。
名山驻足岂终隐？国事关心泣日非。
空把葵心难向日，难支大厦势相违。[4]
一从高节尽忠后[5]，常与二劳增精辉。

注释：

[1]华阴：此处为村名，本是清康熙年间胶州王氏后裔迁于此而形成的自然村落，以其位于崂山华楼山之阴而得名，其原址为明末胶州名士高弘图第一次罢官后隐居的太古堂；初位于1958年修建的崂山水库中部，今已迁新址。　[2]高文忠：即明末胶州人高弘图（1583—1645），也作高宏图，字研文，又字子犹，号砭斋，谥文忠，历陕西道监察御史、左都御史、工部右侍郎、礼部尚书兼东阁大学士等职，明亡后流寓江南，绝食而死。事详《明史·高宏图传》《山东通志》《胶州志》等。　[3]"又因"句：当指明崇祯五年（1632）刚刚复职的高弘图因反对宦官专权而再次被罢回乡一事；这次归乡后，高弘图获同乡赵任所赠位于崂山华阴的"皆山楼"别墅，遂将其更名为太古堂而隐居，并撰《崂山九游记》等文。
[4]"名山"二联：指时刻忧心国事的高弘图于明崇祯十六年（1643）国家大厦将倾时再度复出、拥立南明福王、却终究不能力挽狂澜之事。　[5]"一从"句：指顺治二年（1645）清军攻破杭州后，高弘图逃入一野寺中，绝食9日而亡。

古体

石老人[1]

天上老人星，地下老人石。
老人郑子真[2]，谷口[3]耕自适。

注释：

[1]石老人：位于崂山石老人村南海面上的一状如老人的天然巨石。　[2]郑

子真：西汉成帝时（前32—前7）隐士郑朴，字子真，左冯翊谷口（今属陕西）人，隐于民间，耕读不仕，世服其清高。详见晋皇甫谧《高士传》。 [3]谷口：古地名，位于今陕西淳化西北，因西汉末年高士郑子真曾隐居于此而闻名，后世遂借以为隐士隐居之所的代称。

秋日月夜游白云洞[1]

素爱白云洞，境物高且敞。
节序值清秋，踏月独孤往。
云敛群山静，叶落空林广。
此时万籁静，唯余寒涛响。
道人犹未眠，手把《南华》讲。
一片[2]《逍遥游》，令我发异想。

注释：

[1]白云洞：位于崂山东麓大仙山巅的道教洞窟之一。 [2]片：当为"篇"，指《庄子》中的《逍遥游》一文。

明霞洞[1]

隔岭闻钟声，过岭始见寺。
寺宇亦何高？漂渺在空翠。
扶杖拾级登，数步辄小憩。
峰回复路转，岩谷转幽邃。
寺宇忽不见，遥被修篁蔽。
岩松皆倒垂，危石疑将坠。
流泉竹根泻，瑽玲[2]如鸣珮。
琪花不知名，阵阵吐香气。
盘回十余里，径尽洞始至。
回顾来时路，深壑疑无底。
烟峦攒足下，皆作奔腾势。
山外露海光，清澈似可挹。
顿生出尘想，矫有凌云意。

上界清灵府，此境信堪拟。
道人一笑迎，引我精舍睡。
到枕风泉声，通夕不成寐。

注释：

[1]明霞洞：位于崂山南麓昆仑山玄武峰绝岩下的人工洞穴。该诗与前"登明霞洞，宿斗母宫精舍"一诗大同小异，因并录。 [2]琤玲：象声词，形容玉石相击发出的声音。

上清宫[1]

幽绝上清宫，四面峰峦郁。
策杖试一游，幽径羊肠曲。
时值清秋日，处处黄花簇。
黄叶满石桥，颇足怡心目。
道人何处去？案棋[2]在深竹。
何处白云来？偷向崖间宿。

注释：

[1]上清宫：位于崂山东南昆仑山南麓、明霞洞之下的道教宫观。 [2]案棋：即下棋；案通"按"，意即考察、研求。

太清宫[1]

名胜须点缀，惟赖林如木[2]。
我爱太清宫，绕宫尽松竹。
一径盘回通，浓荫如幄覆。
登高南向望，海色溶天绿。
倚石听泉声，潺潺如鸣筑。
隔林听涛响，澎湃震崖谷。
水声不厌听，琪花不胜数。
耐冬大十围，枝干如铁曲。
更有白牡丹，花大如盘簇。

盈盈千万枝,相传名香玉。[3]
三上嗅花香,宫前想踯躅[4]。

注释：

[1]太清宫：位于崂山南麓，也称下清宫或下宫。　[2]林如木：抄本作"有林木"，《周至元诗文选》本作"花与木"。　[3]"更有"二联：写太清宫牡丹及因此而产生的民间故事，详见蒲松龄《聊斋志异·香玉》。　[4]踯躅：同"踟蹰"，形容慢慢地走、徘徊不前。

游甘苦水[1]

癸酉[2]春，与袁公荣叟[3]、唐公汉卿[4]游巨峰[5]森林公司[6]，曲希佛[7]先生导游甘苦泉，赋此识岁月。

巨石何硉硊[8]？上有双沼[9]列。
积水盈其中，厥形如半月。
下有两寒潭，水色尤清澈。
其一苦为寒，其一清为冽。
寒不让琼浆，清真放金液。
潭满溢而出，涓涓流不绝。
相去不咫尺，其味乃迥别。
异哉造化功，乃有此布设。
曲君烟霞人，山林久寄脱。
山灵难自閟[10]，灵奇一旦抉。
知我寻胜游，更为殷勤说。
作诗以纪游，庶几永弗灭。

注释：

[1]甘苦水：即崂山甘苦泉，位于崂山沙子口砖塔岭北，出巨石下，二泉相去仅咫尺而味迥别。　[2]癸酉：此处指公元1933年。　[3]袁公荣叟：即袁道冲，详见前注。　[4]唐汉卿：应指唐廷章，他也参与了1927年至1928年间《胶澳志》的修订工作，应是当时胶澳商埠局的职员，其他不详。　[5]巨峰：崂山最高峰，又名崂顶。　[6]森林公司：民国时期位于崂山巨峰南麓的一家股

份制公司。　[7] 曲希佛：森林公司职员，详见前注。　[8] 破硱（léng kǔn）：也作破磳（zēng）、硱磳，形容石不平的样子。　[9] 双沼：即甘、苦二泉。[10] 閟（bì）：动词，掩藏、隐藏。

游鹤山[1]

二劳名胜世罕见，怪石奇峰千万变。
乃有鹤山峙北陲，胜境更教开生面。
山巅有门曰聚仙[2]，两岩辐辏欲相连。
古木掩映通一径，盘亘深入别有天。
山灵造此何太巧，四围青嶂觉天小。
绝岩幻洞不可状，琪花异卉名难晓。
老君炉[3]里丹初成，仙人路上仙已行。
不见梧桐今何在，金井尚以梧桐名。[4]
岩石磊磊仙宫[5]仄，复阳墓[6]在仙宫北。
仙鹤洞[7]里成小坐，回看白云成一色。
上有龙洞[8]更玲珑，石窦岈展转通。
伏身探入一龛在，仙山楼阁望乃同。
下视沧海若杯水，数点轻帆来万里。
阆苑境[9]可隐隐见，蓬莱岛可历历指。
噫吁嘻！
我生有癖嗜烟霞，十载狂踪[10]浪无家[11]。
安得结庐傍此住，闲汲清泉煮月华？

注释：

　　[1] 鹤山：崂山北部支脉。　[2] 聚仙：指位于鹤山东山腰的聚仙门，因北之兀立巨岩与南之重叠高崖如天然门户般扼住登山通道而得名。　[3] 老君炉：指位于鹤山聚仙门之内巨石后的一石窦，因其状如炉而得名。　[4]"不见"二句：写位于鹤山老君炉之西的梧桐金井，井水甘冽，因旧时井旁生有梧桐树而得名。　[5] 仙宫：指位于鹤山东麓的遇真宫。　[6] 复阳：即全真教道士徐复阳，字光明，号太和子、通灵子等，山东掖县人，幼时失明，流落至即墨，被鹤山遇真庵道长李灵仙收养，李灵仙并用秘方帮他治好眼睛，元统（1333—1335）年间

至遇真庵旁仙鹤洞内潜心修炼，最终创立全真道教鹤山派，著有《近仙客词》，80岁而逝，其墓今佚。详见周至元《崂山志》第164页。　[7]仙鹤洞：位于崂山北部支脉鹤山东麓遇真宫旁，因有巨石如鹤状而得名，洞口有丘处机题"仙鹤洞"三字，相传明代道士徐复阳曾于此静修九年。详见周至元《崂山志》第53页。　[8]龙洞：即位于鹤山山巅遇真宫之上的滚龙洞，其实是仰、俯二巨石中间形成的夹窦，因人通过时必须匍匐辗转而得名，洞内南壁有周鲁题七绝一首。详见周至元《崂山志》第53页。　[9]阆苑境：与下句的蓬莱岛均指代神仙居住之所。[10]踪：《周至元诗文选》本作"游"。　[11]据此句，疑此诗非周至元所作。

石老人

孤滩头，立石[1]叟；耸两肩，袖双手。
苔为裳兮薜作衣，棘梗口兮杨生肘。
知渠清癯应有耦[2]，当日曾与黄石[3]友。
黄石去为留侯[4]师，此独逃避来山薮。
阅尽沧桑慵开眸，识破红尘懒回首。
迄今不知几千年，腰肢瘦损成老丑。
君不见阛阓门外有翁仲[5]，荆棘潦倒卧秋风；
又不见吴王江边铸范蠡[6]，于今遗址人不识。
独此老人遁迹寄身向海滨，竟能保守此躯至今存。

注释：

　[1]立石：周延顺自印本作"嬴石"，疑为"瀛石"，瀛即神话传说中的仙山瀛洲，则瀛石即仙石。　[2]耦：本指两人一起耕地，此处同"偶"，意即作伴之人。[3]黄石：即被道教奉为神仙的秦末汉初隐士黄石公。　[4]留侯：即西汉初谋臣张良，字子房，秦灭韩后倾家财而出力士狙杀秦始皇未遂，逃亡期间遇仙人黄石公而获授《素书》，因辅佐刘邦即帝位而封为留侯。详见《史记·留侯列传》。[5]翁仲：本指秦始皇时力士阮翁仲，相传其身长一丈三尺，异常勇猛，守卫临洮时威震匈奴，秦始皇于其死后为铸铜像，立于咸阳宫司马门外，匈奴来侵时远见而遁；后成为古代宫阙、殿堂及陵墓前的铜人、石人等的泛称。　[6]"吴王"句："吴王"当为"越王"；相传范蠡在帮助越王勾践灭掉吴国后，遂乘轻舟以浮于五湖，越王思之，"乃使良工铸金象范蠡之形，置之坐侧，朝夕论政"。详见《吴越春秋》卷十。

三、游崂诗

（一）《崂山志》录诗

田横岛[1]

英雄贵割踞，人下岂所屑？
崛哉田公横，不愧铮铮铁。
嬴秦[2]失其鹿，海内争逐撷。
沛公[3]伊何人？先得夸足捷。
岛外聚残军，义士广纳结。
雄图未及伸，汉廷忽召说。
壮士既不酬，此腰岂肯折？
慷慨洛阳道，乌江剑同挈。
噩耗传岛中，多士齿尽切。
同心五百人，一朝并流血。
浮生薤上露，仰俯本如瞥。
死足重泰山，千秋钦义侠。
吊古来荒岛，怒涛如翻雪。
仿佛英灵在，呜咽眦欲裂。

[原注] 田横岛在崂东北，离岸约四十里，为五百烈士殉节处，出石甚精致，可为砚。

注释:

[1]田横岛:详见周至元自注及前注。又,该诗详见周至元《崂山志》第7—9页,前已录入《天籁集》中,但题作《田横岛吊古》,因题目不同而并录之。
[2]嬴秦:即秦王朝,以其国君为嬴姓而称。　　[3]沛公:即汉高祖刘邦。

村市

南九水村[1]

落落山村绝点尘,桑麻鸡犬一时新。
此身疑是武陵客,探得桃源好避秦。

注释:

[1]南九水村:属于今青岛市崂山区沙子口街道南九水社区,毗邻崂山著名景观南九水,距青岛约50里,村种樱树尤多。该诗详见周至元《崂山志》第9页。

登窑村[1]

山渐崒嵂[2]径渐斜,一片白云入紫霞。
万树梨花千顷雪,不知花里有人家。

注释:

[1]登窑村:位于今青岛市崂山区沙子口街道办事处以东3.5公里处,今多称"登瀛",相传为秦时徐福东渡求仙、登船出海之地,是崂山南线旅游的必经之处。该诗详见周至元《崂山志》第10页。　　[2]崒嵂(zú lù):山势高峻的样子,如宋陆游《大寒》诗曰:"为山傥勿休,会见高崒嵂。"

萧旺村[1]

扶疏老树带云痕,海色岚光满一村。
街桥[2]不闻鸡犬静,眼前景物忆[3]桃源。

注释：

[1]萧旺村：今称晓望村，位于今青岛市崂山区王哥庄街道办事处东南1.5公里处。该诗详见周至元《崂山志》第11页。 [2]街柝：即敲梆，源自古代城镇独有的一种在夜间敲击木梆并喊话以提醒防火防盗的习俗，如清郭钟岳《敲梆》竹枝词曰："谯楼鼍鼓已三更，灯火荧荧杂市声。街柝不需申夜禁，侬家犹有未归人。"此处以"街柝不闻"形容山村的良好治安。 [3]忆：抄本作"忘"。

黄山村[1]

洞口流泉锁碧霞，乱山影里几人家。
地临苍海潮声壮，门绕青松石径斜。
巫峡有云即神女[2]，天台无饭不胡麻[3]。
我来未觅襄王梦，得饮琼浆愿已奢。

注释：

[1]该诗未见录于《崂山志》，此据周延顺自印本补。 [2]"巫峡"句：与下"襄王梦"均化用楚襄王与巫山神女交会的神话故事，详见宋玉《高唐赋》《神女赋》。 [3]"天台"句：化用东汉刘晨、阮肇入天台山采药而遇仙女故事。

山

鹤 山[1]

鹤山涌海畔，晴日自云烟。
望去疑无路，登临别有天。
峰头悬古洞，松梢挂流泉。
羡然修真子[2]，逍遥真是仙。

注释：

[1]鹤山：崂山北部支脉。该诗详见周至元《崂山志》第21页。 [2]修真子：指隐居于青山碧水间、修身养性以求得道成仙的道家人士。

三、游崂诗

大仙山[1]

一片沧溟落眼前，峦峰朝夕起云烟。
苍松白石断尘想，信是人间好洞天。

注释：

[1] 大仙山：位于崂山东麓雕龙嘴之北，山上有著名的道教洞窟白云洞。该诗详见周至元《崂山志》第18页。

不其山[1]

岩如培塿[2]石如拳，带草[3]篆楸[4]亦等闲。
却自高人芳躅[5]驻，二劳名重不其山。

注释：

[1] 不其山：又名铁旗山或铁骑山，详见前注。该诗详见周至元《崂山志》第20页。　[2] 培塿：亦作"部娄"，指小土丘，如《左传·襄公二十四年》曰："部娄无松柏。"《晋书·刘元海载记》曰："当为崇冈峻阜，何能为培塿乎？"　[3] 带草：即书带草。　[4] 篆楸：即篆叶楸，相传东汉经学家郑玄设教于不其山下康成书院时，其院中楸书因久听讲经而通灵，其叶上文脉亦如篆书，当地人因名之篆叶楸，今佚。　[5] 芳躅：本指花草遗留下来的香气，后指前贤遗踪，此特指曾在不其山隐居讲学的东汉经学家郑玄。

游石门山诗[1]

松竹阴中一径巉，轻风吹上石门山。
海天千里岚光外，烟井万家指顾间。
皇姑坟[2]边秋草绿，那罗崮[3]顶白云闲。
兴来欲觅安期叟[4]，共跨青鸾[5]到紫垣[6]。

注释：

[1] 该诗详见周至元《崂山志》第23页，抄本题作"石门山"。　[2] 皇姑坟：当指南宋末卫王赵昺的两太后谢丽与谢安之坟；相传二人为姐妹，均精于琴

223

艺，初为宫廷乐女，后选为妃，南宋灭亡后逃至崂山塘子观，以诵经抚琴为常业，对崂山道教音乐的发展与繁荣起到了极大的促进作用，其所谱之曲被尊称为谢谱，死后葬于崂山仰口风景区内双台村附近，俗称双妃坟。　　[3] 那罗崮：位于石门山之上的拳形巨石，因被想象成佛教力士那罗佛之手而得名，是石门山的最高之处。　　[4] 安期叟：指被道教尊奉为仙的安期生。　　[5] 青鸾：道教神话传说中供仙人骑乘的神鸟，又称苍鸾。　　[6] 紫垣：周至元《崂山志》本作"紫班"，此据抄本改；紫垣：古代星宿名，也称紫微垣、紫微星，即北极星，道教以其为众星之主。

峰

二仙传道峰[1]

海上耸双峰，状如二仙立。
不知空谷中，所谈竟何事？
想系安期生，相伴羡门[2]至。
餐霞不肯还，化作岩头石。

注释：

[1] 二仙传道峰：在崂山最高峰巨峰之东，两峰矗立如二人对语状，今不详其具体所指为哪两座山峰。该诗详见周至元《崂山志》第31页。　　[2] 羡门：也称羡门子高，或说姓羡名子高，是道教传说中的神仙，如《史记·秦始皇本纪》载："三十二年，始皇之碣石，使燕人卢生求羡门、高誓。"《史记集解》引韦昭语曰：羡门，"古仙人"。

华表峰[1]

二劳亿万峰，华楼最峭削[2]。
叠石凌空起，望去俨楼阁。
上干青冥天，下插无底壑。
攀援愁猿猱，飞渡怯鸟雀。

只因险难登，仙踪传凿凿。
或云三春时，时见桃花落；
或云月明天，每闻仙乐作。
我愿生羽翰[3]，化作云间鹤。
高举上岩头，长啸震寥廓[4]。

注释：

[1]华表峰：位于崂山华楼山之巅，横石层叠而起，高约20丈，四无所倚，因自下望之如华表而得名；传其上有洞，为仙人聚会之所，隐见洞口有碧桃虬松，因又名聚仙台；又传为八仙中何仙姑梳洗之处，因又名梳洗楼。该诗详见周至元《崂山志》第36页。 [2]峭削：陡峭如削，形容山势险峻。 [3]羽翰：即翅膀。 [4]寥廓：即辽远的天空，如宋杨万里《筠庵》诗："故老谈李仙，昔日上寥廓。随身无长物，止跨一只鹤。"

狮子峰[1]

不辨山容狮子容，嵚崖怪石借云撑。
风来直欲咆哮去，万壑松声作吼声。

注释：

[1]狮子峰：位于崂山仰口风景区内太平宫东北。该诗详见周至元《崂山志》第36页。

跃龙峰[1]

奇峰跃起向南天，不测深池顶上悬。
传有老龙此中浴，峦头白日自云烟。

注释：

[1]跃龙峰：位于崂山东南角的崂山头附近，周围有响云峰、云门峰等。

骆驼头峰[1]

巉岩未许五丁[2]开，别有奇观六水隈。
到此游人尽胆慑，天边惊有虎飞来。

注释：

[1]骆驼头峰：位于崂山外九水风景区的六水北岸，高约七八十米，因从东远望如临涧而卧、仰首长嘶之骆驼的头部而得名，峰侧镌有"驼峰烟云"；又因其不同方向形状各异而有飞虎岩、定僧峰、恶鬼峰等名称。该诗详见周至元《崂山志》第34页。　[2]五丁：古蜀国的五位大力士，相传强大起来的秦国想要吞并蜀国，但苦于蜀道之艰险，便设计让贪婪的蜀王上当，派出这五位大力士开山凿路，如李白《蜀道难》诗中即提及此事；此处反其意而用之，形容骆驼头峰极其艰险，连最善于开山凿路的五丁也对之束手无策。

天门峰[1]

拔地双峰玉笋栽，浑疑阊阖九天开。
门前棨戟[2]群山立，阶下沧溟万顷来。
路险但容云出入，境高殊少客徘徊。
相看应是仙人降，孤鹤遥从海外回。

注释：

[1]天门峰：又名云门峰、南天门，为天门山主峰，两峰峭立，中豁为门。该诗详见周至元《崂山志》第31页。　[2]棨戟（qǐ jǐ）：《崂山志》本作"棨戟"，周延顺自印本作"綮戟"，此据诗意和今文改。棨戟：一种涂有油漆的木戟，是古代官吏出行时作为前导的仪仗用具，如《后汉书·舆服志上》载："公以下至二千石，骑吏四人；千石以下至三百石，县长二人；皆带剑、持棨戟为前列。"

巨　峰[1]

二劳之峰亿万计，谁其主者为巨峰。
众山罗列儿孙小，此独巍然主人翁。
我亦不知入尽青山几十里，上尽白云几千重；
但觉峭岩绝壁不易登，古洞幻壑杳难穷。
造巅顿觉眼界阔，六合之内隐罗胸[2]。
举手扪星星离离[3]，俯首瞰日日瞳瞳[4]。
沧海如杯水，群山似朝宗[5]；
蓬莱[6]在其北，阆苑[7]当其东。

西望岱岳何处是？但见齐烟九点[8]青蒙蒙，呼吸帝座若可通。
欲叩间阖[9]问天公，山灵含怒似不容，罡风吹下白云中。

注释：

[1]巨峰：崂山最高峰，又名崂顶，详见前注。该诗详见周至元《崂山志》第29—30页，又录入《周至元诗文选》第3页。　[2]罗胸：即罗织于胸，如唐杜牧诗有曰："星宿罗胸气吐虹。"　[3]离离：空旷悠远的样子，如明唐寅《金粉福地赋》曰："碧琐离离，素女窥月中之影。"　[4]瞳瞳：日出时光辉灿烂的样子，如宋王安石《元日》诗："千门万户瞳瞳日，总把新桃换旧符。"　[5]朝宗：本指古代诸侯春、夏朝见天子，后泛指位卑者进见位尊者，如明李攀龙《上朱大司空》诗曰："转饷十年军国壮，朝宗万里帝图雄。"　[6]蓬莱：民间神话传说中的海上三仙山之一。　[7]阆苑：也作阆风苑、阆风之苑等，民间传说中位于昆仑山之巅的仙山，是西王母与诸仙的居住之所。　[8]齐烟九点：形容崂山巨峰极高峻，站立其巅看到九州大地渺小得像几个小点；化自唐李贺《梦天》诗中"遥望齐州九点烟，一泓海水杯中泻"之句意。　[9]间阖：周延顺自印本作"阊阖"，均指城门。

岩

采药谷[1]

道人采药处，泉石自清幽。
涧阔秋风细，林深竹影修。
落花浮水面，野鸟鸣枝头。
即此堪供隐，烟云朝夕稠。

注释：

[1]采药谷：位于崂山东麓招风岭明道观前，相传为唐代道士孙昙奉敕采药之处。该诗详见周至元《崂山志》第41页。

翠屏岩[1]

烟萝深处敞[2]云屏，四面峦峰相映青。
头白道人看不足，玉皇洞[3]口坐讽经。

注释：

[1]翠屏岩：位于崂山华楼山东北部的华楼宫之上。该诗详见周至元《崂山志》第38页。 [2]敞：手抄本作"敝"。 [3]玉皇洞：位于崂山华楼山东北部的翠屏岩之下，是自然形成之山洞，洞宽1.2米，高1.8米，因旧曾有道士于洞内供奉玉皇而得名。

束住岭[1]

扶筇[2]步上向云岭[3]，异石琪花别有天。
岭上松风涧底水，顿教尘梦一时捐。

注释：

[1]束住岭：为崂山巨峰正脉，因似将岭下二道涧水束住而得名，其上有铁瓦殿；该诗详见周至元《崂山志》第41页，题为《由束住岭登铁瓦殿诗》。 [2]筇：即筇杖。 [3]向云岭：《周至元诗文选》作"向云巅"，周延顺自印本作"白云巅"。

五色岩[1]

绝壁千寻立海东，下浸溟涬[2]上苍穹。
悬崖突出碑垂额，大厦深嵌腹窅躬。
轰轰雷声涛作雪，层层石色翠兼红。
纷披更有仙墩[3]置，用尽巨灵[4]斧凿工。

注释：

[1]五色岩：位于崂山东麓俗称崂山头的海岬边，削壁千仞，势若将倾，以石纹分青、黑、翠、紫、黄五色而得名，其下嵌入处深豁如厦屋；该诗详见周至元《崂山志》第39页。 [2]溟涬（míng xìng）：本指水势无边无际的样子，此处

指无边无际的水,如宋洪迈《夷坚丙志·李铁笛》:"溟㳽浪中求白云,崑崙山里采琼枝。" [3]仙墩:即位于崂山东南麓崂山头上的八仙墩。 [4]巨灵:民间传说中由阴阳二气化生而成的"元气"之神,能造山川、引江河。

洞

玄真洞[1]

穿云跻危峰,古洞天半挂。
大海陡觉高,群峰忽向下。
传昔三丰仙[2],伽趺[3]此中坐。
容膝不觉隘,竟同宇宙大。

注释:

[1]玄真洞:位于崂山玄武峰明霞洞之上的道教洞窟。该诗详见周至元《崂山志》第49页。 [2]三丰仙:即元末明初道教武当派开山祖师张三丰。 [3]伽趺(fū):即盘足而坐的一种姿势,多为佛、道等人士修行时坐姿。

白云洞[1]

路自白云上,洞居碧巘巅。
阶前峰拔地,窗外海连天。
松老株株古,石奇个个圆。
相看尘境隔,何必梦游仙?

注释:

[1]白云洞:位于崂山东麓大仙山巅的道教洞窟之一。该诗详见周至元《崂山志》第46页。

槐树洞[1]

古洞悬岩半，扶梯始克上。
秉炬匍匐入，玲珑仙踪贶[2]。
初进狭而隘，再上幻而旷。
洞尽天光露，微微一孔亮。
平生好探奇，兹游恣而放。
低回[3]去不能，慊此幽独赏。

注释：

[1]槐树洞：位于崂山太平宫西南三里的半山腰，无路可入，扶梯始得登，时阔时狭，崎岖不平，内可容五百人，尽处有一隙，上通天光，为崂山洞窟中最大且奇者。详见周至元《崂山志》第47页。 [2]贶（kuàng）：赠，如《魏书·世祖纪》曰："天降嘉贶，将何德以酬之？"然据诗意和诗韵情况，此处疑当为"怳"，古同"恍"。 [3]低回：即"低徊"，徘徊、流连。

玄都洞[1] 访悟禅[2]

突兀[3]二龙山，四周峦嶂簇。
只缺此一峰，又有沧海补。
古洞处其巅，荟蔚绕松竹。
中栖避世人，逍遥无拘束。
渴饮涧底泉，饥餐岩边菊。
白头未知生，青山看难足。
我来访高踪，足音到空谷。
相逢成一笑，留向洞中宿。
洞中白云多，深深石床覆。
世梦倏已空，黄粱何劳煮？[4]

注释：

[1]玄都洞：位于崂山晓望村西南二龙山山巅。 [2]悟禅：即隐居于崂山的山东诸城隐士王悟禅。该诗详见周至元《崂山志》第52页，另又收入《周至元

诗文选》第93—94页，诗后并有注曰："王明佛号悟禅，诸城人，能诗善书，尤工书法。逊清后来崂，隐居黄冠，鸠杖诗囊，足迹遍名山。"　　[3]突兀：即墨蓝氏族谱编委会编《友声集》本作"蠢绝"。　　[4]"洞中"二联：即墨蓝氏族谱编委会编《友声集》本作"授我赤散方，传我养生录。自怜钝根深，空尔何高蹋？"

三丰洞[1]

小洞团圞[2]蚌壳形，孤高直已近苍冥。
仙人去后白云散，只有海山依旧青。

注释：

[1]三丰洞：位于崂山南麓昆仑山山腰玄真洞之旁的人工洞窟，相传为元末名道张三丰的修行之处，洞口西向，洞内形如蚌壳，仅容一人居，洞旁镌有明代登州武举周鲁题诗，曰："白云留住须忘归，名利萦人两俱非。莫笑山僧茅屋小，万山环翠雾中围。"详见周至元《崂山志》第50页。　　[2]团圞：圆圆的。

葫芦洞[1]

洞天高棒白云根，海色岚光一口吞。
仙境已同尘境异，壶中别自有乾坤。

注释：

[1]葫芦洞：又名朝阳洞，位于崂山巨峰南麓的天然洞窟，洞内初圆如窦、中忽缩、再进而复阔，状如葫芦。详见周至元《崂山志》第50页。

银壁洞[1]

耀然石洞发银光，大海潮声日夕扬。
何用更寻蓬岛去？眼前咫尺即扶桑。

注释：

[1]银壁洞：位于崂山巨峰南麓砖塔岭附近，离铁瓦殿遗址较近，已因近年的开山采石而消失。该诗详见周至元《崂山志》第51页。

慈光洞[1]

峭壁危岩不易跻,崎岖一径登天梯。
置身已在烟云上,回首忽惊日月低。
海色能教尘梦远,佛光专照客心迷。
何当会得餐霞[2]诀,好向此中来隐栖?

注释:

[1]慈光洞:位于崂山巨峰南麓的天然洞窟。该诗详见周至元《崂山志》第50页。 [2]餐霞:抄本作"不餐"。

门

南天门[1]

平台如掌荫乔松,石上题诗苔藓踪。
东望群峰剑戟立,插天朵朵碧芙蓉。

注释:

[1]南天门:此处当指位于崂山南麓华楼山上的南天门。该诗详见周至元《崂山志》第54页。

石屋门[1]

寂寂岩阿更不扃,乳花[2]离陆[3]似添瓴[4]。
万顷渤海当门碧,数点浮山入户青。
游赏几经谢公屐[5],栖迟只合老人星[6]。
我来未敢舒长啸,恐有蛟龙水底听。

注释:

[1]石屋门:位于崂山石老人风景区石老人村南一名曰平顶台的峭崖之下,是一天然洞穴,因深广如厦屋而得名;洞口西南向,洞顶有一窍,螺旋而入,海潮可

232

直达洞门前，人坐洞中可见浮山数点出没于海浪中。详见周至元《崂山志》第54页。　[2]乳花：即石花。　[3]离陆：当作陆离，指色泽繁杂绚丽，如成语"光怪陆离"。　[4]瓪：指房屋上仰盖着的瓦，俗称瓦沟。　[5]谢公屐：指晋代诗人谢灵运登山时穿的一种木屐，其鞋底前后各有木齿，上山去其前齿，下山去其后齿，后成为登高诗词中的典型意象。　[6]老人星：星名，即中国传统二十八星宿中的井宿，古人以其象征长寿而又称寿星或老人星。

石

自然碑[1]

岩岩半碑矗，树来不计年。
凿应施鬼斧，题尚待飞仙。
苔篆蝌文[2]古，云浸螭额[3]鲜。
秦皇空一世，不敢勒铭篇。

注释：

[1]自然碑：崂山名自然碑者有三：一在小蓬莱，一在神清宫，一在巨峰前，皆为天然如碑巨石；此指位于崂山巨峰南麓之石，石高6丈、宽2丈，四无依傍，上丰下窄，若曾磋磨之碑。详见周至元《崂山志》第60页。　[2]蝌文：蝌蚪文的省称，古文字的一种，因字形状如蝌蚪而得名。　[3]螭额：碑额，即碑上方正中位置，因古代常于此雕刻龙形纹饰而得名。

棋盘石[1]

孤峰斜矗白云端，山海全收凭眺闲。
弈罢仙人去不返，石枰[2]冷落碧苔斑。

注释：

[1]棋盘石：位于崂山东路招风岭下明道观南二里处。该诗详见周至元《崂山志》第56页。　[2]石枰：即石棋盘，如唐柳宗元《柳州山水近治可游者记》：

"其始登者,得石枰于上。"

鱼鼓石[1]

浑然巨石腹中空,凿去只应鬼斧工。
琅琅梵音何处散?半随潮响半松风。

注释:

[1] 鱼鼓石:位于崂山华严寺至那罗延窟途中,石上刻有"云穴"二字,石上有穴,深不可测,敲击则琅琅作木鱼声。详见周至元《崂山志》第60页。

石老人[1]

懒逐赤松圯上过,逃将东海隐岩阿。
饱经霜雪须眉古,久阅沧桑垒块多。
老去雄心犹倔强[2],瘦来侠骨尚嵯峨。
羡君占定洁身地,浴罢早潮又晚波。

注释:

[1] 石老人:位于崂山石老人村南海面上的一状如老人的天然巨石。该诗详见周至元《崂山志》第59页。　[2] 倔强:周至元《崂山志》本作"崛强",此据《周至元诗文选》、周延顺自印本改。

八仙墩[1]

抛来海角置身闲,炳焕文章自可观。
应是女娲炼就后,补天未得落人间。

注释:

[1] 八仙墩:位于崂山太清宫东约四里处、俗称崂山头的海岬之上,是散布于五色岩之下的10余方巨石,或卧或立,大小不一,大者如台,小者如几,因面平可坐且相传为八仙过海起步之处而得名;上有五色岩,下即大海,坐墩上,仰可观壁,俯可听涛,回风卷浪扑墩而下,可骇可愕。详见周至元《崂山志》第56—58页。

三、游崂诗

八仙墩[1]

二劳东南峰更竦,奔腾到海势难骋。
八仙墩在山尽处,造化特此着奇境。
路自青山[2]逶迤来,试金滩[3]过上峻岭。
下有骇浪上摩崖,窄径行来心先恐。
山穷径尽路已绝,惊看奇峰海中涌。
极目四顾更无地,但见蜃气与云影。
南下细径[4]陡如梯,石坡斜插大一顷。
怒涛如山扑人来,白雪成堆舄底拥。
浪花喷薄高数丈,狂风卷起过人顶。
余沫化作晴雨飞,珠玑乱洒湿衣冷。
北立绝壁神工开,鬼斧何年劈幽夐[5]？
石色斑驳层层出,如张锦绣灿纹炳。
下布仙墩石尤奇,磊磊落落乱复整。
大者平立恰如台,小者亦如几案等。
俯首下瞰冯夷[6]宫,汹涌怒涛如沸鼎。
碧波翻腾蛟龙斗,白日轰磕[7]霹雳猛。
悬崖覆人人疑压,潮势撼山山亦动。
骇目惊心难久留,毛发阴森肌骨悚。
仰看张仙塔[8]尤奇,重叠怪石岩头耸。
旁有耐冬大数围,花红如火枝头挺。
仙踪可望不可即,极目云霄空引领。
叹观止矣山海奇,归途中心犹憬憬[9]。

注释：

[1]此诗详见周至元《崂山志》第58页,周延顺自印本又录入《天籁集》中,但题作《游八仙墩》,本书仅录于此。　[2]青山:即位于崂山垭口东侧山脚下的青山村。　[3]试金滩:又名试金石滩,位于崂山垭口东侧青山村东南,滩长约二里许,尽圆石,石分黑白,黑者如玄玉,相传可试金,今被驴友戏称为梦

235

幻海滩，详见周至元《崂山志》第80页。　[4]细径：抄本和周延顺自印本作"西径"。　[5]幽夐（xiòng）：幽远、久远。　[6]冯夷：也作冰夷，中国古代神话传说中管理黄河的水神，后也用以泛指水神；冯夷宫，本指河神冯夷居处，后泛指水神居所。　[7]轰磕：也作"轰輷"（gé），象声词，多形容车声、雷声等。　[8]张仙塔：位于崂山覆盂峰北侧东坡上。　[9]憬憬：本指遥远的样子，如《诗经·鲁颂·泮水》："憬彼淮夷，来献其琛。"此处应同"憧憬"，意即向往、期待。

台

望仙台[1]

万顷沧溟一望间，蓬莱何处是三山？
秦皇当日痴心甚，渺渺仙舟更不还。[2]

注释：

[1]望仙台：周至元《崂山志》第62页载其在崂山"遇仙宫东，其上望海最畅"，然今崂山道观中无遇仙宫，难以确定其具体位置。　[2]"秦皇"二句：指秦始皇为求长生不老而派徐福从崂山出海求仙一事。

观川台[1]

孤台突起向岩巅，路转山回别有天。
一道清溪如急雨，数峰奇石似飞仙。
林深尽许幽禽叫，地静常容野鹿眠。
太息题诗人[2]已去，空留草木说平泉。

注释：

[1]观川台：位于崂山九水社区的九水村南。该诗详见周至元《崂山志》第63页。　[2]题诗人：指观川台的创建者洪述祖。

三、游崂诗

涧瀑潭泉井

空水潭[1]

九水潭多幻，此潭幻更深。
岩头偶一视，空尽世尘心。

注释：

[1] 空水潭：位于崂山北九水中内九水峡谷中，南有名飞凤岩的巨石，高可千仞，坐其上下俯小潭，神骨为之悚然。详见周至元《崂山志》第73页。

玉龙瀑[1]

凌空乱溅沫，疑是玉龙飞。
白挂虹千仞，青环山一周。
抛来珠落落，舞处雪霏霏。
游客贪清赏，斜阳不忍归。

注释：

[1] 玉龙瀑：又称龙潭瀑，位于崂山北九水的外八水一带。该诗详见周至元《崂山志》第71页。

甘苦泉[1]

路遇砖塔岭，大石道旁列。
盈盈出二泉，色味乃迥别。
其一涩[2]且苦，其一芳且冽[3]。
相去仅咫尺，浑如霄壤裂。
吾闻泾与渭，清浊不能合。
兹又钟灵异，造化真奇绝。

237

注释：

[1]甘苦泉：位于崂山沙子口砖塔岭北，出巨石下，相去仅咫尺，而二泉味迥别，详见周至元《崂山志》第74页。另据周至元《游甘苦水》诗序，疑此诗亦作于1933年春陪袁荣叟游崂时。　[2]涩：周至元《崂山志》为"澁"，"涩"的异体字。　[3]且：周延顺自印本、抄本为"而"。

南九水[1]

一入名山神已清，岚光涧影两关情。
游人曳杖从容看，如在山阴道[2]上行。

注释：

[1]南九水：位于崂山南麓。该诗详见周至元《崂山志》第66页。　[2]山阴道：位于古代山阴县会稽城（今浙江绍兴）郊外的一条风景优美的官道。

一鉴潭[1]

半亩澄波一鉴开，苍松白石远尘埃。
赏心好是亭中坐，云影岚光潭底来。[2]

注释：

[1]一鉴潭：位于崂山北九水中外九水的太和观前，四山环锁，中涵如镜。详见周至元《崂山志》第72页。　[2]本诗化自宋朱熹《观书有感》一诗："半亩方塘一鉴开，天光云影共徘徊。问渠那得清如许？为有源头活水来。"

贮月潭[1]

回亘群山曲涧通，一潭倒映月空明。
先天古寺荒凉甚，惟有寒泉依旧清。

注释：

[1]贮月潭：位于崂山天门峰东海门涧先天庵旁。详见周至元《崂山志》第73页。

三、游崂诗

自然泉[1]

涓涓石窦吐流泉,凿破云根几百年。
仙子不来丹灶冷,只流[2]一水锁寒烟[3]。

注释:

[1]自然泉:位于崂山北麓鹤山聚仙门内,旁有一龛,名老君炉,相传为太上老君炼丹之处。详见周至元《崂山志》第74页。 [2]流:《周至元诗文选》、周延顺自印本均作"留"。 [3]烟:《周至元诗文选》作"泉"。

碧落泉[1]

涧冷岩幽绝点尘,一泓清洌出云根。
相看似恐尘埃染,特设危岩覆洞门。

注释:

[1]碧落泉:位于崂山华楼山华楼宫玉皇殿后碧天洞下,上有危岩覆之,若防尘垢。详见周至元《崂山志》第74页。

圣水泉[1]

争说二劳第一泉,甘香寒洌美而鲜。
琼浆饮罢风生腋,总[2]不成仙也似仙。

注释:

[1]圣水泉:位于崂山上清宫鳌山石下,色白如乳汁,入口甘芳。详见周至元《崂山志》第74页。 [2]总:抄本为"纵",当是。

梧桐金井[1]

千寻古井覆桐荫,甘溜[2]琤瑽[3]似滴琴。
一酌顿教清沏[4]骨,超凡何用入山深。

239

注释：

[1] 梧桐金井：在崂山北麓鹤山聚仙门内，因相传旧有梧桐生井上而得名，水甚清寒。详见周至元《崂山志》第76页。　[2] 甘溜：指雨，也作"甘霤"。　[3] 琤瑽：也作"瑽琤"，象声词，多形容玉器相撞声、琴声或流水声。　[4] 沏：《周至元诗文选》本、抄本作"彻"，当是。

紫霞井[1]

沁心彻骨十分凉，一勺湛寒不可尝。
餐罢紫霞何所饮？此中满贮紫霞浆。

注释：

[1] 紫霞井：位于崂山玄武峰明霞洞东，窍穿云窟，水不甚深，曾无竭时。详见周至元《崂山志》第77页。

内九水[1]

太和[2]东去路尤艰，削壁巉崖未易攀。
人与奔湍争一径，天为飞瀑设重关。
潭光随处皆成幻，耳目到斯不让闲。
欲觅仙源何地是？前途更有万重山。

注释：

[1] 内九水：位于崂山主峰巨峰的西北麓，是北九水的重要组成部分，以与北九水的外九水对称而得名，由太和观直至潮音瀑，长约3公里，曲折不如外九水，然以山峻、潭清、石奇过之。详见周至元《崂山志》第66页。另，本诗原抄本题作"白沙涧"。　[2] 太和：指位于崂山北九水中外九水北岸的太和观，是内外九水的分水岭。

鱼鳞瀑[1]

划然[2]峰裂碧云端，滚滚浪花簇雪澜。
一派奔涛流不尽，四围叠嶂足奇观。
沫飘细雨浸衣冷，水涌澄潭彻骨寒。
到此尘襟为涤清，几回矫首依筇[3]看。

注释：

[1]鱼鳞瀑：位于崂山北九水的内九水峡谷中。该诗详见周至元《崂山志》第70页。　[2]划然：忽然、突然，如唐韩愈《听颖师弹琴》诗："划然变轩昂，勇士赴敌场。"　[3]筇：即筇杖。

泻云瀑[1]

飞泉高泻碧山头，错落珠玑散不[2]收。
斜日乍惊彩虹出，晴天忽见白龙游。
危岩秀映群峰色，幽谷寒生六月秋。
疑是银河谁决破，滔滔不绝水常流。

注释：

[1]泻云瀑：位于崂山神清宫东南，俗称花花浪子，详见周至元《崂山志》第72页。另，本诗抄本题作"天落水"。　[2]不：《周至元诗文选》本作"未"。

荷池[1]

轻风阵阵送清香，胜地天开十亩塘。
三面青山一面海，西湖无此好风光。
采石矶边一径通，浣纱人满夕阳中。
几番莫说花容好，人比荷花颜更红。

注释：

[1]荷池：位于崂山王哥庄村北，大可10亩，荷生其中，今已毁。详见周至元《崂山志》第76页。

烟霞井[1]

佛地烟霞发宝光，一泓清冽异寻常。
汲来甘露气便冷，煮就山茗味倍香。
羽客且慢夸玉液，世人多误作琼浆。
饮时如被醍醐灌，半盏早令百虑忘。

注释：

[1] 烟霞井：位于崂山华严寺殿前，俗名檐下井。详见周至元《崂山志》第77页。

长春井[1]

芙蓉峰下清净境，邱仙[2]曾此栖幽夐。
真人一去几百春，遗迹犹留长春井。
井宽二尺深一丈，澄泓俯视空心影。
道人爱客将茶烹，龙涎一勺汲深绠。
初啜已令腋生风，再酌回甘味更永。
凉如冰雪置于胸，寒似醍醐灌人顶。
年来身居大[3]宅中，扰扰尘襟何时屏？
饮罢忽入清凉界，心腹胃肠一齐冷。

注释：

[1] 长春井：位于崂山芙蓉峰西麓的神清宫，因相传为元初全真教道士丘处机所凿而得名，井径二尺、深丈许，夏冽冬燠。详见周至元《崂山志》第76页。
[2] 邱仙：即元初名道丘处机。 [3] 大：周至元《崂山志》本作"火"，此据抄本改。

滩

乱石滩[1]

华严南下海涵湾，扶策试过乱石滩。
白日怒涛同雪卷，晴天飞雨洒[2]衣寒。
山如越岭看更险，路较蚕丛[3]转倍难。
行过危途且回首，惊心一步一回看。

三、游崂诗

注释：

[1] 乱石滩：位于崂山翻（今作"返"）岭村前，当璇心河入海处，巨石横铺涧底，水潆洄万状。详见周至元《崂山志》第79页。　　[2] 洒：《崂山志》本作"洒"，此据周延顺自印本。　　[3] 蚕丛：也称蚕丛氏，本指古蜀国的开国者，此处当借指古蜀国，相传蜀道非常艰险，唐李白诗有《蜀道难》。

试金滩[1]

峻岭南来越几重，山回路转俄然惊。
平滩渺渺望无际，圆石铮铮踏有声。
潮势倏奔如电掣，浪花喷薄似雷鸣。
前途漫说浑难辨，黑白笑看脚底明。

注释：

[1] 试金滩：位于崂山垭口东侧青山村东南3里。该诗详见周至元《崂山志》第80页。

道观

太平宫[1]

万壑复千岩，中有樵径曲。
寻钟渡石桥，古寺隐修竹[2]。
云归千涧暗[3]，花落百泉[4]馥。
扶杖[5]登狮峰[6]，海天在一瞩。

注释：

[1] 太平宫：位于崂山东麓仰口风景区内晓望村南3里。该诗详见周至元《崂山志》第85页，抄本又作"登狮子峰"。　　[2] 修竹：抄本又作"松竹"。　　[3] 暗：抄本又作"静"。　　[4] 百泉：抄本又作"万泉"。　　[5] 扶杖：抄本又作"曳杖"。　　[6] 狮峰：即狮子峰，位于崂山仰口风景区内太平宫东北，因

峰顶危岩背山面海而突起、状如巨狮张口吞噬而得名，有云雾时则形成崂山著名的十二景之一"狮岭横云"。

华楼宫[1]

直上峰千仞，烟霞沾客襟[2]。
幽篁一径绿，老树半庭阴。
云自阶前出，泉从壁后寻。
道人闲不过，危坐数遥岑。

注释：

[1] 该诗详见周至元《崂山志》第93页。　[2] 客襟：《崂山志》本为"容襟"，此据抄本和周延顺自印本改。

聚仙宫[1]

宫后依危岩，门前对大海。
长风卷浪花，乱向空庭洒。
峦峰不可状，俄顷烟云改。
院静人迹稀，松阴孤鹤在。

注释：

[1] 聚仙宫：崂山道教宫观之一。该诗详见周至元《崂山志》第93页。

神清宫[1]

古刹倚云峰，到来神自清。
苍松盘殿角，白日觉寒生。
深洞穿云湿，斜阳透竹明。
禅床试小憩，枕上落泉声。

注释：

[1] 神清宫：位于崂山芙蓉峰西、大崂村南。该诗详见周至元《崂山志》第94页。

三、游崂诗

百福庵[1]

当日华严境，而今作讲坛。
山深人意冷，地静鸟声欢。
怪石侵庭小，幽篁逼径弯。
尘襟如可涤，不惜屡来看。

注释：

[1]该诗详见周至元《崂山志》第104页。

醒睡庵[1]

四面峭岩合，前留曲径通。
岚光浸[2]竹绿，涧水泛花红。
地静鸟音淡，林深磬响空。
相看尘梦远，一笑寂寥中。

注释：

[1]该诗详见周至元《崂山志》第101页。　[2]浸：《周至元诗文选》本作"侵"。

宿贮云轩[1]

庐结悬崖上，前探大壑深。
窗中峰乱入，案上海平临。
时有闲云宿，更无尘虑[2]侵。
竹窗[3]清不寐，一夜听潮音。

注释：

[1]贮云轩：位于崂山东麓白云洞的白云观外院南，悬崖结屋，下临深壑，依瞰苍海，若可把取，已于1939年日军焚毁白云洞事件中毁佚。详见周至元《崂山志》第96页。　[2]尘虑：抄本作"点尘"。　[3]竹窗：《周至元诗文选》作"竹床"。

玉清宫[1]

旱河[2]东去玉清宫，径在松阴宛转中。
瓦是琉璃阶是玉，二劳观宇独称雄。

注释：

[1]玉清宫：位于崂山沙子口旱（汉）河村东。该诗详见周至元《崂山志》第95页。　[2]旱河：即南九水河，也作汉河等。

太清宫[1]

一

路过青山[2]渐不平，松阴数里幕中行。
不知身已仙宫到，犹自逢人问太清。

注释：

[1]太清宫：位于崂山南麓，也称下清宫或下宫。该诗详见周至元《崂山志》第91页。　[2]青山：即青山村。

二

山尽路穷到海涯，松篁深处羽人家。
年来游此知多少？亲见耐冬五度花。

寿阳庵[1]

行来难辨路东西，填谷烟云过客迷。
来到[2]仙宫神已爽，潺潺流出竹间溪。

注释：

[1]寿阳庵：位于崂山区沙子口镇烟云涧。该诗详见周至元《崂山志》第103页。　[2]来到：《周至元诗文选》本作"来时"。

石障庵[1]

峭然石蠹俨如屏，冷落茅庵苔藓青。
仙鹤不来人迹少，洞天深奥不须扃。

三、游崂诗

注释：

[1] 石障庵：位于崂山东麓大仙山白云洞西南五里，始建于清乾隆年间，处绝壁下，因前有巨石如屏障而得名，今已毁佚。详见周至元《崂山志》第102页。

白云观[1]

一径逍遥踏碧苔，仙家宫阙隔尘埃。
庐随山势参差筑，门对沧溟浩荡开。
岚色当窗争扑翠，潮声到枕俨惊雷。
幽庭寂静稀人到，但有白云去去来。

注释：

[1] 白云观：位于崂山东麓大仙山白云洞下，为清乾隆间道人田白云创建，洞中祀神像，道舍则依山势错落而建，分东西两院。详见周至元《崂山志》第96页。

明道观[1]

流泉环锁乱峰霞，石径深深寂不哗。
一院松阴清鹤梦，半庭竹影冷苔花。
烟生茶鼎秋偏淡，云满丹房日未斜。
却喜孙昙采药处[2]，只今仍属羽人家。

注释：

[1] 明道观：位于崂山东麓招风岭前。该诗详见周至元《崂山志》第97页。
[2] 孙昙采药处：指崂山明道观西南涧谷一带，此地有"敕孙昙采仙药山房""天宝二年敕采药孙昙"等石刻，相传为唐代道士孙昙奉命于崂山采药之处。

塘子观[1]

仙宫高筑向岩根，石冷泉清净客魂。
风扫闲庭无鸟迹，苔侵峭壁有云痕。
千山翠色争窥户，数里松阴自到门。
羡煞道人尘事少，只将钟鼓度晨昏。

247

注释：

[1] 塘子观：位于崂山文笔峰前的道教宫观之一。该诗详见周至元《崂山志》第98页。

太和观[1]

四面峦峰插剑铓，琳宫深閟白云乡。
檐边空翠经年挂，门外寒泉终日忙。
避世久思来邃谷，濯缨[2]今喜到沧浪。
黄昏更借仙观睡，曲径深深来竹房。

注释：

[1] 太和观：又名九水庵或北九水庙。该诗详见周至元《崂山志》第98页。
[2] 濯缨：本指洗濯冠缨，出自《孟子·离娄上》"沧浪之水清兮，可以濯我缨"，后用以比喻为坚守节操而超脱凡俗。

龙泉观[1]

陡觉烟霞此地多，绀宫[2]寂寂寄岩阿。
苍松翠竹藏幽寺，丹壁峭崖缠薜萝。
老树枝疏无鹤至，断桥苔冷少人过。
翛然空谷谁相伴？独对寒泉自寤歌。

注释：

[1] 龙泉观：位于崂山南九水村北五里，俗称南九水庙或九水庙，前临涧水，西倚危岩，境颇高爽，内分东西两院，东祀真武，西祀菩萨，观始建于明初，清道光间重修，1958年拆除。详见周至元《崂山志》第99页。　　[2] 绀宫：也作"绀园"，本指佛寺，也借指道教宫观，如唐沈佺期《游少林寺》诗曰："绀园澄夕霁，碧殿下秋阴。"

三、游崂诗

凝真观[1]

泠然古刹傍山隈,径转出篁到水湄。
地僻能教尘自远,松多翻恨月来迟。
石床禅榻清人梦,药鼎茶灶冷客思。
更爱西山看不足,拜经坛上望多时。

注释:

[1] 凝真观:位于崂山西麓的第二高峰三标山以东,遥山环抱,面临平野,中祀真武,始建于元至大(1308—1311)年间,明弘治二年(1489)重修,"文革"初遭毁,1983年全部拆除。详见周至元《崂山志》第99—100页。

遇真庵[1]

兴来曳杖鹤山游,庵到遇真境更幽。
浩渺海光悬殿角,玲珑洞府结峰头。
泉清桐井[2]饮偏冷,路险仙人过也愁[3]。
借取蒲团成小坐,顿教尘梦一时收。

注释:

[1] 遇真庵:位于崂山北部支脉鹤山滚龙洞下,始建于宋嘉定年间,元至正、明永乐和正统年间均曾修葺,庵分三殿,下祀真武,中祀老君,最上祀玉皇,明代崂山全真道教鹤山派创始人徐复阳曾修炼并终葬于此,庵中至今有"击掌鸣鹤""水鸣天梯"二景象。详见周至元《崂山志》第100—101页。 [2] 桐井:指遇真庵中的梧桐金井,详见前注。 [3] "路险"句:指位于遇真宫西的仙人路,居于高10余丈的峭崖之上,宽仅可容足,弯曲如藤,王悟禅有诗曰:"岩腰仄路挂偏峰,苔发千年藓不封。尘世那知玄量大,至今游客觅仙踪。"

先天庵[1]

苍松深处羽人家,冷落空山寂不哗。
地僻终年无到客,谷幽十月发琪花。
潭堪贮月措明镜,峰耸云门入紫霞。
安得结茅傍静宇,绿萝阴里读《南华》?

注释：

[1]先天庵：又称天门后庙。该诗详见周至元《崂山志》第102页。

蔚竹庵[1]

> 茅庵紧抱峭岩隈，寂寂轩庭绝点埃。
> 终日有禽啼碧嶂，经年无客踏苍苔。
> 粼峋远岫云间出，雅淡晴窗竹里开。
> 一宿仙宫尘虑绝，凌晨欲去几徘徊。

注释：

[1]蔚竹庵：又名蔚儿铺，位于崂山东北凤凰岭下。该诗详见周至元《崂山志》第103—104页。

释刹

潮海院[1]

> 古刹何年筑？门临万里潮。
> 曲蹊藏紫竹，琳宇逼青霄。
> 说法鱼听偈，谈经魅伏魈。
> 无生如许学，愿此绝尘嚣。

注释：

[1]潮海院：位于崂山栲栳岛村东的栲栳岛内，背靠高山，南临大海，与源头法海寺、崂山华严寺并称为崂山三大古寺，相传是东晋高僧法显从印度取经回来时居留于此地而兴建的，初名石佛寺，宋时改称潮海院，明清时均有重修，新中国成立后一度划为军事管理禁区，今已按原样式重建。详见周至元《崂山志》第112—113页。

灵圣寺[1]

绕院尽修竹，当门有古松。
山深时过鹿，地僻不闻钟。
老树栖玄鹤，闲云起远峰。
祇林[2]尘世隔，已少野人踪。

注释：

[1]灵圣寺：位于崂山劈石口北、对山前，为华严寺之下院，始建于清代后期，现已倾圮。该诗详见周至元《崂山志》第113页。 [2]祇林：本指祇树给孤独园，印度佛教圣地之一，相传是佛祖释迦牟尼居住过的精舍，后常用作佛教寺庙名称，此处借指佛教寺庙。

石门庵[1]

寂寂石门庵，荒凉少客过。
山奔沧海尽，峰插白云多。
野鹤巢松顶，幽禽栖竹窠。
老僧无一事，终日念弥陀。

注释：

[1]石门庵：位于崂山石门山南麓、七口峪村南，创建于明代中期，清乾隆间重修，前临陡涧，后临危峰，内祀观音，1956年倾圮。该诗详见周至元《崂山志》第114页。

海印寺[1]

蜗角何劳抵死争？道人怜汝太无情。
名山未许名僧住，涛打空堤似不平。

注释：

[1]该诗详见周至元《崂山志》第117页。

海印寺[1]

一自高僧卓锡来，顿教海角起楼台。
如何幻灭忽顷刻，竟似昙花一现开？
远戍雷州不更归，二劳山色死成灰。
只今惟剩荒基在，野竹秋风绿一围。

注释：

[1] 该诗详见周至元《崂山志》第117页，前已录入《天籁集》中《吊海印寺故址》组诗，但作七绝2首。

赠峡口庙妙常禅士诗[1]

虽设柴关更不扃，当门叠嶂入云层。
英雄晚节多归佛，雅士情怀半近僧。
好客来时谈夜月，禅机悟处对孤灯。
憨山[2]去后玄风息，慧业期参最上乘。

注释：

[1] 峡口庙：旧名大悲阁，位于崂山大桥村东、三标山北，相传为唐普丰僧所建，明清时均曾重修，前祀关帝，后祀如来佛，已于1966年拆除。该诗详见周至元《崂山志》第113页。 [2] 憨山（1546—1623）：明代高僧，曾驻崂山。

乱后华严寺[1] 重晤仁济上人[2]

华严佛地远尘氛，禅榻占来极羡君。
亦雅亦清松里月，无牵无挂岭头云。
碧波连岫画[3]难似，红叶满山花不分。
烽火十年今又晤，不胜怅触[4]对斜曛。

注释：

[1] 华严寺：崂山现存唯一佛教寺院，位于崂山东部那罗延山麓。 [2] 该诗详见周至元《崂山志》第112页。 [3] 画：周至元《崂山志》本作"盡"，

即"尽",此据《周至元诗文选》和抄本改。　　[4]怅触:惆怅感触,如胡蕴《近感》诗:"怅触无端梦一场,遐思畴昔寄江乡。"

别墅

森林公司[1]

幽人居处好,绕宅插奇峰。
一两片秋水,万千株古松。
室留云宿迹,庭有鹿游踪。
更觉尘心淡,悠然闻远钟。

注释:

[1]森林公司:民国时期位于崂山巨峰南麓的一家股份制公司。该诗详见周至元《崂山志》第124页。

尹琅若[1] 别墅[2]

富贵浮云一笑忘,雅人襟怀耐思量。
名山自从先生驻,空谷常留翰墨香。

注释:

[1]尹琅若:即清末日照人尹琳基(1838—1899),字琅若,号竹轩,于同治二年(1862)进士后历翰林院庶吉士、翰林院编修等职,时人因称其为"尹翰林";曾于光绪九年(1883)至十三年(1887)隐居于崂山太清宫在宫殿东侧一所两进的堂院,即"尹琅若别墅",民间称"翰林院"。详见周至元《崂山志》第149页。　　[2]该诗详见周至元《崂山志》第122页。

太古堂[1]·过华阴[2] 怀高文忠[3]

破碎河山何处归?溯公身世泪堪挥。
名岩托足岂终隐?国事关心伤日非。

大厦难支空一木，豺狼当道计频违。
南都[4]博得义仁尽[5]，泉石无缘歌式微。

注释：

[1] 太古堂：明末胶州名士高弘图别墅，位于崂山华楼山北麓；初名皆山楼，为高弘图同乡赵任别墅，在高弘图罢官归乡后，赵任赠与高弘图，高弘图乃更名为太古堂，清初转归胶西王氏；其原址今已淹没于崂山水库中。 [2] 华阴：即崂山华阴村。 [3] 高文忠：即明末胶州名士高弘图（1583—1645）。该诗详见周至元《崂山志》第120页。 [4] 南都：即南京，明朝时被称为南都。 [5] "南都"句：指高弘图于崇祯十六年（1643）奔赴南京，历南京兵部侍郎、户部尚书、礼部尚书兼东阁大学士等职，最终因南明灭亡而绝食自杀。

楼阁

延月楼[1]

危楼高与竹梢齐，楼上回看天海低。
好是此中明月夜，白云横断碧波黎[2]。

注释：

[1] 延月楼：位于崂山太清宫三清殿前，登眺最敞；该诗详见周至元《崂山志》第127页。 [2] 波黎：即"玻璃"。

紫霞阁[1]

先人曾此驻仙槎，高阁飞空号紫霞。
今日遗踪寻不得，惟余绝壁满苔花。

注释：

[1] 紫霞阁：位于崂山东麓的小蓬莱，依山面海，明代即墨人周如锦所建，后归即墨蓝氏，今已废毁；该诗详见周至元《崂山志》第128页。

三、游崂诗

藏经阁[1]

清泉白石远尘氛,曳杖闲游日又曛。
踏遍禅房僧不见,倚栏闲看隔山云。

注释:

[1] 该诗详见周至元《崂山志》第128页。

亭

松风亭[1]

古亭雅且洁,时有幽人往。
万籁此全无,但有松风响。

注释:

[1] 松风亭:位于崂山柳树台村,木皮代瓦,今佚;该诗详见周至元《崂山志》第130页。

观瀑亭[1]

石级盘回上,茅亭矗岭巅。
俯看千仞壁,飞下一条泉。
滚滚浪成雪,濛濛沫化烟。
尘襟与俗虑[2],坐久一时捐。

注释:

[1] 观瀑亭:位于崂山鱼鳞瀑西崖顶上,始建于民国二十一年(1932),人坐亭中观瀑,别有韵味,详见周至元《崂山志》第130页。 [2] 俗虑:周至元《崂山志》作"俗处",此据《周至元诗文选》和周延顺自印本改。

255

斐然亭[1]

四顾疑[2]昌画，山光接海光。
一亭胜尽揽，百虑坐全忘。
峰影栏前落，涛声舄底忙。
丰碑留岘首，遗爱永垂芳。

注释：

[1]斐然亭：位于崂山华严寺东南、返岭村南一深入海内的山岬上。该诗详见周至元《崂山志》第128页。 [2]疑：抄本作"如"。

塔墓

张仙塔[1]

古塔崚嶒[2]叠石成，下临沧海上青冥。
仙踪一自三丰置，留得耐冬万古青。

注释：

[1]张仙塔：相传为张三丰所建。该诗详见周至元《崂山志》第131页。[2]崚嶒（léng céng）：形容高耸突兀的样子，如唐陈子昂《送魏兵曹使巂州》诗："勿以王阳叹，邛道畏崚嶒。"

昌仁上人[1] 塔[2]

嵯峨古塔竹松间，佛骨何埋却教闲？
想当清风明月夜，诗魂应绕旧云山。

注释：

[1]昌仁上人：字义安，俗姓矫，清末僧人，年少时即出家于崂山华严庵，年长后因至京受戒而通书翰，乃云游四方，光绪间始回归华严庵，禅定外以诗自娱，

坐逝前犹从容作诗数联，著有《山居诗稿》。详见周至元《崂山志》第172页。
[2] 昌仁上人塔：位于崂山华严寺内，是山东海阳人初彭龄出资修建的，但一直未用，今佚；该诗详见周至元《崂山志》第132页。

慈沾[1] 塔[2]

盘青挽翠一重重，疑是岱宗五老松。
久阅烟霞佛骨瘦，饱经风雨藓花[3]浓。
云归深锁常栖鹤，潮至长吟欲化龙。
天教名山留胜迹，回看四面耸奇峰。

注释：

[1] 慈沾（1588？—1672）：清代高僧，俗姓李，观阳里（今山东海阳）人，少孤，事母极孝，母卒后削发为僧，师事江南临济派僧人一生和尚，后声名日隆，为即墨黄宗昌迎至即墨准提庵，清康熙间至崂，与黄宗昌子黄坦共同创建华严庵，山居30年，未尝有忌色嗔语，84岁而坐化。详见周至元《崂山志》第171页。
[2] 慈沾塔：位于崂山华严寺前，是华严寺祖师慈沾圆寂处，前有堂门，周环以垣墙，院内多古松，旧有二株抱塔之顶，有松抱塔之称，今仅余一株。详见周至元《崂山志》第131—132页。 [3] 藓花：即苔藓，因聚居而生的一片片苔藓远看像花朵一样而称。

桥梁

王子涧桥[1]

桥下潺潺水，桥头削削峰。
红尘飞不到，过此即仙踪。

注释：

[1] 王子涧桥：位于崂山南麓板桥房南，桥长20余米，宽4米余，四周环以峭岩巉壁，风物较弹月桥尤佳，未知今存否。详见周至元《崂山志》第134页。

迎仙桥[1]

幽绝上宫地，迎仙更有桥。
尘襟与世虑，到此一时消。

注释：

[1]迎仙桥：位于崂山上清宫右，上有乔松，下有鸣泉，其境甚幽，详见周至元《崂山志》第135页。

仙人桥[1]

静听无尘籁，松风杂水声。
山光争绕杖，海色远涵空。
涧草青葱碧，岩花寂寞红。
深疑仙路外，琳宇可相通。

注释：

[1]仙人桥：位于崂山仰口风景区内太平宫北的纯天然石桥。该诗详见周至元《崂山志》第135页。

弹月桥[1]

高起飞虹驾两山，静听涧底水潺湲。
探胜有客扶藜过，身在岚光云影间。

注释：

[1]弹月桥：位于崂山南麓的南九水河上。该诗详见周至元《崂山志》第134页。

烂柯桥[1]

崎岖樵径入烟萝，涧底石桥流水多。
若是仙人倘可遇，不辞烂尽斧之柯。

注释：

[1]烂柯桥：位于崂山华楼山麓。该诗详见周至元《崂山志》第135页。

道路

东海路[1]

一

脚底潮声似轰雷，山坳转处海天开。
钓龙嘴[2]过尘襟豁，无数奇峰迎面来。

注释：

[1]东海路：旧指北起雕龙嘴、南至太清宫的那段长35里的马路，由时任青岛市市长的沈鸿烈倡导修建于民国十七年（1928）。另，该组诗详见周至元《崂山志》第139页，《周至元诗文选》本也收录，并有注曰："该路起雕龙嘴，终太清宫，南北延长三十五里，皆山海竞险、松石错绣。" [2]钓龙嘴：即雕龙嘴，详见前注。

二

一层青霭一层岚，岚影山光有无间。
惊看半天楼阁现，白云洞[1]在白云端。

注释：

[1]白云洞：位于崂山东麓大仙山巅的道教洞窟之一。

三

南过华严岭上行，行行且止斐然亭[1]。
倚栏指点真如画，大海乱山相映青。

注释：

[1]斐然亭：位于崂山华严寺东南、返岭村南一深入海内的山岬上。

四

茅舍数间岩半藏,岚光旁拥海前当。
人家尽在云中住,修竹遮门石作墙。

五

崎岖一径不知劳,乱石滩中意自豪。
忽见晴空雷电掣,涛头飞起比人高。

六

忽然峭壁忽苔矶,海影岚光色色奇。
南去青山知不远,野花迎客见英姿。

华严路[1]

石径盘回深复深,乱山空翠豁人襟。
海风送入华严界,不许尘埃半点侵。

注释:

[1] 华严路:旧指自海滨至华严寺的那段长约三里的马路,民国十八年(1929)曾重修,路旁石刻有"烟岚高旷""莲池海会""天风海涛""东瀛晓色"等,今路存而石刻已佚。另,该诗详见周至元《崂山志》第140页,《周至元诗文选》本也收录,并有注曰:"自海滨至寺凡三里,夹径幽篁乔松,荫蔽如幄,盘回迂折,尤有幽致。"

梯云路[1]

叠嶂重峦似笋栽,俯看海水净如揩。
眼前便是青云路,莫道天高不可阶。

注释:

[1] 梯云路:即梯子石。该诗详见周至元《崂山志》第140页,《周至元诗文选》也收录,并有注曰:"梯云路即梯子石,民国二十一年筑。"

三、游崂诗

人 物

山 栖[1]

一

家住二劳下，青山日日登。
听泉每携策，看竹偶逢僧。
懒意闲鸥识，长歌野鸟应。
寻诗爱幽窅，更上白云层。

二

无复尘缘累，幽栖事事闲。
深林听鸟罢，古寺访僧还。
涧水忙奔海，岭云懒出山。
悠然天地暮，归去掩柴关。

注释：

[1] 该组诗详见周至元《崂山志》第333页，第一首前已录入《天籁集》。

吊邹全阳[1]

一[2]

庐结三千仞，苦修四十年。
讵知红羊劫[3]，竟到白云巅。
竹泣沧溟月，松号暮雨天。
余生尘世友，遥望泪长涟。

注释：

[1] 邹全阳（？—1939）：崂山白云洞道长。　[2] 此诗前已录入《天籁集》，但题为"哭白云洞邹全阳道人"，因二者在文字上有差异而并录。　[3] 红羊劫：指国难。

二

天道实难问,善人竟不终。
名成留杰阁,心悴为哀鸿。
碧海衣辉赤,白云血染红。
千秋伤过客,古洞月中明。

海滨公园[1]

傍山近海景天成,藤架茅亭点缀工。
好是斜阳扶杖去,此身宛在画图中。

注释:

[1] 海滨公园:即今之鲁迅公园。该诗详见周至元《崂山志》第346页,原无题,此据周延顺自印本加。

游明霞洞赠张道人[1]

随处松阴扫石眠,翛然无事一神仙。
自言来此餐霞后,不下云峰三十年。

[原注] 辛未[2]秋,余与蓝水同游明霞洞。道人张某颇爱客,清谈良久,坚求留诗,因书一绝赠之。道人喜甚,留连一日始去。晚近山中羽流得如此者,亦稀矣。

注释:

[1] 明霞洞:位于崂山南麓昆仑山玄武峰绝岩下的人工洞穴。该诗详见周至元《崂山志》第337页,题注据周延顺自印本而加。 [2] 辛未:此处指公元1931年。

过宫先生墓[1]

拜罢凄然泪满襟,先生遗恨海同深。
只今惟有二劳月,能鉴英雄万古心。

注释:

[1] 宫先生:即清末崂西南石屋村(今属青岛市城阳区夏庄街道办)人宫中梱

(1831—1904)，字伊真，清末诸生，以孝义闻于乡，因其祖屋在1897年德人占据胶澳后被划入租界而不胜悲愤，乃倡导众人拒输租税于德署，又弃家赴京求有力之士相助，皆未成功，后命其子为营坟墓，自缢于神祠松桧间；时人义之，为立墓碑，莱阳文人王垿为作墓志，胶州史学家柯劭忞为作挽联曰"汉家纵有中行说，齐国宁无鲁仲连"。事及诗详见周至元《崂山志》第160—161页。

吊王真悟[1]

葬罢萱堂[2]身已轻，更将一死报[3]先生。
愁看华夏寇骑遍，蹈海仲连[4]志竟成。

注释：

[1]王真吾：民国时山东安丘县人，因厌世务而至崂山白云洞出家，拜道人邹全阳为师，曾归乡为亲奔丧，事毕后仍还崂山；1939年春，日军残杀白云洞邹全阳等道侣6人时，王真吾因外出而未罹祸，归洞后尽收遗骨而葬之，并叹曰："人生所重义耳，今国亡、亲殁、师死，吾安能偷生！"数日后至崂山雕龙嘴蹈海而死，其尸首三日后随潮汐而至崂东文武港，面目如生，民众殓葬之，并立碑碣。事及该诗均见周至元《崂山志》第161页。　　[2]萱堂：本指母亲所居之处，后代指母亲。　　[3]更将一死报：《周至元诗文选》本作"更伤惨死哭"。　　[4]仲连：即战国末期义不帝秦的齐国人鲁仲连。

王真吾

酬罢亲恩身已轻，更将一死报先生。
栖真岩谷时难许，填海精卫怨未平。
义士高风耻粟食，骚人亮节拟冰清。
同心尚有田横客，夜夜寒涛伴月明。

赠张默林[1]

茅舍数椽东海滨，四围山色到门新。
清怀如水常教淡，傲骨撑身一任贫。
人似逋仙[2]无俗格，诗同坡老[3]超凡尘[4]。
嗟余亦有烟霞癖，安得移家作比邻？

注释：

[1] 张默林：字小园，也作肖园，清末民初崂山崂东（今属青岛崂山区王哥庄镇）人，清亡后移居崂山里，与同样避世而居崂山的诸城人王悟禅诗酒相酬。事及该诗均见周至元《崂山志》第152页。另，此诗周延顺自印本。题作"赠劳山隐者"。　　[2] 逋仙：即北宋隐逸诗人林逋。　　[3] 坡老：即北宋文学家苏轼（1037—1101），因其自号东坡而称。　　[4] 超凡尘：周延顺自印本作"远埃尘"。

墨　晶[1]

磊落岂甘顽石同？二劳毓秀产灵晶。
不能营钻空椎髻，别具锋棱嶙骨成。
倘施琢磨便供璧[2]，若论价值胜连城。
深山还应返君璞，莫向人间浪得名。

注释：

[1] 墨晶：即黑水晶。该诗详见周至元《崂山志》第191页。　　[2] 供璧：抄本作"拱璧"，当是。拱璧：古代一种专用于祭祀的大型璧玉，因须双手捧持而得名，后世借以指代极其珍贵之物。

西施舌[1]

浣纱人去舌犹存，惹得东邻欲效颦。
滑腻俨同鸡颈肉，温柔恰称美人身。
华池春暖蚌胎结，沧海秋高异味新。
莫笑老饕食指动，相看我亦口流津。

注释：

[1] 西施舌：一种海蛤，崂山海珍之一，主要生长在崂山湾、沙子口湾、王哥庄镇沿海潮间带中的低潮区沙泥中，肉丰味美，胜于常品。该诗详见周至元《崂山志》第179页。

三、游崂诗

咏青岛[1]

幽居处处傍山涯,碧瓦红楼景色赊[2]。
绣户远收千里翠,雕栏低护一庭花。
夕阳影里帆争出,汽笛声中客到家。
何必桃源堪供隐?此间亦足老年华。

注释:

[1] 该诗详见周至元《崂山志》第 346 页,原无题,据周延顺自印本加。
[2] 赊:此处意为多、繁多。

耐 冬[1]

空山夜来三尺雪,北风怒号岩隙裂。
冲寒忽有耐冬花,雪中犹芳自孤洁。
貌似胭脂心似霜,干如珊瑚叶如铁。
偷取石榴[2]缕缕衣,染红杜鹃枝枝血。
吹煦未肯借东风,桃花为伍更不屑[3]。
嫣然一笑天地春,却嫌梅花穷寒骨[4]。

注释:

[1] 耐冬:茶树之一种。该诗详见周至元《崂山志》第 186 页。 [2] 榴:周至元《崂山志》本作"醋",《周至元诗文选》本作"蜡",此据抄本改。[3]"吹煦"二联:反用唐白居易《杏园中枣树》诗中"东风不择木,吹煦长未已""君求悦目艳,不敢争桃李"之意。 [4] 骨:《周至元诗文选》本作"节",更合诗韵。

(二)《题崂山名胜照片》所录诗

明道观[1] 门前

地僻峰峰翠,山深处处溪。
红尘飞不到,只有野禽啼。

注释：

[1] 明道观：位于崂山东麓招风岭前。

题太清宫[1] 正门

门外沧溟阔，阶前曲径斜。
雪中有客到，先看耐冬花。

注释：

[1] 太清宫：位于崂山南麓，也称下清宫或下宫。

仙古洞[1]

野花封洞口，终古少人过。
时有烟霞气，因风透薜萝。

注释：

[1] 仙古洞：位于崂山北九水附近莲花峰山腰上。

白云洞[1]

古洞层峦上，朝朝云自封。
奇观更叫绝，洞后露虬松[2]。

注释：

[1] 白云洞：位于崂山东麓大仙山巅的道教洞窟之一。 [2] 虬松：即位于白云洞之上的华盖松。

白云洞全景

奇石撑松古，危岩结屋牢。
眼前沧海阔，始识此峰高。

三、游崂诗

题白云洞精舍全景

精舍尘难到,修篁间古松。
道人清睡稳,懒打午时钟。

题苇竹庵[1] 全景

终年无客到,终日有禽啼。
更爱幽篁外,落花处处磎[2]。

注释:

[1]苇竹庵:即蔚竹庵,又名蔚儿铺,位于崂山东北凤凰岭下。 [2]磎:古同"谿",即溪。

八仙墩[1]

天于沧海外,特设八仙墩。
怒涛如翻雪,纷纷扑山根。

注释:

[1]八仙墩:位于崂山东南麓的崂山头上。

弹月桥[1]

跨涧飞虹起,人称弹月桥。
应因尘世隔,不见过山樵。

注释:

[1]弹月桥:位于崂山南麓的南九水河上。

巨峰顶[1]

巍巍峰难伍,高高天作邻。
俯览城与市,点点等埃尘。

注释：

[1]巨峰顶：又名"盖顶"或"磕掌"，即位于崂山最高峰巨峰极顶的一块几尺见方的岩石，仅能容三四人，险峻难攀。

明霞洞[1]

郁郁复磊磊，苍松与白石。
明霞好洞天，中栖忘机客。

注释：

[1]明霞洞：位于崂山南麓昆仑山玄武峰绝岩下的人工洞穴。

鱼鳞瀑[1] 近照

一派从天下，层层作急湍。
闲来披薆看，犹自觉心寒。

注释：

[1]鱼鳞瀑：位于崂山北九水的内九水峡谷中。

题玉龙瀑[1]

绝壁千寻立，飞泉一派流。
蒙蒙烟雾湿，恰似大龙湫[2]。

注释：

[1]玉龙瀑：又称龙潭瀑。　[2]大龙湫：古代著名的瀑布，位于浙江雁荡山，如唐僧贯休《无题》诗曰："雁荡经行云漠漠，龙湫宴坐雨蒙蒙。"

北九水

曲涧如龙啸[1]，奇峰似笋裁。
山阴道[2]上过，一步一低徊。

注释：

[1] 啸：《周至元诗文选》本作"嘴"。　[2] 山阴道：位于古代山阴县会稽城（今浙江绍兴）郊外的一条风景优美的官道。

内九水牙门[1]

九水曲还曲，乱山深复深。
扶筇试独往，涤尽俗尘心。

注释：

[1] 牙门：即位于崂山北九水风景区内靛缸湾下一里处的石门峡，俗称牙门、衙门、鱼鳞口等，因两岩对峙如门而称，高数十丈的两岩对峙成宽仅3米之门，水自门中奔涌而出，人自下仰视，觉悬空巨岩似摇摇欲坠，惊险万状；由此向上即可到内九水的金华谷。

太清宫[1] 耐冬

干老已如铁，花繁恰似金。
孤芳应有赏，莫患少知音。

注释：

[1] 太清宫：位于崂山南麓，也称下清宫或下宫。

上清宫[1] 牡丹

未到上清地，曾闻香玉[2]名。
美人如肯出，我欲唤卿卿[3]。

注释：

[1] 上清宫：位于崂山东南昆仑山南麓、明霞洞之下的道教宫观。　[2] 香玉：蒲松龄小说中塑造的崂山上清宫牡丹花神的名字，详见《聊斋志异·香玉》。[3] 卿卿：古代夫妻间爱称。

269

洪述祖[1] 别墅[2] 全景

路转峰回处，林泉分外幽。
题诗人已去，涧水也含愁。

注释：

[1] 洪述祖：现代著名戏剧家洪深之父，详见前注。　[2] 洪述祖别墅：即位于崂山南九水的观川台。

王哥庄[1] 荷花池全景[2]

轻风吹送芰荷香，胜地天开十亩塘。
三面青山一面海，西湖无此好风光。

注释：

[1] 王哥庄：位于崂山东麓的仰口湾畔，东南濒黄海，西北与即墨、城阳相邻，今已成为青岛市崂山区王哥庄街道办事处。　[2] 此诗《周至元诗文选》本题作"荷池"。

（三）《崂山名胜介绍》所录诗

庚子[1] 春元月，所著《崂山名胜介绍》[2] 印成，喜而赋此

一

生来性癖耽林泉，杖策二劳四十年。
幸得一编成著述，名山胜迹藉留传。

注释：

[1] 庚子：此处指公元1960年。　[2]《崂山名胜介绍》：山东人民出版社1957年约撰，1959年出版。

二

短编[1] 未敢望千秋，聊供世人作导游。
只恨愧无元道[2] 笔，奇峰怪石写难周。

三、游崂诗

注释：

[1] 短编：即《崂山名胜介绍》，称其为"短编"，是因为：周至元于1957年春即开始与山东人民出版社商谈《崂山志》的出版事宜，出版社因嫌《崂山志》篇幅过长而约其另撰《崂山名胜介绍》。 [2] 元道：当为"道元"，即北魏地理学家、散文家郦道元（470？—527），撰有集风土人情、历史故事、神话传说等于一体的地理学散文《水经注》。详见《北史》卷二七。

题《崂山游览图》[1]

一

海外名山掌上陈，舆图[2]绘出饷游人。
事前展卷仔细看，不须桃源更问津。

注释：

[1]《崂山游览图》：即《游览崂山道路图》，周至元绘，附录于《崂山名胜介绍》一书。 [2] 舆图：也称舆地图，古代对绘有疆域范围的地图的称呼，后泛指地图，此处特指周至元绘制的《游览崂山道路图》。

二

峭崿崂峰峙海隅，蓬壶[1]胜景想难殊。
千岩万壑叙难遍，先为游人作道图。

注释：

[1] 蓬壶：蓬莱、方壶的省称，均为古代神话传说中的仙山，泛指仙境。

三

争传海上有仙山，山在虚无缥缈间。
方壶圆峤终是幻，二劳从此著尘寰。

四

有山无海峰难秀，有海无山水不奇。
岚影波光交相映，奇观宇宙耐人思。

五

危峰千朵插东瀛[1]，万顷沧溟远拍空。
海内名山及不得，五更先看一轮红。

注释:

[1] 东瀛:此处指东海。

六

崭崿奇峰乱插天,无边海色接层岚。
二劳尽有洞天胜,指与游人仔细探[1]。

注释:

[1] 探:抄本作"看"。

华严寺[1] 鸟览[2]

古寺依山筑,辉煌殿宇高。
禅机听不尽,梵响杂松涛。

注释:

[1] 华严寺:崂山现存唯一佛教寺院,位于崂山东部那罗延山麓。 [2] 鸟览:从高空俯视,今多作"鸟瞰"。

华严寺内景[1]

壮丽藏经阁,筑来是何年?
依栏试一瞩,沧海远连天。

注释:

[1]《周至元诗文选》本题作"华严寺藏经阁"。

华严寺砥柱石[1]

大海当前碧,群峰相映青。
是谁留巨笔?巡抚说惠龄[2]。

注释:

[1] 砥柱石:位于崂山返岭村旁公路主干道西侧的一块巨石,其东面刻有"山

海奇观"四行楷大字,字高近3米,为崂山古刻石之首。详见周至元《崂山志》第59页。　[2]惠龄(？—1808),字椿亭,蒙古正白旗人,萨尔图克氏,清朝将领,曾于乾隆、嘉庆年间三度任山东巡抚,乾隆五十六年阅兵海上时曾游崂山,在那罗延山下砥柱石之上题刻"山海奇观"四字,并撰跋文曰:"余夙闻崂山之胜。兹阅兵海上,裹粮往登。将至华严庵,见路旁一巨石,延袤七丈余,高亦五丈,询之土人,称为砥柱石。余徘徊其下,仰视层峦八崇,俯瞰大海之浩瀚,烟云变灭,倏忽万状,真平生之奇观也。因题此镌诸石,兼志其由,俾后之登是山者知余屐齿所到焉。乾隆五十六年岁在辛亥春三月,惠龄书并跋。"详见周至元《崂山志》第205页。

太平宫外景[1]

仙宫傍绝巘,洞壑自深幽。
松竹苁茏[2]茂,涛声六月秋。

注释:

[1]太平宫:位于崂山东麓仰口风景区内晓望村南3里。　[2]苁茏(cōng lóng):也作"茏苁"或"葱茏",形容草木青翠茂盛的样子。

太清宫[1] 内景

三面峻峰抱,琳宫傍海涯。
雪中有客到,先赏耐冬花。

注释:

[1]太清宫:位于崂山南麓,也称下清宫或下宫。

太清宫[1] 内古柏

古柏参天立,高枝欲拂云。
空山岁月老,托迹亚羡君。

注释:

[1]太清宫:位于崂山南麓,也称下清宫或下宫。

上清宫[1] 古柏

寂寞深山老,瘿瘤生满身。
莫惊浓荫阔,阅尽几秋春。

注释:

[1]上清宫:位于崂山东南昆仑山南麓、明霞洞之下的道教宫观。

华盖松[1]

老松蟠洞顶,阅历岁年深。
风过一长啸,直逼老龙吟。

注释:

[1]华盖松:位于崂山白云洞上方,因枝条参差、像华盖一样覆盖着白云洞而得名。

白云洞[1] 正门

参天秀竹色,幽绝羽人家。
不见白云在,满阶是落花。

注释:

[1]白云洞:位于崂山东麓大仙山巅的道教洞窟之一。

白云洞

洞天处绝巘,门对海山开。
游客经年少,白云自往来。

青龙阁[1]

高阁逼天近,巍然凌碧空。
五更凭槛瞩,饱看一轮红。

注释：

[1] 青龙阁：位于崂山白云洞内，是民国二十三年（1934）白云洞道长邹全阳集资鸠工修建的，阁为砖木结构，分上、下两层，共有6个门楼，周至元作有《白云洞青龙阁落成记》，后烧毁于1939年的白云洞事件中。详见周至元《崂山志》第304页。

梯子石[1]

路自山腰渡，蚕丛[2]一径横。
不须亲陟历，遥望足心惊。

注释：

[1] 梯子石：又称天梯或梯云路。　　[2] 蚕丛：也称蚕丛氏，是神话传说中古蜀国首位称王者，后也借指崎岖难行的蜀道，如唐李白《送友人入蜀》诗曰："见说蚕丛路，崎岖不易行。"

鱼鼓石[1]

巨窟岩头结，玲珑似石楼。
曾栖那罗佛[2]，仙迹至今留。

注释：

[1] 鱼鼓石：位于崂山华严寺至那罗延窟途中。　　[2] 那罗佛：即那罗延，佛教神话中大力神Nryana的音译，也意译为金刚力士，崂山民间相传他曾带弟子在那罗延窟中修行。

自然碑[1]

一

山灵真奇诡，幻作自然碑。
安得如椽笔[2]，岩头遍题诗？

注释：

[1] 自然碑：位于崂山巨峰南麓的天然巨石。　　[2] 如椽（chuán）笔：像

275

搭建于屋梁上的椽子那样粗大的笔,比喻文笔雄健有力或文章气势宏大。

二

怪石岩头矗,丰碑号自然。
秦皇空一世,不敢勒铭篇。

"波海参天"刻石[1]

故老人争说,祖龙[2]曾此游。[3]
参天波海阔,石刻镌岩陬。

注释:

[1]"波海参天"刻石:位于崂山太清宫东山路东侧,楷书,字径一米,下有小字"始皇二十八年游于此山",初为清末民初太清宫道人请北京大学教师书写,"文革"中遭毁,1979年修复。 [2]祖龙:即秦始皇,以其为人皇之始而称。 [3]"故老"二句:崂山民间相传秦始皇曾游览古称牢山的崂山,因山路险峻而劳民伤财,以致"齐人苦之,而名曰劳山",清代学者顾炎武即持此说。

比高崮[1]

除却巨峰[2]外,端应让尔高。
婷婷云外立,不愧美人号。[3]

注释:

[1]比高崮:是崂山最高峰巨峰之南山峰中最高的一座,海拔1077米,因自下望之似比巨峰还高而得名;又称美人峰,清山东巡抚崔应阶有《美人峰》诗赞曰:"山色真如清净身,凭虚独立迥难亲。洞中未许逢仙子,天外空教侍美人。薛荔作裳云极润,芙蓉为面黛眉新。莫将雾鬓云鬟意,错拟岩头姑射神。"详见周至元《崂山志》第30页。 [2]巨峰:崂山最高峰,又名崂顶。 [3]"婷婷"二句:抄本又作"全无媚妩态,安得美人号?"

翠屏岩[1]

绝壁峭然立,望望似削屏。
环山峰更好,朵朵眼送青。

注释：

[1]翠屏岩：位于崂山华楼山东北部的华楼宫之上。

巨峰顶[1]

历历星堪摘，青青天可扪。
眼中空四海，一笑小乾坤。

注释：

[1]巨峰顶：又名"盖顶"或"磕掌"。

骆驼头[1]

狞立如奇鬼，危坐似定僧。
匠心费几许？我欲问山灵。

注释：

[1]骆驼头：即位于崂山外九水风景区六水北岸的骆驼头峰。

石门峡[1]

险峡如门立，澄潭一镜涵。
奇胜关不住，飞瀑有人探。

注释：

[1]石门峡：俗称牙门、衙门、鱼鳞口等。

梳洗楼[1]

一

叠石峰头矗，遥望恰似楼。
远山秀色好，眉黛自风流。

注释：

[1]梳洗楼：又名华表峰、聚仙台，位于崂山华楼宫以东、松风口以南。

二

拔地岑楼起，其巅多古松。
桃花时自落，仰望想仙踪。

狮子峰[1]

山势郁岧峣[2]，东迎万里涛。
一杯凭眺处，天外月轮高。

注释：

[1]狮子峰：位于崂山仰口风景区内太平宫东北。　[2]岧峣（tiáo yáo）：山高峻的样子，如唐崔颢《行经华阴》诗："岧峣太华俯咸京，天外三峰削不成。"

崂山头[1]

山到路穷处，孤峰海底攒。
怒涛如雪涌，造化足奇观。

注释：

[1]崂山头：位于崂山最东南端的一个延伸于海中的半岛，面积约5.5平方公里，岛上主峰直插入海，峰上遍植黑松，并有耐冬两株，相传为张三丰手植。

崂山东海岸

四顾疑晶画，山光接海光。
山阴道[1]上过，耳目两俱忙。

注释：

[1]山阴道：位于古代山阴县会稽城（今浙江绍兴）郊外的一条风景优美的官道。

大仙山[1] 和二仙山[2]

海上有仙山，登临近日边。
俯览岛底岛，历历大如拳。

注释：

[1] 大仙山：位于崂山东麓雕龙嘴之北。 [2] 二仙山：位于大仙山之东，以景色俊秀、山势挺拔而闻名。

鱼鳞瀑[1]

飞瀑三叠下，澄潭一亩凝。
游人盛暑至，如濯玉壶冰。

注释：

[1] 鱼鳞瀑：位于崂山北九水的内九水峡谷中。

玉龙瀑[1]

一条空际舞，疑是玉龙飞。
眺赏坐岩石，斜阳不忍归。

注释：

[1] 玉龙瀑：又称龙潭瀑。

外九水[1]

芒鞋蹋过大崂湾，身入千岩万壑间。
一杖逍遥随所适，行听流水坐看山。

注释：

[1] 此诗又录入《周至元诗文选》第20页。

于七[1] 墓[2]

失意逃归释[3]，英雄末路多。
千秋留侠骨，寂寂寄山阿。

注释：

[1] 于七：名乐吾，以行七而称，清代山东栖霞人，初以武举起家，后因与邑

绅不合而起兵谋反,兵败后逃至崂山华严庵出家,法名善和(一说为善观),一改往日所为,终葬于华严寺。详见周至元《崂山志》第171—172页及《于七抗清史略》一文。　[2]于七墓:位于崂山华严寺塔院内,墓上建有经幢,塔铭曰"庄严示寂弘戒大师澂公上善下和塔",一说为"庄严示寂弘教大士上善下观瞳公和尚塔"。　[3]释:本为佛教创始人释迦牟尼的省称,后泛指佛教。

(四)《崂山名胜画册》所录诗

题蔚竹庵[1]

松篁密护羽人家,寂寂柴关静不哗。
应是山深游客少,满庭处处遍苔花。

注释:

[1]蔚竹庵:又名蔚儿铺,位于崂山东北凤凰岭下。

题神清宫[1]暠

插空一朵碧芙蓉,路绕羊肠几曲行。
乍入仙宫神为爽,满庭苍翠扑人清。

注释:

[1]神清宫:位于崂山芙蓉峰西、大崂村南。

题崂山太清宫[1] 道中暠

青山村过是烟岚,夹路松阴步上山。
才陟岭头神忽爽,眼前波海已参天。

注释:

[1]太清宫:位于崂山南麓,也称下清宫或下宫。

三、游崂诗

题绘明道观[1]图

四面云山翠作堆，林深只听鸟声喧。
不知采药人何去，野鹤松阴为守门。

注释：

[1]明道观：位于崂山东麓招风岭前。

题南天门[1]图

高处南天迥出群，奇观绝世远尘氛。
岩头惊看双峰矗，下插沧溟上拂云。

注释：

[1]南天门：此处疑指位于崂山南部流清河风景区内的天门峰。

题华楼图

叠石排空状似楼，名山第一信无俦。
年年惟见桃花落，不见仙人在上头。[1]

注释：

[1]"年年"二句：因民间相传华楼山顶翠屏岩上长有桃树、是仙人居所而云。

题华楼山翠屏岩图

绝壁如屏景色奇，巉崖高处薜萝垂。
兴来写入画图里，好与寻胜游客知。

题鱼鳞瀑[1]图

数亩澄潭色蔚蓝，四围绝巘足奇观。
坐看飞瀑成三叠[2]，滚滚银涛六月寒。

注释：

　　[1] 鱼鳞瀑：位于崂山北九水的内九水峡谷中。　　[2] "坐看"句：抄本作"坐眺疑是银河决"。

自题棋盘石[1] 畵

　　奇石峰头似笋栽，登临绝顶俨平台。
　　我来贪阅海山胜，不为看棋也再来。

注释：

　　[1] 棋盘石：位于崂山东路招风岭下明道观南2里处。

自题九水亭畵[1]

　　高筑岩头九水亭，澄潭岩下一湾停。
　　凭栏别有奇观致，四面峦峰水底清。

注释：

　　[1] 此诗前已录入《头陀吟》，题作"九水亭"。

题崂山玉龙瀑[1] 畵

　　白云高[2]处玉龙飞，绝壁青苍映四围。
　　坐赏浑忘时已久[3]，蒙蒙细雾湿人衣。

注释：

　　[1] 玉龙瀑：又称龙潭瀑。　　[2] 高：抄本又作"生"。　　[3] "坐赏"句：抄本又作"有客探奇坐眺久"。

题劳山飞云瀑[1] 畵 并序

　　崂山飞云瀑在芙蓉峰东南，旧志不载，余始题而名之。
　　有客探奇海外回，忽闻空谷响奔雷。
　　悬崖千仞接霄汉，一道银河天上来。

注释：

[1]飞云瀑：俗称花花浪子。

题自绘九水二水[1]图

九水风光别样奇，溪流曲折胜武夷。
惊看二水更叹绝，混沌窍开怪石垂。

注释：

[1]九水二水：当指崂山北九水的外二水，以涧南的锦屏岩和涧中垒叠壁立的大石而闻名。

题斐然亭[1]图

危亭高筑悬崖头，胜景别饶邻海陬。
回顾云山尽画稿[2]，岚光波影一栏收。

注释：

[1]斐然亭：位于崂山华严寺东南、返岭村南一深入海内的山岬上。
[2]"四顾"句：抄本又作"四面云山胜图画"。

题九水洪述祖别墅[1]图

峰回路转起高台，台下川流声似雷。
太息题诗人[2]已去，只留题壁长苍苔。

注释：

[1]洪述祖别墅：即观川台。　[2]题诗人：即洪述祖。

题自绘白云洞[1]图

一

凌云绝巘遍虬松，世外洞天仙境同。
万顷沧溟如可挹，五更先看一轮红。

[原注] 又，宫翌[2]诗："长松环古寺，合沓白云间。欲去疑无路，开门惟乱山。"亦恰合白云洞风景，唯第三句若改为"举足即沧海"，则尤切。至元附识。

注释：

[1] 白云洞：位于崂山东麓大仙山巅的道教洞窟之一。　　[2] 宫翌：未详。

二

我爱白云洞，云上结茅屋。
时问云下人，笑语出深谷。

三

炼师四五辈，逍遥无拘束。
朝抱白云游，暮拘白云宿。

丙申[1]冬至，绘于即墨

注释：

[1] 丙申：此处指公元 1956 年。

题上清宫[1] 图

世外仙宫属上清，幽篁曲径少人行。
秋来红叶千山闹，着色丹青画不成。

辛丑[2]冬至，至元题于白马山新村宿舍[3]

注释：

[1] 上清宫：位于崂山东南昆仑山南麓、明霞洞之下的道教宫观。　　[2] 辛丑：此处指公元 1961 年。　　[3] 白马山新村宿舍：位于济南市市中区，应是周至元长子周延福在济南的住处；另据周延顺口述，周至元因病于 1961 年冬在济南铁路医院治疗，当时条件极为艰苦。

题石门山[1] 图

石门山下石门庵，寂寂幽栖少客探。
仰望群峰剑戟立，白云日日锁烟岚。

辛丑冬至，即墨周至元题于济南白马山客次

注释：

[1] 石门山：位于崂山西部，详见前注。

题反眼岭[1] 道中嵒

海上探幽扶策来，岩腰一径绕峰回。
云山愈转愈奇出，画意诗情任剪裁。

辛丑冬至，至元漫题于白马山客寓

注释：

[1] 反眼岭：或即位于崂山华严寺附近的返岭村所在的山岭。

题蓝氏华阳书院嵒[1]

沧桑又历几星霜，苍狗白云事渺茫。
惟有华楼一片月，夜来依旧照书堂。

至元题于济南之白马山新村寓次，时在辛丑冬至

注释：

[1] 华阳书院：位于崂山华楼山之南的华阳山下。此诗又录入《头陀吟》中，但题作"华阳书院"。

题自绘鹤山全景[1]

胜景独擅崂北编，石同鹤状遂名山。
登临不尽洞天胜，一笑蓬莱指顾间。

辛丑冬至，至元题于白马山寓次

注释：

[1] 鹤山：位于崂山北部。周延顺自印本又录此诗入《天籁集》，但题作"鹤山"，今仅录于此。

题自绘石老人嵒

孤立奇峰沧海中，遥望恰似一渔翁。
桑田阅得几回变？为问仙人黄石公[1]。

辛丑冬至，至元白马山客寓灯下漫题

注释：

[1] 黄石公：秦末汉初隐士。

题崂山华严寺畐

庄严佛宇结虚空，松竹幽深曲径通。
一阁[1]全揽山海勝[2]，胜观遂擅二劳东。

辛丑冬至，即墨周坤[3]自题

注释：

[1] 一阁：即华严寺内的藏经阁。　[2] 勝：原作如此，当为与下"胜"字避重复之嫌。　[3] 周坤：周至元自称。

题明霞洞畐[1]

磴道盘云竹径深，餐霞豪客快登临。
仙山楼阁近即是，何事蓬莱海外寻？

辛丑冬至，至元书

注释：

[1] 明霞洞：位于崂山南麓昆仑山玄武峰绝岩下的人工洞穴。此诗又录入《头陀吟》，但题作"明霞洞"。

题悟禅道友[1] 玄都洞[2] 畐

羽客栖真在碧峰，绕舍绿竹并青松。
我来留向洞中宿，惊醒尘缘傍晓钟。

[原注] 悟禅道人能诗善书，与余相识已三十年，余游崂时屡就其所居之玄都洞中宿。追忆旧游，不胜惘然。辛丑冬，至元题。

286

注释：

［1］悟禅道友：即民国间隐居崂山的诸城人王明俊（1865—1947?）。　［2］玄都洞：位于崂山晓望村西南二龙山山巅。

题太平宫[1] 狮子峰[2] 嵒

太平宫处崂东偏，狮状危峰拔海攒。
好是五更峰顶望，扶桑浴日[3]足奇观。

［原注］又：黄宗庠[4]《狮峰看月出》诗云："石上开樽有浊醪，海天东望月轮高。寒声时到秋山寺，半是松风半是涛。"辛丑冬至，至元题于白马山。

注释：

［1］太平宫：位于崂山东麓仰口风景区内晓望村南三里。　［2］狮子峰：位于崂山仰口风景区内太平宫东北。　［3］扶桑浴日：此处指海上日出；扶桑：古代神话传说中的神树，是太阳升起和仙人居住之地，详见《十洲记》。　［4］黄宗庠：字我周，号仪庭、镜岩居士等，明末清初即墨人，崇祯十六年（1643）进士，一生未仕，隐居于崂山华楼山白鹤峪镜岩楼，著有《镜岩楼诗集》。详见清同治《即墨县志》。

又

枕上初闻晓寺钟，起看月色尚溶溶。
拿舟未探鲛人室，拄杖聊登狮子峰。
碧浪已浮沧海日，白云犹锁万山松。
耽游千里谁言老？寻胜探奇兴尚浓。

辛丑长夏于青岛

题自绘与蓝水玩月嵒

连袂同登梳洗楼[1]，山高月小值清秋。
闲来写入丹青里，如梦髣髴[2]忆旧游。

［原注］余游崂时，多与知友蓝水偕，此嵒系追忆登华楼[3]之情景。嗟乎！良友久别[4]，相隔千里，题毕不禁有暮云春树之思[5]。追忆与同学蓝水华楼南天门玩月

写盛暑。辛丑长夏,至元涂于琴岛。

注释:

[1]梳洗楼:又名华表峰、聚仙台,位于崂山华楼宫以东、松风口以南。 [2]髣髴:同仿佛,意即隐约、依稀;抄本又作"方醒"。 [3]华楼:即华楼山。 [4]久别:周至元于1958年底即被周延顺接至青岛西镇,蓝水又于1961年9月迁居东北,因此二人应是自1958年底即很少相见,1961年9月之后再未相见。 [5]暮云春树之思:指对友人的思念之情,出自唐杜甫《春日忆李白》诗:"渭北春天树,江东日暮云。何时一樽酒,相与细论文。"

黄公渚[1]《劳山胜迹》[2] 题词四首

一

乱来赢得一身闲,杖履二劳日往还。
结得一般猿鹤侣[3],蓬莱何必列仙班?

注释:

[1]黄公渚:现代书画家、学者,详见前注。 [2]《劳山胜迹》:黄公渚撰有多部关于崂山的著作,一为《劳山纪游百咏》,其《劳山纪游百咏》自序说:"癸酉(1933)、乙亥(1935)间,余逭暑崂山饭店时,偕岳子庑识,遍游山中名胜,道途所经,参诸志乘,询之父老,每有所得,记以小诗,日积月累,得乙百章,并图其迹,以当卧游。"一为词画合集,如郑逸梅《艺林散叶》第1345条说:"黄公渚爱慕青岛崂山胜迹,对景写生,成三十余帧,每帧附一词,影印赠友。"一为诗画合集《崂山百咏图集》,如青岛史学家鲁海《周至元〈崂山名胜画集〉序》说:"公渚先生曾有《崂山百咏图集》行世,为一百幅崂山山水画,各赋一诗。"此处疑指《劳山纪游百咏》。 [3]"结得"句:抄本又作"消受名山清静福"。

二

海上鳌峰景胜赊[1],辅唐词客[2]依[3]为家。
谪仙[4]去后无高咏,妙句[5]又传餐紫霞。

注释:

[1]赊:多、繁多。 [2]辅唐词客:黄公渚别号,黄公渚另有霜腴、辅唐

山人、辅唐山民等自号。 [3]依：抄本又作"止"。 [4]谪仙：抄本又作"青莲"。 [5]妙句：抄本又作"仙句"。

三

名山随处任倘佯[1]，选胜搜奇[2]屐齿忙。
岭上松风涧底[3]月，闲来掇拾入奚囊[3]。

注释：

[1]"名山"句：抄本又作"雅怀一笑入苍茫"。 [2]选胜搜奇：抄本又作"索隐探奇"。 [3]奚囊：抄本作"诗囊"。

四

新诗百首足传留[1]，胜迹还兼[2]一卷收。
我亦烟霞有膏癖[3]，杖藜何日[4]伴公游？

即墨后学周至元拜题

注释：

[1]"新诗"句：抄本又作"诗请澹宕见风流"。 [2]还兼：抄本又作"名山"。 [3]有膏癖：抄本又作"成痼癖"。 [4]何日：抄本又作"几时"。

题黄、杜二公绘《巨峰》[1]

辛丑初夏，以《崂山名胜画册》征黄公渚、杜宗甫[2]两先生染翰[3]，二公俱为绘巨峰一幅，敬赋诗四绝，以志申谢。

一

照眼云山翠作堆，霞光蜃气接崔嵬。
二劳无限峦峰好，都付先生画稿裁。

注释：

[1]此诗在《崂山名胜画册》中有序而无题，周延顺自印本中又录入《琴冈吟草》，但题作"题黄、杜二公为《崂山画册》染翰"；今仅录于此，并据诗序改作此题。 [2]杜宗甫（1901—1980）：又名杜嘉、杜宗佛，字无咎，山东掖县（今莱州市）书画、雕刻艺术家，1939年始定居青岛，与黄公渚、赫保真同被誉为岛上国画界三老。 [3]染翰：以笔蘸墨，写诗、作文、绘画等的文雅说法，此

处指绘画。

二

　　万仞悬崖千叠松，白云高处少游踪。
　　知公胸次海天阔，独写鳌山[1]第一峰。

注释：

[1]鳌山：崂山的别称。

三

　　似此洞天胡不归？拟邀鹤侣上翠微。
　　感君情谊比山重，一笑烟云为我挥。

四

　　蓬莱方壶渺难攀，独擅奇观海上山。
　　从此二劳传更远，常留画嶨在人间。

题赫抱真[1]先生为绘《名山著书嶨》（并序）

　　余著《崂山志》既成，又绘《劳山名胜嶨》若干幅，以示赫抱真先生，先生走笔为写《崂山著书嶨》于册端。嶨中所绘，当松竹泉石林壑之间，着一茅庐，牖户洞开；室内坐一人，布帽野服，意致悠闲，案头惟置素书一秩及笔砚数事，外无长物。盖貌余山居著《山志》[2]时之情景也。余受册再拜而谢曰："素丝[3]易改，丹青常存，世外人岂得如画中人哉？兹嶨之赠，君之惠我者亦良多已。"因率赋七言三绝句：

一

　　过眼云烟事总虚，不堪回首惹长嘘。
　　沧桑饱历身还健，一笑名山且著书。

注释：

[1]赫抱真：即中国当代书画家赫保真（1904—1987），字聘卿，早年曾用名抱真、葆真，山东潍县人，1925年始定居青岛，长期从事美术创作和教育工作，是20世纪青岛国画界三老（黄公渚、杜宗甫）之一，代表作为1959年为北京人民大会堂创作的巨幅国画《满堂红》《十里荷香》等，出版有《赫保真画辑》《赫保真画集》等。　[2]《山志》：即周志元所撰《崂山志》一书，1957年经黄公渚

推荐给山东人民出版社，但因故一直未能出版，直到 1993 年才由齐鲁书社出版。

[3] 素丝：本指白丝，喻指白发，如唐李贺《咏怀》诗之二："日夕著书罢，惊霜落素丝。"

二

寂寂林泉结草庐，绕庭松竹护幽居。
兴来闲志海山胜，又被人传作画图。

三

寄踪劳峰四十年，洞天无处不留连。
而今脱稿成山志，了却此生翰墨缘。

辛丑夏六月，即墨周至元懒云氏[1]题于琴岛

注释：

[1] 懒云氏：周至元自称，因其晚年自号懒云而称。

题赫抱真先生《劳山记游画册》（并序）

赫君抱真精丹青，生有泉石癖，爱二劳名胜，岁数游焉。每游归，辄拈毫成图，以志胜游。积久成册，加以装潢，名曰《崂山记游图》。辛丑夏，余养疴琴冈，登堂拜谒，一见握手欢然如旧相识。谈次，出图索题，为赋七言古风一章，书于册端，聊以订车笠之盟[1]与景慕之忱。至于诗之工拙与否，则不遑计焉。

劳山之胜甲岱宗，突兀东海耸奇峰。
峦岫弥望何所似？插天万朵青芙蓉。
芙蓉万朵云中矗，髣髴[2]云林画[3]一幅。
世外三山不可求，蓬莱方壶宛在目。
海山毗连景倍奇，岚波相映生异姿。
蜃楼海市时一现，旭日先看五更时。
庄严佛宇林泉好，阆宇琳宫出云表。
却因山险登陟劳，祖龙[4]而后攀跻少。
赫君生有烟霞癖，名山一笑理轻策。
芒鞋踢[5]遍劳东云，逍遥身同蓬岛客。
振衣上层岚，搔首问青天。
俯视沧溟阔，鸟底荡云烟。

道宫古刹既遍历,奇岩幻洞亦穷探。
豪兴不让徐霞客[6],餐霞直追李青莲[7]。
罢游归来兴未已,拈毫写向丹青里。
想缘丘壑早藏胸,遂教云烟生腕底。
烟云纸上千重生,叠嶂毫端次第成。
玉龙飞瀑泻千尺,听去髣髴如有声。
林泉写来皆妙致,摩诘[8]画中含诗意。
名山藉作画稿裁,尺幅染出千山翠。
旷怀而今君少俦,二劳胜迹一卷收。
从此庐山留真面,对此真可供卧游。
吁嗟乎!
先生品格既高洁,先生丹青尤妙绝。
一编留得《辋川罟》[9],名山名画同不灭。

辛丑夏六月,即墨周坤至元氏题于琴岛
辛丑冬至补题于济南白马山新村客寓

注释:

[1] 车笠之盟:比喻不因富贵、贫贱而改变的友情,典出自晋周处《风土记》:"卿虽乘车我戴笠,后日相逢下车揖;我步行,君乘马,他日相逢君当下。" [2] 髣髴:同仿佛。 [3] 云林画:即元代画家倪瓒的画;倪瓒(1301—1374)号云林。 [4] 祖龙:指秦始皇。 [5] 蹋:同"踏"。 [6] 徐霞客(1587—1641):名弘祖,字振之,号霞客,明代著名地理学家、旅行家,一生酷爱游历,所到之处,探幽寻胜,并记其人文、地理等,撰成《徐霞客游记》。 [7] 李青莲:即唐代浪漫主义诗人李白,相传他曾到崂山游览。 [8] 摩诘:即唐代山水田园诗人、画家王维,字摩诘,北宋苏轼曾说"味摩诘之诗,诗中有画;观摩诘之画,画中有诗",后人因以"诗中有画"来赞诗歌,以"画中有诗"赞画作。 [9]《辋川罟》:即《辋川图》,唐代画家诗人王维晚年画作,以画面具有清新恬静的诗境和诗情而闻名。

题刘凤翔[1]先生绘《天下名山胜景罟画册》并序

凤翔先生,即墨之鳌山卫人,善画,尤工山水。壮年橐笔[2]远游,

三、游崂诗

足迹遍海内。晚归琴冈，贫困至卖画以自给，而怡然不改其乐。庚子[3]春，予因病来青，始获相识，倾盖论交，快逾平生，已乃出其所绘《天下名山胜景卣册》相示。披览之余，不仅叹赏其卣绘寰宇名山于尺幅，堪供世人卧游，而其丹青之妙、画笔之工，尤足传久而垂远。因赋七言古体一首，题于册端，借志倾仰之忱云尔。

  我生性癖耽林泉，又幸家住海岱间。
  兴到携榼复提策，芒鞋踏遍二劳山。
  二劳胜迹穷探讨，卅年搜罗成志稿[4]。
  名山虽得一编藏，明镜却惊双鬓老。
  旷怀自信世少俦，海内名山拟遍游。
  无乃尘累事羁绊，耿耿此愿竟难酬。
  凤翔刘君倜傥士，壮岁橐笔走万里。
  五岳四海到处家，两眼饱阅名山水。
  西跻太华东岱宗，南登衡岳北恒峰。
  峨嵋雁荡亦凭历，十年宇内遍游踪。
  倦游归来栖琴岛，蹉跎年华头白早。
  闲时追忆旧游踪，云烟百幅笔下扫。
  意匠惨淡费经营，峦嶂吐没云霞层。
  化工直如鉴取影，山山都教无遁形。
  荆关[5]山水擅逸致，摩诘[6]画中有诗意。
  倪瓒[7]淡远米芾[8]浓，书具先生一枝笔。
  妙品由来鉴赏稀，卣成深藏只自怡。
  年年潦倒卧穷巷，落落海上少人知。
  膏肓烟霞同泊淡，论交我恨识君晚。
  殷勤出示名山卣，展卷如睹群山面。
  噫吁嘻！
  先生之画妙入神，此卣之作尤堪珍。
  阅罢恍若寰宇名胜身遍历，何须再事蜡屐[9]更登临！

    辛丑荷月[10]，同邑后学周坤至元氏拜题

注释：

[1] 刘凤翔（1889—1963）：又名刘统鸿，字琴樵，号龙井山人，青岛即墨书画家，长于山水画，且工书能诗，1935年曾出版《崂山诗画集》，中年后遍游五岳10余年，晚居崂山，专事创作，著有《天下名山胜景图》，此诗及序即周至元为此图册而作。　　[2] 橐（tuó）笔：也作"橐笔"，持橐簪笔的省称，本指古代记史官吏手持橐橐、耳簪毛笔侍立于帝王臣子左右以备随时记录，后泛指文人墨客怀笔出游。　　[3] 庚子：此处指公元1960年。　　[4] 志稿：即周至元撰《崂山志》。　　[5] 荆关：五代时画家荆浩、关仝。　　[6] 摩诘：唐代诗人、画家王维。　　[7] 倪瓒（1302—1375）：元代画家。　　[8] 米芾（1051—1107）：北宋书画家。　　[9] 蜡屐：当为"蜡屐"，指涂过蜡的木屐，泛指木屐，也称阮家屐、阮生屐等，出自《世说新语·雅量》："或有诣阮（孚），正见自蜡屐，因自叹曰：'未知一生当著几量屐！'神色甚闲畅。"　　[10] 辛丑：此处指公元1961年；荷月：农历六月的别称。

（五）其他崂山诗[1]

注释：

[1] 本集所录，为散佚于各处、与崂山有关的诗歌。

五律

白云洞[1]

参天松竹色，清绝羽人家。
不见白云在，满阶是落花。

注释：

[1] 白云洞：位于崂山东麓大仙山巅的道教洞窟之一。

三、游崂诗

一 水[1]

行过大崂[2]后，水声忽似雷。
松层山两崖，石卧雪千堆。
危壁颓还立，奔湍去复回。
境佳过渐入，倦眼一时开。

注释：

[1] 一水：此指崂山北九水风景区内的外一水。另，此诗与前已录入《头陀吟》的《九水》诗极为相似，疑有误。　[2] 大崂：即位于崂山北九水风景区与华楼风景区中间的大崂村。

九 水

亭踞危岩上，万松疏更稠。
水声千涧合，山色一潭收。
云意侵村入，烟光傍竹浮。
茅庵隔水在，磬响一声幽。

花花浪子[1]

千仞绝壁悬，四面奇峰向。
匹练天际垂，玉龙独来往。
矶珠杂乱迸，琤琮[2]碎玉响。
坐久憧[3]忘归，潭影心胸荡。

注释：

[1] 花花浪子：又名泻云瀑或飞云瀑，位于崂山神清宫东南，因瀑布自绝壁直泻潭中、溅起水花如浪而得名，是崂山中仅次于潮音瀑和龙潭瀑的第三大瀑布。详见周至元《崂山志》第72页。　[2] 琤琮：象声词，本指玉器相互撞击而发出的声音，后多形容流水声、乐器声等。　[3] 憧：憧憬、向往。

梳洗楼[1]

叠石几千仞，排空直若削。
危可比岑楼，高欲逼天阙。
上有仙人居[2]，世间争传说。
欲攀径无由，空见桃花落。

注释：

[1]梳洗楼：位于崂山华楼宫以东。　　[2]"上有"句：《周至元诗文选》本作"妆阁仙子居"。

棋盘石[1]

望去似岑楼，登临忽如砥。
坐揽乱峰云，平挹沧海水。
西北大壑深，俯瞰疑无底。
仙人尚[2]可遇，烂柯良弗惜。

注释：

[1]棋盘石：位于崂山东路招风岭下明道观南二里处。　　[2]尚：抄本又作"倘"。

狮子峰[1]

众山此独尊，高向岩头踞。
松声吼忽高，涛势迎转怒。
立处千山静，影落百兽惧。
全力用已尽，待捉月中兔。

注释：

[1]狮子峰：位于崂山仰口风景区内太平宫东北。

三、游崂诗

白云洞

古洞处峰巅，路古閟云影。
枝老欲成龙，虬干盘洞顶。
境高海天空，竹密岩壑冷。
落花如鸟飞，相看真仙境。

巨峰[1] 白云洞[2]

绝壁千仞高，神工施鬼斧。
但闻流水声，不见泉在处。
岩裂野烟穿，洞源乱云扛[3]。
长啸惊鸟飞，松花落如雨。

注释：

[1] 巨峰：崂山最高峰，又名崂顶。　　[2] 白云洞：位于崂山东麓大仙山巅的道教洞窟之一。　　[3] 扛：据诗韵，此字有误，姑存疑。

慈光洞[1]

古洞悬危岩，高已入云表。
孤龛仅容人，坐观宇宙小。
沧海如明镜，非凡似迅鸟。
何处觅方壶[2]？此即是蓬岛。

注释：

[1] 慈光洞：位于崂山巨峰南麓的天然洞窟。　　[2] 方壶：与下句的"蓬岛"，均为古代神话传说中的仙岛。

金壁洞[1]

古洞缀高峰，凭览真奇绝。
白云焉底生，飞瀑面前落。

乱山青欲染，海色明如月。
会当谢世隐，面壁此中坐。

注释：

[1]金壁洞：位于崂山巨峰南麓的砖塔岭附近，已因近年的开山采石而消失。

高石屋[1]

山巅乱石聚，高高逼天表。
峰锐刺云痛，洞穹吞云饱。
六合青峦低，半夜白日晓。
遗迹大方留，孤塔缠蔓草。

注释：

[1]高石屋：位于王哥庄街道办事处长岭社区西日起石下，其洞巨岩穹窿，可容纳数百人，洞口有石墙垒砌，有门有窗；洞里有石床、锅台，可生火做饭，烧炕取暖，今已无人居住。

神清宫[1]

宫后环峭岩，门前置高阁。
幽篁閟紫关，奇松抱殿角。
日光午始来，庭小浓荫阔。
欲访长春洞[2]，深深云中裹。

注释：

[1]神清宫：位于崂山芙蓉峰西、大崂村南。　　[2]长春洞：位于崂山神清宫南悬崖峭壁下，因相传元代名道丘处机曾于此修道而得名，洞旁有周鲁题"洞天"二字。详见周至元《崂山志》第51页。

298

三、游崂诗

蔚竹庵[1]

庵前涧水横，殿后峭壁立。
樵径霜叶封，柴关幽篁闭。
重重叠叠松，累累落落石。
院静阒无人，苔色一庭碧。

注释：

[1]蔚竹庵：又名蔚儿铺，位于崂山东北凤凰岭下。

九水庵[1]

大涧门前揽，泉声日夕奔。
闲云时入户，怪竹横遮门。
人语在松顶，鸡声闻隔村。
苔阶成小坐，清绝是诗魂。

注释：

[1]九水庵：即太和观，又名北九水庙，位于崂山北九水中外九水的北岸、柳树台东北约2里处。

雪夜怀华严庵[1] 慧仁[2] 禅师

寒雪填空山，冻云封高阁。
涧水咽不流，耐冬花正着。
此际高人心[3]，皎洁如明月。
禅榻冷难眠，诵经夜不辍。

注释：

[1]华严庵：即华严寺，崂山现存唯一佛教寺院，位于崂山东部那罗延山麓。
[2]慧仁：崂山华严寺僧，其他不详。　　[3]心：抄本又作"情"。

秋日王圆月[1]函招,作此答之

观址倚山麓,望去似高阁。
涧复泉声乱,石古松态倭。
中栖一高士,王氏字圆月。
朝即[2]紫霞餐,暮伴白云卧。
昨日有函招,秋来感离索。
会当载酒游,同践红叶约。

注释:

[1]王圆月:清末民初道人,详见前注。　[2]即:抄本一作"日"。

明道观[1]

入山不知重,路随青峰转。
巨峰[2]头势栽,卧石腹书坦[3]。
松多鸣鸟幽,地僻落花懒。
道房景物清,日夕白云满。
一阵海风来,松花落如霰。

注释:

[1]明道观:位于崂山东麓招风岭前。　[2]巨峰:抄本又作"环峰"。
[3]腹书坦:化用晋代郝隆坦腹晒书故事,详见《世说新语·排调》:"郝隆七月七日出日中仰卧,人问其故,答曰:'我晒书。'"

上清宫[1]

寻胜访仙宫,盘回入深谷。
流水恰多情,引我入修竹。
竹里柴门开,似厌尘间侣。
回顾四周光,诩诩[2]莲花簇。
秋来红叶多,石桥深深覆。

道房清且清，翠岚窗中扑。
白云怜我寂，相伴松窗宿。

注释：

[1]上清宫：位于崂山东南昆仑山南麓、明霞洞之下的道教宫观。　[2]诩诩：同"栩栩"，形容生动、逼真的样子。

鱼鳞瀑[1]

涧路行已尽，四围峭壁起。
壁尽白云端，划然[2]石门辟。
飞瀑就中泻，疑决银河水。
界破乱峰青，素练挂一匹。
一叠又一叠，滚滚浪花激。
乍惊苍龙飞，复恐玉山颓。
乱点作雨飞，余沫化烟起。
奔泻动谷崖，迅雷走洞底。
澄潭照胆清，沉沉深靛色。
白昼自阴森，六月寒彻骨。
石上片刻坐，尘襟一时涤。
贪览景物幽，不觉衣衫湿。
龙湫[3]何足拟？燕荡[4]未能比。
山水奇至此，喟然叹观止。

注释：

[1]鱼鳞瀑：位于崂山北九水的内九水峡谷中。　[2]划然：突然、忽然。　[3]龙湫：古代著名的瀑布，位于浙江雁荡山。　[4]燕荡：当为"雁荡"，指位于今浙江温州境内雁荡山顶的雁荡湖，如陈志岁《〈雁荡诗词集〉序》（同晖学社雁荡吟圃编《雁荡诗词集》，天马出版有限公司2004年版）："雁荡者，栖雁之山顶湖也。以雁荡铭山，雁荡山得名矣。"

那罗延窟[1]

危岩洁峰巅，中虚成石室。
混沌窍激开，应是神功凿。
一径云梯登，四壁宝镜摩。
罟窦直冲天，天色如满月。
传昔大罗仙[2]，面壁曾此坐。
说法石点头[3]，纷纷天花落。
仙去迹久荒，蔓草侵加座。
松风作水声，使我尘念绝。

注释：

[1] 那罗延窟：即那罗庵窟，也称那罗佛窟、那罗窟等。 [2] 大罗仙：即佛教神祇那罗延佛。 [3] 说法石点头：指东晋高僧竺道生（世称生公）讲说佛法而使顽石点头的故事，详见晋无名氏《莲社高贤传》："竺道生入虎丘山，聚石为徒，讲《涅槃经》，群石皆点头。"

森林公司[1]

一径入涧底，巨石阻去路。
屐底白云满，四围奇峰聚。
苍松千万株，桃花六七树。
仙犬吠云中，岭上起茅屋。
修竹斜通扉，奇石环作堵。
入室阒无人，山翠满庭户。
主人何处游？应是采药去。
惟余门前水，潺湲朝复暮。

注释：

[1] 森林公司：民国时期位于崂山巨峰南麓的一家股份制公司。

华阳书院[1]

巍巍蓝公章[2]，勋迹震人耳。
在朝偶拂意，弃去如敝屣。
遁迹入二劳，结庐深山里。
背后倚峭岩，门前横涧水。
恣情惬烟霞，隅目[3]伴书史。
朝与白云游，夕伴赤松子[4]。
清闲乐余生，羽书[5]征不起。
至今几百年，遗迹话樵客。
松竹故青苍，楼阁半摧毁。
我来访高踪，高山空仰止。
扪苔寻遗踪，旧题犹可识。

注释：

[1] 华阳书院：位于崂山华楼山之南的华阳山下。　[2] 蓝公章：即明代即墨人蓝章，字文绣，明成化二十年（1484）进士，历贵州道监察御史、山西巡按、南京刑部右侍郎等职，正德十二年（1517）告归故里，隐居于崂山华阳山南麓的华阳书院，自号大劳山人，著有《崂山遗稿》。详见清同治《即墨县志·人物志》。
[3] 隅目：斜目而视、怒视，此处疑为"寓目"，犹过目、经眼，意即观看。
[4] 赤松子：又称赤诵子，古代神话传说中的不老仙人，如西汉刘向《列仙传》载："赤松子者，神农时雨师也。服水玉，以教神农，能入火自烧。往往至昆仑山上，常止西王母石室中，随风雨上下。炎帝少女追之，亦得仙俱去。高辛时，复为雨师。今之雨师本是焉。"　[5] 羽书：即羽檄，古指插有鸟羽的紧急军事文书。

蔚竹庵[1]

山深诸建茅庵古，幽篁深锁浓荫覆。
推门惊起宿鸟飞，满庭松子落如雨。

注释：

[1] 蔚竹庵：又名蔚儿铺，位于崂山东北凤凰岭下。

棋盘石[1]

峰起撑天似石楼,登临山海一望收。
我来贪观洞天胜,不为看棋也久留。

注释:

[1]棋盘石:位于崂山东路招风岭下明道观南2里处。

八仙墩[1]

一

崎岖窄径似羊肠,路尽山穷海渺茫。
狂叫一声惊胆破,此身宛在水中央。

注释:

[1]八仙墩:位于崂山东南麓的崂山头上。

二

撞石怒潮山欲摧,四围惊顾雪成堆。
深疑骇浪惊涛里,无数蛟龙出海来。

三

千寻绝壁色斑斑,垒垒仙墩海角安。
应是女娲练就石,补天未得落人间。

四

绝世奇壮[1]此怒涛,晴天飞雨滚鹅毛。
笑他游说广陵者[2],海外岂知有二崂?

注释:

[1]奇壮:抄本又作"伟壮"。　[2]游说广陵者:疑指以广陵为人间仙境者;广陵即今江苏扬州,自古有人间天堂之称,如南朝宋殷芸《小说》中主人公即有"腰缠十万贯,骑鹤下扬州"之愿。

三、游崂诗

题《华楼畕》

一

数尺鸾笺[1]万里情,乱山合沓[2]涧云生。
旧曾游处分明在,只少松声与水声。

注释:

[1]鸾笺:也称鸾牋、彩笺,本指一种用于题咏和书信的小幅华美纸张,后代指书信。 [2]合沓:重叠。

二

红树青山别有天,小亭高筑俯流泉。
痴心我欲画畕入,水响松声听几年。

三[1]

涧中泉水冷成冰,岭上寒云冻欲凝。
最是诗人得意处,漫山风雪访山僧。

注释:

[1]此诗与已录入《天籁集》中的《闲居杂咏》三十二首之一、《题画山水》三首之三完全相同,因所属组诗题名不同而并留。

崂山道中

一

脚底涛声似奔雷,山坳转处海天开。
钓龙嘴[1]过神更爽,无数奇峰迎面来。

注释:

[1]钓龙嘴:即雕龙嘴。

二

茅舍几间山半藏,岚光沂拥[1]海前当。
经年常有绿云护,修竹遮门石作墙。

305

注释：

[1] 沂拥：疑为"忻拥"，忻同"欣"。

三

小径崎岖渐不平，苍松掩映嫩寒生。
华严[1]未到神先爽，一派梵音入耳清。

注释：

[1] 华严：即华严寺，崂山现存唯一佛教寺院，位于崂山东部那罗延山麓。

四[1]

一层云霭一层峦，峦景山光有无间。
惊看天半楼阁现，白云洞[2]在白云端。

注释：

[1] 此诗前已录入周至元《崂山志》中的《东海路》六首组诗之三。
[2] 白云洞：位于崂山东麓大仙山巅的道教洞窟之一。

游崂道中口占

千般红树染遥岑，妙笔丹青画不真。
一样山光秋更好，年年辜负是劳人。

游森林公司[1] 遇雨

一[2]

四面峦峰似戟排，仙乡有幸我重来。
不知上界寒何许，五月桃花雨里开。

注释：

[1] 森林公司：民国时期位于崂山巨峰南麓的一家股份制公司。 [2] 此诗前已录入《天籁集》，但题作"森林公司"。

二

白石青松绝世缘，数间茅舍白云边。
溪流两道门前合，一夜棋声惊客眠。

三

绕院松篁景物幽,门前几道洞泉流。
主人弈罢去何处?石上残棋乱未收。

小龙山[1] 庙会[2]

香风一路到山巅,村落萧疏断复连。
倾国倾城看不足,家家门前[3]坐婵娟。

注释:

[1]小龙山:即位于即墨城东的天井山。 [2]庙会:即天井山庙会,当地俗以每年农历六月十三日为庙会日。又,本诗又为《天井山竹枝词》组诗之一。
[3]前:抄本又作"口"。

望书院村[1] 怀康成先生[2]

一

见说高踪此地留,黄巾乱里得埋头。
而今无复避兵处,废垒残阳满眼愁。

注释:

[1]书院村:即今崂山北宅街道办事处的书院村。 [2]康成先生:即汉代经学大师郑玄,详见前注。

二

鼎足雄才斗霸时,思量惟合卷怀归。
孔融[1]杀去弥衡[2]戮,争及先生老布衣?

注释:

[1]孔融(153—208):字文举,东汉末年文学家,建安七子之一,能诗善文,好抨击时政,终因触怒曹操而被杀,详见《后汉书·孔融传》。 [2]弥衡(173—198):应作"祢衡",字正平,东汉末年辞赋家,少有才辩,性刚毅而傲慢,曾被曹操罚作鼓吏,终因触怒江夏太守黄祖而被杀,详见《后汉书·文苑列传》。

游华严寺[1]

清泉白石远尘氛[2],曳杖闲游[3]日又曛。
踏遍禅房僧[4]不见,倚栏闲看隔山云。

注释:

[1]华严寺:崂山现存唯一佛教寺院,位于崂山东部那罗延山麓。该诗与已录入《崂山志》的《藏经阁》一诗全同。 [2]"清泉"句:抄本又作"长松修竹绝尘氛"。 [3]闲游:抄本又作"到来"。 [4]僧:抄本又作"人"。

与画家张伏山[1] 同游华严寺,宿东庑山房。张于山中有旧相识,夜已深矣,忽不知所去,戏作二绝以调之

一

天台处处有胡麻[2],流水声中四五家。
莫怪禅关关不住,刘郎心事系桃花[3]。

注释:

[1]张伏山(1910—1987):青岛即墨人,周至元画友,详见前注。 [2]"天台"句:化用东汉刘晨、阮肇入天台山采药而遇仙女故事。 [3]刘郎:本指传说中到天台山采药而遇仙不归的刘晨,此处借指张伏山。

二

丹青妙笔我知君,笔底烟峦真不分。
泼墨从今添逸兴,巫山昨夜梦行云[1]。

注释:

[1]"巫山"句:化用楚襄王梦与巫山神女相交故事。

丁亥[1] 冬游华严寺题僧房斋壁

茂林修竹隔尘埃,劫后名山我又来。
阅遍群峰浑似梦,禅房醉倒菊花杯[2]。

注释：

[1] 丁亥：此处指公元1947年。　[2] 菊花杯：一说指菊花酒，一说指重阳日酒会，如唐孟浩然《和贾主簿弁九日登岘山》诗曰："共乘休沐暇，同醉菊花杯。"

留宿仁济[1]禅房

我有素心[2]号九颠，魔魔疯疯惹人怜。
睽离[3]十载情仍旧，留向禅床抵足眠。

注释：

[1] 仁济：华严寺诗僧，详见前注。　[2] 素心：即本心、素愿，如南朝梁江淹《杂体诗·效陶潜〈田居〉》："但愿桑麻成，蚕月得纺绩。素心正如此，开径望三益。"　[3] 睽（kuí）离：分离、离散。

留别仁济上人

一闭禅关更不开，闲阶尺许长青苔。
我来笑指耐冬说，雪里花时君再来。

与吴伴侯[1]夜话

浑忘倾盖[2]是新交，臭味相投兴自饶。
一片诗心话不尽，松窗剪烛到深宵。

注释：

[1] 吴伴侯：清末民初日照人，客居崂山。　[2] 倾盖：本指乘坐不同车辆的人相语时两车伞盖斜靠在一起，后多指初次相逢即相知如故，如《孔子家语·致思》："孔子之郯，遭程子于涂，倾盖而语终日，甚相亲。"

寄芮玉庐[1]先生二绝

一

无花山色不成娇，点染何妨信彩毫。
妙赋[2]一经留宋玉[3]，巫山转较别山高。

309

注释：

[1] 芮玉庐：即芮麟（1909—1965），详见前注。 [2] 妙赋：指宋玉的《神女赋》《高唐赋》，二赋均塑造了巫山神女的形象。 [3] 留宋玉：语序倒装，应为"宋玉留"。

二

处处流泉洞口香，桃花专解魅刘郎[1]。
若言仙女是虚语，应是胡麻[2]君未尝。

注释：

[1]"桃花"句：化用东汉刘晨入天台山采药而遇仙女的故事。 [2] 胡麻：即胡麻饭，也称神仙饭。

游华严寺有怀芮玉庐先生

白云红叶满岩头，大好名庵怅独游。
泉石膏肓何日偿？神仙眷属几生修？
君如栖燕幕中系，我似闲鸥水上浮。
安得雅人共携手？联吟吟断暮山秋。

赠华严寺居士吴伴侯[1]

遁迹名山几度春，佛堂灯火伴吟身。
孤云野鹤同闲澹，明月春风作主人。
世事如斯应他避，尘缘消尽觉僧亲。
嗟余俗累抛难却，有愿空期结比邻。

注释：

[1] 吴伴侯：清末民初日照人，客居崂山，详见前注。

题赠修真庵[1] 郭道人适中[2]

潇洒襟怀恰似仙，琳宫拜识亦前缘。
养心性调松间鹤，爱客茶飐竹外烟。
贪访林泉忙里静，惯居廛市闹中禅。
案头相看无长物，惟有南华秋水篇[3]。

注释：

[1]修真庵：位于今崂山区王哥庄镇王哥庄村中，已毁佚。 [2]郭适中：修真庵道人，具体不详。该诗详见周至元《崂山志》第102页，题作"赠修真庵郭适中诗"。 [3]南华秋水篇：本指《庄子·外篇》中的《秋水》一篇，此处代指《庄子》全书。

白云洞[1]

海滨拔地涌层岚，怪石奇松别有天。
绝岩千重[2]奔眼底，沧溟万顷落阶前。
白云常护洞边寺，旭日早升海外天。
更有苍松多奇石，枝枝卷作老龙蟠[3]。

注释：

[1]白云洞：位于崂山东麓大仙山巅的道教洞窟之一。 [2]千重：抄本又作"崚嶒"。 [3]"枝枝"句：写的是白云洞华盖松。

九水亭[1]

小亭高起附溪流，万象凭栏眼底收。
云起遥峰千涧暗，鸟鸣空谷一声幽。
松多顿觉山生色，潭冷能教暑作秋。
最爱清听听不足，泉声汩汩竹飕飕。

注释：

[1]九水亭：位于崂山北九水中外九水南岸的峭壁之上。

南九水

仙源寻得沿溪行,路转峰回境更清。
奇石满山争露角,异花遍地不知名。
家当剡水溪[1]边住,人在山阴道[2]上行。
日暮不愁去路远,扶藜贪看晚霞生。

注释:

[1] 剡(shàn)水溪:即剡溪,位于浙江嵊县曹娥江的上游,古代即以夹岸青山、溪水逶迤之美景而名闻天下,如唐李白《梦游天姥吟留别》诗:"湖月照我影,送我至剡溪。" [2] 山阴道:位于古代山阴县会稽城(今浙江绍兴)郊外的一条风景优美的官道。

石老人[1]

肘生垂杨衣薜萝,高踪落落[2]寄岩阿。
饱经霜雪须眉古,久阅沧桑垒块多。
癖嗜烟霞成膏疾[3],心虽铁石亦消磨。
大夫应似是三闾,憔悴行吟泽畔过。[4]

注释:

[1] 石老人:位于崂山石老人村南海面上的一状如老人的天然巨石。 [2] 落落:形容孤高而与人难合的样子,如宋李纲《辞免尚书右仆射第一表》曰:"志广材疏,自笑落落而难合。" [3] 膏疾:即膏肓之疾,本指不可救治的绝症,此处指嗜好、癖好。 [4] "大夫"二句:化用屈原被放逐后"行吟泽畔,颜色憔悴,形容枯槁"之意,详见《楚辞·渔父》。大夫、三闾均指屈原,因他在楚怀王时曾官三闾大夫而称。

下清宫[1]

终日门前万壑雷,仙宫远在海云隈。
路从竹杪松梢入,人自岚光波影来。
峻岭回看三面抱,瑶花遍地四时开。
斜阳好是长堤立,几点渔帆天外回。

注释：

[1] 下清宫：即位于崂山南麓的太清宫，也称下宫。

蔚竹庵[1]

路转青峰几百回，幽篁深处寺门开。
峭岩三面环相抱，怪石万重殿角堆。
终日有禽啼碧嶂，经年无客踏苍苔。
松窗一枕清难寐，泉响松声次第来。

注释：

[1] 蔚竹庵：又名蔚儿铺，位于崂山东北凤凰岭下。

明道观[1]

忽听经声在翠嵬，白云深处道门开。
满山怪石虎豹立，四面奇峰剑戟排。
寂寂松阴眠白鹤，深深竹径锁苍苔。
青琐[2]疑是仙源近，流出桃花片片来。[3]

注释：

[1] 明道观：位于崂山东麓招风岭前。　[2] 青琐：本指装点在皇宫门窗上的青色纹饰，后指代华丽的建筑或镂刻有格和纹饰的窗户。　[3] "青琐"二句：化用晋陶潜《桃花源记》中武陵人因见溪水桃花而寻至世外桃源的故事。

明霞洞[1] 道中

踏尽千嶂兴未阑[2]，寻幽又入一重山。
路穿松竹盘回上，洞在烟霞合沓间。
渐见林罅沧海露，忽惊杖底碧峰攒。
仙源咫尺上清[3]近，绿树深深水一湾[4]。

注释：

[1] 明霞洞：位于崂山南麓昆仑山玄武峰绝岩下的人工洞穴。　[2] "踏尽"

句：抄本又作"访遍华严兴未阑"。 [3] 上清：即上清宫，位于明霞洞之下。
[4] "绿树"句：抄本又作"抽却闲身再往还"。

登窑[1] 观梨花

一

玉蕊琼英比却难，漫山匝岫总漫漫。
万顷沧海云无迹，一片银涛雪不寒。
梅岭胜观真寂静，桃源仙地云盘桓。
此身疑在殿宫住，奇绝最宜月下看。

注释：

[1] 登窑：位于青岛崂山区九水风景区南部，距崂山区九水村12公里处，20世纪30年代时任青岛市长的沈鸿烈曾更其名为登瀛，以"登瀛梨雪"而列为青岛十大胜景之一。

二

桃源仙境乱山东，万树梨花处处同。
千亩远侵沧海白，几层高衬晚霞红。
人穿雪地冰天里，村在琼楼玉宇中。
爱绝月明林下立，此身恍入水晶宫。

白云洞[1] 观日出[2]

仙乡一枕白云里，五更道客呼人起。
摩挲睡眼上高峰，四顾乱山黑如漆。
脚下涛响霹雳声，天外渐见一线明。
俄然海角虚白出，须臾天边彩霞生。
彩霞灿烂尽奇色，蜀锦吴绫比不得。
彩霞中间一抹红，道人笑指日出处。
万顷海色一统绿，赤日一轮浪里吐。
千道金光冲碧霄，一道白波射人目。
赤日离海景更幽，回看岩半晓云收。
岩头宾日时尚早，尘世梦梦尚未晓。

三、游崂诗

更得结庐在岩头，朝朝相看直到老。

注释：

[1] 白云洞：位于崂山东麓大仙山巅的道教洞窟之一。 [2] 本诗可与周至元《崂山志》第340页关于崂山日出的记载相互参阅："浴日奇观，崂东诸峰随处可得，而尤以鹤山之聚仙台、太平宫之狮子峰、华严寺之观日台、白云洞之青龙阁、明道观之东岭，其间虽有远近高下之殊，然皆可观日出之奇。大都初现红晕一痕于天外，渐生彩霞，灿烂五色，片刻后合为赤城，有金光一道，自彩霞中冲霄而上，即日出处也。见赤轮半规自海底涌上，渐荡渐高，如溶金状。转瞬之间，已腾空际，波光万道，射目欲眩，不可注视矣。"

赠悟禅[1]

禅翁本是蓬莱客，何时翻向人间谪？
貌作道装禅作号，是仙是佛人难测。
游迹落落遍五岳，芒鞋踏久还愁破。
归来高卧二劳峰，古洞更向峰头凿。
深深古洞白云里，门拥乱山横涧水。
闲来一枕枕石眠，涧底松风呼不起。
有时又作出岫云，道院古拙遂所适。
随身却喜无长物，诗囊酒瓢是行李。
平生好酒字更好，每逢佳酿便倾倒。
兴酣潇洒落云烟，吉光片羽[2]人争宝。
《黄庭》[3]一幅换一醉，一杯之外无余事。
淋漓醉墨成诗篇，篇篇皆带烟霞气。
我识禅家二十载，道貌今看未曾改。
呼童花底布壶觞，阮囊[4]虽空犹堪买。

注释：

[1] 悟禅：即民国间隐居崂山的诸城人王明俊（1865—1947?），详见前注。
[2] 吉光片羽：吉光是古代神话传说中的神兽名，相传用它的毛皮制成的裘衣入水不沉、入火不焦；后世因用"吉光片羽"指代残存的珍贵之物，此处借指悟禅

道人的书法作品。　　[3]《黄庭》：即道教典籍《黄庭经》。　　[4]阮囊：本指晋代文人阮孚的钱袋，因其中仅有一钱也称一钱囊，详见阴时夫《韵府群玉·七阳》："阮孚持一皂囊游会稽，客问：'囊中何物？'曰：'但有一钱看囊，恐其羞涩。'"后人因以阮囊、一钱囊等形容身无余财、非常拮据。

游太平宫[1]

乱山巃嵷排空起，上去青冥仅尺咫。
樵夫指点白云间，仙宫更在乱峰里。
我来寻胜访幽踪，数里不觉入云中。
古木深深无人径，鸟道逶迤一线通。
白龙洞[2]口匆匆过，仙人桥[3]上成小坐。
泉响潺湲杂松声，尘心到此一时绝。
仙桥过去路回转[4]，谷口隐隐有洞现。
竹外忽闻起暮钟，琳宇阆苑知不远。
东矗一峰尤深秀，岌嶪[5]怪石作狮吼。
石隙苍松千万株，盘曲皆如虬龙斗。
拾级而上如猿攀，崚嶒数折[6]始达巅。
万里奔涛来舃[7]下，极目东望水拍天。
此时海色如新沐[8]，一轮冰镜月初吐。
回看万朵青芙蓉，尽成琼楼如[9]玉宇。
观罢闲步入精房，山茶一瓯松花香。
禅床蘧蘧[10]梦醒后，道人犹未熟黄粱[11]。

注释：

　　[1]太平宫：位于今崂山东麓仰口风景区内晓望村南三里。　　[2]白龙洞：在崂山太平宫后、仙人桥北的天然洞穴。　　[3]仙人桥：位于崂山仰口风景区内太平宫北。　　[4]"仙桥"句：抄本一作"仙人桥过路一转"，又作"仙人桥里景更清"。　　[5]岌嶪（jí yè）：此处形容山势、楼宇等高峻的样子。　　[6]数折：抄本作"数回"。　　[7]舃：抄本作"泻"。　　[8]海色如新沐：抄本作"海水色如新"。　　[9]如：抄本作"与"。　　[10]蘧蘧（qú qú）：悠然自得的样子。　　[11]"道人"句：化用唐沈既济传奇小说《枕中记》中黄粱一梦故事。

四、杂集

（一）琴冈寄居吟草[1]

注释：

[1] 本集全据周至元生前自编手稿。

初至[1] 琴冈南楼夜宿

狂风猎猎作雷鸣，撼枕怒涛梦不成。
夜半醒来万籁寂，一灯渔火透窗明。

注释：

[1] 初至：据周延顺口述，周至元是1958年冬因病被接至青岛西镇周延顺家中居住的，其妻胡氏为帮女儿照顾孩子之前已与三子周延玺一起搬至周延顺家，则此诗应作于1958年冬。

午戌[1] 仲秋淮涉桥[2] 上望月有感

淮涉桥头独倚栏，浮云净尽碧空寒。
今宵一片团圞月，五口之家四处看。

[原注] 时宿儿[3]在济南，玉儿[4]在新泰，内子及玺儿[5]在青。[6]

注释：

[1] 午戌：即戊戌，此处指公元1958年。 [2] 淮涉桥：位于即墨城郊墨水河上的一座桥，因墨水河旧称淮涉河而名。 [3] 宿儿：周至元长子周延福。

［4］玉儿：即周至元次子周延玉。　　［5］玺儿：即周至元三子周延玺。　　［6］即墨蓝氏族谱编委会编《友声集》本在此诗后注曰："此诗系至元四十七八岁时作。时长、次子游学在外，夫人携三子寄居青岛次女家，至元独在家，赋此相示予，诧为绝唱。"另据周延顺口述，周至元此年独居时患上严重的急性肠胃病，幸得邻人发现才获救，此后即被接至青岛西镇，与周延顺一家挤在只有两个房间的蜗居中。

送内子[1] 去青岛

送卿南浦[2]意如何？春水融融正绿波。
人事难堪垂老别，离情更比柳丝多。

注释：

［1］内子：旧时男子对妻子的称呼。　　［2］南浦：本指南面的水边，古诗文中常用以代指送别之地。

内子去青，寒夜孤眠，即事成咏

寒斋孤榻冷如冰，数卷残书伴短灯。
顾影自怜成独笑，在家反似出家僧。

直道

一

直道[1]事人难久常，又经见黜返柴桑[2]。
还家景物渊明似，松菊犹存三径荒[3]。

注释：

［1］直道：正道，如《韩非子·三守》："然则端言直道之人不得见，而忠直日疏。"　　［2］柴桑：本为古县名，西汉时设置，治所位于今江西省九江市西南，后因东晋诗人陶潜故里为柴桑并常以柴桑称故里而成为家乡故里的代名词。　　［3］"松菊"句：化用晋陶潜《归去来兮辞》中"三径就荒，松菊犹存"之语。

二

安贫从此事农桑，更觉幽栖乐事长。
案有琴书樽有酒，北窗欹枕傲羲皇[1]。

注释：

[1] 羲皇：即传说中的人类始祖伏羲，也称宓羲、庖栖、伏戏等，详见《三家注史记·三皇本纪》。

重回诊所[1] 作特约医生

一

浮萍踪迹转蓬身，弹指流光两度春。
重返玄都增惆怅，却归何处种桃人？[2]

注释：

[1] 重回诊所：据周延顺回忆，周至元自1952年加入即墨县中西医联合诊所，兼任联合诊所的中西医大夫和会计，约于1956、1957年前后受他人牵连而被免职，大约半年到一年以后又重回诊所。 [2] "重返"二句：化用唐刘禹锡《再游玄都观》诗"种桃道士今何处？前度刘郎今又来"之意。

二

重来市上笑悬壶，恩怨于今胸已无。
长日垂帘尘事少，敲诗尽有闲工夫。

午戌[1] 冬应聘蒙古[2] 临别寄知友[3]

二劳久矣结心知，今日无端负夙契。
遥识故园猿鹤侣[4]，为文应诮北山移[5]。

注释：

[1] 午戌：即戊戌，此处指公元1958年。 [2] 应聘蒙古：具体不详。 [3] 知友：应即蓝友。 [4] 猿鹤侣：指代志向高洁、倾心于山水田园的伴侣。 [5] "为文"句：化用南北朝时文人孔稚珪作《北山移文》后又出仕为官的故事，详见《南齐书》卷四八；《北山移文》是一篇讽刺和揭露那些假托隐居以获取名利的伪君子的文章，此处以"北山移"指代因现实而改变夙愿。

应聘因事中止感赋

贱来始识谋生拙，贫后倍知干禄[1]难。
书上明时叹不用[2]，还归东海把钓竿。

注释：

[1] 干禄：求官禄、求仕进，如《论语·为政》："子张学干禄。" [2] "书上"句：本指古代文人于政治清明时期上书仍不被采用，此处喻指自己应聘未录一事；书上明时：语序倒装，即"明时上书"。

《崂山胜览》题词[1]

一

曷[2]来赢得一身闲，短策二劳日往还。
占得人间清静福，蓬莱何必列仙班？

注释：

[1]《崂山胜览》：疑指黄公渚的《劳山纪游百咏》，详见前《劳山胜迹》注。另，此诗又录入《崂山名胜画册》诗，题为"黄公渚《劳山胜迹》题词"，因二者文字上稍有出入而并录。 [2] 曷：古通"曷"，意即"何"，如晋束晳《近游赋》："攀莘风而高蹈，曷徘徊而近游？"

二

海上鳌峰景物赊，辅唐词客[1]依为家。
青莲去后少人继，仙句又传餐紫霞。

注释：

[1] 辅唐词客：黄公渚别号，又有霜腴、辅唐山人、辅唐山民等。

三

芒鞋布袜任倘佯，泉石看君成膏肓。
涧底松风岭上月，兴来掇拾满奚囊。

四

新诗百首足风流，胜迹名山一卷收。
我亦烟霞有痼癖，几时杖屦伴公游？

赠苣理斋[1]（并序）

苣君工书好学，家綦[2]贫，设茶肆墨城市廛，用以度日。内子当炉，稚子涤器，其乐怡然。予屡过其肆品茗，君辄索诗，不能却，作七言律诗以赠之。

> 浮云富贵更何求？廛市逃名作隐侯。
> 陆羽[3]品茶同逸致，马卿贳酒[4]等风流。
> 画收郭范[5]尽名笔，字法钟王[6]俱铁钩[7]。
> 润我枯肠茗七碗，诗债今日为君酬。

注释：

[1]莒理斋：周至元友人，即墨人，号理斋，当时的书画收藏者，其他不详。 [2]綦（qí）：极、很。 [3]陆羽（733—804）：字鸿渐，号竟陵子、桑苎翁、东冈子等，唐代复州竟陵（今湖北省天门市）人，一生嗜茶，精于茶道，著有《茶经》，被后世尊奉为"茶圣"。详见《全唐文·陆羽自传》。 [4]马卿贳酒：指司马相如以裘衣换酒故事，详见晋葛洪《西京杂记》卷二："司马相如初与卓文君还成都，居贫愁懑，以所着鹔鹴裘就市人杨昌贳酒，与文君为欢。"后人因以"贳酒成都""沽酒典鹔鹴"等形容性情豪放风流、不惜以珍宝换酒豪饮的人。马卿，即西汉名士司马相如；贳酒，赊酒。 [5]郭范：北宋山水画家郭熙、范宽的并称。 [6]钟王：三国时魏国书法家钟繇、东晋书法家王羲之的并称。 [7]铁钩：我国传统书画用笔技法之一，因其笔势往来如用铁丝钩缠、苍劲有力而得名。

琴岛除夕

一

> 岁尽天涯费疑猜，故乡一去难重回[1]。
> 乱来亲友无多在，肯放屠苏[2]酒一杯。

注释：

[1]"故乡"句：据周延顺口述，周至元妻胡氏为帮周延顺看护子女于1957年即迁居青岛，周至元也于1958年将户口迁至青岛次女家；此句当是就家乡已无户口而发。 [2]屠苏：原抄作"酥薪"，薪疑为"苏"的异体字，此据周延顺自印本改；屠苏，也作"屠酥"，古代一种药酒名，民间相传于农历正月初一饮屠苏酒可避瘟疫，如宋王安石《元日》诗："爆竹声中一岁除，春风送暖入屠苏。"

二

妻儿团坐到深宵,爆竹声声破寂寥。
醉后浑忘身是客,觉来始识已岁朝。

游华严寺[1] · 调寄沁园春

我爱二劳,古寺华严,胜饶林泉。看藏经高阁,遥飞画栋;那罗佛窟[2],曾住金仙。松阴绕院,山色满楼,万顷碧波海拍天。更堪赏,是霞光云影,气象万千。

旧游似梦如烟,携良朋醉倒翠薇巅。认石上留题,半被藓封;岩边幽箓,高已天参。树老无花,僧俱头白,屈指流光三十年。倚栏处,听梵音潮响,了我尘缘。

注释:

[1]华严寺:崂山现存唯一佛教寺院,位于崂山东部那罗延山麓。 [2]那罗佛窟:即那罗庵窟,也称那罗延窟、那罗窟等。

游明道观[1] · 调寄南诃子[2]

寂寂深山,经年无客到此。琳宫静,但见幽箓绕径,苔花满地。道人采药何处去?赊[3]野鹤一双,松阴睡。绿阴碧,一庭冷雨落空翠。

注释:

[1]明道观:位于崂山东麓招风岭前。 [2]南诃子:当即传统词牌"南柯子"。 [3]赊:周延顺自印本作"剩"。

琴岛春日柬蓝水

樱花如雪柳如烟,春到琴冈景色妍。
君倘肯来堪一醉,囊中尚有卖文钱。

岛上卧病春感

千红万紫斗芳菲,坐对春光独自悲。
宝镜连年换素发,川原到处插红旗。

明朝独度穷愁日，衰病偏逢跃进[1]时。
待罪马迁[2]容许赎，文章华国[3]是心期。[4]

注释：

[1] 跃进：指中国共产党于1958—1969年间在全国范围内开展的大跃进活动。　[2] 马迁：即西汉史学家司马迁（前145—前90），字子长，后世也尊称为史迁或太史公。　[3] 文章华国：本指我国传统的以文章为"经国之大业，不朽之盛事"（曹丕《典论·论文》）观念，此处借司马迁所著《史记》一书的传世不朽指代自己借著述以留名青史的愿望。　[4] "待罪"二句：汉武帝天汉二年（前99），因替兵败降敌的李陵说了几句好话而被定为"诬罔"之罪，判处死刑，但按照当时律法，死刑可用钱或以"宫刑"（也称"腐刑"）赎免，为了继承父亲遗志、完成《史记》的写作，家境贫寒的司马迁选择了接受宫刑的方法，屈辱地活了下来。详见司马迁《报任安书》。

庚子[1]初春，闻汇泉樱花将开，携酒往游。值辛夷[2]正放，玉蕊琼枝，望之如火树银花，灿然夺目。坐赏移时，成七言律一首

闻到早樱已将开，名园携酒倚筇来。
缓蹋芳草探春信，忽见琼林作雪堆。
遍散瑶英立火树，化将玉蕊夺仙胎。
烂漫绣出花如许，费尽天孙[3]制锦才。

注释：

[1] 庚子：此处指公元1960年。　[2] 辛夷：俗称玉兰，一种木兰科植物。　[3] 天孙：织女，如《史记·天官书》说"织女，天女孙也"，唐司马贞《史记索隐》说"织女，天孙也"。

咏青岛（并序）

青岛倚山傍海，景物之胜为我国港湾之最。且气候温和，寒暑皆宜。康南海[1]称其"绿海青山，碧瓦红楼，夏无酷暑，冬无严寒，宜水宜陆，可舟可车"，诚非过誉。予寄居琴冈者三载有余[2]，海山之胜，日在履舃间；涛光云影，涉目成趣，因成诗七言律句十二首。自谓

琴岛之胜吟咏已尽，深希后之作属而和焉，庶海山之胜因此而彰，则此作为不虚已。

一

世外三山事渺茫，琴冈真果属仙乡。
地临沧海连天远，岛涌青螺一苇航。
楼阁千重生蜃气，烟岚四面映波光。
赏心好是栈桥立，拂袂薰风[3]阵阵凉。

注释：

[1]康南海：即康有为（1858—1927），详见前注。 [2]三载有余：周至元应是1958年中秋节以后寄居青岛女儿家的，据此，则此组诗当作于1961年。[3]薰风：和暖的风，一般指初夏时的东南风，如唐白居易《首夏南池独酌》："薰风自南至，吹我池上林。"

二

冬不严寒夏气凉，琴冈岂只好风光？
浓阴夹道街街绿，花树漫山处处香。
马路都因岭曲折，楼台每就势低昂。
夜来灯火明星耀，飘来歌声到处扬。

三

一道长桥驾彩虹，长桥尽处涌珠宫。
撩人[1]山翠环天外，倒影岚光落镜中。
扑岸银涛如雪拥，拍天沧海接云空。
凭栏真觉画图似，夕照楼台万点红。

注释：

[1]撩人：原抄作"四围"，小字旁改为"撩人"。

四

波光云影映参差，晴日既佳雨亦宜。
随处岚光拟画稿，无边海色入新诗。
亭台矗矗倚芳巘，船舶纷纷来岛夷。
更喜人家画栏短，满园春色任人窥。

五

烟雨楼台一望迷，绿阴深处野禽啼。
千家绿幕藤盖瓦，万顷银涛雪扑堤。
港要地衔天南北，山重人失路东西。
虽然闹市尘嚣少，别有风光足品题。

六

幽绝海滨一径通，路随岩转遍乔松。
地临渤海潮声壮，山接崂峰云意浓。
石磴茅亭任客憩，广廊水馆偶人逢。
名园更爱泉声乱，绿树浓阴暑气松。

七

琴冈到处绝尘氛，景物四时皆出群。
春入樱花香作国，夏来浴场海为盆。
秋高霜叶艳难画，雪后云山望不分。
风雨阴晴无不好，就中堪赏是朝暾[1]。

注释：

[1]朝暾：形容初升的太阳，亦指早晨的阳光，如唐孟郊《抒情因上郎中二十二叔监察十五叔兼呈李益端公柳镇评事》诗："明明三飞鸾，照物如朝暾。"

八

碧巘红楼色色幽，风光到处足连流。
松阴自转晴山雨，潮势怒回大海秋。
朝暾峰头看日出，斜阳影里数归舟。
行来步步皆图画，人在山阴道[1]上游。

注释：

[1]山阴道：位于古代山阴县会稽城（今浙江绍兴）郊外的一条风景优美的官道。

九

信是人间别有天，登高全市景全眷。
云边山色画横轴，天外波[1]光镜揭奁。

杰阁凌空从海涌,危楼高矗比山尖。
胜观好是斜阳影,天外渔舟点点帆。

注释:

[1]波:原抄作"海",后在原字上改作"波"。

十

胜事分明记往年,繁华过后化云烟。
楼台处处闻丝管[1],灯火万家照绮筵。
舞榭朝朝歌管沸,红楼夜夜月明圆。
而今回首成春梦,假想遗踪为泫然。

注释:

[1]"楼台"句:原抄旁屡改,似为"马车通衢春龙水",因较乱而从其初。

十一

良港辟来六十春,沧桑回首感难禁。
经营初借德人力,占踞又遭日寇频。
炮火常留废垒在,海山依旧楼台新。
遥怜霸图成何用?管领仍归旧主人。

十二

翻天事业看今朝,岛上红旗处处飘。
地无弃材野老喜,人争跃进职工骄。
财源似水连沧海,工厂如林接紫霄。
更爱人民公社好[1],大家尽得乐逍遥。

注释:

[1]"更爱"句:周延顺自印本作"更爱社会主义好",无据,今仍从原抄。

栈桥晚眺即景

怒涛如雪簇长空,人立岚光波影中。
报到来朝风力紧,渔舟争泊栈桥东。

题悟禅道人小照

啸傲林泉不计年，羽衣虽着爱谈禅。
能诗能酒逍遥客，无挂无牵自在仙。
老去频逃沧海外，兴来高枕白云眠。
丰神潇洒更谁似？孤鹤翱翔云外天。

赠潘友竹[1] 道人四首（并序）

庚子[2]重阳后十日，偶过青岛天后宫，与潘道友竹相遇于院中。见其仙风道骨，迥非凡流，窃心倾之。已而，邀余至其精室，谈道半日，情投意洽，因赋七言律四首赠之，并题其斋壁以志鸿爪之留云。

一

翛然道貌超凡尘，仙骨始知别有真。
两鬓银丝同皓洁，双瞳秋水逗精神。
天边野鹤萧疏影，岭上闲云散澹身。
闹市虽居尘难染，琳宫况与海山邻。

注释：

[1]潘友竹：道士，曾住崂山太清宫，后转至青岛天后宫，与王悟禅、周至元均相识，其他不详。　[2]庚子：此处指公元1960年。

二

栖真曾在太清宫[1]，地隔尘寰世不通。
岭外烟霞多道气，座中羽客半仙风。
宅依修竹千竿爽，门对沧溟万里空。
今日移居琴岛[2]上，此心宛似在山同。

注释：

[1]太清宫：位于崂山南麓，也称下清宫或下宫。　[2]琴岛：青岛的别称，也称琴冈。

三

仙宫近傍水云涯，院宇清幽寂不哗。
三面遥山一面海，半庭老树几畦花。
慈云常护真人宅，修竹深藏羽士家。
更爱精房尘不到，案头数卷置《南华》。

四

相逢顿觉意缠绵，似是前生有宿缘。
道院风清梧叶地，疏篱霜满菊花天。
三生旧约识圆泽[1]，半世知交忆悟禅。
倘许道门称弟子，角巾[2]愿此度余年。

[原注] 悟禅：道人，诸城人，出家崂山，工诗善书，与余订交者三十余年。

注释：

[1]"三生"句：化用唐代洛阳惠林寺僧圆泽托生他处后仍与友人李源相交相识的故事，详见宋苏轼的《僧圆泽传》。 [2]角巾：古代一种有棱角的方形头巾，常为隐士服用，因成为隐居者的象征。

自述（并序）

余降生至今，凡五十有二载矣。回思五十年间事，除少年在亲荫之下，得享安闲之乐，二十以后，渐有室家之累，不得不弃儒而贾，然因家境小康，犹有余闲从事山水吟咏之事。迨年过廿六，遭逢忽变，慈母见背，荆树枝折[1]，忧患交来，萃集一身。加之时值变乱，售产荡然，门有催租之吏，饱受征催之苦，颠沛踌躇[2]，日无宁夕。四十而后，所遇益困，跋前踬后[3]，以迄于今。嗟乎，阮嗣宗[4]穷途之泪[5]更向何处哉？今也境与难遇，势不得而死，因就生平所遭成七言绝句四十二首[6]，聊当自传之尔。

注释：

[1]荆树枝折：指兄长去世一事。 [2]踌躇（chěn chuō）：也作"跨踔"，跳跃或跛行的样子，形容步履维艰，如宋周密《齐东野语·淳绍岁币》："雨泞则摄衣踌躇，踌躇而行，艰苦不可具道也。" [3]跋前踬后：当作"跋前疐（zhì）

后",本指狼向前进会踩住自己的颈肉、向后退则会被自己的尾巴绊倒,后多用以形容进退两难、举步维艰的境地。　　[4] 阮嗣宗:魏晋名士阮籍(210—263),字嗣宗,因曾官步兵校尉而世称阮步兵。详见《晋书·阮籍传》《世说新语》等。　　[5] 穷途之泪:即穷途哭、步兵泣、阮籍泪等。　　[6] 四十二首:周至元原抄未列序号,而下列诸诗实为44首。

一

思量好景是童年,无虑无忧复少牵。
更喜椿萱[1]春日永,画堂笑舞彩衣鲜[2]。

注释:
[1] 椿萱:本指长寿的椿树和可以使人忘忧的萱草,古代常用以喻指父母。
[2] "画堂"句:引用古代老莱子戏彩娱亲的故事,详见《艺文类聚》卷二十。

二

总角年华渐喜书,苦攻坟典[1]事三余[2]。
痴情更较蠹鱼[3]甚,灯火常亲子夜初。

注释:
[1] 坟典:本为《三坟》(即伏羲、神农、黄帝之书)、《五典》(即少昊、颛顼、高辛、尧、舜之书)的并称,后泛指古代典籍。　　[2] 三余:冬季(岁之余)、夜晚(日之余)、阴雨天(晴之余)之省称,泛指可以用于读书的一切闲余时间。　　[3] 蠹鱼:一种嗜好啃食书籍和衣服的小虫,详见前注。

三

转盼[1]人生二十时,虽无俗累惹情痴。
匆匆岁月闲中过,半为看山半咏诗。

[原注] 余自十六时,即同知友蓝水游崂;自此每岁必数游,游则与蓝友俱。海山胜迹,探索殆遍。另相与题咏,著有《崂山百咏》[2]行世。

注释:
[1] 盼(xì):看,如清曹雪芹《红楼梦》第五回:"盼纤腰之楚楚兮,风回雪舞。"　　[2]《崂山百咏》:今佚。

四

平生性癖耽林泉，杖底二崂日往还。
掇拾云烟成卮稿，名山一卷传人间。

[原注] 余二十一时，即搜求二崂名胜遗迹，著有《游崂指南》[1]。书成，附印于《崂山志》[2]后。

注释：

[1]《游崂指南》：周至元撰，初附录于即墨新民印书局1934年铅印重刊的黄宗昌著《崂山志》后，后收录于周至元著《崂山志》（齐鲁书社1993年版）第342—344页。　[2]《崂山志》：此处指即墨人黄宗昌撰、1934年重刊之本，今有孙克诚《黄宗昌崂山志注释》（中国海洋大学出版社2010年版）本。

五

浙江名士[1]老风流，相约崂峰结伴游。
探尽洞天共福地，联吟吟断海山秋。

[原注] 时袁荣叟先生为青岛市地方自治委员会会长，有续修《崂山志》之举，故约游崂，洞天石刻之胜，印拓殆遍。会事变[2]，书未成，先生以志稿付余，余遂编而成《崂山志》八卷。

注释：

[1] 浙江名士：指浙江桐庐人袁荣叟，详见前注；周至元与其相识并同游崂，当始于1933年，详见前《游甘苦水》诗小序。　[2] 事变：即七七事变，也称卢沟桥事变。

六

弱冠混迹到肆廛，家室萦身不让闲。
壮志还羞班定远[1]，半生常困笔砚间。

注释：

[1] 班定远：指东汉军事家班超，字仲升，扶风平陵（今陕西咸阳）人，初为文官，后投笔从戎，因军功封至定远将军，世称班定远；此处当指其为文吏时投笔而抒之志曰："大丈夫无它志略，犹当效傅介子、张骞立功异域，以取封侯，安能久事笔研间乎？"详见《后汉书》卷七七。

四、杂集

七

无端身世撄患灾,祸事联翩杂沓来。
萱草庭前方萎后,荆花[1]又痛一枝摧。

[原注] 余年二十六,慈母见背;翌年,胞兄死;自此,家累萦于一身。余曾有挽兄联云:"世途无限险巇,□[2]道多荆棘,路有豸[3]狼,惊醒一场春梦,催兄早去;家事正多未了,看堂上白发,膝下孤儿,撇下千斤重担,让弟独当。"悲慨之情,读之可以想见。

注释:

[1] 荆花:同"荆枝",喻指兄弟昆仲,典出自南朝梁吴均《续齐谐记》:"京兆田真兄弟三人共议分财生赀,皆平均,惟堂前一株紫荆树,共议欲破三片。明日,就截之,其树即枯死、状如火然。真往见之,大惊,谓诸弟曰:'树本同株,闻将分斫,所以憔悴。是人不如木也。'因悲不自胜,不复解树,树应声荣茂。"
[2] □:原文漫漶,疑为"夹"或"狭"。　　[3] 豸(zhì):古书上说的一种没有脚的虫,但也常用作狮虎类猛兽的别称,如獬豸。

八

凭空倭寇兴干戈,海内惊扰似漩涡。
到处草莽争割踞,地方从此罹灾多。

九

纷纷兵马临郊扃,鸡犬何曾得暂宁?
贪吏如狼官似虎,征徭坐索到门庭。

[原注] 时日伪占领即城,乡村土匪蜂起,抢杀劫掠,无法无天。至于征徭之苦,更亘古所未闻。余遭此际会,窘迫之情,概可想见。

十

愁来逃隐住城关,卖药韩康[1]鏖市间。
一局棋枰消永日,乱中却得一身闲。

[原注] 余自三十七岁开设药肆于即城西关,业务清淡,惟日与棋友金声三、王竹三[2]等棋局消日,颇得乱中之乐。

注释:

[1] 韩康:字伯休,又名恬休,东汉京兆(今陕西西安)隐士,以卖药为生。

[2] 王竹三：也作王祝三，详见前注。

十一

淮涉河[1]滨结草庐，门前流水到阶除。
清闲事业仙应妒，炮火声中日著书。

[原注] 余于是数年，将所著《崂山志》编辑成书，凡三十余万言。

注释：
[1] 淮涉河：青岛即墨墨水河的旧称，一说为墨水河支流之一，发源于崂山惜福镇标山一带和即墨石门乡莲花山西南麓一带，流经即墨城而注入胶州湾，全长约41.52公里。

十二

余事兼营桑与桑[1]，贫来妻子累偏多。
荷锄南浦[2]归来晚，浊酒一觞自放歌。

[原注] 悬壶之暇，兼从事农作，日与妻子耕种南畴，虽有耕种之苦，却饶田间乐趣。

注释：
[1] 桑：周延顺自印本改作"禾"。　[2] 南浦：古诗文中常用作送别之地；此处疑当为"南亩"，古诗文中常指代农田。

十三

日寇得杀乱渐平，解放处处欢歌声。
阿侬[1]合是前生孽，常被虚名误一生。

注释：
[1] 阿侬：自称，即我。

十四

身名到此一时捐，妻子牛衣对泣[1]眠。
幸有青囊书一卷，悬壶从此向肆廛。

注释：
[1] 牛衣对泣：形容夫妻相守、共度贫穷的凄凉状态，出自《汉书》卷七六：王章"学长安，独与妻居。章疾病，无被，卧牛衣中，与妻决，涕泣"。牛衣，用

草纺织而成的为牛御寒的物品。

十五

直道事人难久常,无端遭黜[1]返桑桑[2]。
安贫本是渊明志,不复怨尤惹短长。

注释:
[1] 遭黜:当指大约1956、1957年前后被从即墨中西医联合诊所解职之事。
[2] 桑桑:当为"柴桑",晋陶潜的故乡,详见前注。

十六

玉关[1]重召子卿[2]还,客馆悬壶鬓已斑。
却喜诊余尘事少,垂帘长日得闲闲。

[原注] 重回诊所[3]作特约医生,事业清闲,颇足自乐。

注释:
[1] 玉关:即玉门关。 [2] 子卿:指西汉武帝时出使西域的苏武(前140—前60),字子卿。 [3] 重回诊所:大约在1956、1957年前后,详见前注。

十七

明召求才下玉京[1],上书试亦请长缨[2]。
管城食禄真无相[3],又为简员[4]阻未行。

[原注] 午戌冬,有召聘之举,余上书应聘,事经面试,有成。会有精简机构指示[5],事遂搁置不报。

注释:
[1] 玉京:道家称天帝居住之地,后也指帝都、京城,如唐孟郊《长安旅情》:"玉京十二楼,峨峨倚青翠。" [2] 请长缨:今多作"请缨",缨是古代装饰长枪的红绳,请长缨意即请求上战场杀敌,后也指主动请求承担重任,如唐祖咏《望蓟门》:"少小虽非投笔吏,论功还须请长缨。"此处指其应聘蒙古一事。 [3]"管城"句:指作为毛笔化身的毛颖被秦皇帝封为"管城子"并官至"中书君"(相当于宰相)的故事,详见唐韩愈《毛颖传》一文。管城:韩愈《毛颖传》中虚拟的地名,今为毛笔的别称。 [4] 简员:应为"减员",意即裁减人员。
[5] 精简机构指示:在1957年2月27日召开的最高国务会议上,毛泽东所作《关于正确处理人民内部矛盾的问题》的报告中提出了精简机构、下放干部的要求,此

后精简人员活动在全国各地展开,详见《用革命精神精简机构,下放干部——1957年12月7日在省人民委员会所属各单位科长级以上干部会议上的报告(摘要)》(载《山西政报》1958年第1期)、《甘肃省编制委员会关于精简机构紧缩人员编制的初步意见》(载《甘肃政报》1958年第7期)等文。

十八

葬罢严堂身已轻,杖藜又计远游程。

访胜踏遍幽燕地,吊古重登万里城。

[原注] 时年[1]葬亲毕,北游燕京,内子、宿儿与俱,遍游京畿名胜后,又登八达岭览万里长城。

注释:

[1]时年:应即1957年,据蓝水《丁酉秋,至元携夫人游北京,赋诗八章送之》一诗。

十九

倦游归后卧匡床[1],力病尤为著作忙。

不负平生心血费,名山又获一编藏。

[原注] 燕游[2]归来,山东人民出版社约撰《崂山名胜介绍》。伏杖就笔,半年始成,刊印行世。

注释:

[1]匡床:本指宽大而舒适的床,此泛指床。 [2]燕游:即闲游、漫游,此处指携妻带子游北京一事。

二十

虚名误被人传闻,省志聘书改稿频。

总为马迁能史笔,终怜身是刑余人[1]。

[原注] 省府中国科学院历史研究所闻余名,派史学通[2]先生为修省志约为撰稿,并下聘书,约至济南研究修史志体例,余因有南下之行。

注释:

[1]"总为"二句:化用司马迁著《史记》故事。马迁即司马迁,他因曾替李陵辩护而获罪受宫刑;刑余人本指太监或受过宫刑及其他刑罚而存活下来的人,此处指司马迁,因他在《报任安书》中自称"刑余之人",并流露出深深的屈辱之

情。　[2] 史学通：1958 年 9 月大学毕业后分配到山东省地方志资料征集委员会办公室，具体从事《山东省志资料》的编辑工作；1973—1982 年在《文史哲》做史学编辑，先后主编有《山东史志资料》《山东史志丛书》等，其他不详。据史学通《一个老编辑的感受》（载青岛史志办网站，http://qdsq.qingdao.gov.cn/n15752132/n20546576/n20715121/n20715134/20715154.html，2011 年 10 月 11 日发布）。

二十一

襆被匆匆历下行，夹衣初换觉身轻。

济南原属旧游地，更爱湖山别有情。

[原注] 时阴历四月中旬。

二十二

明湖烟柳足流连，乘兴更寻趵突泉。

只为登高能眺远，扶藜笑上佛山[1]巅。

注释：

[1] 佛山：即千佛山，又名舜耕山，位于济南市南，是济南三大名胜（趵突泉、大明湖）之一。

二十三

千佛山头一笑跻，鹊华[1]秀色栏外低。

云边俯视黄河影，滚滚浊浪一望迷。

注释：

[1] 鹊华：即鹊华桥，位于济南市大明湖南岸，鹊华烟雨、鹊华秋色均为旧时济南胜景。

二十四

游罢湖山兴未阑，采胜南上泰山巅。

南天门[1]上一长啸，惊起神仙洞里眠。

注释：

[1] 南天门：即泰山南天门，位于山东省泰安市泰山上十八盘的尽头，旧称三

天门、天门关，是进入泰山奇峰的门户。

二十五
闻道日观[1]宾日奇，五更时候起攀跻。
一轮朝旭天边涌，回首烟云舄底低。

注释：

[1] 日观：即泰山日观峰，位于泰山玉皇顶东南，旧也称介丘岩、秦观峰、越观峰等，因适于观日出而闻名天下。

二十六
五岳独推此岳尊，登临放眼小乾坤。
平生瞻观真希有，拟叩间阖达帝阍。

二十七
乘兴南游到孔林[1]，林中古柏郁阴森。
洙泗[2]礼乐虽绝响，庙貌千秋自古今。

注释：

[1] 孔林：位于山东曲阜城北，又称至圣林，是孔子及其后裔的墓地，今已成为全国重点文物保护单位。　[2] 洙泗：洙水和泗水的合称，孔子曾在二水之间聚徒讲学，后世因以其指代孔子及儒家礼乐、学说等。

二十八
乐道颜渊[1]古亦稀，名留陋巷至今垂。
杏坛遗迹[2]宛然在，想见圣哲对语时。

注释：

[1] 颜渊：孔子弟子颜回（前521—前481），以乐道安贫而受孔子赞赏。
[2] 杏坛遗迹：位于山东曲阜孔庙大成殿前，相传为孔子讲学之处。

二十九
邹城曲阜境相并，吊古重登孟母陵[1]。
欲访秦碑[2]无觅处，峄山[3]山色郁峻嶒。

[原注] 峄山上有秦碑，欲往访之，未果。

注释：

[1] 孟母陵：位于孟子故乡邹城北 25 里的马鞍山下，今称孟母林，是孟子母亲仉氏及部分孟氏族人的墓地。 [2] 秦碑：即秦峄山碑，是公元前 219 年秦始皇登临峄山时留下的，今碑佚而文存，详见宋欧阳修《集古录跋尾·秦峄山刻石》。[3] 峄山：又名邹山、邹峄山等，位于山东邹城东南 10 公里处，素有"岱南奇观""邹鲁秀录""天下第一奇山"之誉。

三十

孟祠近在邑南郊，院宇阴森古柏交。
一样圣贤发轫地，不胜怀古吊今朝。

[原注] 孟庙在邹邑南关，殿宇宏伟，仅亚于圣府。庭中古柏阴森，皆宋以前所植。

三十一

归返历城五月天，池荷浮水溅青钱[1]。
闲来饱领湖山趣，烟雨楼台注画船。

注释：

[1] 青钱：本指青铜钱，古诗文中常用以喻指色绿而形圆之物，如榆叶、浮萍叶等。

三十二

倦游归后返琴冈，养疴[1]台西[2]地一方。
楼高全吞山海胜，饱看旭日出扶桑。

注释：

[1] 养疴：即养病；据周延顺口述，周至元在济南时不慎摔折左臂，此处疑指此。 [2] 台西：即台西镇，旧时青岛区划名称，因地处观象山观象台以西而得名，今民间多称西镇。

三十三

客中无复世情牵，披发科头[1]类散仙[2]。
除却吟诗无别事，焚香扫地日高眠。

注释：

[1] 披发科头：披散着头发、不戴帽子，都是古代豪放不羁之士的潇洒行为。
[2] 散仙：道教指未被授予官职的神仙。

三十四

病客异乡感不禁，却因卧病得闲身。
闲中岁月忙中过，眼见樱花两度春。

三十五

镜里惊看鬓发皤，行年五十已婆娑。
兴来扶杖蹒跚去，碧海青山自啸歌。

三十六

愁里不知日月长，惊传节序又重阳。
携将浊酒登高去，笑对黄花醉一场。

三十七

重阳过后已深秋，屐齿劳峰汗漫游[1]。
毕竟故乡山色好，白云红叶景清幽。

[原注] 今年重阳后十日，游劳山北九水、蔚竹庵、明道观等处，饱看红叶满山，情景不减昔年。

注释：

[1] 汗漫游：本指世外之游，后泛指远游、漫游。

三十八

游罢归来志欲仙，纷然世事愿亲捐。
从今悟彻浮生梦，甘向林邱高枕眠。

三十九

妻庸偏使女儿[1]娇，悖逆相侵昏复朝。
想是前生冤孽债，故约今日来抵消。

[原注] 幼子延玺忽患病，当面诟詈，全无避忌；又妻女延□[2]，亦以仇雠[3]相视。岂都属前生之完债耶？噫！

注释：

[1] 女儿：据周至元原注，当为"儿女"。　　[2] 延□：原抄不清，疑指长

四、杂集

子周延福。　［3］仇雠：即仇人，如《左传·哀公元年》："〔越〕与我同壤，而世为仇雠。"

四十

回溯身世堪悲伤，五十年来梦一场。

今日尘寰撒手去，权同噩梦醒黄粱[1]。

注释：

［1］黄粱：即"黄粱梦"。

四十一

梦醒黄粱万事休，人间无复惹闲愁。

从今只有琴冈月，长照诗人土一邱。

四十二

一钩冷月照黄昏，宿草悲风动苦吟。

词客有情来吊我，青林黑塞梦难寻。

[原注] 余死后但愿墓前立一石碣，题曰"即墨诗人周至元之墓"，于愿已足。

四十三

哀哀楚客[1]魂难召[2]，冤沉湘潭恨未消。

芳草美人千古怨，一编[3]聊复续《离骚》。

注释：

［1］楚客：古诗文中多用来指代被放逐到他乡的屈原，也泛指客居他乡者，此处是自喻。　［2］召：同"招"。　［3］一编：当指此《自述》诗40余首。

四十四

子期[1]山水少知音，散绝广陵[2]感不禁。

歌罢《采薇》[3]思更苦，千古谁识伯夷[4]心？

注释：

［1］子期：即钟子期。　［2］散绝广陵：化用嵇康临刑前感慨"《广陵散》于今绝矣"的故事。　［3］《采薇》：本指《诗经·小雅·采薇》一诗，这是一首先秦民歌，反映的是征戍之人的思乡之苦；此处当指伯夷、叔齐临死前所唱之歌，

其词曰:"登彼西山兮,采其薇矣。以暴易暴兮,不知其非矣。神农、虞夏忽焉没兮,我安适归矣?于嗟徂兮,命之衰矣。"详见《史记·伯夷列传》。　[4]伯夷:商末孤竹国国君的长子,因孤竹国君遗命三子叔齐继位,而叔齐以为应遵循当时的嫡长子继承制,伯夷则以为父命难违,二人因此一起逃往西伯姬昌境内;后来,周武王在父亲姬昌去世、尚未下葬之时,就兴兵讨伐商纣王,伯夷、叔齐认为不合仁孝之道,劝阻未成,便耻食周粟,逃至首阳山下采薇为生,后双双饿死。详见《史记·伯夷列传》。

感　兴

胯下淮阴未足耻,折腰且向里中儿[1]。
离群鸿鹄鹦鹜笑,失水蛟龙蝼蚁欺。
压雪幽篁仍直节,经霜古柏自苍枝。
漫漫长夜安心耐,会有天明日晓时。

注释:

[1]"胯下"二句:引用汉初大将韩信年轻时忍受乡里小儿胯下之辱的故事,详见《史记·淮阴侯列传》。

琴冈言怀

镜里惊看两鬓华,年来飘泊向天涯。
客馆相亲惟有泪,故园归去已无家。
琴书久矣束高阁,生计只今上钓槎[1]。
一缕痴情尚难断,苦吟犹似老刘义[2]。

注释:

[1]钓槎:也作钓叉,即渔船、钓鱼船,如郁达夫《龙门山题壁》诗:"明朝我欲扶桑去,可许矶边泛钓槎?"　[2]刘义:疑指唐代元和时诗人刘叉,也作刘义,年轻时因酒杀人亡命,后遇赦而折节读书,又从韩愈学诗,以苦吟不懈而闻名,代表作有《冰柱》《雪车》《偶书》等。详见李商隐《齐鲁二生·刘叉》《新唐书·韩愈传》《唐诗纪事》等。

四、杂集

读黄培[1]《含章馆诗集》有感

　　黄培，即墨人，明尚书嘉善[2]之孙，世袭明锦衣卫指挥，为人尚气节。明亡后，扶母柩还家，隐居不出。著有《含章馆诗集》，行世不久，其旧奴江元鸿[3]揭其集中诗有怀明反清思想，被拘济南，构成文字大狱。是案被牵连者有顾炎武等二百余人，历时凡三年之久。最后，黄培被处绞刑于历下，其子贞明[4]将其柩归葬于青岛水清沟，今其墓犹存。事详见予作之《即墨黄培文字狱事实真象》一文中。予拜读其集，心有所感，因成诗七律六首，附于集末，后之览者其鉴诸。

注释：

　　[1] 黄培（1603？—1669），字孟坚，号封岳，清初即墨人，明黄嘉善孙，荫袭锦衣卫指挥佥事、都指挥同知等职，官至兵部尚书赠太保衔，明亡后归隐故里，著有《含章馆诗集》《奏草》等，终因文字狱而被处死；其文字狱案详见周至元的《即墨黄培文字狱事实真象》（载《山东省志资料》1962年第二辑）、鲁海与时佳山的《黄培文字狱与〈含章馆诗集〉》（载《文献》1992年第2期）、卢兴基的《康熙手抄本〈含章馆诗集〉的发现与"黄培诗案"》（载《中华文史论丛》第30辑）等文。　　[2] 嘉善：即明代即墨人黄嘉善（1549—1624），字惟尚，号梓山，明万历五年（1577）丁丑科进士，初授叶县令，历任大同知府、宁夏巡抚、陕西三边总督等职，累官至兵部尚书兼京营戎政，著有《抚夏奏议》《总督奏议》《见山楼诗草》等，详见清同治《即墨县志·人物·名臣》、清雍正《陕西通志·名宦》等。　　[3] 江元鸿：当为姜元衡，其诬陷黄培事详见周至元《即墨黄培文字狱事实真象》（载《山东省志资料》1962年第二辑）、鲁海与时佳山《黄培文字狱与〈含章馆诗集〉》（载《文献》1992年第2期）等文。　　[4] 贞明：黄培之子，在黄培遇难后运其灵柩回即墨，并葬其于今青岛市四方区小水清沟村西的黄家茔村（今称黄家营村），隐居而终。

一

雀牙[1]狱讼兴无端，一去历城竟不还。
百首壮歌留墨水，千秋正气重崂山。
义之所在刃甘蹈，罪属强加民是顽。
求仁得仁奚复恨？[2]知公含笑谢尘寰。

注释：

[1]雀牙：即鼠牙雀角，本指因强暴者欺凌而引起争讼，后借指打官司之事，出自《诗经·召南·行露》。 [2]"求仁"句：化用《论语·述而》"求仁而得仁，又何怨也？"喻指黄培所作所为符合自己愿望、虽死而无悔的心情。

二

禾黍离离[1]伤若何？眼中愁看汉山河。
难消湘水沉沙怨[2]，且赓首阳[3]采蕨歌[4]。
复楚[5]有心空激昂，报韩[6]无计奈蹉跎。
铁壶击缺[7]声悲壮，留得遗编神鬼呵。

注释：

[1]禾黍离离：化用自《诗经·王风·黍离》首句"彼黍离离"，有对王朝更替的追思之情。 [2]湘水沉沙怨：一指湘妃亡夫之怨，相传舜帝巡视南方时猝死于苍梧、其两妃娥皇与女英闻讯后自投湘江而死；一指屈原亡国之怨，相传屈原在听闻楚国国都被占后自投湘水支流汨罗江以死。此处当指后者。 [3]首阳：即首阳山，位于今甘肃渭源县东南34公里处，因高踞群山之首、先得阳光照耀而得名，又因伯夷、叔齐采薇隐居于此而闻名。 [4]采蕨歌：应为"采薇歌"，指伯夷、叔齐死前所作歌辞，详见前注。 [5]复楚：指伍子胥为给父兄报仇而兴兵灭楚之际，申包胥哭诉于秦庭、借兵复楚一事，详见《春秋左氏传·定公四年》。 [6]报韩：指战国末期秦灭韩后，韩人张良"悉以家财求客刺秦王，为韩报仇"一事，详见《史记·留侯世家》。 [7]铁壶击缺：多作"击缺唾壶"，形容有志之士无从施展抱负的愤慨之气，出自《晋书》卷九八：王敦"每酒后辄咏魏武帝乐府歌曰：'老骥伏枥，志在千里。烈士暮年，壮心不已。'以如意打唾壶为节，壶边尽缺。"

三

力士椎秦事未成[1]，纷纷豪杰隐齐东。
南山种豆[2]狱[3]先起，北海开樽[4]酒已空。
留有丹心照简册，可怜白发寄孤忠。
田横岛上惊涛怒，猎猎英风一样同。

四、杂集

注释：

［1］力士椎秦：指秦灭韩后韩国原贵族张良变卖家产聘大力士、铸铁椎于公元前218年在博浪沙（今属河南）刺杀秦始皇失败一事，详见《史记·留侯世家》。［2］南山种豆：化用晋陶潜《归园田居》其三"种豆南山下"之句意，借以表明黄培在明亡后归隐家园、安度一生的愿望。　　［3］狱：即序中提到的黄培"文字大狱"，详见周至元《即墨黄培文字狱事实真象》、鲁海与时佳山《黄培文字狱与〈含章馆诗集〉》等文。　　［4］北海开樽：也作"北海樽"，本指汉末名士孔融好客故事，详见《后汉书》卷一百：孔融"退闲职，宾客日盈其门，常叹曰：'坐上客常满，尊中酒不空，吾无忧矣。'"此处形容黄培隐居于乡时天天宾朋满座的生活。

四

廿年[1]荣戟侍明皇，鼎去龙飞[2]事堪伤。
壮志难酬三尺剑，雄心空绕九回肠。
老遭佗傺[3]情偏苦，死为诗篇名亦香。
一卷《离骚》千种恨，令人读罢泪沾裳。

注释：

［1］廿年：指黄培（1603？—1669）从世袭锦衣卫指挥至明朝灭亡（1644）前在崇祯帝身边为官的这段时间。　　［2］鼎去龙飞：国家灭亡、帝王死去，此处指代明朝灭亡、崇祯帝自杀。　　［3］佗傺：多写作"侘傺"，失意而精神恍惚的样子。

五

柴市[1]从容一命捐，昭昭大节永流传。
义羞降燕类王蠋[2]，誓不帝秦同鲁连[3]。
漫说文字成冤狱，分明事业照青天。
人生自古谁无死？正气至今尚凛然。

注释：

［1］柴市：本为南宋末民族英雄文天祥的就义之所，一般认为位于今北京东城区府学胡同西口，此处指代黄培被杀之处。　　［2］王蠋（zhú）：战国末期齐国退隐大夫，公元前284年燕将乐毅攻破齐国都城临淄后，要封他为万户侯，他却以为"与其生而无义，固不如烹"，乃自缢以励国人。详见《史记·田单列

传》。　[3]鲁连：即坚决反对称秦为帝的战国末期齐国辩士鲁仲连，详见前注。

六

龚胜[1]世受汉恩偏[2]，一死相酬事亦难。
东市奇冤[3]何日白？西台恸泪[4]几时干？
青燐[5]久化心岂死？碧血长埋骨已寒。
凄绝水清沟上月，墓门千载锁愁峦。

注释：

[1]龚胜：字君宾，西汉末年经学家，以名节而著称于时，汉哀帝时官至光禄大夫，王莽时归老乡里，拒不受王莽之强征，绝食14日而死。详见《汉书》卷七十二。　[2]偏：此处同"遍"。　[3]东市奇冤：指东晋名士嵇康被钟会陷害而含冤被斩东市一事，详见《晋书》卷四九。东市：本为汉代长安处决死刑犯的地方，后泛指刑场。　[4]西台恸泪：指南宋民族英雄文天祥被杀害八年后谢翱作《登西台恸哭记》一文以致祭一事。西台：地名，位于今浙江省桐庐县富春山一带。　[5]青燐:多作"青磷"，俗称鬼火，指人和动物尸体分解出磷化氢后发生的青绿色光焰，也喻指死者，如柳亚子《咏史》之二："可怜半壁东南劫，十万青燐带血飞。"

（二）偶忆录

耐　冬

一枝雪里叶新红，傲骨能回造化工。
品比梅花加一等，不因吹嘘借春风。

古从军行

一

大军顺角[1]过临洮[2]，万里无声夜寂寥。
不用沙场斗战苦，即看白骨已魂销。

344

注释：

[1]角：古代军中一种乐器，吹之以为号令。　[2]临洮：古称狄道，位于今甘肃境，唐代诗文中常用作边关的象征。

二

回首企望失远村，斜阳地角[1]落黄昏。
多情惟有中天月，肯伴征人过蓟门[2]。

注释：

[1]地角：地的尽头或辽远偏僻的地方。　[2]蓟门：即蓟门关，唐时北部边关名称，具体位置不详。

九一八事变[1]

忽传狪骑入辽东，又惹萧墙战祸生。
半壁河山弃敝屣，北门锁钥失长城。
衣冠优孟[2]暂为主，豚犬景升[3]浪没名。
大好舆图[4]忽变色，倭奴从此得横行。

注释：

[1]九一八事变：也称沈阳事变、奉天事变、柳条湖事件等，指盘踞在中国东北的日本关东军于1931年9月18日傍晚以沈阳柳条湖附近日本修筑的南满铁路路轨被炸毁为借口而发动的炮轰中国东北军北大营事件，该事变是日本蓄意制造并发动的侵华战争的开端，也拉开了第二次世界大战中东方战场的序幕。　[2]衣冠优孟：本指《史记·滑稽列传》中所载优孟假扮楚相孙叔敖而游说楚王之事，后泛指假装或模仿他人；此处讽喻日军暂时侵占中华之事。　[3]景升：即汉末荆州刺史刘表，字景升，详见陈寿《三国志》卷六；此处化用裴松之《三国志注》中注文：曹操"见舟船器仗军伍整肃，喟然叹曰：'生子当如孙仲谋，刘景升儿子若豚犬耳！'"　[4]舆图：古代对地图尤其是疆域图的称呼，如清马廷樾《荆卿故里》诗："一卷舆图计已粗，单车竟入虎狼都。"

辽事[1] 杂感

一

中原鼙鼓[2]自年年，狼子野心竟犯边。
内乱由来资外寇，后生何以答先贤？
徙薪曲突[3]空朝策，及屦[4]无人着祖鞭[5]。
万里河山输一夕，坐看星斗落尊前。

注释：

[1] 辽事：指1931年"九一八事变"后日本在短短4个多月时间内占领东北三省一事，此处的"辽"指代东北三省。　　[2] 鼙鼓：古代军中所用之鼓，因常指代战鼓或战争，如唐白居易《长恨歌》："渔阳鼙鼓动地来，惊破《霓裳羽衣曲》。"　　[3] 徙薪曲突：搬开灶旁边堆积的柴禾、把直的烟囱改成弯的以预防火灾，比喻采取措施以防患于未然，出自《汉书》卷六八《霍光传》。　　[4] 及屦：即剑及屦及或剑及屦及，形容行动坚决迅速，典出自《左传·宣公十四年》："楚子闻之，投袂而起，屦及于窒皇，剑及于寝门之外，车及于蒲胥之市。秋九月，楚子围宋。"　　[5] 祖鞭：也作祖逖鞭、祖生鞭等，比喻先着、先手，典出自《晋书》卷六二：刘琨"与范阳祖逖为友，闻逖被用，与亲故书曰：'吾枕戈等旦，志枭逆虏，常恐祖生先吾著鞭。'其意气相期如此。"

二

惊闻肘腋起风波，白眼看天唤奈何。
高垒旌旗方变色，将军帷幄尚听歌。
谈兵枉执新如意，媚贼直持倒太阿[1]。
狐史他年谁直笔？[2]今时纵敌罪应科[3]。

注释：

[1] 太阿：也作泰阿，古代名剑，相传是古代铸剑名师欧冶子、干将二人联手合铸，是楚国的镇国之宝，晋国为得到此剑曾出兵围楚三年而不得，详见《越绝书》。倒太阿：也作泰阿倒持，指倒持宝剑，意即将控剑大权交与别人、自己反受其害。　　[2] "狐史"句：意即他年谁能像春秋时晋国的史官董狐一样秉笔直书今日的史实？狐即董狐，其秉笔直书事详见《左传·宣公二年》。　　[3] 科：断，判处，如《释名》说："科，课也，课其不如法者，罪责之也。"

三

何堪重听后庭韵？[1]商女琵琶只自嗟。[2]

公子无肠[3]争绮靡，小臣有舌足喧哗。

三千貂锦[4]呼张贼[5]，十二金牌召岳爷[6]。

独有庶黎[7]赴国难，几回痛哭贾长沙[8]。

[原注] 张贼即北宋末年力主降金、而后又建立傀儡政权的张邦昌。

注释：

[1]"何堪"句：化用唐杜牧《泊秦淮》诗中"商女不知亡国恨，隔江犹唱《后庭花》"之意。 [2]"商女"句：引用唐白居易《琵琶行》中所写嫁作商人妇的琵琶女的自伤之言。 [3] 公子无肠：即无肠公子，指螃蟹，出自晋葛洪《抱朴子·登涉》。 [4] 貂锦：本指貂裘和锦衣，后借指穿着貂裘和锦衣的将士，如唐陈陶《陇西行》诗曰："誓扫匈奴不顾身，五千貂锦丧胡尘。" [5] 张贼：即北宋末年的主和派张邦昌（1081—1127），字子能，永静军（今河北阜城一带）人，历宋徽、钦二朝，官司到太宰兼门下侍郎，在金人围开封时力主割地赔款议和，并与康王赵构作为人质前往金国，在靖康二年（1127）金人攻陷汴京时被金人立为大楚皇帝，宋高宗继位后被逼自缢，事详《宋史》卷四七五。 [6] 岳爷：即南宋初抗金名将岳飞（1103—1142），事详《宋史》卷三六五。 [7] 庶黎：抄本又作"陈登"。 [8] 贾长沙：指汉初政论家、文学家贾谊（前200—前168），洛阳人，20多岁即以才名而被汉文帝征召为博士，不久又破格提拔太中大夫，然不到一年即因遭群臣嫉恨而被贬为长沙王太傅，世因称其为贾长沙或贾太傅；居长沙三年后，又被召入京为梁怀王太傅，后因梁王坠马死而自责，以致英年早逝，后人辑其作为《贾子新书》。事详《史记·屈原贾生列传》《汉书·贾谊传》等。

四

天外飞来马伏波[1]，龙沙豪士[2]鲫鱼多。

偏隅特唤人心起，一木能支大厦何？

奋击中宵诸葛鼓[3]，狂挥落日鲁阳戈[4]。

中朝毕竟能持重，观战都从壁上过。

注释：

[1] 马伏波：即东汉光武帝时开国功臣马援，字文渊，在东汉王朝统一天下

后,又发挥马革裹尸、老当益壮的豪气,率军西破羌人、南降交趾,累功至伏波将军,封新息侯。事详《后汉书》卷五四。　[2]龙沙豪士:意即塞外豪士,指投笔从戎、建立军功的东汉名将班超(32—102),因《后汉书》卷七七说"定远慷慨,专功西遐;坦步葱雪,咫尺龙沙"而称。　[3]诸葛鼓:民间传说中由三国时蜀国名相诸葛亮发明的一种铜鼓,白天可用以做饭,夜晚则用作军队警报器具。　[4]鲁阳戈:本指周武王勇士鲁阳之戈,后常借以喻指力挽巨澜的手段或力量,典出自《淮南子·览冥训》:"鲁阳公与韩构难,战酣,日暮,援戈而撝之,日为之反三舍。"

五

晋阳[1]朝士尚谈经,深入周师到北宁。
鲁子[2]愿为蹈东海,包胥[3]枉自哭秦庭。
李牛党[4]见分门户,和战戎机别渭泾。
风景不殊难举目,尽多名士泣新亭[5]。

注释:

[1]晋阳:古代北方著名大城市之一,故址在今山西省太原市一带。　[2]鲁子:即战国末期宁肯蹈东海而亡亦不愿帝秦的齐国人鲁仲连,事详《战国策》《资治通鉴》等。　[3]包胥:即春秋时楚国大夫申包胥,当吴国用计攻破楚国后,他至秦国痛哭七日夜,终于求得秦国出兵救楚,事详《左传》《国语》《吴越春秋》等。　[4]李牛党:指唐朝后期统治集团内部因利益分歧而形成的不同官僚集团,李即以李德裕为代表的世家大族,牛即以牛僧孺为代表的科举出身者,此两派官员常互相倾轧、争吵不休,致使本就走下坡路的唐王朝迅速走向灭亡。[5]泣新亭:也作新亭泣,常用以指代痛心国难而无可奈何,典出自《晋书》卷六五:"过江人士,每至暇日,相要出新亭饮宴。周颛中坐而叹曰:'风景不殊,举目有江河之异。'皆相视流涕。"新亭:古地名,位于今南京市南面。

六

八千子弟[1]度难关,不斩楼兰誓不还[2]。
宗泽[3]渡河呼杀贼,武侯[4]扶汉决征蛮。
独将士气苏全国,留与英名震九寰。
更愿输边多卜式[5],大家收拾好河山。

注释：

［1］八千子弟：指秦末项羽起义时从其家乡征集的八千人，一直是项羽最为依赖的主力军，是所谓的江东八千子弟兵。　［2］"不斩"句：出自王昌龄《从军行》。　［3］宗泽（1060—1128）：字汝霖，浙江义乌人，北宋末、南宋初抗金名臣，任东京留守期间曾多次上书，力主宋高宗还都东京，并制定了收复中原的方略，终因壮志难酬、忧愤而死，临终前曾三呼"过河"。详见《宋史》卷三六〇。　［4］武侯：即三国时蜀国丞相诸葛亮（181—234），因其生前被封为武乡侯、死后被谥为忠武侯而称武侯。　［5］卜式：西汉武帝时洛阳人，以牧羊致富，后因匈奴屡次犯边而上书朝廷，愿以家财之半捐公助边，详见《汉书》卷五八。

一二八沪战[1]

弹丸小丑敢横行，计拙枉思城下盟。
碧血染红淞沪水，烽烟遮黑宝山城。
倭奴骄气顿付挫，壮士头颅一掷轻。
指点鲁阳[2]挥日处，斜阳凭吊不胜情。

注释：

［1］一二八沪战：今称"一·二八事变"，指以日本海军陆战队于1932年1月28日夜对上海中国驻军第十九路军突然发起攻击为标志的淞沪会战，日本发起战争的目的是转移"九一八事变"后国际视线并压迫南京国民政府屈服。　［2］鲁阳：即古代传说中周武王的武将鲁阳公，他骁勇善战，在与商纣王军队展开的牧野之战中"战酣，日暮，援戈而撝之，日为之反三舍"。详见《淮南子·览冥训》。

闻华北有警[1] 感赋

破碎河山感不禁，倭奴蚕食又相侵。
已成弱宋偏安局，难厌强秦虎狼心。
十载教训时已晚，几回和议失尤深。
书生爱国诚多事，对酒狂歌且楚吟[2]。

注释：

［1］华北有警：当指日军自1933年1月始由山海关开始向中国关内发动的多

次军事进攻，并最终通过"塘沽协定""何梅协定"等打开了通往华北的大门。
[2] 楚吟：本指《楚辞》哀怨的歌吟，后泛指歌吟。

芦沟桥事变[1]

纷纷铁骑入关来，战幕从斯为揭开。
直取腹心过燕市，争看烽火逼丰台[2]。
风掀潞水波兴浪，月照沟桥荻作灰。
浩劫只因发轫处[3]，行人过此总低徊。

注释：

[1] 芦沟桥事变：又称"七七事变"，指驻华日军1937年7月7日以一名士兵"失踪"为借口要求搜查宛平县城遭中国守军严词拒绝后而悍然向中国守军开枪射击并炮轰宛平城事件，此事变标志着日本全面侵华战争的开始，也标志着中国全民族抗日战争的开始。芦沟桥，当作"卢沟桥"。　[2] 丰台：即位于今北京市西南部的丰台区，卢沟桥即位于此区内。　[3] "浩劫"句：语序倒装，应是"只因浩劫发轫处"，意即因为卢沟桥是日本发动全面侵华战争的开始之处。

决黄河[1]

奇计设来着已高，黄河利用水滔滔。
雄师百万浪淘尽，铁甲千重气不骄。
龟处瓮中恣抓扑，众为噍类[2]安奔逃？
投鞭[3]莫想浊流滚，一片汪洋地不毛。

注释：

[1] 决黄河：指1938年6月9日国民党政府主动炸开河南郑州东北郊花园口黄河大堤以阻挡日军西进一事。　[2] 噍类：指在战乱或灾祸中侥幸活下来的人，如明冯梦龙《东周列国志》第四十五回："汝速躲避，我元帅随后兵到，汝无噍类矣！"　[3] 投鞭：化用前秦苻坚投鞭断流故事，详见《晋书》卷一一四。

太平洋战[1] 起

力尽倭奴叹奈何，又从沧海掀风波。
周围环视皆强敌，四面愁听俱楚歌。
海外楼船半覆没，帐前精锐已无多。
若论成败分明判，顽抗犹挥落日戈[2]。

注释：

[1] 太平洋战：指以日本海军于1941年12月7日偷袭美国太平洋上的海军基地珍珠港为起始标志的太平洋战争，战争持续至1945年9月2日日本签署投降书，是第二次世界大战的组成部分。 [2] 落日戈：即鲁阳戈，详见前注。

上海八百烈士抗战[1] 歌

倭寇蚕食伊乎底，满洲占后窥察冀。
激动举国敌忾心，健儿百万同发指。
才见炮火发芦沟，战火蔓延沪上起。
烽烟黑遮宝山城，血花红染淞江水。
短兵接触经七旬，多少倭儿刀下死。
乃敌野心未肯悛[2]，倾国孤注竟一掷。
空中机群集如蜂，海上舰艇密似蚁。
长虹直贯白日寒，短刃相接暮云紫。
苦战连旬未肯休，战略变更势非已。
八百烈士独慨然，孤军暂愿守土死。
危楼一角且支撑，国旗高扬斜阳里。
斜阳鲁戈[3]不停挥，矢穷援绝意未止。
列强啧啧夸忠勇，交口同称奇男子。
乞师更有南霁云[4]，轻骑传出书一纸。
雄心应已感天心，辗转虎口幸脱出。
重整军旅重秣马，不斩楼兰誓不已[5]。
噫吁嚱！

临危受命世所难，屈指往昔更有几？
黄花义士[6]堪同烈，田横门客何足齿？
英雄早挫强敌魂，百年仇凭碧血洗。
说君及早捣黄龙[7]，勋名永久照青史。

[原注] 八百烈士即坚守四行仓库[8]的八百壮士。

注释：

[1] 上海八百烈士抗战：指发生于 1937 年 10 月 27 日至 10 月 31 日的上海四行仓库保卫战，当时参加战斗的中国士兵只有 423 人，为迷惑敌人而号称 800 人，因被称为八百壮士或八百烈士，这次抗战标志着中国抗日战争中重大战役淞沪会战的结束。参阅陈立人《八百壮士：中国孤军营上海抗战纪实》（团结出版社 2010 年版）。　[2] 悛（quān）：悔改、改过。　[3] 斜阳鲁戈：即鲁阳戈，详见前注。　[4] 南霁云（712—757）：唐玄宗、肃宗时名将，因排行第八而称南八，在安史之乱中协助张巡镇守睢阳时，曾单骑冲出重围求救，事详唐韩愈《张中丞传后叙》。　[5] "不斩"句：化用唐王昌龄《从军行》诗中"黄沙百战穿金甲，不破楼兰终不还"之句，表达必胜之意。　[6] 黄花义士：指在 1911 年中国同盟会组织的广州黄花岗起义中牺牲的七十二烈士。　[7] "说君"句：化用岳飞直捣金朝黄龙府故事，详见《宋史》卷三六五。说，通"悦"；黄龙：即黄龙府。　[8] 四行仓库：位于上海闸北区南部的苏州河北岸、西藏路桥的西北角，地址为光复路 1 号，创建于 1931 年，因原是金城、中南、大陆、盐业四家银行共同出资建设的仓库而得名。

（三）杂诗

出　门

一

无聊出门去，行行入酒家。
倾囊拼一醉，归每月西斜。

二

出门何所去？倚杖上高峰。
愁悰凭谁诉？长吟和古松。

四、杂集

三

出门更何适？古刹访山僧。
相对无尘事，禅机话古灯。

四

闷极出门去，行吟过水浔。
渔夫虽共语，岂识屈原心？

五

郁郁出门去，伯夷岂敢攀？
二劳咫尺近，堪作首阳山[1]。

注释：

[1] 首阳山：位于今甘肃渭源县东南34公里处，因伯夷、叔齐采薇隐居于此而闻名。

六

出门何所适？天下尽滔滔。
一片冤魂结，难将楚些招[1]。

注释：

[1] 楚些，指招魂歌或招魂词。楚些招：即"楚魂招"，此句意即难以为流落他乡的人招魂。

马在厩

哀哀乱世民，不如马在厩。
民任啖糟糠，马却饲刍豆。
官马日益肥，小民日益瘦。
民瘦何足怜？马肥正堪斗。

鱼在釜

哀哀乱世民，恰似鱼在釜。
虽得暂时活，难逃刀俎苦。
涸辙无人怜，谁更西江取？[1]
子产[2]今已无，安望回海渚？

注释：

[1]"涸辙"二句：化用《庄子·外物》篇中涸辙之鲋的故事："周昨来，有中道而呼者。周顾视车辙中，有鲋鱼焉。周问之曰：'鲋鱼来！子何为者邪？'对曰：'我，东海之波臣也。君岂有斗升之水而活我哉？'周曰：'诺，我且南游吴越之王，激西江之水而迎子，可乎？'" [2]子产（？—前522）：春秋时期郑国大夫，姓公孙，名侨，字子产，曾执掌郑国政权23年，为政宽、猛相济，历来被视为贤相典型，事详《左传·昭公二十年/襄公二十四年》《孟子·万章上》等；此处指有人送活鱼给子产吃、子产命养在池子里的故事，详见《孟子·万章上》。

原上草

哀哀乱世民，不如原上草。
同受雨露恩，一年一枯槁。
却顾斯世民，十日九难饱。
践踏无人惜，未霜根腐早。

枝上鸟

哀哀乱世民，不如枝上鸟。
身得茂林栖，随处便一饱。
兴来临风歌，岂矜[1]如簧巧？
樊笼苟一脱，自可少烦恼。

注释：

[1]矜：自夸、夸耀。

丧家犬

哀哀乱世民，状如丧家犬。
凄凄何所归？荒郊雪霜晚。
门户谁许傍？摇尾犹来添。
吠尧[1]竟羞为，空抱忠义胆。

注释：

[1]吠尧：本指盗跖的狗对着尧帝叫，比喻坏人攻击好人，出自《战国策·齐策六》："跖之狗吠尧，非贵跖而贱尧也，狗固吠非其主也。"

遣　问

一片忧世心，无人堪共说。
闷心酒家楼，诉向天边月。
天月不见怜，奄奄云中没。
愁极悲歌粗，击得唾壶缺[1]。

注释：

[1]击得唾壶缺：化用晋王敦酒后歌咏曹操诗句并击唾壶为节以抒发心中忧愤的故事，详见《晋书》卷九八："每酒后辄咏魏武帝乐府歌曰：'老骥伏枥，志在千里。烈士暮年，壮心不已。'以如意打唾壶为节，壶边尽缺。"唾壶：旧时一种小口大肚的吐痰器具。

游北京故宫

一

金吾[1]更不禁，上苑[2]任人游。
势去王孙[3]泣，云归帝子愁。
铜驼[4]悲晓月，铁马[5]惊残秋。
惟有御沟水，年年怨未休。

注释：

[1]金吾：古代官名，负责皇宫警卫、仪仗及京城治安。　[2]上苑：即上林苑，秦汉时专供帝王使用的皇家园林，后泛指皇家园林。　[3]王孙：与下句的"帝子"在此处均专指帝王的子孙。　[4]铜驼：铜铸的骆驼，古代多置于皇宫寝殿之前、宫门两旁。　[5]铁马：即檐铃，旧时挂在宫殿、庙宇等宏伟建筑屋檐下的铜片或铁马，风吹时能相互撞击、发出声响。

二

宫阙连宵汉,禁城接紫霞。
江山阅几代,风雨泣残花。
銮殿尘蒙座,龙庭蛛网纱。
繁华真弹指,吊古是叹嗟。

佚 题

一

日月尔何为?昼夜东西驰。
来往不暂停,催人鬓成丝。
人老难再少,鬓白哪可医?
有酒不肯酌,无奈是愚痴。
愚痴更几时?转瞬与死期。

二

新霜夜来降,篱菊花已繁。
绽开黄金色,相对可忘言。
呼儿沽美酒,花前落酒樽。
一花一杯酒,陶然日已昏。
日昏不足惜,更有明白来。

题山石

岩畔一片石,到久成怡悦。
多情每相待,皎皎松间月。
月下试抚琴,泠然[1]韵幽绝。

注释:

[1] 泠然:形容声音激越高扬。

四十感怀

一

寄生大块[1]中，如客逆旅住。
虽得暂时留，匆匆还复去。
忆昔少年时，书卷被癖痼。
兀兀[2]每穷年[3]，汲汲[4]朝复暮。
古籍日钻研，犹同书间蠹。
岁月闲中抛，年光忙里度。
蹉跎中年屈，始悔儒冠误。
世事万般扰，愁病一身具。
怀才更谁怜？知己尚难遇。
天地偌大宽，踯踔[5]难举步。
谋生计多拙，从事稼穑务。
执耒[6]既不能，空对老农慕。
当此寸心伤，中宵起拥絮。
万愁竟欺凌，已觉无生趣。
身世思可悲，饥寒念堪惧。
前途渺漫漫，漫说穷足固。

注释：

[1]大块：大自然，出自《庄子·齐物论》"夫大块噫气，其名为风"，成玄英疏为"大块者，造物之名，亦自然之称也"。　[2]兀兀：勤奋辛劳的样子，如韩愈《进学解》："焚膏油以继晷，恒兀兀以穷年。"　[3]穷年：终年、年年，如杜甫《自京赴奉先咏怀五百字》："穷年忧黎元，叹息肠内热。"　[4]汲汲：形容急于得到的样子，如《汉书·扬雄传》："不汲汲于富足，不戚戚于贫贱。"　[5]踯踔：当为"踯躅"，徘徊不前的样子。　[6]耒：即耒耜，古代一种翻土工具，后也泛指农具；执耒，即务农、从事农业生产。

二

生为乱世民，如花坠溷[1]里。
岂无自洁心？泥淖飞不起。
念此怀古人，孤竹伯夷子[2]；
困饿向首阳，千古留芳芷。
又有屈大夫[3]，忠诚遭谤毁；
合污势不能，抱恨沈江底。
二君皆高贤，所遇已如此。
况我庸庸辈，鸿毛何足惜？
我生仅四十，口内已豁齿。
即便数年活，想不过尔尔。
世味已饱尝，所欠只一死。
达观齐彭殇[4]，已悟庄生[5]旨。

注释：

[1]溷：厕所。 [2]孤竹伯夷子：即义不食周粟、饿死于首阳山的孤竹国后人伯夷，详见《史记·伯夷列传》。 [3]屈大夫：即战国末期楚国爱国诗人屈原，详见《史记·屈原贾生列传》。 [4]齐彭殇：即齐死生，这是《庄子·齐物论》中提出的观点。彭即彭祖，古代传说中的长寿者；殇，夭折，指未成年而死者。 [5]庄生：即战国中期宋国思想家庄子。

期友不至

忙愁客至客偏至，暇盼客来客未来。
世事相看多似此，百年怀抱几曾开？

应聘[1]后作

行年五十雪满头，袱被又教乃远游。
恰似老女将出嫁，重调黛粉喜还愁。

注释：

[1]应聘：指其1957年应聘蒙古一事，具体不详。

内子户口迁青[1]，赋成绝句

儿女长大各纷飞，妻又南迁到海滨。
静坐自怜成自笑，在家反似出家僧。

注释：

［1］内子户口迁青：指妻子胡氏户口迁至青岛西镇次女周延顺处，时间应在1957年下半年至1958年上半年间。

内子户口迁青，作此寄之

一

井臼亲操三十年，今朝脱身去悠然。
江湖路洞任卿乐，莫复蜗居恋故园。

二

人世由来易别离，伉俪儿女两情[1]痴。
阿侬望尔莫牵挂，冷暖年来知护持。

注释：

［1］两情：指夫妻之情、母子之情；据周延顺讲述，胡氏迁青是为了帮女儿带孩子。

己亥[1] 仲秋对月有感

湖海非关汗漫游[2]，飘零身世似浮鸥。
琴冈一片清秋月，扰乱乡心逐客愁。

注释：

［1］己亥：此处指公元1959年。　［2］汗漫游：本指世外之游，后泛指远游、漫游。

寄居琴岛西镇杂咏

一

总然[1]病魔力难降,乐得残书隈冷缸。
竹榻悠然春睡足,一轮红日满东窗。

注释:

[1]总然:纵然,即使。

二

楼居真足比仙乡,几上平临大海光。
阅尽云山还不算,更将冷眼看人忙。

庚子[1]春重游湛山寺

红尘十丈更谁醒?古寺寻僧过竹亭。
头白上人无个事,松阴闲辅诚残经。

注释:

[1]庚子:此处指公元1960年。

黄公渚[1]闲话

年年除却访青山,便向君斋数往还。
我是病多公是石,年来共得一身闲。

注释:

[1]黄公渚(1900—1964):现代书画家、学者,详见前注。

蝉

吸风饮露自鸣高,与世无争栖柳梢。
岂识危机暗中伏,有人背地想承蜩[1]。

注释：

[1]承蜩：粘蝉、捉蝉，如《庄子·达生》："仲尼适楚，出于林中，见佝偻者承蜩，犹掇之也。"

狐

天公于汝独情亲，别具灵通能化身。
鼠辈结来惯作幻，虎威假得惯欺身。
原形应怕犀光[1]照，媚态羞看暮夜频。
最爱蒲翁[2]运直笔，奇奇怪怪偏传神。

注释：

[1]犀光：犀牛所发的光，传说能驱怪，如《艺文类聚》卷九五《兽部下》录晋傅咸《犀钩序》曰："犀之美者有光，鸡见影而惊，故曰骇鸡。" [2]蒲翁：即清初小说家蒲松龄（1640—1715），其文言短篇小说集《聊斋志异》中记载了大量鬼狐故事。

爱

人间欲海易生波，斩断赖将慧剑磨。
元亮[1]酒眠三径菊，右军[2]书换一笼鹅。
兼行墨翟[3]名称子，博倡耶苏[4]口是婆。
一片若论真挚处，舍他慈母更谁多？

注释：

[1]元亮：即东晋诗人陶渊明，字元亮。 [2]右军：即东晋书法家王羲之，字逸少，因曾官右军将军而世称王右军，其以书换鹅事详见前注。 [3]墨翟：即先秦思想家墨子，著有《墨子》一书，创立了墨家学派，主张"兼爱""非攻"。 [4]耶苏：指基督教典籍《圣经》中预言的救世主耶稣。

哀

不洒人前泪几行，萱花[1]摧萎倍凄凉。
千枝鹃语尽啼血，三峡猿声欲断肠。
夜半孤舟嫠妇泣[2]，天涯失路羔羊伤。

古今多少役妻恨，善哭却传是杞梁[3]。

注释：

[1]萱花：一种传说可以使人忘忧的草本植物萱草的花，后来也称母亲为萱堂。 [2]"夜半"句：化用苏轼《前赤壁赋》"泣孤舟之嫠妇"的句意；嫠妇即寡妇。 [3]杞梁：当为"杞梁"，春秋时齐国大夫，此处特指杞梁之妻，即民间传说中在丈夫死后哭倒长城的孟姜女。

怨

一卷《离骚》意未终，汨罗江上恨无穷[1]。
多才贾傅谪湘浦[2]，绝代昭君出汉宫[3]。
怕见落花经夜雨，最怜团扇到秋风。
相如[4]尽说能词客，赋就长门[5]嫌未工。

注释：

[1]"一卷"二句：引用屈原蒙冤放逐、自沉汨罗江、遗恨千古的故事。 [2]"多才"句：引用西汉贾谊富有才华却因谗言而被贬为长沙王太傅的故事。贾傅即贾谊（前200—前168），因曾为长沙王太傅而世称贾傅、贾太傅、贾长沙等。 [3]"绝代"句：引用汉元帝时才女王昭君出宫和亲的故事。 [4]相如：即西汉初年文人司马相如（前179？—前118），字长卿，长于辞赋，著有《子虚赋》《上林赋》等。详见《史记·司马相如列传》。 [5]长门：即《长门赋》，相传是司马相如为失去汉武帝宠爱、被贬在长门冷宫的皇后陈阿娇所作，表现了被贬皇宫女子的苦闷、抑郁之情。

怒

武汤[1]一动兆民安，岂效匹夫[2]拔剑看？
北守将军[3]帻掷地，西行壮士[4]发冲冠。
愠心似觉太无谓，唾面端应令自乾[5]。
处世但教能百忍，何忧横逆屡相干？

注释：

[1] 武汤：即商王朝的开国君主商汤（？—前1588?），因率众推翻夏桀的暴虐统治而被视为仁君。详见《史记·殷本纪》。　　[2] 匹夫：此处指独夫，有勇无谋的人，如《孟子·梁惠王下》："夫抚剑疾视曰：'彼恶敢当我哉?!'此匹夫之勇，敌一人者也。"　　[3] 北守将军：即南北朝时期南朝刘宋名将檀道济（？—436），刘宋文帝初年以镇北将军身份任南兖州刺史，镇守刘宋王朝的北方边关；至元嘉十三年（436），被彭城王刘义康矫诏杀掉，临刑前"引饮一斛，乃脱帻投地曰：'乃坏汝万里长城。'"详见《南史》卷十。　　[4] 西行壮士：指战国末期著名刺客荆轲（？—前227），西行刺秦前曾"歌曰：'风萧萧兮易水寒，壮士一去兮不复还。'复为慷慨羽声，士皆瞋目，发尽上指冠"。详见《史记·刺客列传》。[5] 乾：此处音 gān，是干湿的"干"的繁体字，因其简体与下联韵脚的"干"是同一字而用繁体。另，唾面自干的故事出自唐娄师德，详见刘𫗧《隋唐嘉话》卷下。

悲

薤露[1]歌来已不胜，哪堪分首短长亭[2]？
花开南内还愁见，笛近山阳岂忍听[3]？
华表鹤归[4]魂自语，黍离人[5]过泪先零。
紫台[6]莫吊昭君冢[7]，草色长留亘古青。

注释：

[1] 薤（xiè）露：古代著名的挽歌，后成为挽歌的代名词。　　[2] 短长亭：古代在城外大道旁五里设短亭、十里设长亭，作为行人休息或送行之所，后世因以长亭、短亭作为送别的代名词。　　[3] "笛近"句：化用魏晋时向秀因好友嵇康被司马昭杀害后经过嵇康山阳旧居时听到其邻人笛声而伤感的故事，详见向秀《思旧赋》。　　[4] 华表鹤归：化用晋陶潜《搜神后记》卷一所载故事："丁令威，本辽东人，学道于灵虚山，后化鹤归辽，集城门华表柱。时有少年，举弓欲射之，鹤乃飞，徘徊空中而言曰：'有鸟有鸟丁令威，去家千年今始归。城郭如故人民非，何不学仙冢累累。'遂高上冲天。"　　[5] 黍离人：指《诗经·王风·黍离》所塑造的因亡国而悲伤不已的人。　　[6] 紫台：此处同"紫宫"，指帝王居住之处，即皇宫，如唐李白《感遇》诗之三："紫宫夸蛾眉，随手会凋歇。"　　[7] 昭君冢：昭君墓，也称青冢，一说位于今内蒙古自治区呼和浩特市南，一说位于山西朔

州市朔城区的南榆林乡青钟村。

愁　来

愁来只合酒千觞，世事纷纷哪可量？
萝攀高枝先得露，菊存傲骨饱经霜。
青蝇[1]共厌难消灭，白璧[2]争珍易毁伤。[3]
多少人间难解事，几番我欲叩苍苍[4]。

注释：

[1]青蝇：即苍蝇，古诗文中常用以指代谗佞邪恶的小人。　[2]白璧：洁白的璧玉，古诗文中常用以指代品行高洁、忠诚善良的人。　[3]"青蝇"二句：化用唐陈子昂《胡楚真禁所》诗中"青蝇一相点，白璧遂成冤"之句意。　[4]苍苍：即苍天，如李白《酬殷明佐见赠五云裘歌》诗："为君持此凌苍苍，上朝三十六玉皇。"

感　时

琴岛日寇挂降旗，幸福唯有接受员[1]。
敌伪物资如山积，多入私家少入官。
娇妾四五尚恨少，酒楼舞榭闹昏晓。
挥去珠玉等泥沙，□□□□[2]五尺巧。

注释：

[1]接受员：当为"接收员"；1945年8月，抗日战争取得胜利后，国民党政府制定《行政院各部会署局派遣收复区接收人员办法》，并按此办法向各地派出特派员或接收委员接收敌伪资产，这些人就是"接收大员"，而他们在接收时忙于吃喝玩乐，巧于化公为私，被民间称为"劫收大员""五子（指条子、房子、女子、车子、面子）登科"等。　[2]此四字已佚。

年　来

年来已甘隐桑麻，省识吾生是有涯。
虑淡夜多亲好月，情深春每哭残花。

爱闲身屡宿僧寺，耽饮衣曾质酒家。
更有雅兴无处遣，北窗跷脚鼓琵琶。

书 怀

一

痛哭穷途[1]日几场，得佯狂处且佯狂。
遇来世事都成懒，试去人情总成惊。
孤馆残灯放酒胆，幽窗冷雨搅诗肠。
乱中滋味茹将遍，只欠首阳薇蕨[2]尝。

注释：

[1]痛哭穷途：化用魏晋名士阮籍途穷而哭故事，详见《晋书》卷四九、《世说新语·任诞》等。 [2]首阳薇蕨：化用伯夷、叔齐不食周粟、隐居首阳山、采薇而食的典故，详见《史记·伯夷列传》。

二

乱离岂许此身安？百计求闲未得闲。
独坐有时伤白发，狂游何日遍青山？
多情风月易惆怅，适意林泉且往还。
试与醇醪结知己，愁来相对一开颜。

舒 怀

一

劫火沧桑已饱更，不堪回首感浮生。
乱多难事愁家累，老胜病身觉死轻。
忧思每凭诗卷写，闷怀谁借酒杯倾？
年来落得穷彻骨，始悔儒冠最不情。

二

正值小人道长时，卷怀[1]蘧瑗[2]竟何之？
忧时惯下伤心泪，济世难成折肱医[3]。
家计懒筹盐米醋，俗缘犹系酒棋诗。
贫居略似陶靖节，三径琴樽兴不辞。[4]

注释:

[1] 卷怀：本指退避、敛迹，后指藏身隐退、收心息虑。　　[2] 蘧瑗：春秋时卫国大夫，字伯玉，谥成子，孔子周游列国时数次投奔他，并称赞他为真正的君子："君子哉蘧伯玉，邦有道则仕，邦无道则卷而怀之。"详见《论语·卫灵公》。[3] 折肱医：本指屡次断臂就成为懂得医治断臂的良医，后指久经磨炼而富有经验的良医，出自《左传·定公十三年》："三折肱知为良医。"　　[4] 据"小人道长""卷怀""难成折肱医"等语，此诗应作于周至元因他人矛盾牵连而被从即墨中西医联合诊所解职之后。

三

除却案头几卷书，家徒四壁类相如[1]。
敢希颜子[2]贫能乐，却喜嵇康懒[3]不除。
有酒不斟空笑我，怀才莫识少愠渠。
垂纶本是严陵老，好去沧江事钓鱼。[4]

注释:

[1] "家徒"句：引用汉司马相如贫困时状况自喻，详见《史记·司马相如列传》："文君夜亡奔相如，相如乃与驰归成都，家居徒四壁立。"　　[2] 颜子：即孔子弟子颜回（前521—前481），以乐道安贫而受孔子赞赏。　　[3] 嵇康懒：嵇康在《与山巨源绝交书》中说自己"性复疏懒，筋驽肉缓，头面常一月十五日不洗，不大闷痒，不能沐也。每常小便而忍不起，令胞中略转乃起耳"，因成为后世文学作品中懒意象的代表。　　[4] "垂纶"二句：化用东汉严光（字子陵，因省称严陵）隐居富春山、垂钓为生的故事。

四

红羊浩劫[1]满神州，不是杞人也解忧。
云外青山犹在眼，镜中华发已盈头。
著书空抱千秋志，沽酒岂消万古愁。
一事迩来增惆怅，旧盟海上负闲鸥[2]。

注释:

[1] 红羊浩劫：即红羊劫，指代国难。　　[2] "旧盟"句：化用《列子·黄

帝》所载人与鸥鸟结盟故事。

五

未了尘寰诗酒缘，剩山残水且流连。
愁中高咏悲身世，梦里狂欢惜暮年。
与汝何仇嗔白发？生侬奚取怪青天？
乱来更拟移家去，去泛逢萌[1]浮海船。

注释：

[1] 逢萌：字子康，一说子庆，西汉末东汉初学者，自王莽乱时即携家渡海隐居于辽东，东汉光武帝时又从辽东迁到崂山支脉不其山（今崂山铁骑山）下，隐居而终。详见《后汉书》卷一一三、《崂山简志》等。

六

已到穷途末路时，尚存一息自吟诗。
生均可恋何畏死，狂且不讳遑论痴？
洁癖难为浊世改，高怀久与白云期。
梅花底是寒能耐，雪地冰天香满枝。

七

半百年华鬓已苍，回看形影太凄凉。
济人有愿乏仁术，避地无方逃酒乡。
闲把琴棋消白日，冷看世事变沧桑。
残衫斜披履倒曳，甘被人呼作楚狂[1]。

注释：

[1] 楚狂：指楚昭王时隐士陆通，字接舆，因当时政令无常而佯狂不仕，故被称为楚狂，成为后世文学作品中隐士和狂士的代名词。详见《论语·微子》《庄子·人间世》。

八

如水年华四十春，苦吟枉自费精神。
鬓边白发渐欺我，杖底青山不让人。
花下徵歌爱呼酒，竹间赌弈喜留宾。
悠悠半世忙何事？赢得病愁满一身。

九

无复元龙豪气[1]存,狂游旧梦难重温。
清风明月诗千首,碧海青天酒一樽。
半榻残书伴病骨,数间矮屋老荒村。
烽烟阻断二劳路,遥望云山每断魂。

注释:

[1] 元龙豪气:也作元龙意气,指东汉名士陈登(字元龙)的豪迈气概。

十

伤心老去更蹉跎,白眼看天唤奈何。
乱后文章粪土贱,闷来踪迹酒家多。
明知傲骨是穷骨,聊遣诗魔驱睡魔。
参破浮生终属幻,佛门遁去念弥陀。

游湛山[1]

一

名园花事已阑珊[2],又向禅宫曳屦看。
一路海光迎杖屦,四围青翠下烟峦。
璇宫[3]隐约峰头现,古塔崚嶒云外揽。
回首尘嚣到此绝,数声清磬出林端。

注释:

[1] 抄本在此组诗后记有时间"61.5.21",则此组诗当作 1961 年 5 月重游湛山寺时。 [2] 阑珊:将尽、将残,如宋辛弃疾《青玉案》:"众里寻她千百度,蓦然回首,那人却在灯火阑珊处。" [3] 璇宫:也作"璿宫",用玉装饰的宫殿,多指王宫或仙人居住之所,此处指湛山寺。

二

寺前一曲是方塘,佛殿数重金碧光。
满院松阴凝翠影,一庭花木散幽香。
茅亭深护丛丛竹,曲径斜通曲曲廊。
野鸟多情见客至,数声引入老僧房。

三

璇宫高筑翠微巅，院宇清幽别有天。
万里海光侵佛座，四围岚翠满几筵。
日斜幡影石坛静，雨过丰碑苔藓鲜。
何必更寻方岛[1]去？此间小坐即神仙。

注释：

[1]方岛：疑指方外之岛或仙岛，即传说中仙人所居之岛。

四

斜阳欲去复豫优[1]，贪看山光又转头。
老病年来精力减，名庵身更几回游。
撩人巘色争青眼，送客山僧俱白头。
负手闲吟偶得句，爪鸿[2]又向壁间留。

注释：

[1]豫优：当即"犹豫"。 [2]爪鸿：雪爪鸿泥，出自宋苏轼《和子由渑池怀旧》诗："人生到处知何似？应似飞鸿踏雪泥。泥上偶然留指爪，鸿飞那复计东西。"本指大雁在雪泥上走过时留下的爪印，此处特指自己诗作。

秋宵感怀

落叶声中秋已深，百忧交集感难禁。
窥窗明月怜孤影，绕砌寒蛩伴苦吟。
触兴聊成宋玉[1]赋[2]，伤时人抱屈原心[3]。
来朝莫向镜中照，应有霜花两鬓侵。

注释：

[1]宋玉（前298？—前222？）：战国时楚国人，长于辞赋，著有《九辩》《高唐赋》《登徒子好色赋》等。 [2]宋玉赋：指宋玉《九辩》，全诗借悲秋而抒发个人晚年的凄凉遭遇，后世因其"悲哉秋之为气也，萧瑟兮草木摇落而变衰"之句而尊其为"悲秋"之祖。 [3]屈原心：即屈原自沉汨罗、以示其高洁志向之心。

秋日病中作

弱体哪堪百虑牵？愁魔处久转相怜。
老遭末世心成佛，病卧三秋骨欲仙。
醇酒得来犹倔强，新诗写出尚缠绵。
思量安得龙泉剑[1]，尘海茫茫斩宿缘？

注释：

[1]龙泉剑：古代十大名剑之一，相传为春秋时铸剑大师欧冶子铸，本称"龙渊剑"，至唐时为避唐高祖李渊讳而改称。

西镇楼居即景

一

幽居卜筑岛西偏，琴冈送青满画栏。
地僻欣无弦管闹，楼高饱阅海天宽。
树端帆影檐前落，云外岚光掌上看。
赢得闲身事著述，草《玄》[1]深奥解人难。

注释：

[1]草《玄》：起草《太玄》，形容淡于世俗、潜心著述，出自《汉书》卷八七下："时雄方草《太玄》，有以自守，泊如也。"《玄》：即《太玄》，指西汉扬雄撰写的《太玄经》，也称《扬子太玄经》或《玄经》，该书继承和发展了先秦的道家思想。

二

不衫不履意悠然，披发科头[1]一散仙。
风送涛声来枕畔，云移岛色到窗前。
晴曦天海添霞彩，落照楼台生紫烟。
因病得闲殊不恶，年来赢得日高眠。

注释：

[1]披发科头：披散头发、不戴帽子，形容自由自在、无拘无束。

呈正《崂山志》稿赋感[1]

以《崂山志》稿呈正于黄公渚先生，谬蒙奖许，赋此志感。

一

荆州拜识幸如何[2]？叔度[3]威仪千顷波。
笔意怪藤缠古石，文心快剑斩奔鼍。
才兼三绝诗书画，辞具众长词赋歌。
莫怪人争山斗仰，眼中耆宿已无多。

注释：

[1]此诗原无题，此据周延顺自印本改。另据周至元《崂山志自序》，此诗当作于1952年夏。　[2]"荆州"句：化用李白《与韩荆州书》中"生不用封万户侯，但愿一识韩荆州"句意，表达对黄公渚的仰慕之情。荆州：指李白笔下的"韩荆州"，即时任荆州长史兼襄州刺史、山南东道采访使的韩朝宗。　[3]叔度：即东汉名士黄宪，详见前注；此处借赞黄公渚像历史名人黄宪一样有威仪。

二

痼癖烟霞笑我顽，芒鞋遍踏二劳间。
一篇稿脱鳌峰老，卅载志成鬓发斑。
腕底虽无元道[1]笔，胸中却有米芾[2]山。
孙阳[3]启后千金值，声价顿教重海寰。

注释：

[1]元道：当指北魏地理学家、散文家郦道元（470？—527）。　[2]米芾（1051—1107）：北宋书画家，擅篆、隶、楷、行各体，长于山水画，且能诗，精鉴别，因个性怪异而被称为"米颠"。详见《宋史》卷四四四。　[3]孙阳：即伯乐，春秋中期郜国（今山东成武一带）人，初名孙阳，因善于相马而被后世借指善于发现、举荐和应用人才者。

满江红

丁酉[1]春，因参订《崂山志》与张先生释之[2]结识，接谈数日，赋此留赠。

海上新春，得遍识琴冈名士。更佩爱张君释之，风流潇洒，丰姿不让叔度黄[3]，职守差同柱下李[4]。喜班荆[5]倒盖[6]结心交，成知己。

　　娵嬛[7]地，富典籍；东观[8]内，多书史。网宇宙文献，列陈架庋。论文却恨白日短，检书每嫌漏声[9]急。把名山事业千秋事，共担起。

注释：

[1] 丁酉：此处指公元1957年。　　[2] 张先生释之：也作张适之，新中国成立前任中学教师，新中国成立初在青岛市文管会工作，主要从事文物考察、鉴定工作，1955年到青岛市图书馆分管古籍管理工作；擅书法，工诗词，曾与黄公渚、周至元等人组织学术论坛，并曾组织过七人诗社"梅社"，编辑有《崂山名胜古迹》。参阅鲁海《青岛图书馆里的"六骏图"》（载《半岛都市报》2012年7月9日）。　　[3] 叔度黄：即东汉名士黄宪，字叔度。　　[4] 柱下李：即先秦哲学家老子，姓李，名耳，字聃，著有《道德经》，相传他曾任周王朝的柱下史之职，后世因以柱下为其代称，如南朝梁刘勰《文心雕龙·时序》曰："诗必柱下之旨归，赋乃漆园之义疏。"　　[5] 班荆：铺荆于地而坐谈，形容老朋友相遇于途互叙离情，出自《左传·襄公二十六年》。　　[6] 倒盖：即"倾盖"，指两车相遇于途时因主人停车交谈而使车盖倾斜在一起的样子，形容老朋友相见或一见如故。[7] 娵嬛：应为"嫏嬛"，神话传说中指天帝藏书之处，也作琅环、琅嬛、嫏环等，如清吴任臣辑《字汇补·女部》："玉京嫏嬛，天帝藏书处也，张华梦游之。"[8] 东观：本为东汉时皇家藏书、校书之所，后泛指藏书、校书之所；此处因张适之在青岛市图书馆工作而有此说。　　[9] 漏声：古代计时工具铜壶滴漏发出的声音，古诗文中常用以指代时间。

（四）友声集

《南园剩稿》[1] 题词

一

阮公[2]怀古[3]忧愤切，杜老[4]伤时[5]涕泪多。
俯仰千秋一凭吊，笔歌墨舞独吟哦。

注释：

[1]《南园剩稿》：即墨诗人李琇著，李琇字秀玉，即墨人，生于清光绪十二年（1886），卒于1970年，其他不详。据即墨文史学者韩乃桂1983年所作小注。
[2]阮公：指三国时期魏国诗人、竹林七贤之一的阮籍（210—263）。 [3]怀古：指阮籍代表作《咏怀诗》82首，这些诗歌借怀古而抒发了对当时社会现实的激愤之情，揭示了一代文人忧愤、苦闷、抗争的心路历程，对后世借古怀今类文学作品产生了极大影响。 [4]杜老：即唐代现实主义诗人杜甫（712—770）。
[5]伤时：指杜甫创作的"三吏""三别"《北征》《春望》等现实主义诗歌，其中寄托了对当时民生疾苦和政治动乱的忧愤之情，体现了诗人忧国忧民的高尚情怀。

二

短篇酷类剑南翁[1]，更喜坡仙[2]词曲雄。
安得关西铁绰汉，粗豪为唱"大江东"？[3]

注释：

[1]剑南翁：即南宋爱国主义诗人陆游（1125—1210），其作品集《剑南诗稿》中留下了许多富有浪漫色彩的现实主义诗篇。 [2]坡仙：即北宋文学家苏轼（1037—1101）。 [3]"安得"二句：化用宋俞文豹《吹剑续录》所载苏轼故事："东坡在玉堂，有幕士善讴，因问：'我词比柳词何如？'对曰：'柳郎中词，只好十七八女孩儿执红牙拍板，唱杨柳岸、晓风残月；学士词，须关西大汉执铁板，唱大江东去。'公为之绝倒。"

三

古调于今谁解弹？一回读罢惹三叹。
高山流水知音少，白雪阳春[1]属和[2]难。

注释：

[1]白雪阳春：多作"阳春白雪"，本指战国末期楚地两种较为高雅、能够唱和者很少的歌曲，后喻指高雅而不通俗的艺术作品，详见《楚辞·对楚王问》："客有歌于郢中者，其始曰《下里》《巴人》，国中属而和者数千人；其为《阳阿》《薤露》，国中属而和者数百人；其为《阳春》《白雪》，国中属而和者不过数十人。" [2]属和（zhǔ hè）：跟着唱，即唱和。

四

衣冠栗里[1]犹存晋，鸡犬桃园欲避秦。[2]
天下滔滔皆是也，更教何处问迷津？

注释：

[1]栗里：古地名，位于陶潜故里柴桑和庐山之间，今江西省九江市西南一带，陶潜辞官归乡后，先住柴桑，后移居至此。 [2]"衣冠"两句：化用自元丁鹤年《奉寄九灵先生四首》其二中"衣冠栗里犹存晋，鸡犬桃源久绝秦"二句。

和仁济上人[1] 华严寺[2] 十景之一·松抱塔[3] 用原韵

盘清挽翠一重重，疑是九华五老松。
久阅烟霞傲骨瘦，饱经风雨鲜花[4]浓。
云归深锁常栖鹤，潮至长吟欲化龙。
天教名山留胜绩[5]，四围回看插奇峰。

注释：

[1]仁济上人：华严寺诗僧，详见前注。 [2]华严寺：崂山现存唯一佛教寺院，位于崂山东部那罗延山麓。 [3]松抱塔：位于崂山华严寺塔院，塔为砖塔，是华严寺前主持慈沾大师藏骨之处，因塔外有二松蟠曲环绕而得名，20世纪60年代松树枯死。 [4]鲜花：应为"藓花"，指松树上生长的片片苔藓远看像花朵一样。 [5]胜绩：应为"胜迹"，即名胜古迹。

和王垿[1]《青岛远眺诗》[2]

一

峰顶翼然测海亭，登临放眼瞰东溟。
两经楚炬[3]千岩黑，九点齐烟一角青。
紫陌红尘[4]如掣电，红楼灯火似繁星。
回思二十年前事，恍如邯郸一梦[5]醒。

注释：

[1]王垿（1857—1933）：一字爵生，又字觉生，号杏村、杏坊、昌阳寄叟等，

山东莱阳人，清光绪十五年己丑科（1889）进士，历国子监祭酒、河南学政、内阁学士兼礼部侍郎等职，清亡后返乡，客居青岛而终；王塔长于诗词、书法等，著有《青岛杂咏》30首、《墨香斋诗文集》《王塔诗稿》等，今有其重孙自费刊印的《王塔诗选》429首。　[2]本组诗周延顺自印本收入《天籁集》，今改录于此。另据此组诗内容，作者显然与王塔熟识且年龄相当；而据周至元生平，他与王塔年龄相差甚大，且二人并无交往；因疑此非周至元之作，而是其师王锡极之作，王塔客居青岛后，与王锡极过从甚密，然无他据，姑存疑。　[3]楚炬：即"楚人一炬"，泛指战火。另，两经楚炬，应指1987年德国的攻占青岛和1914年的德日青岛之战。　[4]紫陌红尘：本指通往京城道路上人来人往、尘土飞扬的景象，后喻指人世间的繁华虚荣，出自唐刘禹锡《玄都观桃花》诗中"紫陌红尘拂面来，无人不道看花回"之句。紫陌：通往京城的道路。　[5]邯郸一梦：即邯郸梦，也作黄粱梦。

二

旧日渔家水作田，生涯蟹簖[1]杂鱼筌[2]。
廿年海国争蟠踞，十里烟村尽搬迁。
番舶蠡舟相络绎，歌台舞榭肆喧阗。
公未暂为爱居[3]地，过眼沧桑又几年。

注释：

　　[1]蟹簖（duàn）：一种用竹枝或芦秆编成、插在河流中以捕捉鱼、蟹的渔具，民间俗称簖棚子、簖门、渔簖等，如清末魏源《三湘棹歌·资湘》："滩声渐急篙渐警，知有截溪渔簖近。"　[2]鱼筌：一种用细竹条或藤皮编织而成、内有倒刺竹条或藤条、呈漏斗状的捕鱼工具，也称鱼笱，如唐陆龟蒙《奉和袭美太湖诗·崦里》："处处倚蚕箔，家家下鱼筌。"　[3]爱居：客居、迁居，如《三国志·吴志·钟离牧传》：钟离牧"少爱居永兴，躬自垦田"。

三

旧说桃源好避秦，而今未敢问前津。
虽无鸦阵盘山麓，时有鲸波起海滨。
到处难逢青眼客，同游渐少素心人。
考槃[1]幸有烟霞侣，泉石逍遥醉一春。

注释：

[1] 考槃：当指《诗经·卫风·考槃》一诗，全诗写山间结庐独居之人的自得之乐，此处借以指代隐居者。

四

久失河山今复还，茫茫东海已安澜。
潮平宿鹭眠初稳，风急浮鸥盟竟寒。
关市日严秦法律，居民顿改汉衣冠。
诗成借问前朝事，黑白纷淆错满盘。

和蓝水悼亡[1]

莲折并头恨岂禁？况君伉俪最情深。
对花苦忆当时貌，开箧愁看旧日簪。
好景不常月易落，香魂终渺梦难寻。
茜窗闲煞张郎笔，怕听画眉弄巧音。[2]

注释：

[1] 据蓝信宁《先祖父蓝水公年谱》，蓝水妻冯氏于1931年2月病亡，子仁甫于8月亦病亡，蓝水因作《悼亡》诗；则周至元此和诗当作于1931年。　[2] "茜窗"二句：借用《汉书·张敞传》所载张敞为妻画眉故事，想像蓝水怕听画眉鸟啼而联想到张敞画眉故事进而想念亡妻的情景，含蓄表达了对蓝水丧妻之痛的同情。

和蓝水《催妆诗》[1]

一

林下风清[2]不自夸，让它桃李占春华。
寒梅本是孤高品，晚节方开处士[3]家[4]。

注释：

[1] 据蓝信宁《先祖父蓝水公年谱》，蓝水于1936年秋与周氏定亲后，作《催妆》《定情》等诗，则周至元此组和诗当亦作于此年。　[2] 林下风清：也作林下风气、林下风范、林下风度等，形容女子态度娴雅、举止大方，出自《世说新语·贤媛》："谢遏绝重其姊。张玄常称其妹，欲以敌之。有济尼者，并游张、谢二

家,人问其优劣,答曰:'王夫人神情散朗,故有林下风气;顾家妇清心玉映,自是闺房之秀。'" [3]处士:本指品德高尚、才行兼具而隐居不仕者,此处特指蓝水。 [4]"晚节"句:应是针对蓝水与周氏均已年龄老大而发,当时结婚年龄普遍较早,如周至元16岁即已结婚,蓝水初婚时才17岁。

二

青眼难教与俗同,芳心独解属英雄。
文君只是怜才切,不管相如四壁空。

三

当年睹面暗伤神,惹得相思几度春。
今日幸成真眷属,这回愿偿有情人。

四

往日见时仪礼苛,含情尚肯唤哥哥。
如何鸾凤成佳偶,却较从前羞更多。

五

红妆慵卸倚镜台,惹得檀郎诗屡催。
绣阁新谐鸳侣好,华堂不盼燕归来。

六

眉黛青青着意描,张郎彩笔任挥毫。
远山从此看难足,无复崎岖入二劳。

七

二劳曾爱任徜徉,新咏百篇不厌长。
今日怪君诗格异,山林气变粉奁香。

八

道韫[1]见说颇知书,咏雪争传垂髫初[2]。
此后深闺添韵事,联吟喜有女相如[3]。

注释:

[1]道韫:即东晋才女谢道韫,字令姜,是当时宰相谢安的侄女、著名书法家王羲之的儿媳妇,事详《晋书》卷九六、《世说新语》等。 [2]"咏雪"句:化用谢道韫幼年咏雪故事,详见前注。垂髫:旧时幼童发型,因常指代幼年。 [3]相如:即汉代文学家司马相如。

和蓝水《定情诗》

一

空谷芳姿弱不禁，蝶媒[1]今日始相寻。

青春迟误到花信[2]，久待东君[3]雨露深。

注释：

[1]蝶媒：即蝴蝶为媒。　[2]花信：本指花开时节，后指代女子初成年时期的青春年华，多在20岁左右。　[3]东君：神话传说中的太阳神，也是司春之神。

二

春酒盈盈斟满卮，两心相对已神驰。

等闲耐得旁人散，好是罗帏乍入时。

三

罗帏乍入喜还惊，暗解绣襦芳体馨[1]。

欲唤檀郎心更怯，隔窗深恐有人听。

注释：

[1]芳体馨：即墨蓝氏族谱编委会编《友声集》本作"玉体轻"。

四

春色引人入武溪，桃花红满谷东西。

渔郎漫说仙游惯，未必重来路不迷。[1]

注释：

[1]本诗化用晋陶潜《桃花源记》中渔人缘溪中桃花瓣寻入桃花源故事。

五

月老绳牵定几生，当时一见苦萦情。

锦衾今恨春宵[1]短，万种相思诉不清。

注释：

[1]今恨春宵：即墨蓝氏族谱编委会编《友声集》本作"却恨今宵"。

六

往日相思春复春，定情早应梦中频。
如今真个如花貌，乐极翻疑梦里身。

七

节过清明春意稠，红桃绿柳闹汀洲。
池塘日暖波光洁[1]，得水鸳鸯正自由。

注释：

[1]洁：即墨蓝氏族谱编委会编《友声集》本作"活"。

八

海棠曾经暴风[1]狂，芍药初开旭日长。
花是一般情景异，几回我欲问东皇[2]。

注释：

[1]暴风：即墨蓝氏族谱编委会编《友声集》本作"狂风"。　[2]东皇：即古代神话传说中的东君，详见前注。

闺　怨

一

忆昔郎在日，琴瑟日在御。
别后不忍弹，件件封尘土。

二

忆昔郎将行，缱绻留玉玦。
系在腰襦间，至今字已灭。

三

忆昔郎行时，门外有双柳。
去时才及肩，今已拂人首。

四

忆昔郎行后，月月有家书。
如今无音信，已有三载余。

杂　志

一[1]

>　　同根生两松，小时枝互翳。
>　　长被女萝牵，日见分南北。

注释：

[1] 此诗前已录入《天籁集》中，但题作"古意"。

>　　　　　　　二
>　　灼灼凌霄花，高入浮云长。
>　　一朝失所援，萎地同草莽。

>　　　　　　　三
>　　弱竹当冬日，风欺更雪压。
>　　虽得后凋名，苦况向谁说。

>　　　　　　　四
>　　易残是名花，难锄是恶草。
>　　却恨造化儿，故故令人恼。

新婚闺夕[1]

>　　　　　　　一
>　　香满兰房月满窗，含情无语对银釭。
>　　低头瞥见床头枕，上有鸳鸯绣一双。

>　　　　　　　二
>　　无边春色动罗帏，卸却长衫换短衣。
>　　梳罢晚装窥镜久，娥眉不画待郎归。

>　　　　　　　三
>　　烛光摇曳洞房幽，郎去盼来来又羞。
>　　相对无言成一笑，怕教人见下帘钩。

注释：

[1] 此3首放在《友声集》中，疑是写蓝水新婚的，然无据，姑存疑。

五、附录

周至元传略[1]

周至元（1910—1962），原名式址，又名式坤，号懒云，自称伴鹤头陀，即墨县即墨镇坊子街人。

至元出生于书香世家，自幼聪敏好学，嗜书成癖。8岁进私塾，10岁入学堂，16岁高小毕业后，又读私塾3年，10余年的苦读，为他后来的著述打下了良好基础，他在《自述》诗中写道："总角年华渐喜读，苦攻坟典事三余。痴情更较蠹鱼甚，灯火常亲子夜初。"

至元酷爱山水，青年时代游山览胜兴趣甚浓。距即墨县城东南30里的崂山，是他经常游历的地方。因此，著有《崂山小乘》和《游崂指南》（1934年即墨新民印书局刊印）。

至元每次游历崂山的时候，看到不少地方与旧崂山志书所记载的不一致，与游客散记者更是相去甚远。同时，从未记载的景物奇瑰、海山胜迹，不胜枚举。他暗想，这样何以昭山之灵而发国之光？由此，便产生了续修《崂山志》以补前志阙略的想法。为此，他在崂山上，攀危崖，历邃谷，探奇索隐，往往数月不归。凡二崂洞天、石刻名胜，游览殆遍。且将所见，一一记述下来。

每次回到家时，常常是遍体鳞伤，但续修《崂山志》的决心始终没变。经过数十年的日积月累，积稿装满篓筐。当时，国民党青岛地方自治委员会会长袁荣叜[2]编《胶澳志》后，也有续修《崂山志》的想法，因而常和至元同游崂山。1937年日寇入侵，袁荣叜南逃时，将自己的手稿全部交给至元保存，纂志之事也便搁置。1946年春，至元迫于生计，开始行医，诊病之余，就拿出积稿，日夜编次，历经三载，终于纂成《崂山志》八卷，约 30 余万字。书中除详述二劳古迹、山川形胜、人文景观等外，还辑录自己所作诗、赋、记等 140 余篇。

解放后，至元移居青岛，又将此书重新修订，受到山东大学黄公渚[3]教授的赞许。黄教授亲自为该书写序，推荐给山东人民出版社。出版社认为该书卷帙浩繁，出版困难，请改撰为《崂山名胜介绍》。至元随又扶杖就笔，半年撰成。1959 年，《崂山名胜介绍》由山东人民出版社出版发行。

至元一生勤于诗作，尤以见长。平素观感交游无不述之于诗，所作收于《头陀吟草》《懒云诗存》。至元的诗，大体可分为四类：一为怀古，如《田横岛》《于七墓》《明妃》《读黄培〈含章馆诗集〉有感》等；二为感事，此类诗多写于日寇侵华期间，因事而作，以慨叹国事多艰而系心民族安危，如《辽事杂感》6 首等；三为咏物，多作于游崂时，咏物寄情，如《玉龙瀑》《耐冬》《明霞洞道中》等；四为抒怀，随感遇而行之于墨，直抒胸臆，如《懒云诗存》《天籁集》等。至元对乡土历史的研究，也颇有造诣。1959 年，他被聘为中国科学院山东分院历史研究所兼职研究员。1960 年，又被中国历史学会山东分会发展为正式会员。其著述《即墨黄培文字狱资料》，刊于《山东省志资料》1962 年第二辑；《辛亥革命即墨光复始末》，刊于《青岛市文史资料选集》第一辑；另外，还撰写了《于七抗清史略》《郑康成生平简介》等。另，至元还攻读过中医学，著有《医学见闻录》数册。

由于长年笔耕劳瘁，年 50 鬓发皆白。1962 年，至元病笃，自知不久于世，恐前志不遂，更加力疾奋笔，常常通宵达旦。是年 2 月 6 日，终因劳累过度，病逝于济南白马山。

周延顺供稿　田有栋整理

注释：

[1] 本文已刊载于《即墨文化》1997 年第 1 期，原题《周至元事略》。　[2] 袁荣叜：字道冲，浙江桐庐人，清末同光体浙派诗人袁昶（1846—1900）之子，曾

五、附录

任山东省教育厅厅长、青岛市地方自治委员会会长等职,总纂了民国十七年(1928)青岛华昌印刷局出版的《胶澳志》;曾想作《续崂山志》,未成而值事变,因将所有资料转交周至元。　[3]黄公渚(1900—1964):字孝纾,号匑厂、霜腴等,福建闽侯人,现代书画家、学者,长于诗词歌赋,20世纪20年代先后受聘于上海著名藏书楼"嘉喜堂"、中国公学、暨南大学等,1934年在青岛山东大学任教,抗日战争期间至北京教书,1946年又返青岛山东大学任教,直至去世;曾与知名画家潘天寿、俞剑华、王雪涛、李苦禅等共同举办过画展,著有《楚词选》《欧阳修文集选注》《欧阳修诗词选译》《黄山谷诗选注》《陈后山诗选注》《匑厂文稿》《金石文选》和诗词集《崂山集》等。

参考文献

陈予欢：《陆军大学将帅录》，广州出版社2009年版。

黄哲渊：《离乱十年（1937—1946）》，上海远东出版社2008年版。

即墨市史志编纂委员会编：《即墨市志》，方志出版社2007年版。

即墨市卫生志编纂委员会编：《即墨市卫生志》，兰州大学出版社2003年版。

即墨市史志办公室编：《即墨市村庄志》，中国和平出版社2005年版。

即墨市史志办公室编：《鹤山志》，黄河出版社2012年版。

蓝水：《崂山古今谈》，崂山县县志办公室1985年内部本。

蓝水、周至元：《友声集》，即墨蓝氏族谱编委会2014年自印赠阅本。

《流亭街道志》编纂委员会编：《流亭街道志》，黄河出版社2011年版。

芮麟著，芮少麟辑：《神洲游记（1925—1927）》，上海古籍出版社2005年版。

邵次明：《象棋战略》，中国书店1988年影印本。

山东潍坊市文化局史志办公室编：《潍坊文化志》，齐鲁书社1997年版。

孙克诚：《黄宗昌崂山志注释》，中国海洋大学出版社2010年版。

钟惺吾：《惺庐诗草》，民国二十一年（1932）即墨新民书局印行本。

周至元：《游崂指南》，即墨新民印书局1934年版。

周至元：《崂山名胜介绍》，山东人民出版社1959年版。

周至元：《崂山志》，齐鲁书社1993年版。

周至元：《周至元诗文选》，即墨供销社印刷厂1999年内部本。

周至元：《周至元崂山名胜画集》，周延顺等2005年自印本。

周至元：《懒云诗存》二册，周延顺等整理自印本。

白秀芳：《崂山上消失的观川台 传说是欧式洋楼环山抱涧》，《半岛都市报》2009年8月17日。

李晓丽：《青岛发现"百岁"万国公墓老墓碑》，《人民日报（海外版）》2009年5月4日。

刘怀荣：《民国寒士沈煦及新发现的〈八九鸣〉抄本》，《东方论坛——青岛大学学报（哲学社会科学版）》2014年第2期。

田有栋：《在舅父身边的日子》，《即墨古今》2011年第1—2期。

田有栋：《周至元》，《青岛文史资料》第十四辑，中国文学出版社2005年版。

徐光灿：《易君左〈闲话扬州〉风波》，《档案春秋》2010年第2期。

杨海涛：《宿舍楼下"埋"了半世纪 即墨考古"铲"出准提庵》，《青岛晚报》2013年9月18日。

周延顺供稿，田有栋整理：《周至元事略》，《即墨文化》1997年第1期。

周宗颐编：《（崂山）太清宫志》，崂山区世情网，2011年12月26日，http://qdsq‐ls.qingdao.gov.cn/n18810877/n20771092/n23061363/23067961.html。

钟昭群：《佛缘崂山的明代高僧——憨山大师》，青岛史志办网站，2012年11月16日，http://qdsq.qingdao.gov.cn/n15752132/n20546576/n25954031/n26094827/26094866.html。

（汉）班固：《汉书》，中华书局2007年版。

（汉）桓宽：《盐铁论》，上海人民出版社1975年版。

（汉）刘向：《说苑》，上海古籍出版社1981年版。

（汉）刘向辑：《新序 说苑》，上海古籍出版社1990年版。

（汉）刘歆等撰，王根林校点：《西京杂记（外五种）》，上海古籍出版社 2012 年版。

（汉）司马迁：《史记》，上海古籍出版社 1997 年版。

（汉）王逸注，（宋）洪兴祖补注：《楚辞章句补注》，吉林人民出版社 1999 年版。

（汉）许慎撰，（清）段玉裁注：《说文解字注》，浙江古籍出版社 1998 年版。

（汉）赵晔著，张觉译注：《吴越春秋全译》，贵州人民出版社 1993 年版。

（晋）陈寿撰：《三国志》，中华书局 1982 年版。

（南朝·宋）范晔：《后汉书》，中华书局 2007 年版。

（南朝·宋）刘义庆撰，徐震堮校笺：《世说新语校笺》，中华书局 1984 年版。

（南朝·宋）刘义庆撰，郑晚晴辑注：《幽明录》，文化艺术出版社 1988 年版。

（南朝·宋）裴松之注：《三国志》，北京出版社 2008 年版。

（南朝·梁）任昉：《述异记》，吉林大学出版社 1992 年版。

（南朝·梁）沈约：《宋书》，中华书局 1974 年版。

（北魏）郦道元著，陈桥驿、叶光庭、叶扬译注：《水经注全译》，贵州人民出版社 2008 年版。

（北魏）杨衒之撰，范祥雍校注：《洛阳伽蓝记》，上海古籍出版社 2011 年版。

（唐）房玄龄等：《晋书》，吉林人民出版社 1995 年版。

（唐）孟棨、（清）叶申芗：《本事诗 本事词》，古典文学出版社 1957 年版。

（唐）魏徵等：《隋书》，中华书局 2008 年版。

（唐）辛文房撰，李立朴译注：《唐才子传全译》，贵州人民出版社 2001 年版。

（后晋）刘昫：《旧唐书》，中华书局 1975 年版。

（宋）欧阳修、宋祁：《新唐书》，中华书局 1975 年版。

（宋）司马光：《资治通鉴》，中华书局 2009 年版。

（宋）李焘《续资治通鉴长编》，中华书局 2004 年版。

（宋）欧阳修：《欧阳修全集》，中华书局 2001 年版。

（宋）欧阳修：《集古录》，文渊阁四库全书本。

（宋）苏轼：《苏轼集》，文渊阁四库全书本。

（宋）陈元靓：《岁时广记》，文渊阁四库全书本。

（宋）洪迈：《夷坚志》，文渊阁四库全书本。

（宋）李昉等编纂：《太平御览》，文渊阁四库全书本。

（宋）郭茂倩：《乐府诗集》，中华书局 1979 年版。

（宋）计有功撰，王仲镛校笺：《唐诗纪事校笺》，中华书局 2007 年版。

（元）脱脱等：《宋史》，中华书局 2000 年版。

（明）憨山：《憨山老人梦游集》，北京图书馆出版社 2005 年版。

（明）陆粲、顾起元撰，谭棣华、陈稼禾点校：《庚巳编 客座赘语》，中华书局 1987 年版。

（明）朱履贞：《书学捷要》，华东师范大学古籍整理研究室编：《历代书法论文选》，上海书画出版社 1979 年版。

（清）张廷玉等：《明史》，中华书局 2000 年版。

（清）赵尔巽、柯劭忞等：《清史稿》，中华书局 1977 年重印本。

（清）蒲松龄：《聊斋志异》，上海古籍出版社 2010 年版。

（清）彭定求等编：《全唐诗》，中华书局 2008 年版。

曹础基：《庄子浅注》，中华书局 1982 年版。

陈澔注：《礼记》，上海古籍出版社 1987 年版。

程俊英：《诗经译注》，上海古籍出版社 1982 年版。

窦秀艳、潘文竹、杜中新：《青岛历代著述考》，中国社会科学出版社 2010 年版。

谷神子：《博异志》，中华书局 1980 年版。

蒋星煜：《元曲鉴赏辞典》，上海辞书出版社 1999 年版。

刘俊田、林松、禹克坤译注：《四书全译》，贵州人民出版社 1988 年版。

上海古籍出版社编：《宋元笔记小说大观》，上海古籍出版社 2001

年版。

潘公凯等编著：《插图本中国绘画史》，上海古籍出版社 2001 年版。

万丽华、蓝旭译注：《孟子》，中华书局 2007 年版。

王守谦等译注：《战国策全译》，贵州人民出版社 1992 年版。

吴小如等编撰：《汉魏六朝诗歌鉴赏辞典》，上海辞书出版社 1992 年版。

萧涤非等著：《唐诗鉴赏辞典》，上海辞书出版社 1983 年版。

徐荣强编：《唐宋八大家文选》，吉林大学出版社 2011 年版。

张长法注译：《列子》，中州古籍出版社 2010 年版。

张海鸥编著：《唐诗宋词经典导读》，中山大学出版社 2010 年版。

周啸天主编：《唐诗鉴赏辞典》，商务印书馆 2012 年版。

周汝昌、唐圭璋等著：《唐宋词鉴赏辞典》，上海辞书出版社 1999 年版。

周绍良主编：《唐代墓志汇编》，上海古籍出版社 1992 年版。

周振甫译注：《诗经译注》，中华书局 2002 年版。

杨伯峻编著：《春秋左传注》，中华书局 2000 年版。

整理说明

2011年初秋的一天，青岛大学文学院院长、刘师怀荣带我们拜访周延顺女士。回走路上，说起周先生遗诗散佚现状，刘师心存忧虑，建议我们立即着手整理。畏难情绪是有的，但在刘师的大力支持和悉心指导下，我们做了起来。值此出版之际，特将有关情况说明如下。

一、底本问题

凡周至元生前自编成册者，如《琴冈寄居吟草》，全以周先生手抄原稿为准；其他未见原稿者，如《游崂诗》及其他杂集，以已出版的《崂山志》、直接拍摄原作的《周至元崂山名胜画集》及周至元原稿复印件等为底本，校以《周至元诗文选》本、周延顺等自印《懒云诗存》二册及周延顺等抄录本。

二、编排问题

首先是全书的编排。全书共分天籁集、头陀吟、游崂诗、杂集、附录五部分，前四部分全是周至元诗作：天籁集、头陀吟的大部分是周至元生前自选，游崂诗是从周至元《崂山志》《崂山志概要》《崂山名胜介绍》《崂山名胜画集》等作品中辑出，杂集则分琴冈寄居吟草、偶忆录、杂诗、友声集四部分；附录部分则由周至元至交好友蓝水的相关诗作、他人题诗及序、周至元年谱简编三部分组成。

其次是每部分的编排。周至元生前手录成集的诗歌，并未按常用标准如时间、体例、内容等编排，而且大多已散佚，其子女请人整理时也未有一致标准。因此，我们决定，除已确定为周至元生前自抄成集的《琴冈寄居吟草》，其他全部重新排序。大致上按体例编排，即先五绝、七绝，再五律、七律、五古、七古、词。同一体例但内容不同者，再按内容细分，如咏景、写人、抒怀的；同一体例中能大致辨出写作时间者，兼顾时间次序。但游崂诗部分，因是从各书辑录而成，因而大致保留原书编排次序。

最后是对重复度极高的诗作的编排问题。校注过程中，我们发现，周延顺自印本中的重复录入现象较多，另有不少诗歌出现了"撞脸"现象。这是由于周氏子女尤其是周延顺对父亲诗作极为珍视，以致将初稿、修改稿一并录入。本书则遵循了如下原则：题目不同但正文全同者，仅保留首次出现者，其他删除，不出注；题目相同但正文大同小异者，保留首次出现者，其他删除，但出注；题目与正文均大同小异者，都保留，不出注。

三、校对问题

由于文字简化、个人手写习惯等原因，今存周至元手稿及周延顺自印本《懒云诗存》中，也存在一些文字方面的问题。校对过程中我们主要采取了以下做法：

一是繁简转换问题：原手稿及抄稿中的繁体字大多直接转换成简体，不出校，如跡（迹）、錄（录）、畝（亩）、筍（笋）、誇（夸）、滅（灭）、棲（栖）、誌（志）等；个别情况不转换，但出注，如"杯酒峰头酌，尘襟暂刻鬆。兴来题岩石，醉后倚乔松"（《寒食后与刘君绅之登无影山》其四）的"鬆"，如转换成简体，则与下联中的"松"重复，故保留原字。

二是异体字订正问题：属于周至元惯用写法者，保留原字，但出注，如畵（图）、劳（崂）山、燐（磷）等；属于古今异体字的，按《通用规范汉字表》标准修改，不出注，如"兰（蓝）水""一疋（匹）练""天亦妬（妒）"等。

三是错别字订正问题：原稿或底本中字词，可明显推断为笔误或整理者识别之误者，直接改正，不出注，如"时闻狼嗥与邸（鸱）喧""颓壁与谭（潭）影""依稀难辩（辨）薛苔封""亲炙缘悭帐（怅）落晖""林深馨（磬）响空""石险添山徒（陡）""日日白云峰顶潘

（蟠）""隔岭问（闻）钟声"等；据诗意或诗韵推断为笔误者，改正并出注，如"超超（迢迢）一纸寄双鱼""荒庭几日恳（垦）耕田""唔（晤）黄枕石"等；有误或有疑、但不能据诗意或诗韵明显判断者，保留原误，并出注，"呼童顷倒甓（瓮）头春""寄时（易）君左""吊洪（衡）王故府"等。

另需说明的是：校注过程中，我们发现，《周至元诗文选》与周延顺自印本《懒云诗存》中均将周至元收藏的《八九鸣》抄本中诗作误录在内。据刘师考证，《八九鸣》是民国寒士沈煦的作品①。因此，本书编排时已将出自《八九鸣》抄本者全部剔除。

校注过程中，我们常常沉浸在周至元先生热爱崂山山水和家乡文化的深厚情感中，也常常战战兢兢、如履薄冰，唯恐工作失误以致不能光大周先生的拳拳爱乡之心。交稿之际，仍心存惴惴，然"画眉深浅"，终当祈方家批评斧正。期盼此集能在光大周至元先生爱乡情怀之外，使后来者更好地了解崂山秀美之自然风景、绵远之人文历史、浓厚之文化底蕴。

最后，真诚感谢刘师怀荣先生、周延顺女士、范兴昕、石飞飞等为本书提供的各种帮助，感谢青岛市哲学社会科学规划管理办公室为本书提供的资金支持。

---

① 详见刘怀荣：《民国寒士沈煦及新发现的〈八九鸣〉抄本》，《东方论坛——青岛大学学报（哲学社会科学版）》2014年第2期。

责任编辑:贺　畅
责任校对:吕　飞

图书在版编目(CIP)数据

周至元诗集校注/潘文竹 校注. －北京:人民出版社,2015.7
(崂山文化研究丛书/刘怀荣主编)
ISBN 978－7－01－014708－6

Ⅰ.①周…　Ⅱ.①潘…　Ⅲ.①诗集-中国-当代　Ⅳ.①I227

中国版本图书馆 CIP 数据核字(2015)第 061275 号

周至元诗集校注
ZHOUZHIYUAN SHIJI JIAOZHU

潘文竹　校注

人民出版社 出版发行
(100706　北京市东城区隆福寺街99号)

北京市大兴县新魏印刷厂印刷　新华书店经销

2015年7月第1版　2015年7月北京第1次印刷
开本:710毫米×1000毫米 1/16　印张:26.25
字数:391千字

ISBN 978－7－01－014708－6　定价:68.00元

邮购地址 100706　北京市东城区隆福寺街99号
人民东方图书销售中心　电话 (010)65250042　65289539

版权所有·侵权必究
凡购买本社图书,如有印制质量问题,我社负责调换。
服务电话:(010)65250042